Martina Meier (Hrsg.)

Wünsch dich ins Wunder-Weihnachtsland

Erzählungen, Märchen und Gedichte zur Advents- und Weihnachtszeit

Band 17

Wünsch dich ins Wunder-Weihnachtsland

Erzählungen, Märchen und Gedichte zur Advents- und Weihnachtszeit

Band 1 bis 17 + einige Sonderbände

Inhalt

Autorinnen und Autoren

Alina Baitinger
Andrea Fahnster
Andreas Rucks
Anke Elsner
Anke Ortmann
Annette Keßler
Ann-Kathleen Lyssy
Antje Höblich
Aurelia Groß
Beccy Charlatan
Bernhard Finger
Blandine Fachbach
Carolin J. Hofmann
Caroline Seeger-Herter
Charlie Hagist
Christa Blenk
Christian Günther
Christian Reinöhl
Christina Reinemann
Christina Telker
Christina Timischl
Christine Kuhlmann
Christoph Ringleb
Danny M. Hügelheim
Doreen Pitzler
Dorothea Möller
Dörte Müller
Dr. med. Barbara Bellmann
Dr. Thomas Melerowicz
Elisabeth Seiberl
Ellen Zaroban
Eva Joan
Felix C. M. Armbruster
Finn Eisenhardt
Fiona Walter
Florian Geiger
Franziska Statt
Hannelore Futschek
Hans Peter Flückiger
Hartmut Gelhaar
Helga Licher
Helmut Blepp
Helmut-Michael Kemmer
Hermann Bauer
Ingeborg Henrichs
Ingrid Hägele
Janina Thomauske
Janny Prillwitz
Jocher Stüsser-Simpson
Julia Abel

In „Wunder-Weihnachtsland Band 18“ sammeln wir wieder Geschichten und Gedichte, die die Vorfreude auf Weihnachten wecken. Von klassischen Weihnachtsmärchen über Nikolaus-Legenden bis hin zu fantasievollen Winterabenteuern – alle Formen der weihnachtlichen Magie sind willkommen. Erzähle uns von geheimnisvollen Weihnachtswundern, festlichen Begegnungen und der zauberhaften Welt, die Weihnachten umgibt. Ob spannend, lustig oder besinnlich – wir freuen uns auf jede kreative Einsendung.

Einsendeschluss: 15. September 2025: www.papierfresserchen.de

Julia Weber
Juliane Barth
June O'Leary
Jürgen Heider
Katharina Rösel
Katja Richter
Kevin Michael Schott
Kristin Hogk
Kurt Blessing
Laura Metzger
Lina Groß
Loana
Luna Day
Marcel Friedli-Schwarz
Maren Rehder
Margit Ellinger
Margit Günster
Marie Lange
Marion Philipp
Marisa Keller
Maxine Danisch
Melanie Kunz
Michaela Kläber
Monika Jiru
Monika Schlößer
Nadin Kadner
Nanja Holland
Nicola Patsis
Oliver Fahn
Pamela Murtas
Petra Kesse
Ramona Stolle
Renate Hemsen
Sabine Siebert
Sabrina Nickel
Sandra Ernst
Sieglinde Seiler
Simone Lamolla
Sophie Clark
Sophie Franzke
Thordis Ziemons
Ulli Krebs
Ulrike Demuth
Vanessa Boecking
Vera Lörks
Volker Liebelt
Volker Naylor
Volker Trepte
Wolfgang Rinn
Wolfgang Rödig
Zero Alala

Prolog

Von den Wünschen muss man sagen,
sie sind wie wir, am Anfang klein.

Doch nach ihren Kindertagen
möchten alle größer sein.

Manche bleiben uns erhalten.
Halten einfach mit uns Schritt.
Sehen viele Jahreszeiten
und träumen unsere Träume mit.

Welchen Wunsch soll ich dir sagen?
Dein Wunsch, er ist mir nicht bekannt.

Komm, lass uns hier zu wünschen wagen.
Komm mit ins Wunder-Weihnachtsland!

Hartmut Gelhaar, *Jahrgang 1948, Rentner, lebt in Wernigerode. Hat bereits in mehreren Anthologien veröffentlicht. Eigene E-Buch-Publikationen unter bookrix,de/-texter. Eigener Podcast unter Youtube: „Lyrik für die Ohren."*

Die heilige Familie

Leicht geduckt stand der alte Förster hinter einer Tanne und horchte. Es hatte den ganzen Nachmittag geschneit, inzwischen überzog eine dicke Schneedecke die Lichtung. Heinrich bewegte sich nicht. Still stand er da, obwohl ihm vom eisigen Wind die Augen tränten.

Bereits seit Wochen war er auf der Suche nach dem Wilderer, der in seinem Revier sein Unwesen trieb. Bislang hatte der Wilddieb nur einige Hasen erlegt, aber da es in dieser Gegend sehr viel Damwild gab, war es wohl nur eine Frage der Zeit, bis ihm ein kapitaler Bock vor die Flinte kam. Der Förster wischte sich den Schnee von der Stirn und seufzte.

Heute war Heiligabend und eigentlich sollte er längst zu Hause sein. Seine Frau hatte sicher schon den Abendbrottisch gedeckt und die Lichter am Weihnachtsbaum angezündet. Bereits seit Tagen war das Haus erfüllt vom Duft gebackener Lebkuchen und frischer Zimtsterne. Der Wind trug den Klang der Glocken aus dem nahen Dorf zu ihm hinüber. Es würde nicht mehr lange dauern, bis die ersten Sterne der Christnacht den Himmel erleuchteten.

Von einer inneren Unruhe getrieben, verließ er sein Versteck und stapfte durch den tiefen Schnee hinüber zum Hochsitz. Das Gehen fiel dem alten Mann sehr schwer. Er kam nur langsam vorwärts, da der eisige Wind nun von vorne blies. Immer wieder blieb er stehen, um zu verschnaufen. Endlich hatte er die Lichtung überquert und konnte unter den Tannen Schutz suchen. Das Schneetreiben hatte stark zugenommen und die Kälte kroch Heinrich unter die Haut. Der Förster ahnte, wie aussichtslos seine Suche war, aber die Ruhelosigkeit trieb ihn vorwärts. Eine innere Stimme sagte ihm, dass der Wilddieb sich ganz in seiner Nähe aufhielt. Er musste ihn finden ... Inzwischen hatte er den schmalen Weg verlassen und kämpfte sich stöhnend durchs Unterholz. Doch Heinrich dachte nicht daran, aufzugeben.

Er wusste nicht mehr, wie lange er schon unterwegs war, als er plötzlich am Nachthimmel einen großen, leuchtenden Stern erblickte. Der Sturm legte sich und es hörte auf zu schneien. Fasziniert starrte er nach oben. Es kam ihm vor, als wolle der Stern ihm die Richtung weisen. Schritt für Schritt folgte er dem hellen Schein des Himmelslichtes.

Seine Finger waren steif gefroren und seine Kleidung völlig durchnässt. Doch er spürte die eisige Kälte nicht. Er hatte bereits jedes Zeitgefühl verloren, als er unvermittelt vor sich den schwachen Lichtschein eines erleuchteten Fensters sah. Erstaunt ging Heinrich darauf zu. Er kannte sein Revier genau, in diesem alten Holzschuppen wurde Futter für das Schwarzwild gelagert. Bewohnbar war die Hütte nicht.

Heinrichs Hand umklammerte fest das Gewehr, während er durch die blinden Fensterscheiben ins Innere der Hütte schaute. Er konnte kaum glauben, was er dort sah. Ein großer, stattlicher Mann in verschlissenen Kleidern beugte sich über eine offene Feuerstelle, während die zierliche Frau neben ihm zärtlich einen Säugling auf ihrem Arm wiegte. In der Ecke der Hütte lag ein gescheckter Esel und kaute an einigen Futterrüben.

Der Förster lehnte sich verwirrt gegen die morsche Holzwand des Schuppens. Hatte er den Wilderer endlich gefunden? Was hatte das alles zu bedeuten? Wie ein Wilddieb sah dieser Mann nicht aus, aber woher kam diese kleine Familie? Offensichtlich hatten diese drei Menschen kein Zuhause oder waren auf der Durchreise und mussten die Heilige Nacht in dieser baufälligen Hütte verbringen. Der Förster nahm seinen ganzen Mut zusammen und klopfte zaghaft an die Brettertür.

Drinnen im Haus rührte sich nichts. Alles war still. Gerade als er ein zweites Mal klopfen wollte, hörte er eine leise Stimme und die Tür wurde einen Spalt geöffnet. Heinrich versteckte das Gewehr unter seinem Mantel und schob den Hut aus dem Gesicht. Der Mann an der Tür musterte den Förster freundlich und forderte ihn auf einzutreten.

„Tritt ein und sei unser Gast“, sagte er mit ruhiger Stimme. „Wir werden deinen Mantel am Feuer trocknen.“

Zögernd ging Heinrich ins Innere der Hütte. Eine wohlige Wärme und der Geruch nach gebratenem Fleisch empfing ihn. Die junge Frau hatte den schlafenden Säugling in eine steinerne Futterkrippe gelegt und stellte eine große Schale mit geröstetem Brot auf den Tisch. „Viel können wir dir nicht anbieten. Aber das, was wir haben, teilen wir gerne mit dir", sagte sie, während sie den dampfenden Tee in kleine Becher füllte. Sie bot dem Förster einen Platz in der Nähe des Feuers an und lud ihn ein, an dem einfachen Mahl teilzuhaben.

Heinrich war gefangen von dem Zauber, der diese Menschen umgab. Vergessen waren der Wilderer und der eisige Wintersturm. Es gab nur ihn, diese kleine Familie und die Heilige Nacht. Der Förster aß von dem gebratenen Fleisch und trank heißen, aromatischen Tee dazu.

Die Zeit schien stehen geblieben zu sein. Waren es Minuten oder Stunden, die seit seiner Suche nach dem Wilddieb vergangen waren? Er wusste es nicht …

Als Heinrich später die Hütte verließ, begann es wieder zu schneien. Dicke Schneeflocken wirbelten durch die Luft, während er den Weg zur Lichtung einschlug. Sein Blick war auf den strahlenden Stern gerichtet, der mit seinem Glanz den nachtschwarzen Himmel erhellte und ihm abermals den Weg wies.

Nach einem kurzen Fußmarsch erreichte er den kleinen Tannenwald, wo er noch vor einiger Zeit dem Wilderer aufgelauert hatte. Von ferne hörte er die Glocken der kleinen Kirche, die zur Christmesse riefen.

„Wenn ich mich beeile, komme ich noch rechtzeitig zum Abendessen", dachte er und warf einen Blick auf seine Taschenuhr. Wie jedes Jahr hatte die Huber-Bäuerin ihm eine fette Gans zum Fest versprochen. Und die Försterin verstand es meisterlich, den Gänsebraten zuzubereiten.

Die Haustür des Forsthauses stand weit offen, als er den breiten Kiesweg entlangging. Martha, seine Frau, fegte den Schnee von den ausgetretenen Steinstufen, die ins Innere des Hauses führten.

Heinrich stellte sein Gewehr in den Schrank und zog den Mantel aus.

„Ich habe mir Sorgen gemacht", sagte Martha leise.

Heinrich strich ihr liebevoll über das graue Haar und setzte sich an den weihnachtlich gedeckten Tisch. Die Stube war erfüllt von Tannenduft und dem Geruch nach Punsch und Lebkuchen.

„Ich musste noch etwas erledigen", murmelte Heinrich und faltete die Hände.

Während er das Tischgebet sprach, dachte er an die kleine Familie. Martha hatte die Gans mit Äpfeln und Rosinen gefüllt und Speckknödel dazu gekocht. Während Heinrich bei diesem Gericht sonst kräftig zulangte, nahm er sich jetzt nur eine kleine Portion von dem Braten. Martha sah ihren Mann überrascht an und wunderte sich.

In der kleinen Kirche waren bereits alle Lichter am Tannenbaum angezündet, als der Förster und seine Frau einige Zeit später ihre Plätze einnahmen. Die Deckenbeleuchtung wurde ausgeschaltet, und der Schein der vielen Kerzen tauchte das kleine Gotteshaus in ein unwirkliches Licht.

Es ist ein Ros entsprungen spielte der Küster auf der Orgel. Der Pastor begrüßte die Gemeinde herzlich und predigte von Nächstenliebe und Hilfsbereitschaft unter den Menschen.

Nachdenklich blieb Heinrich noch eine Weile auf seinem Platz sitzen, während die Kirchenbesucher ins Freie strömten. Dem Förster gingen die Worte des Pastors nicht aus dem Kopf.

„Nächstenliebe und Hilfsbereitschaft durfte ich heute erfahren, als ich durchnässt und frierend vor der kleinen Hütte stand“, dachte Heinrich. Diese kleine Familie hatte ihm bewusst gemacht, wie wichtig diese Werte auch heute noch waren. Und das nicht nur zur Weihnachtszeit …

„Heinrich, so komm doch, es ist schon spät ...“ Martha zog fröstelnd ihren Schal enger um die Schultern und sah sich besorgt nach ihrem Mann um. Irgendwie kam er ihr heute verändert vor. So still und in sich gekehrt kannte sie ihn nicht. Sie wusste, wie sehr ihn oft sein Rheumatismus plagte. Ständig Wind und Wetter ausgesetzt zu sein, war für seine alten Knochen eine Plage. Schon oft hatte sie ihn gebeten, sich endlich in den wohlverdienten Ruhestand zurückzuziehen, aber davon wollte Heinrich nichts hören.

Der Förster war inzwischen von seinem Stuhl aufgestanden. In Gedanken versunken ging er langsam den Mittelgang entlang, bis vor den Altar. Vor den Stufen, die zur Krippe hinaufführten, blieb er stehen. Andächtig faltete er die Hände, während sein Blick suchend über die bemalten Holzfiguren glitt.

Plötzlich hatte er gefunden, was er die ganze Zeit gesucht hatte. Seine Augen begannen zu strahlen und ein glückliches Lächeln umspielte seinen Mund.

Im Schutze einer alten, baufälligen Holzhütte schlief das Jesuskind in einer Futterkrippe, liebevoll behütet von Maria und Joseph. In der Ecke der Hütte lag ein grau-gescheckter Esel und kaute an einigen Futterrüben.

Und mit einem Mal war Heinrich, als habe der Esel ihm zugezwinkert …

*Die Autorin **Helga Licher** schreibt seit Jahren Kolumnen, Artikel und Geschichten für verschiedene Zeitschriften. Ihr letzter Roman heißt „Irrlichter und Spökenkieker." Sie lebt mit ihrer Familie in einer beschaulichen Kleinstadt im Osnabrücker Land, dort findet sie die Ideen für ihre Geschichten und fühlt sich dort sehr wohl.*

Driving home for Christmas

Nun saß Beppi Rauch also in der U-Bahn Richtung Vorstadt und natürlich fuhr er schwarz. Am Weihnachtsmorgen um halb sieben war kaum jemand unterwegs. Kein Kontrolleur war zu sehen. Einer der Vorteile von Weihnachten.

Beppi hatte gestern den ganzen Tag in der großen Einkaufsstraße gesessen. Heiligabend waren die Leute großzügig. Die alte Zigarrenkiste füllte sich immer wieder. Sogar ein paar Scheine waren darin gelandet. Vielleicht hatten die Leute ein schlechtes Gewissen mit ihren vollen Einkaufstüten. Oder sie wollten am Fest der Liebe ein gutes Werk tun. Da kam so ein bemitleidenswerter Penner wohl ganz gelegen. Jedenfalls hatte er genug Geld eingenommen, um sich den Tag über ein paar Becher Glühwein und zur Feier des Tages zwei Flaschen Whisky und einen Sechserpack Bier kaufen zu können.

Zusammen mit Paul hatte er sich dann spätabends im Eingang des großen Kaufhauses verkrochen und sie hatten die Flaschen geleert. Weihnachten war schließlich ein richtig guter Grund, sich zu betrinken.

Wie so oft in der Zeit um Weihnachten blies ein beinahe lauer Föhnwind durch die Straßen. Das Wetter war alles andere als weihnachtlich, aber zumindest froren sie nicht in dieser Nacht. Von ihrem Platz aus konnten sie den großen Christbaum am Marktplatz sehen und im Schaufenster des Kaufhauses blinkten bunte Lichterketten behaglich vor sich hin. Es war sehr ruhig und beinahe schon besinnlich. So besinnlich wie es sein kann, wenn man zusammengekauert auf dem kalten Boden liegt, einem die Knochen wehtun und man weiß, dass die beharrlich stechenden Schmerzen im Bauch nicht vom fetten Festtagsessen kommen.

Heiligabend auf der Straße.

Wie viele hatte er schon so verbracht?

Als er Paul am Morgen wecken wollte, drehte der sich nur murrend um. So hatte sich Beppi mit schwerem Kopf allein auf den Weg zur Suppenküche im Vorort gemacht. Dort würde es heute für die Bedürftigen ein Weihnachtsfrühstück geben – mit Rühreiern und Speck.

Aus den Lautsprechern der U-Bahn drang leise Musik. „Driving home for Christmas", sang Chris Rea mit seiner warmen, rauchigen Stimme. Ein stimmungsvoller Weihnachtshit, doch für Menschen wie Beppi war dieser sentimentale Song nur schwer zu ertragen.

Beppi Rauch hatte kein Auto, mit dem er hätte irgendwohin fahren können. Er hatte auch kein Zuhause und niemand wartete auf ihn. Während er der Musik lauschte, wurde ihm bewusst, dass *Heimgehen* für ihn inzwischen eine ganz andere Bedeutung hatte. Und dass er in letzter Zeit immer öfter über dieses Heimgehen nachdachte.

Sein Leben war nur noch ein Irgendwie-Durchkommen. Seit Jahren lebte er auf der Straße und der Alkohol machte ihn kaputt. Er wusste, dass er schwer krank war. Einmal war er beim Arzt gewesen. Der hatte ihm dringend geraten, sich operieren zu lassen. Es war ein bösartiger Tumor und er würde weiterwachsen. Aber wer würde ihn schon behandeln ohne Krankenversicherung? Die Schmerzen in seinem Bauch wurden immer schlimmer. Wenn er genug getrunken hatte, dann vergaß er sie. Aber irgendwann würde es unerträglich werden. Und zu spät war es eh schon.

Heimgehen. Das war die letzte Option. Doch auch das war für Leute wie ihn nicht so einfach. Er hatte kein Auto, mit dessen Abgasen er sich hätte vergiften können, und an Schlaftabletten in ausreichender Menge kam er nicht heran. Und das mit dem Totsaufen hatte bisher auch nicht geklappt.

Doch heute, hier in der rumpelnden, menschenleeren U-Bahn fasste er einen Entschluss. Er würde es durchziehen. Er würde heimgehen. Bevor er nicht mehr selbst entscheiden konnte.

Sein Leben war inzwischen so trostlos, dass er nicht einmal mehr Weihnachten schön finden konnte. Am Fest der Liebe wurde einem ständig und unerbittlich klar, dass man allein war. Und dass dieses Leben einfach elend und ausweglos war. Überall nur Gefühlsduselei und Besinnlichkeit. Weihnachten war eine gute Zeit zum Heimgehen.

Die Station war erreicht. Die Tür des Abteils ging auf und Beppi Rauch stand einsam am zugigen Bahnsteig, eine hagere Gestalt im abgetragenen Parka mit einer roten Wollmütze.

Versonnen blickte er dem letzten Waggon hinterher, dessen Rücklichter im Dunkel des Tunnels verschwanden.

Driving home for Christmas.

Bewegungslos stand er am Gleis und starrte auf die bunt gekachelte Wand gegenüber. Ein paar Fliesen fehlten. „Ein paar fallen einfach immer aus dem System, aber solange man nur das Ganze anschaut, merkt man es gar nicht", dachte er und stieg mühsam die steile Treppe hinauf.

Inzwischen war der Wind kälter geworden. Ein durchdringender Nieselregen hatte eingesetzt. Das Wetter schlug immer rasch um nach Föhn.

Er eilte über die Straße, die hell erleuchteten Fenster der Suppenküche lockten. Drinnen war es warm, ein Geruch nach feuchten Kleidern, Fett und Kaffee schlug ihm entgegen. Ein paar verschlafene Gestalten saßen an den Tischen.

Er ließ die Jacke an und setzte sich an einen Tisch in der Ecke. Die nette freiwillige Helferin brachte ihm einen großen Teller mit Rühreiern und gebratenem Speck. Dazu gab es zwei dicke Scheiben Schwarzbrot. Dann goss sie ihm lächelnd einen großen Becher Kaffee ein. Der war stark und heiß und wärmte wohltuend von innen.

Er ließ sich das Frühstück schmecken. Sein Kopf war immer noch schwer, aber es tat gut, etwas Warmes im Magen zu haben. Und die Schmerzen hielten sich gerade in Grenzen.

Eine wohltuende Stille lag über diesem kargen Raum, der mit einem schlicht geschmückten Weihnachtsbaum neben dem Eingang und ein paar Tannenzweigen auf den Tischen eher dürftig dekoriert war. Nur die flackernden Teelichter in ihren Gurkengläsern verbreiteten ein wenig festliche Stimmung.

Da ging die Tür auf und mit einem kühlen Luftzug wehten zwei unförmige Gestalten in dicken Mänteln und Wollmützen herein.

„Es schneit!", verkündeten die Männer fröhlich.

Es schneite! Es schneite tatsächlich an diesem Weihnachtsmorgen! Beppi ließ sich Kaffee nachfüllen und trat dann hinaus. Es war immer noch dunkel und tatsächlich fielen dicke, schwere Flocken vom Himmel und glitzerten märchenhaft vor den Lichtern der Straßenlaternen.

Unter dem Vordach stand eine kleine Gestalt, die einen dampfenden Becher in der Hand hielt und er stellte sich dazu. Er kannte die

Frau. Sie war manchmal da und sie hatten auch schon mal ein paar Worte miteinander gewechselt. Er fand sie sympathisch.

„Schön, dass es doch noch schneit! Weihnachten ohne Schnee, das ist doch einfach kein Weihnachten“, meinte sie fröhlich mit ihrer dunklen Stimme, die ihn an Chris Rea erinnerte und so gar nicht zu der zierlichen Person passte. Die Frau trug einen langen, roten Thermomantel und eine Fellmütze mit Ohrenklappen, unter der ihr Gesicht fast völlig verschwand.

Sie bot ihm eine Zigarette an und sie rauchten schweigend. Auf der anderen Straßenseite blinkten bunte Lichterketten am Dach eines türkischen Supermarktes und weiter drüben an der Tankstelle wankte ein riesiger aufblasbarer Weihnachtsmann wie betrunken im Wind.

„Ist das nicht wunderbar!“, meinte die Frau begeistert. „Weihnachten ist einfach schön! Ich liebe es! Ich heiße übrigens Mary.“

„Beppi“, erwiderte er, „aber eigentlich Josef.“ Sie sah ihn unter ihrem Fellhelm überrascht an und lachte dann schallend.

Aus ihrem Becher dampfte es wohlig und es roch weihnachtlich nach Zimt und Nelken. Der Schnee bedeckte rasch die Straße und Beppi fühlte sich plötzlich sehr zufrieden.

„Heute Abend ist am Marktplatz Krippenspiel und danach singt der Chor“, verkündete Mary begeistert und blies einen Rauchkringel in die Luft. „Gehst du da mit mir hin?“

Beppi zögerte kurz. Krippenspiel und Weihnachtslieder waren nun überhaupt nicht sein Ding. Und eigentlich hatte er heute ja etwas anderes vorgehabt.

„Das wäre schön!“, hörte er sich sagen. „Und Maria und Josef dürfen beim Krippenspiel auch auf keinen Fall fehlen!“ Dabei musste er grinsen.

„Da hast du absolut recht!“, antwortete Mary übermütig und hakte sich bei ihm unter. Plötzlich wurde ihm ganz warm und ihn überkam ein eigenartiges Gefühl. Es war, als hätte ihm gerade jemand eine Tür geöffnet. Als hätte jemand auf ihn gewartet. Es fühlte sich verblichen an, aber vertraut. Irgendwie weihnachtlich. Es fühlte sich an, wie nach Hause kommen.

Blandine Fachbach, *geboren 1968 in Ravensburg, verheiratet, Kaufmännische Angestellte. Hobbys: Gartenarbeit und -genuss, Reisen.*

Im kalten Advent

Der Morgen ist klirrend kalt, eigentlich zu kalt für Dezember. Max und Wulle treten aus dem Schlafwerk, wo sie für die Nacht eine Unterkunft gefunden hatten. Sie stellen ihre Krägen hoch und vergraben die Hände in den Parka-Taschen.

„Lausiger Service da drinnen“, sagt Wulle.

Und Max bestätigt: „Nicht mal der Tee war richtig heiß. So sind die Katholen, sparen an allem. Aber komm, lass uns zum Bahnhof gehen, ein paar Münzen sammeln für einen starken Kaffee.“

„Nein“, widerspricht Wulle. „Ich habe jetzt Bock auf einen Glühwein.“

„Wäre schön, aber ich bin völlig blank. Hast du etwa Geld?“

„Nicht wirklich. Aber ich kenne einen auf dem Weihnachtsmarkt, der hoffentlich eine Runde springen lässt.“

Auf dem Markt ist noch nicht viel los. Die meisten Händler öffnen jetzt erst ihre Verkaufsstände, legen gerade ihre Waren aus oder machen ihre Kassen einsatzbereit. Hinter dem Tresen des Stands, zu dem Wulle seinen Kumpel führt, steht ein großer Mann mit Walross-Schnauzer und putzt Keramiktassen.

„Moin, Atze“, grüßt Wulle ihn. „Echt frostig heute, was?“

Atze schaut auf, legt die Stirn in Falten und brummt ein: „Moin.“

„Du, Atze, wäre es möglich, dass mein Freund und ich an einem so kalten Tag einen Glühwein spendiert kriegen?“

Die Stirnfalten des Angesprochenen vertiefen sich. „Wulle“, sagt er verärgert, „du hast mir zwar beim Aufbau der Hütte hier geholfen, aber ich habe dich dafür auch bezahlt. Dass du ab und zu mal einen Glühwein haben kannst, war ausgemacht. Aber ich versorge nicht auch noch deine Kumpels mit.“

„Ist klar“, stimmt Wulle devot zu. „Der Max hier ist aber nicht irgendein Kumpel. Und ich verspreche dir, wenn der Markt vorbei ist, wird auch er uns beim Abbau und Verpacken helfen. Das macht der gern!“

Max nickt bestätigend.

„Sei's drum", lässt Atze sich erweichen. „Dann ist das halt meine gute Tat für heute." Er gießt zwei Portionen dampfenden Glühwein aus einer großen Pumpkanne ein. „Aber die Tassen will ich wiederhaben, sonst gibt es Ärger!"

In den Markt kommt langsam Leben. Die ersten Besucher schlendern durch die Gänge, eine heiße Wurst oder ein Getränk in der Hand. Aus allen Ecken ertönen Weihnachtslieder. Überall leuchten bunte Sterne auf, Engel aus Kunststoff oder Holz verteilen Segen, Nikoläuse tanzen zu alten Rock-Songs.

Max und Wulle trinken, die Ellbogen auf einen hohen runden Tisch gestützt, langsam ihren Wein.

„Und was machst du an Heiligabend?", fragt Max.

Wulle reibt sich nachdenklich über das ausgeprägte Grübchen am Kinn, das unter seinem struppigen Bart versteckt liegt. „Eigentlich wollte ich zur Speisung bei der Caritas, aber ich denke, dieses Jahr gehe ich mal in die Vesperkirche. Ich habe gehört, die haben einen neuen Pfarrer, der nicht so ein nerviger Betbruder ist. Außerdem heißt es, dass die dort gut kochen. Und am Schluss kriegt man noch eine Tüte mit Obst und Süßem. Manchmal sind auch ein Paar Strümpfe von den Landfrauen mit drin."

„Klingt gut!" Max ist beeindruckt. „Ich glaube, da schließe ich mich an." Er schaut über Wulles Schulter und beobachtet Atze, vor dessen Stand sich bereits eine kleine Schlange gebildet hat. „Ist gut im Geschäft, unser Gönner", stellt er fest. „Kennst du den schon lange?"

„Ja", antwortet Wulle. „Seit Jahren. Wir waren mal Kollegen sozusagen. Damals hatte ich eine Imbiss-Bude."

„Nee, was!" Max ist erstaunt. „Du und Imbiss! Mann, das wusste ich gar nicht. Und warum hast du den nicht mehr?"

Wulle dreht seine Tasse in den Händen, sagt aber nichts und guckt an Max vorbei zu einem Verkaufsstand gegenüber, in dem Aufziehäffchen verkauft werden. Der Verkäufer lässt immer wieder welche über den Tresen hüpfen. Einige Leute, die vorbeikommen, amüsieren sich.

Max wird die Stille peinlich, deshalb stößt er seinen Freund leicht an der Schulter und sagt: „Du, tut mir leid, die Fragerei! Geht mich ja auch nichts an."

„Schon gut", beruhigt Wulle ihn. „Ist lange her, fast dreißig Jahre. Ich hatte die Metzgerlehre geschmissen, war auf Zeit beim Bund. Von der Abfindung habe ich mir den Stand gekauft. Dann traf ich Marie und wir heirateten. Den Imbiss führten wir zusammen. Wir arbeiteten praktisch Tag und Nacht, verdienten auch nicht schlecht dabei. Und meine Frau war ein Engel." Wulle verstummt wieder und schaut nach drüben zu den Äffchen. Die Leute lachen, aber niemand kauft eins der Spielzeuge.

Max ist jetzt doch richtig neugierig geworden und kann es nicht abwarten, bis sein Freund weitererzählt. „Ja, und dann", fragt er ungeduldig.

„Sie wurde schwanger."

„Und? Wolltet ihr denn keine Kinder?"

„Sie wurde schwanger von einem anderen."

Max rutscht spontan: „Scheiße", heraus und, nachdem er tief Luft geholt hat, fragt er: „Weißt du das sicher?"

Wulle lächelt freudlos und hebt den Blick. „Ich bin zeugungsunfähig. Das wussten wir schon vor der Hochzeit."

Max ist sprachlos. Ganz langsam dreht er sich eine Zigarette, schaut auf das glitzernde Treiben ringsum, auf den von Glühbirnchen erzeugten Sternenschein, die immergrünen Plastiktannen, die kitschigen Himmelsboten mit den vergoldeten Flügeln, deren Münder aus einem aufgedruckten O bestehen und auf ihre leblos starrenden Augen, die über alles und jeden hinwegblicken.

„Weihnachten", denkt er, „das hier kann doch nicht alles sein." Und dann spricht er es aus. „Sie war ein Engel, sagst du! So eine geht doch nicht fremd!"

„Aber ich bin doch unfruchtbar", empört sich jetzt Wulle über den Freund. „Kapierst du das nicht? Ich habe das nicht ertragen, dass sie mich hintergangen hat. Ich konnte das nicht. Deshalb musste ich weg."

„Was ist dann aus ihr geworden?" Max will es jetzt wissen. „Und aus dem Kind?"

„Keine Ahnung", bekennt Wulle mit rauer Kehle. „Sechs Monate habe ich das ausgehalten, habe mich mit Schnaps betäubt, neben ihr und ihrem dicker werdenden Bauch. Dann bin ich abgehauen." Völlig aufgelöst, mit Tränen in den Augen, sieht er Max an. „Ich weiß einfach nicht, was aus ihnen geworden ist."

Max ist fassungslos, hat keine Ahnung, wie er mit dieser Situation umgehen soll. Das sich überlappende Weihnachtsgeplärre aus den Lautsprechern, das Geglitzer und Geflitter, diese Stimmung, als gäbe es noch Weihnachten wie früher, all das bietet ihm keinen Ausweg aus dieser Situation. Wulle braucht Trost, aber woher nehmen! Max tritt an seine Seite, umarmt ihn unbeholfen, sucht nach Worten. „Wenn sie ein Engel war, und ich glaube dir das aufs Wort“, flüstert er ins Ohr des anderen, „vielleicht ist sie dann gar nicht fremdgegangen. Vielleicht war es ein Wunder!“

Wulles unkontrolliertes Lachen schreckt die Marktbesucher auf. Eilig gehen sie weiter.

Heiligabend. Die beheizte Vesperkirche ist mit Tischen und Bänken in einen Speisesaal verwandelt worden. Es riecht schon nach gekochtem Essen, aber noch redet der Pfarrer. Der bärtige junge Mann steht auf der Kanzel und spricht über jene, denen gegeben wird.

Max hat gedrängt, also sind sie früh losgegangen und haben einen guten Platz erwischt, ziemlich weit vorne in der Nähe des mit Kerzen geschmückten Altars. Voller Genuss trinken sie ihren Eierpunsch, der zur Begrüßung gereicht wurde, und genießen die wohlige Wärme. Später wird von den Helfern Gänsebraten mit Rotkohl und Klößen serviert werden, und am Ausgang steht ein langer Tisch mit den Geschenktüten, zu deren Inhalt auch wieder die Wollerzeugnisse der Landfrauen gehören.

Wulle hat in den vergangenen Tagen viel nachgedacht. Es hat ihm gutgetan, Max von seiner Vergangenheit zu erzählen. Er schaut den Freund an, der ihm gegenübersitzt, und ist immer noch berührt von dessen Bemerkung mit dem Wunder. Seither lässt ihn diese Idee nicht mehr los. Auch jetzt nicht. Deshalb hört er dem Pfarrer auch nicht wirklich zu und bemerkt gar nicht, dass der jetzt kurz innehält, voller Empathie auf seine Gemeinde herunterblickt und sich nachdenklich über das ausgeprägte Grübchen am Kinn reibt, das unter seinem Bart verborgen ist.

Helmut Blepp, *geboren 1959 in Mannheim, Studium Germanistik und Politische Wissenschaften, selbstständig als Trainer und Berater für arbeitsrechtliche Fragen; lebt mit seiner Frau in Lampertheim an der hessischen Bergstraße. Veröffentlichungen: vier Lyrikbände; zahlreiche Beiträge in deutschsprachigen Zeitschriften und Anthologien.*

Zeit zu verschenken

Wieder Dezember, es ist so weit,
Weihnachten, eine besinnliche Zeit?

Darüber habe ich nachgedacht
und ein paar Zeilen dazu gemacht.

Man fragt sich, wo ist der Sinn geblieben,
wenn Menschen sich durch die Kaufhäuser schieben.

Die Kinder vor das Internet setzen
und schnell noch gestresst durch die Läden hetzen.

Zu Hause liegen die Nerven blank,
am Heiligen Abend gibts Unmut und Zank.

Geschenkt werden nur noch fertige Sachen,
es fehlt die Zeit, etwas selber zu machen.

Gekaufte Plätzchen, sie haben keinen Duft,
wo bleibt die heimische Weihnachtsluft?

Egal ob Freunde, Tanten, Neffen,
Devise heißt: Präsent übertreffen!

Nur das Teuerste ist gut und wird gewählt,
das Preisschild rechts unten ist das, was zählt.

Vielleicht sollten wir die Welt wie die Kinder seh'n,
um den Sinn der Weihnachtszeit zu versteh'n.

Es könnte doch ein freundliches Lachen
einen anderen Menschen glücklich machen.

An einem Rosenstrauch nicht nur die Dornen seh'n,
ist ein Dornenstrauch mit Rosen nicht schön?

Und nicht nur an Materielles denken,
wie wär die Idee, einmal Zeit zu verschenken?

Es gibt Menschen, denen hört keiner mehr zu,
auf das, was sie warten, bist vielleicht grade du.

Einem Freund ganz tief in die Augen schau'n,
ihm leise sagen: „Ich will Dir vertrau'n."

Mit unseren Kleinen erzählen und singen,
könnte doch auch uns etwas bringen.

Den Tanz oder die Musik ergründen,
ein Stückchen Zuhause für uns darin finden.

Wenn die Uhren ins Neue Jahr dann schlagen,
wollen sie uns doch nur eines sagen:

Das kostbarste Geschenk ist die Zeit hier auf Erden,
dann kann's in den Herzen Weihnachten werden.

***Margit Ellinger** ist 65 Jahre alt, Mama eines wunderbaren Sohnes. Sie wohnt im Schwarzwald und ist noch berufstätig. Von klein auf schreibt sie Gedichte und Geschichten, mal lustig, mal besinnlich. Lange Zeit war sie im künstlerischen Bereich tätig und hat von dort viele Inspirationen mitgenommen.*

Verflixte Weihnachtswünsche

Freitagnachmittag im Bus nach Hause, alle sind schon etwas müde. Der Gesichtsausdruck der Kleinsten wird immer bedrückter. Drama im Anmarsch. Mama öffnet die Kiste der Pandora und fragt nach.

„Mama, es gibt kein Spielzeug, das ich mir vom Weihnachtsmann wünsche. Eigentlich habe ich alles, was ich brauche."

Aha, auf ein Neues also dieses Dilemma. Mitte November macht sich das vorausschauende Kind natürlich längst Gedanken um die Weihnachtswunschliste. Seit einigen Wochen bereits – und nur noch eineinhalb Monate bis zum Stichtag. Mama ist innerlich gerührt von so viel Bescheidenheit und äußert ihre Sympathie für die reife Einstellung der Fünfjährigen. Wo liegt das Problem?

„Na ja, aber Geschenke möchte ich vom Weihnachtsmann auch bekommen!" Der Ton wird weinerlicher, die Stirn runzelt sich in tiefe Sorgenfalten. Es zerreißt das Mutterherz, es rattert hinter der Mutterstirn.

Und hinter der des Kindes, das nun ins Philosophieren gerät: „Mama, wenn du und Papa und der Weihnachtsmann zusammenarbeiten …"

„Ja …, so muss ich es wohl mal geäußert haben", denkt sie.

„… dann wisst ihr doch bestimmt schon, was ich vom Weihnachtsmann bekomme, oder?"

Die Mama nickt. Vorsichtig jetzt, ganz vorsichtig. Mit dem Kindesvater hat sie bereits nach reifer Überlegung beschlossen, dass ein Haustier ein Deal wäre – kein weiterer Plastikramsch in den Kinderzimmern, dafür eine verantwortungsvolle, nicht selten auch beruhigend wirkende Aufgabe für die ohnehin schon äußerst tierlieben Geschwister.

Meerschweinchen sollen es werden. Die kennt die Kleine schon aus der Tagesstätte, die können draußen wohnen, die werden zur Not auch nicht allzu alt – selbst wenn sie, anders als die bisherigen Haustiere, in den Genuss eines natürlichen Todes kommen sollten.

„Mama?“, reißt die Kleine sie aus ihren Überlegungen.

Zaghaft versucht Mama den Spagat zwischen freudig stimmender Andeutung und kompletter Aufklärung: „Na ja, vielleicht würdet ihr euch ja über neue Familienmitglieder freuen. Welche, die draußen leben können, sodass Papa in der Wohnung nicht die ganze Zeit niesen muss.“

Volltreffer. Schlagartig hellt das kleine Gesicht auf und die schokobraunen Augen leuchten. Die vielen Ideen überschlagen sich beim Verlassen ihres Mundes und schnell wird klar: Nichts, kein Spielzeug, nicht mal Süßkram, könnte dieses Leben noch schöner machen als kleine Fellknäuelgefährten. Schneller als von Mama gehofft, ist klar, um welche Haustiere es sich also handeln soll. Na gut, Überraschungseffekte an Heiligabend werden wahrscheinlich sowieso überbewertet. Wer meinte, dass das Thema damit beendet und die Situation gerettet sei, solle sich belächeln und naiv schelten.

„Mama, dann würde ich vorschlagen, dass der Weihnachtsmann mir ein Gehege bringt, nur ein Gehege!“

Auf die Frage, was sie denn mit einem Gehege ohne Meerschweinchen – oder beliebige andere Nager – wolle (vielleicht kann es ja doch noch irgendwie eine Halbüberraschung werden), kommt prompt eine umfänglich durchdachte Antwort: „Auf gar keinen Fall soll der Weihnachtsmann die Meerschweinchen bringen, die holen wir uns dann lieber selber. Alles andere wäre ja absolute Tierquälerei. So eine weite Reise vom Nordpol bis hierher! Und stell dir nur vor, wenn die armen Kleinen während des Schlittenfluges unter die großen, schweren Geschenke im Weihnachtsmannsack rutschen!“

Ja, so betrachtet … nickend stimmt die Mutter zu. Und kommt mental zu dem Schluss, dass das dann in der Summe nicht signifikant mehr Geschenke zum Auspacken auf dem Gabentisch ergibt als zu Beginn des Gesprächs. Das Minus auf dem Konto für diese Anschaffung wird da schon größer … und dann sind sie auch schon angekommen. Nicht an der Lösung des Auspackgeschenkeanzahlproblems, aber immerhin an der Zielhaltestelle.

Kristin Hogk, *geboren 1978 in Salzwedel. Schon als Kind bereitete es ihr Vergnügen, oft auch Erleichterung, Gedichte und kurze Texte zu verfassen. Aus Liebe zur Sprache absolvierte ich ein Studium zur Diplomübersetzerin. Heute arbeitet sie als Sprachlehrerin.*

Nach Weihnachten

Weihnachten und der Jahreswechsel sind vorbei und der Kühlschrank muss wieder aufgefüllt werden. Dies scheint bei sehr vielen Mitbürgern der Fall zu sein, sodass es in der Lebensmittelabteilung des Supermarktes sehr voll ist. In dem ganzen Gedränge fällt mir plötzlich ein Vati mit seinem kleinen Kind auf. Er kommt mir mit dem schätzungsweise höchstens vierjährigen Kind an der Hand entgegen und läuft schnurstracks in Richtung der Fleischtheke. Das Kind läuft artig mit der unter ihren Arm geklemmten Puppe an der Hand. Ein schönes Bild.

Wieder zu Hause angekommen, fällt mir nochmals dieses Bild von Vati und Kind ein. Das kleine Kind läuft voller Vertrauen mit ihrem Vati. Es weiß nicht, wohin der Weg als Nächstes führt, es weiß nicht, ob das Ziel lohnenswert ist. Es vertraut darauf, dass sein Vati es nicht einfach stehen lassen wird. Es vertraut darauf, dass es bei ihm bleiben kann und irgendwann auch wieder zu Hause ankommen wird, dort, wo es sich auskennt. Es fühlt sich aber über den engen Kontakt mit seinem Vati durch das An-der-Hand-Führen bei ihm geborgen und sicher.

So wollen wir uns doch alle fühlen, geborgen und sicher. Für die einen sind es die Eltern, für andere die Geschwister oder liebe Mitmenschen, die uns zur Seite stehen, uns Geborgenheit und Sicherheit geben. Dabei ist es teilweise ausreichend zu wissen, dass da jemand ist, auf den ich mich verlassen kann. Da ist jemand, den ich nur anzurufen brauche, um seinen Beistand, seine Hilfe zu erhalten. Jemand, auf den ich zählen kann. Er muss ja nicht gleich losspurten und kommen, es reicht schon, wenn ich ihm mein Leid oder meine Sorgen mitteilen kann. Er oder sie hört mir zu, hat Zeit für mich. Und wenn er dann auch noch einen brauchbaren Rat geben oder tatsächlich helfend eingreifen kann, umso besser.

Andere suchen Geborgenheit und Hilfe in der Kirche. Sie vertrauen dort den entsprechenden Personen und Institutionen ihre Kümmernisse an. Und auch sie bekommen Rat, Beistand und Hilfe aus diesen Quellen. Sei es beim Pfarrer, sei es in den Kirchenkreisen, den Gebetskreisen, bei den Kirchenchor-Mitgliedern oder bei anderen Gelegenheiten.

Lässt man aus dem Wort *Vertrauen* nur einen Buchstaben weg, dann erhält man das Wort *vertauen.* Darin steckt nun der Wortteil *Tau.* Und mit einem Tau wird etwas vertäut. Und wenn etwas vertäut ist, dann ist es festgemacht. Ein Schiff wird am Kai festgemacht, um nicht abgetrieben zu werden. Das Tau ist das Bindeglied zwischen sicherem Festland und ungestümen Meer. Und so ist das Vertrauen das Bindeglied zwischen den Unwägbarkeiten des Lebens, wie es sich tatsächlich darstellt, und der dringend benötigten Sicherheit und Zufriedenheit jedes Einzelnen.

Jeder von uns vertraut anderen Menschen. Wir vertrauen beispielsweise drauf, dass unsere Politiker das unserer Meinung nach Richtige tun. Wir vertrauen darauf, dass, wenn wir uns abends schlafen legen, am folgenden Morgen wieder erwachen. Dass dann, wenn wir zum Arzt gehen (müssen), er die richtige Diagnose stellt und die notwendigen Mittel verordnet, die uns aus dem körperlichen oder geistigen Dilemma schnellstmöglich herausführen.

Jeder von uns kann auch Vertrauensperson sein. Jeder von uns kann gerade derjenige oder diejenige sein, in die Mitmenschen Vertrauen setzen. Jedem von uns kann ein Tau gereicht werden, um Hilfesuchende oder Ratlose festzuzurren, damit sie nicht abgetrieben werden. Und jeder von uns sollte, sofern ihm das möglich ist, das Tauende greifen und Vertrauen und damit Hilfe gewähren.

Gemeinsam, so wie das kleine Kind nach Weihnachten im Supermarkt an der Hand seines Vatis, lässt sich das Ziel von Geborgenheit und Sicherheit durch Vertrauen erreichen.

Ich vertraue darauf.

Charlie Hagist *wurde 1947 in Berlin-Steglitz geboren. Nach Grund- und Oberschule absolvierte er eine Ausbildung zum Bankkaufmann. Während seiner Tätigkeit in der Personalabteilung des Hauses bildete er sich zusätzlich zum Personalfachkaufmann (IHK) weiter. Ehrenamtlich war er als Richter am Amtsgericht Berlin-Tiergarten, am Sozialgericht Berlin und danach am Landessozialgericht Berlin tätig. Charlie Hagist ist verheiratet, hat einen Sohn.*

Geflügelte haben Vorrang

„Kommen wir zur Angelegenheit 777, in der sich Sankt Nikolaus wegen seiner Verkehrsdelikte zu verantworten hat! Die Anwesenheit des obersten Richters ist in diesem Fall nicht erforderlich."

Vertreter desselben war ein hochrangiger Engelsfürst mit weißer Lockenpracht. Er warf dem Gerichtsdiener, der an der Tür des himmlischen Gerichtssaales der Anordnung seines Herrn harrte, einen auffordernden Blick zu. „Ariel, walte deines Amtes!"

Der kleine Luftgeist, der im christlichen Himmel zwar einer bescheidenen, aber sicheren Arbeit nachging, verschwand behände hinter der Tür.

Es dauerte eine Weile, bis er in Begleitung des Nikolauses wieder erschien. Dieser hatte trotz seiner derben Stiefel sichtlich Schwierigkeiten, Haltung zu bewahren. Er kämpfte mit der Schwerelosigkeit. Mehrmals musste Ariel den Angeklagten von der Decke herabziehen, wohin er immer wieder zu entschweben drohte.

„Am besten bleibst du stehen und hältst dich an der Balustrade fest!", resignierte der Vorsitzende, nachdem sich der fromme Mann vergeblich abgemüht hatte, auf der Anklagebank Platz zu nehmen. „Es ist ja nicht mit anzusehen, wie du herumzappelst!"

„Danke, Euer Ehren!", erwiderte dieser merklich erleichtert und klammerte sich mit aller Kraft an das Geländer.

„Sankt Nikolaus, so geht es nicht!", seufzte der Richter, nachdem der Beschuldigte einen halbwegs sicheren Stand gefunden hatte. „Hast du denn gar nicht gelernt, wie man sich auf den Himmelsstraßen benimmt? Immer wieder hören wir von Vorkommnissen, die in unserer Sphäre einfach nicht geschehen dürfen!"

Der Nikolaus murmelte etwas in seinen Bart, der noch rötlich war, denn er war ein sehr junger Nikolaus. Im Gerichtssaal wurde es unruhig. Einige der himmlischen Zuhörer, die zu dieser willkommenen Abwechslung zahlreich erschienen waren, begannen zu tuscheln.

„Geht es auch etwas deutlicher?", fragte der Vorsitzende spitz und spreizte ein wenig die Flügel, um das Publikum zur Andacht zu ermahnen.

„Ja, Ihr habt recht, Euer Ehren", erwiderte der Weihnachtsmann noch immer recht kleinlaut. „Ich habe manchmal Probleme mit der Leichtigkeit. Immer wieder komme ich in der jahreszeitlich bedingten Eile vom Kurs ab."

„Probleme mit der Leichtigkeit nennst du das!", stellte der Richter verständnislos fest und schüttelte so heftig den Kopf, dass weißer Puder aus seinen Locken rieselte. „Wir haben allein in dieser Saison etliche Beschwerden von Gesandten erhalten, denen du mit deinem Schlitten den Weg versperrt hast! Du bist ein unüberwindliches Hindernis auf der Himmelsstraße! Für den Nikolaus aber heißt es: *Geflügelte haben grundsätzlich Vorrang!*"

Von der Tür kam ein unterdrücktes Kichern.

„Bitte keine Privatunterhaltungen im Gerichtssaal!", mahnte der Vorsitzende. „Ariel, was ist da wieder los?"

Der Luftgeist wollte wohl einigen der Anwesenden mit seinem Witz imponieren. Er warf sich in seine schmächtige Brust und fragte listig – wohl wissend, dass er trotz seiner langen Dienstzeit immer noch als Exot betrachtet wurde: „Gilt das auch für mich?"

Doch er erntete nichts als einen vernichtenden Blick, der besagte: „Reiß' dich zusammen, Mann! Du weißt, du kommst von einer anderen Zunft! Sei froh, dass wir dich hier überhaupt beschäftigen!"

Gekränkt verzog Ariel sich in seinen Winkel, doch da platzte unvermittelt das Christkind persönlich herein. Es war sehr ärgerlich.

„Was geht hier vor?", schimpfte es und stampfte mit dem Fuß auf. „Warum hilft uns denn niemand mit den Geschenken? Wir können sie unmöglich allein zur Erde bringen und verlangen, dass Sankt Nikolaus auf der Stelle entlastet wird!"

Der Vorsitzende raufte sich entnervt die Haare, was unmissverständliches Kichern auf den Zuschauerbänken bewirkte. Schnell zog er die Perücke wieder über seine spärlichen Strähnen, sah das Christkind durchdringend an und fragte: „Übernehmt Ihr die Verantwortung, Majestät?"

„Aber selbstverständlich tun wir das!", rief das himmlische Kind aufgebracht. „Es wird höchste Zeit! Die Menschen können nicht länger warten!"

„Also gut!" Das Wort des Gotteskindes hatte Gewicht. Der Richter erhob sich, um das Urteil zu verkünden. Das Publikum tat es ihm gleich. „Wir wollen noch einmal Gnade vor Recht ergehen lassen und unsere Kuriere anweisen, sich in dieser Zeit ebenfalls vorzusehen. Sankt Nikolaus, du kannst jetzt gehen, jedoch wirst du noch einige himmlische Schlittenfahrstunden nehmen müssen, damit es nicht immer wieder zu unliebsamen Zwischenfällen kommt!" Mit einem letzten „Amen" erklärte er die Verhandlung für geschlossen und sank erschöpft auf seinen Stuhl.

„Und jetzt schnell zur Erde!", befahl das Christkind energisch und zog den Nikolaus am Ärmel seines roten Mantels hinter sich her. „Knecht Ruprecht wartet schon mit dem Schlitten und das Rentier scharrt ungeduldig mit den Hufen!"

„Bitte nehmt mich mit!", erklang da eine helle Stimme von der Tür. Ariel, der Luftgeist, entfaltete stolz eine Schriftrolle. „Soeben erhalte ich die Einladung eines alten irdischen Dichters, in seinem Stück mitzuwirken! Der Barde heißt Shakespeare, und es wird wohl recht stürmisch", verkündete er strahlend. „Ich denke, ich nehme die Einladung an und wünsche allseits ein frohes Fest!" Die Rolle schwenkend folgte er Christkind samt Nikolaus fröhlich hinaus in den Äther.

Unter jubelndem Beifall sackte der Vorsitzende auf seinem Stuhl zusammen. „Weihnachten – was für ein Tag!", stöhnte er.

__Christine Kuhlmann__ lebt in Bielefeld.

Der Zauber des Weihnachtsbaums

In einem abgelegenen russischen Dorf namens Swjosdny, das tief im Herzen Russlands lag, begann vor vielen Jahren ein Weihnachtsmärchen. Der Name Swjosdny bedeutete *sternig*, denn nachts leuchtete der Himmel über dem Dorf mit unzähligen funkelnden Sternen. Im Gegensatz zu den lauten und hektischen Städten, die weit entfernt waren, herrschte in Swjosdny eine märchenhafte Stille, die nur von dem fröhlichen Lachen der Kinder unterbrochen wurde, die im Schnee spielten.

In diesem verträumten Dorf lebte ein besonders aufgewecktes kleines Mädchen namens Katja. Katja hatte strahlende Augen und eine unerschütterliche Begeisterung für die Weihnachtszeit. Sie liebte es, Geschichten über den Zauber des Weihnachtsbaums zu hören, der jedem, der ihn berührte, einen Wunsch erfüllte. Sie glaubte fest daran, dass es irgendwo einen solchen Baum gab, der nur auf sie wartete.

Jedes Jahr suchte sie gemeinsam mit ihrem Großvater nach dem perfekten Baum, aber bisher hatte sie noch keinen gefunden, der ihrem Herzen entsprach. Ihr Großvater war ein weiser und gütiger Mann mit einem langen, silbernen Bart, der Katja über alles liebte. Er unterstützte ihren Traum, auch wenn er manchmal schmunzeln musste.

„Katja, mein Schatz", sagte er liebevoll zu ihr, als sie durch den verschneiten Wald stapften. „Du solltest doch wissen, dass es keinen magischen Weihnachtsbaum gibt. Das sind nur Märchen für Kinder." Er strich ihr sanft über das Haar und sah sie besorgt an.

„Aber Großvater", widersprach Katja. „Du hast mir doch selbst immer diese Geschichten erzählt. Und du hast mir auch gesagt, dass alles möglich ist, wenn man nur fest genug daran glaubt."

„Das stimmt", seufzte ihr Großvater. „Aber man muss auch realistisch sein. Es gibt so viele Bäume in diesem Wald. Wie willst du da den richtigen finden?"

„Ich werde ihn erkennen, wenn ich ihn sehe", sagte Katja entschlossen. „Er wird mir ein Zeichen geben.“ Ihr Großvater lächelte verständnisvoll und drückte ihre Hand. Er wusste, dass es keinen Sinn hatte, sie von ihrem Traum abzubringen. Er hoffte nur, dass sie nicht enttäuscht wurde.

In diesem Jahr jedoch, an einem eisigen Dezembermorgen, führte sie ihr Großvater tief in den Wald hinein. Die Bäume, die ihre schneebedeckten Äste gen Himmel reckten, glitzerten wie Kristalle im sanften Licht der aufgehenden Sonne. Der frische Schnee bedeckte den Waldboden wie ein weicher, weißer Teppich und glänzte im Schein der ersten Morgenstrahlen.

Katja folgte ihrem Großvater, während sie die verschneite Pracht bewunderte. Plötzlich blieb sie stehen und starrte auf einen Baum, der sich von den anderen abhob. Er war hoch und majestätisch, mit glitzernden Eiszapfen, die von seinen Zweigen baumelten und im sanften Wind tanzten.

„Großvater, das ist der Baum, den ich suche!“, rief Katja begeistert aus. Sie spürte ein warmes Kribbeln in ihrem Herzen, als hätte der Baum ihr ein Geheimnis verraten. Sie rannte zu ihm hin und umarmte seinen Stamm.

Ihr Großvater nickte zustimmend und half ihr dabei, den Baum vorsichtig aus dem Schnee zu befreien. Er musste zugeben, dass der Baum sehr schön war, aber er glaubte nicht an seinen Zauber. Er hatte schon zahlreiche Weihnachten erlebt, bei denen er jede Hoffnung auf Wunder verloren hatte.

Der Großvater fällte den Baum und mithilfe der Dorfbewohner trugen sie ihn zurück ins Dorf. Katja konnte es kaum erwarten, ihn zu schmücken. Sie hatte schon viele bunte Kugeln und Kerzen bereitgelegt, die ihr der Großvater geschenkt hatte, denn sie wollte den Baum so schön machen wie möglich, damit er ihr ihren Wunsch erfüllen würde.

Der Baum erstrahlte in einem wunderbaren Glanz, als Katja ihn mit funkelnden Weihnachtskugeln verzierte. Glänzende Girlanden schlängelten sich um die Äste wie zauberhafte Bänder aus Licht und handgefertigte Ornamente fanden ihren Platz zwischen den grünen Zweigen.

Doch als Katja die letzte Kerze anzündete, geschah etwas Unerwartetes. Die Sterne am Himmel begannen zu tanzen und funkelten heller als je zuvor. Eine sanfte Melodie ertönte in der Luft – und plötzlich erschien ein großer Bär aus dem Wald. Sein Fell schimmerte im Glanz der Lichter und seine Augen waren voller Freundlichkeit und Güte.

Die Menschen im Dorf erschraken, als sie den Bären sahen, und flohen in ihre Häuser, weil sie Angst vor ihm hatten. Sie dachten, dass er gefährlich sei und ihnen etwas antun wollte. Doch Katja blieb mutig stehen und sprach sanft mit dem Bären. Der Bär verstand Katjas Worte und näherte sich langsam. Katja streckte vorsichtig ihre Hand aus und der Bär beugte sich herab, um sie zu berühren.

„Du bist ein tapferes Kind“, sagte der Bär mit einem tiefen Brummen. „Ich bin gekommen, um dir meinen Wunsch zu verraten.“

„Was ist dein Wunsch?“, fragte Katja neugierig.

„Ich wünsche mir …“, sagte der Bär und machte eine kurze Pause. „Ich wünsche mir … einen Honigkuchen mit Nüssen und Rosinen!“

Katja lachte überrascht auf. Sie hatte nicht erwartet, dass der Bär einen so einfachen Wunsch haben würde. „Das ist ein schöner Wunsch“, sagte sie fröhlich. „Ich bin sicher, dass wir dir einen Honigkuchen backen können.“

Der Bär freute sich sehr und dankte Katja für ihre Freundlichkeit. Er setzte sich neben den festlich dekorierten Baum und wartete geduldig auf seinen Honigkuchen. Die Menschen, die zuerst erschrocken davongelaufen waren, kehrten langsam zurück, als sie die friedliche Szene sahen.

Nach dem Bären kamen weitere Tiere aus dem Wald, die von Katjas heller Stimme angezogen wurden. Ein majestätischer Wolf trat aus den Schatten hervor, gefolgt von einer Herde friedlicher Rehe.

„Du bist eine außergewöhnliche junge Dame“, sagte der Wolf, während er Katja mit bewunderten Augen ansah. „Deine Ehrlichkeit und dein Mut gleichen dem silbernen Schein des Mondes, der die Dunkelheit durchbricht. In einer Welt, in der die Menschen oft vergessen, wie wichtig es ist, einander Liebe und Freundlichkeit zu schenken, bist du ein lebendiges Beispiel dafür, wie ein Herz, das von Güte erfüllt ist, das Licht in den Herzen anderer entzünden kann.“ Er sagte einige Verse aus einem alten Gedicht auf, das von der Schönheit der Natur handelte.

„Das gefällt mir sehr gut“, sagte Katja beeindruckt. „Du bist klug und gebildet.“ Der Wolf bedankte sich für das Kompliment und setzte sich neben den Bären.

„Wir fühlen die Magie der Weihnachtszeit in deiner Gegenwart", sprachen die Rehe mit sanften Stimmen, während sie Katja mit ihren braunen Augen ansahen. Ihr Atem zeichnete zarte Nebelschwaden in die frostige Luft. „Deine Freundlichkeit und dein Herz leuchten wie die funkelnden Sterne am winterlichen Himmel und erhellen unsere Welt." Die Rehe sangen ein altes Lied, das von der Harmonie zwischen den Menschen und den Tieren handelte.

„Das ist sehr schön", sagte Katja gerührt. „Ihr habt wunderbare Stimmen." Die Rehe bedankten sich für das Lob und legten sich neben den Wolf.

Katja war überglücklich, als sie die Tiere und die Menschen zusammen sah. Der Weihnachtsbaum hatte ihren sehnlichsten Wunsch in Erfüllung gehen lassen, dass alle Menschen und Tiere friedlich zusammenleben könnten.

Sie schloss den Bären, den Wolf und die Rehe in ihre Arme und umarmte auch ihren Großvater, der sie bewundernd ansah. Er hatte seine Zweifel an dem Zauber des Weihnachtsbaums verloren, denn er hatte gesehen, wie Katja ihn mit ihrer grenzenlosen Liebe zum Leben erweckt hatte.

Und so endet unsere Geschichte aus dem Dorf Swjosdny, wo die Liebe und der Glaube an die Magie der Weihnachtszeit für immer im Herzen der Menschen und Tiere lebten.

Volker Liebelt, *Jahrgang 1966, lebt in der idyllischen Stadt Öhringen. Nach der Veröffentlichung von „Die Legende vom Sternenbaum" präsentiert er mit „Der Zauber des Weihnachtsbaums" sein zweites russisches Märchen.*

Der Zimtstern

Ein Zimtstern bröselt vor sich hin.
In diesem Tun liegt sehr viel Sinn.

Denn alles Feste dieser Welt besteht,
so lang die Schwerkraft hält.

Wird diese jedoch zu extrem,
kann auch was in die Brüche geh'n.

In diesem Fall entfiel die Speise
auf einem Weihnachtsmarkt ganz leise

aus einer bunten Einkaufstüte.
Der Kommentar: „Du meine Güte!"

Hartmut Gelhaar, *Jahrgang 1948, Rentner, lebt in Wernigerode. Hat bereits in mehreren Anthologien veröffentlicht. Eigene E-Buch-Publikationen unter bookrix,de/-texter.*

Die lange Nacht der Bescherung: Neue Freunde

Was bisher geschah: Da sich Santa Clause einen männlichen Nachfolger für das Weihnachtsgeschäft wünschte, tauschten die Geschwister Eli und Bernhard die Plätze. Die Verteilung der Geschenke verlief reibungslos, bis Eli in Turbulenzen geriet, die Rentiere verlor und mit dem Schlitten zu Boden sauste. Nun muss sie die Rentiere wiederfinden. Wird es gelingen?

Elis Suche nach den verloren gegangenen Rentieren führte sie tief in einen Wald von Neustadt hinein. An ihrer Seite flog ein magischer Gegenstand namens Liste. Sie konnte sprechen und sich unsichtbar machen. Nach Absprache navigierte Liste Eli.

Plötzlich blieb Eli stehen. Sie hörte Stimmen. „Nicht sprechen, Liste! Es scheinen Menschen zu sein. Bleib unsichtbar."

„Klar, Eli", piepste Liste. Sie war einer der wenigen Gegenstände im Wunder-Weihnachtsland mit der Gabe, sprechen zu können. Dafür sorgte allein Magie. Eli würde sich momentan am liebsten auch unsichtbar machen können.

„Mir ist komisch bei dem Gedanken, das Rentier alleine zu lassen. Es hat so ein seltsames Gewand an mit Weihnachtsglöckchen. Und dann diese Aufschrift: *Comet, Heimatort Nordpol.* Das ist doch wirklich seltsam, Peter", sagte eine Mädchenstimme.

Eli drückte einen Zweig zur Seite. Sie erkannte ein Mädchen und einen Jungen. Schätzungsweise waren beide um die 13 Jahre alt. Der Junge war einen Kopf größer als das Mädchen und etwas stämmiger. Beide trugen dicke Wintermäntel, Handschuhe, Jeans und Boots. Das Mädchen hatte kurzes schwarzes Haar und der Junge rötliches.

„Wir können nicht jedes heimatlose Tier mit nach Hause nehmen, Gitte. Wir haben zwar einen Bauernhof, aber gerade sind da erst mehrere dieser Rentiere aufgetaucht. Das werden langsam zu viele."

„Die tragen auch so komische Glöckchen. Das ist doch kein Zufall, Peter!", rief Gitte.

Eli hatte Vertrauen zu den Menschenkindern. Im Wunder-Weihnachtsland konnte sie alle Geschöpfe schnell einordnen. So hoffte sie, sich auf diese Gabe verlassen zu können. Eli blieb vielleicht auch keine andere Wahl – diese Kinder wussten etwas über die anderen Rentiere. Eli trat aus dem Dickicht hervor.

Die Kinder erschraken. „Wer bist du?“, rief Peter. „Belauschst du uns?“

„Was trägst du eigentlich für komische Sachen?“, lachte Gitte.

„Das sind meine Arbeitssachen“, sagte Eli.

„Du bist vielleicht ein komischer Junge“, fügte Peter hinzu „Machst dich in Weihnachtskleidung zum Kasper.“

„Was ist ein Kasper?“, fragte Eli. „Den gibt es bei uns zu Hause nicht.“

Die Kinder sahen Eli verstört an. „Du kennst Kasperletheater nicht?“

Eli schüttelte den Kopf. „Nein. Ich verteile Weihnachtsgeschenke. Meine Rentiere und ich sind in ein schweres Gewitter geraten. Der Schlitten stürzte ab und die Rentiere sind verloren gegangen. Nun muss ich sie wieder einsammeln. Helft ihr mir? Ich bekomme sonst Ärger mit meinem Vater. Das möchte ich nicht. Außerdem weiß ich nicht, welche Auswirkungen es auf das Weihnachtsfest haben wird.“

Peter lachte laut auf. „Warum sollte sich deine Arbeit auf das Weihnachtsfest auswirken? Wir bekommen Geschenke von unseren Eltern. Die sitzen schon zu Hause und warten. Wir wollten nur noch in den Wald, um Feuerholz für den Kamin zu holen. Dann haben wir ein einzelnes Rentier gesehen und waren am Überlegen, was wir damit machen werden. Und dann bist du uns über den Weg gelaufen.“

„Zeigt mir bitte das Rentier. Ich hörte euer Gespräch mit. Ihr sagtet, es sei Comet. Es ist das Lieblingsrentier meines Vaters.“

„Du hast uns doch belauscht! Aber wieso sollten wir dir glauben, dass die Rentiere dir oder deinem Vater gehören?“

„Zeig es ihnen, Liste. Ich befürchte, sie glauben mir sonst nicht“, rief Eli ins scheinbare Nichts.

Peter zeigte einen Vogel. Gitte lachte. Ihr Lachen verstummte, als vor ihnen ein schwebendes Stück braunes Papier auftauchte. Sie schrien.

„Beruhigt euch“, sagte Liste.

Die Kinder schrien noch lauter.

„Liste ist friedlich. Sie tut niemandem etwas. Sie hilft mir bei der Suche nach den Rentieren. Bitte zeig ihnen, was ich meine, Liste."

„Klar, Eli"

Liste schwebte vor den Kindern in der Luft herum, die immer irritierter wurden und die Welt nicht mehr verstanden, bis eine Karte von Neustadt mit acht Rentiernamen erschien. Vier waren beim Zoo. Drei bei einem Bauernhof und Comet war in der Nähe der Kinder und Eli.

„Eli Clause", las Gitte. Sie starrte Eli an. „Bist du ein Mädchen?"

Eli nickte. „Santa Clause ist mein Vater. Eigentlich sollte mein Bruder Bernhard die Weihnachtsgeschenke austeilen, wisst ihr. Das macht sonst Vater jedes Jahr. Es ist das erste Jahr, dass eines seiner Kinder in seine Fußstapfen treten darf. Die Rentiere ziehen den Schlitten mit den Geschenken in einer Nacht um die ganze Welt und das wollte ich einmal machen. Leider geriet ich in ein Unwetter und verlor dabei die Rentiere."

„Du spinnst. Wie soll das funktionieren? Fliegende Rentiere", schimpfte Peter.

„Mit Magie. Du siehst doch Liste. Warum sollte es den Weihnachtsmann oder fliegende Rentiere nicht geben?"

Die Kinder schwiegen. Eli hatte gute Argumente. Es klang zwar alles etwas unglaubwürdig, aber wenn man schon eine fliegende Liste sah, noch dazu eine, die sprach, was sollte es da nicht noch alles geben?

„Und deine Rentiere können auch sprechen?", fragte Gitte nun neugierig.

Eli lachte. „Nein. Sie verstehen mich zwar, aber sie sprechen nicht. Könnt ihr mich zu Comet führen?"

„Klar. Wir helfen dir“, sagte Gitte. „Das tun wir doch, Peter, oder?“

Peter nickte zustimmend. „Du bist dir sicher, dass die anderen auch zu dir gehören?“

„Überaus sicher“, grinste Eli. „Könnt ihr mich auch zu denen bringen? Ist euer Bauernhof weit von hier?“

„Nein. Wir fahren mit den Fahrrädern. Das dauert nicht lange. Nur können wir dich nicht mitnehmen. Wie kommst du hinter uns her?“

„Wenn Comet in Ordnung ist, werde ich auf ihm reiten“, erklärte Eli.

Die Kinder führten Eli zu einer Lichtung. Dort stand ein grasendes Rentier. Comet schien trotz des Absturzes sorgenfrei zu sein. Das Gras schien seine ganze Aufmerksamkeit in Anspruch zu nehmen. Als er jedoch Eli sah, ließ er alles stehen und liegen. Fröhlich sprang er auf Eli zu.

„Comet, guter Junge“, rief Eli erfreut.

Comets Schwanz wedelte wie der eines Hundes. Kurz vor Eli stoppte Comet. Er leckte ihr Gesicht ab.

„Ich freue mich auch, dich zu sehen. Geht es dir gut?“

Comet nickte zustimmend.

„Das ist ja der Wahnsinn“, staunte Peter.

„Der versteht dich.“ Eli lachte.

„Glaubt ihr nun, dass ich die Wahrheit sage?“, fragte sie.

Die Kinder nickten.

„Komm mit zu uns nach Hause. Wir zeigen dir, wo die anderen Rentiere sind.“

Die Kinder schwangen sich auf ihre Fahrräder. Eli folgte ihnen auf Comet. Das Rentier war fast nicht zu bremsen. Die Kinder hatten Spaß daran, das ungewöhnliche Gespann zu beobachten.

Liste hatte sich unsichtbar gemacht, damit man sie auf ihrem Weg zum Bauernhof nicht sah.

Währenddessen hatten Bruder Bernhard, Obermechanikelf Mechaniko und Elfin Erika den Standort von Eli ausgemacht. Kurz vor dem Absturz des Schlittens hatte Eli noch mit Bernhard telefoniert. Dann war der Kontakt abgebrochen. Bernhard und Erika suchten Mechaniko auf. Zusammen hatten sie lange versucht, eine Peilung zu Mobile zu kriegen.

Mit Mechanikos Hilfe erhielten sie langsam ein schwaches Funksignal.

„Sie sind in Deutschland. Die Rentiere sind verstreut. Eli ist nur mit Comet zusammen. Ihr solltet besser mit eurem Vater reden und zu ihr eilen. Vielleicht braucht sie Hilfe?", sagte Mechaniko.

Wie wohl Vater Clause reagieren wird? Das erfahrt ihr in der Fortsetzung.

Vanessa Boecking: *Autorin verschiedener Genres. „Damian, der Zauberer", Fantasy/Märchen. „Osiris, die Supermumie" Fantasy/Manga.*

Alle Jahre wieder

Dunkle Nächte, Schneegestöber,
Kletzenbrote, Kranz,
Weihnachtsmärkte, Kerzenlichter,
viel Klimbim und Glanz.
Jeder merkt, es ist Advent:
erste Kerze brennt.

Rasch Geschenke überlegen,
Kekse backen auch,
Nikolaus und Krampus nahen,
Zimt- und Nelkenhauch.
Jeder merkt, es ist Advent:
zweite Kerze brennt.

Zapfen, Engel, Tannenzweige,
Sterne, Glöckchen, Band,
Weihnachtslieder auf der Geige,
Putztuch in der Hand.
Jeder merkt, es ist Advent:
dritte Kerze brennt.

Christbaum, Schmuck und Eislametta,
Weihnachtsgansl, Kraut,
eingekauft bei Sturm und Wetter,
Krippe aufgebaut.
Jeder merkt, es ist Advent:
vierte Kerze brennt.

Essen, trinken, Mette gehen,
Packerl aufgemacht,
Baum erstrahlt im Kerzenlichte:
Ach du stille Nacht!

Elisabeth Seiberl, *Vorderweißenbach, Oberösterreich, veröffentlicht Kurzgeschichten und Gedichte in Anthologien und Literaturzeitschriften.*

Ein Haustier im Himmel

„Waren das alle eure Anordnungen?“ Fragend sah Onni Petrus an.

„Ja, aus meiner Sicht ist alles erledigt, es sei denn, du hast noch ein Anliegen ...“ Petrus blickte den Wunschengel auffordernd an.

Gedankenversunken schüttelte Onni den Kopf. „Nein, ... nein, ... das waren zunächst einmal alle Anliegen und Wünsche von meiner Liste, die unklar waren.“

„Zunächst einmal ...?“ Jetzt wurde Petrus hellhörig. „Also gibt es noch Wünsche oder Anliegen, die nicht klar abgegrenzt werden können?“, hakte er nach.

„Gibt es die nicht immer?“, wich Onni einer direkten Antwort aus.

„Ich sehe schon, du weißt noch nicht, wie du sie mir unterbreiten sollst“, grinste Petrus plötzlich. „Aber dieses Mal falle ich nicht auf deine Erklärungsversuche rein ... Du musst dir gute Argumente überlegen.“

„Das dachte ich mir“, sagte Onni mehr zu sich selbst als zu Petrus. Er nickte dem Himmelsvorsteher zu und verließ sein Büro.

Eigentlich konnte er zufrieden sein. Beide hatten die unklaren Wünsche mancher Engel nach dem himmlischen Regelwerk diskutiert und Kompromisse gefunden. Die Neutralität von Petrus war dabei hilfreich, wo Onni zu viel Eifer an den Tag legte, wenn ihm die Wünsche richtig und wichtig vorkamen oder er mit den Wünschenden freundschaftlich verbunden war.

Petrus spürte: Onni beschäftigte etwas Außergewöhnliches. Irgendwann würde er damit rausrücken, wie seinerzeit, als er ihn zum Wunschengel gemacht und völlig vergessen hatte, dass auch Onni Wünsche hatte. „Herrje“, dachte Petrus „wie lange ist das schon wieder her?“

Sollte Onni tatsächlich einen persönlichen Wunsch hegen, würde er versuchen, selbigen zu erfüllen, da Onni fast nie um etwas bat. Dazu musste der Wunschengel aber offensichtlich erst einmal den Mut aufbringen, schien es ihm. So beschloss er, ihn ein wenig im

Auge zu behalten. Vielleicht fand sich ein Hinweis. Ein unglücklicher Wunschengel war unvorstellbar und für niemanden eine Bereicherung.

Andreana, Onnis Freundin, fiel ihm ein. Vielleicht wusste sie, was ihn beschäftigte. Doch dann kam ihn in den Sinn, dass sie zurzeit auf der Erde verweilte, um Glücksmuscheln zu suchen, die die Sternenkinder an Weihnachten erhielten …

Petrus überlegte weiter. Amelie, die Himmelsbäckerin. Im Vorjahr hatte Onni ihr auf listige Weise einen Wunsch erfüllt und hatte damit eine himmlische Tradition übergangen. Seither war sie eine seiner Verbündeten.

Petrus hatte bereits eine Idee im Hinterkopf, wie er es anstellen würde. Freiwillig würde Amelie nichts preisgeben, was ihre Freunde oder Onni nicht selbst erzählten. Er würde sie mit einer Schmeichelei bestechen müssen, indem er ihr erlaubte, etwas zu backen, was unüblich war, was sie sich aber schon lange wünschte.

„Das könnte klappen", dachte er.

Früh am nächsten Morgen betrat Petrus die Backstube. Alle waren emsig bei der Arbeit, buken süße Rosinenbrote oder bereiteten Teig für das sonntägliche Himmelsbrot vor. Amelie stand mit dem Rücken zur Backstube und studierte ein Rezept, als Petrus sich hinter ihr räusperte. Mit einem genervten Blick drehte sie sich um. Ihre Gesichtszüge veränderten sich schlagartig, als sie Petrus erkannte, und sie war froh, dass ihr kein unfreundlicher Satz wie: „Was ist denn nun wieder unklar?" , entschlüpft war. Stattdessen wischte sie vor Überraschung die Finger an der Schürze ab. Dann fragte sie keck mit schiefgelegtem Kopf: „Was habe ich dieses Mal wieder falsch gemacht?"

Petrus lächelte. Amelie war wie eine Katze, die zur Sicherheit in Abwehrstellung ging und ihre Krallen ausfuhr. „Oh, es gibt keine Beschwerde oder Rüge, wie du sie scheinbar fürchtest", beruhigte er.

Amelies Gesicht entspannte sich nur wenig. Wenn Petrus persönlich erschien, gab es irgendwo etwas, was ihm nicht gefiel oder was er ändern wollte.

„Erfreulicherweise kann ich dir mitteilen, dass die Cherubinen und Erzengel von deinen Keksen begeistert sind. Sie wünschen sich, dass du zum nächsten Christfest etwas Neues ausprobierst – heißt zusätzlich dem Altbewährten", setzte er rasch hinzu, als ihre Augen vor Freude glänzten.

„Einverstanden! Ideen habe ich genug", sagte sie erfreut.

Petrus drehte sich um, als wolle er gehen. Sein Schritt stockte so, als wäre ihm noch etwas eingefallen. „Ach, Amelie, ich wollte fragen: Ist mit Onni alles in Ordnung? Er wirkt in letzter Zeit ein wenig grüblerisch und traurig ..."

„Das ist mir auch schon aufgefallen. Vermutlich liegt es daran, dass er seinen Hund vermisst. Andreana ist seit Monaten auf der Erde und wird so bald nicht zurückkommen. Manchmal spricht Onni von seinem Schäferhund, der ihn als Kind begleitet hat. Nur hier im Himmel gibt es ja keine Tiere ..."

Überrascht sah Petrus sie an. Onni war einsam, dass er nicht selbst darauf gekommen war. Fast hätte er sich mit der flachen Hand vor die Stirn geschlagen. Gerade noch rechtzeitig besann er sich, bedankte sich und schritt würdevoll aus der Backstube. Das hätte ihm noch gefehlt, wenn er allzu menschliche Züge gezeigt hätte. Damit wäre sein letzter Rest von Autorität in der Backstube abhandengekommen.

Amelie hatte recht. Tiere waren im Himmel verboten und es schien, als würde Onni ihm den Wunsch nicht erfüllen können – seinen verstorbenen Hund hierherzuholen.

In den folgenden Tagen grübelte Petrus, wie er Onni helfen konnte. Bereits zwei schlaflose Nächte hatte er damit verbracht. Er musste mit den Erzengeln sprechen. Vielleicht gab es irgendeine Klausel im Himmelsvertrag, mit dem sie den Passus umgehen konnten. Petrus war nicht nur himmlischer Hüter, er war auch eine Art Rechtsanwalt.

Nachdem er alle Erzengel einzeln zu der Situation befragt hatte, waren sie zum Schluss gekommen, dass Onni als Wunschengel eine besondere Stellung innehatte. Er war kein Erzengel, dennoch sprach man ihm Fähigkeiten wie Einfühlsamkeit, Stärke und Diplomatie zu. Aus diesem Grund konnte man ihm jemanden zur Seite stellen, der ihm Kraft gab und seine Liebe sowie sein Verständnis benötigte. Die Abstimmung darüber erfolgte im Geheimen.

Am vierten Adventssonntag, kurz vor der Messe, bestellte Petrus Onni zu sich. Andreana, die Petrus eingeweiht hatte, wartete ebenfalls in seinem Büro. Als Onni die Tür öffnete, jagte etwas Wildes, dunkel Behaartes auf ihn zu und sprang ihn im nächsten Moment an. Erstarrt blickte Onni auf das Tier. Es dauerte einen Moment, ehe er begriff, wer ihm vor Freude mit der Zunge fast durchs Gesicht leckte und einen Nasenstubser versetzte. Endlich kam Leben in Onni.

„Oh mein Gott, liebe Asta, bist du es wirklich? Wie hab ich dich vermisst!" Er herzte und streichelte sie, bis er mit Tränen in den Augen aufblickte und Petrus mit einem Kopfnicken dankte. Vor lauter Freude hatte es ihm die Sprache verschlagen.

Andreana trat vor, umarmte Onni stumm, ehe sie sich herabbeugte, um den Hund zu streicheln. „Die Erzengel haben abgestimmt", flüsterte sie, „du darfst sie behalten …"

Jetzt liefen Onnis Tränen unaufhaltsam. „DANKE", hauchte er und sah Petrus glücklich an.

„Du bist etwas besonders Onni – nur deshalb bist du fortan der einzige Engel, der einen Hund als Begleiter haben darf. Denk daran, es ist ein Privileg, welches du dir in all den Jahren verdient hast, und mein Weihnachtsgeschenk an dich!"

Dorothea Möller *lebt und arbeitet im Westfälischen. Als freie Autorin schreibt sie Urban Fantasy, historische Kurzgeschichten, Mutmachgeschichten und vieles mehr für Kinder und Erwachsene. Momentan arbeitet sie an einem Romanprojekt. Aktuelles finden Sie unter www.Dorothea-Moeller.de sowie bei Facebook oder Instagram.*

Liebe zur Weihnachtszeit

Weiße Landschaft,
Dunkle Nacht,
Die die hellste Freude erschafft,
Voller schöner Macht.

Viele kleine Lichter
Schmücken alle Räume,
Mit vielen kleinen Dichter,
Die schreiben über die nadeligen Bäume.

Die Kinder, sie lachen,
Tanzen und singen,
Freuen sich über die kleinen Sachen,
Die sie unter den Ästen finden.

Pure Liebe erfüllt die Herzen,
Während alle beisammen sind.
Strahlen hell die Kerzen
Und das Wachs nach unten rinnt.

Weihnachten, so heißt das Fest,
An dem der Tisch gedeckt ist.
Vergisst man den schmerzlichen Rest
Und zusammen den Festschmaus isst.

Draußen rieselt der Schnee,
Alle auf den Weihnachtsmann warten.
Trinken drinnen warmen Tee
Und sich an den Händen halten.

Plötzlich erklingen leise Glöckchen,
Alles wird mucksmäuschenstill,
Während unter Hufen brechen kleine Stöckchen
Und jedes Kind zum Rentier will.

Schritte knirschen auf dem Boden,
Der Mann in Rot kommt herein,
Um alle Kinder zu loben
Und so sich freuen Groß und Klein.

Geschenke werden verteilt.
Das Lächeln wird breiter.
Die Freude und Liebe wird geteilt
Und Weihnachtslieder erklingen heiter.

Von Dach zu Dach der Mann fliegt nun geschwind,
Macht sich für den nächsten Sprung bereit
Und reitet auf dem nächtlichen Wind,
Sodass Liebe am Weihnachtsabend gedeiht.

Genießt die Zeit,
Das stete Beisammensein,
Und seid befreit
Von dem Ungeduldigsein.

Vier Kerzen sind nun abgebrannt,
Die Adventszeit ist vorbei,
Die letzten Menschen zu den Geschäften gerannt,
Manche planten es eigentlich schon im Mai.

Jetzt ist es so weit,
Die Familien sind nun alle da.
Die Freude an Weihnachten verteilt sich breit
Und die Sterne strahlen am Himmel klar.

Weihnachten lieben alle Menschen,
Denn trotz all der Schmerzen,
Deretwegen sie mussten kämpfen,
Sehen sie auf das Jahr voller Liebe im Herzen.

Denn Weihnachten befreit jeden,
Schwappt das Glück im Herzen über,
Und man vergisst den schmerzlichen Regen
Und genießt das Schöne von früher.

***Julia Abel** wurde 2007 in der schönen Eifel geboren und lebt dort mit ihrer Familie und ihrem Hund Carlos. Neben dem Schreiben ist Lesen ihre größte Leidenschaft, sodass Bücher ihre gesamte Freizeit abdecken, wenn sie nicht gerade Zeit mit ihren Freunden verbringt.*

Liebe zu Weihnachten

Die meisten Menschen liebten bei uns hier diesen Brauch. Weihnachten war etwas ganz Besonderes, etwas Einzigartiges und jeder für sich feierte es etwas anders. Es war etwas, woran man nicht zu viel herumexperimentieren sollte.

Es fing für Markus wie jedes Jahr im Dezember an, als er das Webradio früh am Morgen aktivierte und die ersten Weihnachtslieder genoss, die dort rauf und runter gespielt wurden. Der junge 19-Jährige liebte die vorweihnachtliche Atmosphäre mit ihrem Glitzern, Glimmern und die Stimmung, die sehr rasch etwas Positives in die Herzen der Menschen brachten. All das ließ die Herzen wieder höher schlagen und so viel Schmerz, Leid und Kummer vergessen, das sich bei vielen Menschen im Laufe des Jahres angesammelt hatte. Er freute sich darauf, das beste Essen des Jahres bald auf den Tisch zu bekommen, seine Freizeit mit Familie und seinen Freunden verbringen zu dürfen und bis spät in die Nacht mit ihnen zu feiern und zu lachen. Ach, und die schönen Geschenke, die sie einander machten, die dürften natürlich nicht fehlen.

Geschenke? Wie Blitz und Donner schoss es Markus durch den Kopf. Darum hatte er sich bis jetzt noch gar nicht gekümmert! Er liebte es zu shoppen, manchmal online, aber ganz besonders in den Geschäften seiner Stadt. Für Weihnachten hatte er extra ein paar Hundert Euro angespart für Geschenke an seine Eltern, seinen kleineren Bruder und seine große Schwester. Sogar seinem besten Freund Flo wollte er dieses Jahr eine Freude machen. Für ihn wollte er sich etwas ganz Besonderes einfallen lassen. Er wechselte sein Gewand, streifte seinen Trainingsanzug ab und zog sich schick an. Eine schwarze Jeans und als Oberteil ein weißes LEIF NELSON-Sweatshirt, darüber ebenfalls eine warme LEIF NELSON-Strickjacke. Draußen hatte es bereits zu schneien begonnen, also schnappte Markus seinen Lieblingsmantel, einen schwarzen Zweireiher-Kurzmantel, ideal für den Winter, und ging zur Bushaltestelle.

Es war zwanzig Minuten vor zehn Uhr morgens, er hatte noch ungefähr acht Minuten, bis der Bus kam. Er stand alleine an der Haltestelle, wartend. Markus holte seinen MP3-Player hervor, steckte sich die Kopfhörer in die Ohren und machte sich die Musik an. Er liebte Musik über alles, dabei war nicht einmal wichtig, welche Richtung oder welches Genre, er liebte fast alles. Alles – außer Schlager.

In diesem Moment fuhr der Bus in die Haltestelle ein. Die Türen öffneten sich und Markus trat mit Musik in den Ohren ein. Er löste an dem Automaten ein Tagesticket und nahm auf nächstgelegenen Stuhl Platz. Die Fahrt selbst dauerte kaum fünfzehn Minuten bis in die Innenstadt und zu dem Einkaufszentrum, das Markus anstrebte.

Er verließ den Bus, ging aber nicht sofort in das Kaufhaus. Erst wollte er einmal in einem Café einen kleinen Imbiss und einen Espresso zu sich zu nehmen. Dabei beobachtete er eine Zeit lang die Menschen auf dem verschneiten Platz vor seinem Fenster, an dem er saß. Manche waren etwas gestresst, manche waren ganz gemächlich und ausgeglichen, doch aus der Menge stachen die jenen heraus, die gemeinsam unterwegs waren. Familien und Liebespärchen waren so etwas Besonderes, fand Markus. Er nahm einen Schluck von seinem Espresso und ein feines Lächeln überkam ihn bei diesem Gedanken. Er zahlte sein Frühstück, ging über den Platz Richtung Einkaufscenter und war sehr glücklich.

Nach mehreren Stunden Shoppen und genauem Abschätzen der Geldbörse hatte Markus fast alle Geschenke gefunden. Nur für Flo fehlte ihm noch die nötige Inspiration. Er spielte mit dem Gedanken, dieses Problem vielleicht doch lieber online zu lösen. Er stand gerade vor dem Ausgang des Kaufhauses mit dem Blick auf den Busbahnhof. Links und rechts hatte er einige Einkaufstaschen in der Hand. Er musste so albern aussehen. Es schneite noch immer.

In diesem Augenblick sah er sie. Sie war wunderschön, in diesem Moment leider halb von ihm abgewandt, sodass sie ihn nicht sehen konnte. Sie strahlte Liebe aus. Ihr blondes, langes Haar quoll unter einer bunten Haube hervor, sie war schlank und schien etwas kleiner zu sein als er. Er wollte auf sie zugehen, doch er klebte auf dem Asphalt fest. Er hatte Angst, von ihr abgewiesen zu werden.

Als ihr Bus langsam näher kam, konnte Markus sich vom klebenden Asphalt losreißen. Er ging los, zuerst in langsamen Schritten, dann immer schneller, er lief durch den herabfallenden Schnee in

Richtung Haltestelle, um sie doch noch zu treffen. Der Junge kam um Sekunden zu spät, sie war vor ihm eingestiegen, die Tür hatte sich vor seiner Nase geschlossen. Er ließ kurz den Kopf hängen, dann aber blickte er noch einmal hoch zu den Fenstern des Busses, um vielleicht doch noch einmal ihr Antlitz zu erhaschen.

Und da war sie. Sie setzte sich genau in dieselbe Bankreihe an das Fenster, an dem er gerade stand. Und sie erblickte Markus. Er strahlte. Als sie ihn sah, fuhr ihre Hand ans Fenster und sie sah ihn bewundernd an. Ihm stockte der Atem. Der Bus fuhr erbarmungslos seine Tour und Markus blieb im Schneefall und herzpochend zurück. Erst eine halbe Stunde später, als ihm klar geworden war, dass dieses Mädchen heute nicht mehr hierher zurückkommen würde, machte er sich auf den Heimweg.

Von diesem Tag an schneite es drei Tage lang durchgehend, trotzdem fuhr Markus jeden Tag in die Stadt zu dieser Haltestelle, nur um zu sehen, ob dieses Mädchen wieder dort sein würde. Leider wartete er jedes Mal vergebens. Am vierten Tag schien wieder die Sonne. Der Himmel war blau gefärbt. Kaum ein Wölkchen war dort zu sehen und Markus machte sich wieder auf zum Busbahnhof.

Doch dieses Mal kam alles ganz anders. Das Mädchen wartete bereits dort. Ja! Sie wartete auf ihn. Auf Markus! Sie verbrachten den ganzen Tag miteinander, den nächsten und auch den folgenden. Er wünschte, es sollte niemals enden. Die Liebe wuchs mit jeder Minute, das Vertrauen zueinander wurde immer stärker, sie lachten, sie verliebten sich ineinander. In kürzester Zeit waren sie so stark miteinander verbunden, dass sie sich ein Leben ohne den anderen nicht mehr vorstellen konnten. Wenn sie nicht zusammen waren, schrieben sie sich fast permanent SMS oder telefonierten. Und wenn sie zusammen waren, existierte fast nur ihre Welt.

So kam es, dass der Weihnachtsabend kurz vor der Tür stand. Kate hatte nur ihre Mutter, denn ihr Vater war bereits verstorben, und die beiden feierten jedes Weihnachten sehr einsam in ihrer Wohnung zu zweit. Genau das wollte Markus ändern, denn er fand das sehr traurig. Er rief seine Familie zusammen. Es waren alle da, nur sein kleines Brüderchen ließ ein wenig auf sich warten, da er gerade mit einigen seiner Freunde in seinem Zimmer Computer spielte. Dafür hatte aber jeder Verständnis. Markus erzählte ihnen die Geschichte, wie er Kate getroffen hatte. Von Anfang bis zum Ende. Alle freuten sich mit ihm. Als er mit dem traurigen Teil begann, dass Kate und seine Mutter alleine waren und die Weihnachtszeit nur zu zweit in ihrer Wohnung verbringen würden, flog der Autoschlüssel des Business Volvos im hohen Bogen durch die Luft. Markus fing ihn im Reflex mit seiner linken Hand, fast so, als hätten die beiden es geübt. Papa hatte ihn ihm zugeworfen. Ungläubig guckte er in seine Richtung.

„Junge, auf was wartest du noch, los, hol die beiden schon!"

Markus schoss mit einem Satz los und war wenige Minuten später schon am Auto. Bisher hatte er nur neben seinem Vater mit dem Volvo fahren dürfen. Das war eine Premiere. Er war noch nie in Kates Wohnung gewesen, hatte aber die genaue Adresse. Mit dem Auto war er laut Navigationssystem in 49 Minuten bei ihr.

Dort angekommen, suchte er sich einen freien Parkplatz und betrat den zweiten Stock des angegebenen Hauses. Markus klopfte an der Tür zu Kates Wohnung. Kate öffnete sie. Freudentränen kullerten ihr über die Wangen, sie schloss Markus in ihre Arme und brach in ein sanftes Schluchzen aus. Er erwiderte Kates Geste liebevoll und die beiden betraten die Wohnung. Kates Mutter servierte ihnen einen Früchtepunsch, der Markus sehr willkommen war, denn draußen war es eisigkalt. Er lud nun Kates Mutter und seine Freundin zu Weihnachten ein und erzählte ihnen, wie sehr sich seine Familie schon darauf freute. Die beiden waren sehr glücklich über die Einladung. Mit Tränen im Gesicht packten sie einige Sachen zusammen und folgten Markus zum Auto.

Als sie bei Markus zu Hause ankamen, wartete bereits die ganze Familie trotz der eisigen Kälte vor der Tür. Sie wollten die beiden willkommen heißen. Die drei stiegen aus dem Auto und Markus' Familie stimmte in diesem Moment das Lied *Oh du fröhliche* an. Kate und Kates Mutter waren gerührt. Sie begrüßten sich alle herzlich und sangen das Lied noch einmal gemeinsam. Anschließend gingen alle wieder ins Haus, dorthin, wo der Christbaum stand.

Markus räusperte sich, um etwas zu sagen. „Liebe Mutti, lieber Papa, liebes Brüderchen und meine liebe große Schwester. Ich habe heuer natürlich für euch alle wieder Geschenke unter den Christbaum gelegt, wie jedes Jahr."

Alle lächelten.

„Doch dieses Mal habe ich noch etwas ganz Besonderes mitgebracht. Nämlich meine große Liebe."

Seine Mutter schaute stolz in die Runde, sein Papa zog ein breites Grinsen auf.

„Sie heißt Kate und ich habe mich in sie verliebt. Ich hoffe, ihr nehmt sie und ihre Mutter in unsere Familie mit auf."

Noch einmal wurden die beiden in die Arme geschlossen. Am Tisch war extra Platz für sie gemacht worden und es wurde gegessen und gefeiert. Danach sangen alle gemeinsam weitere Weihnachtslieder. So verbrachten sie als neue, große Familie noch eine besinnliche Zeit und ein schönes Weihnachten in Liebe, Respekt und Herzlichkeit. Markus zog sich mit Kate zurück auf die Couch und sie schlossen sich in die Arme. Die Geschenke unter dem Christbaum waren für beide nur noch zweitrangig.

Helmut-Michael Kemmer *ist Autodidakt und Vollblutkünstler. Er ist Autor von acht Büchern, davon vier Romanen. Seit seiner Jugend ist er vom Medium Film fasziniert und hat seither mehrere Kurzfilme realisiert. Mit dem mehrfach preisgekrönten Kurzfilm FORMATION konnte er im Independent-Film für Aufsehen sorgen. Er ist Unikum, Netzwerker und damit eine Art „Synapse" von unabhängigen Filmemachern. Seine Werke wurden bisher mit mehr als 50 Awards weltweit ausgezeichnet.*

Dezemberland

Land im Dezember
Stille beschützt die Weiten
WinterZauberZeit

Ingeborg Henrichs, *zuhause in Ostwestfalen, verfasst kürzere Texte, manchmal bildnerische Arbeiten. Schätzt das Schöne und Wertvolle in Natur und Kultur. Einige Veröffentlichungen*

Geschmackssache

„Hast du jetzt verstanden, warum die Menschen so gerne Weihnachten feiern?", fragte der Weihnachtsmann gutmütig.

„Ja, schon", antwortete die bunte Porzellanfigur, die zwischen dem Lametta und den Christbaumkugeln im Regal stand. „Aber ich verstehe noch immer nicht, was ich damit zu tun habe. Wenn die Menschen, die in diesem Gang etwas kaufen möchten, nach Lichterketten und Baumschmuck suchen, werde ich doch für immer hierbleiben müssen. Auch mit noch so viel Fantasie wird mich wohl kaum jemand mit einem Ochsen oder einem Esel an der Krippe verwechseln."

Während der liebevoll handbemalte Dekorationsgegenstand traurig an sich herunterschaute, überlegte der Weihnachtsmann lange an einer Antwort. Dann schließlich lächelte er und gab aufmunternd zurück: „Weißt du denn nicht, dass Weihnachten eine magische Zeit ist? Denk nur an den Stern von Bethlehem. Nur weil er wie verrückt geleuchtet hat, sind die drei Weisen aus dem Morgenland auf die Suche nach dem Christuskind gegangen. Die komplette Weihnachtsgeschichte wäre heute eine andere, wenn nicht tatsächlich auch Dinge geschehen könnten, die unmöglich erscheinen." Mit diesen Worten verließ der bärtige alte Mann den Laden, denn natürlich hatte er fünf Tage vor Weihnachten noch viel zu tun.

Damit morgen die Putzfrau keinen Ärger bekam, kämpfte die Figur tapfer ihre Tränen zurück. Die hinterließen nämlich immer so einen feinen weißen Staub, wenn sie zu Boden fielen. Hoffnung weckten die Worte des Weihnachtsmannes jedoch nicht. Zu oft war die Adventssaison bereits mit dem Ergebnis vorübergegangen, dass sie einfach wieder im Lager verstaut wurde.

Aber was hatte man als Porzellanfigur schon für eine Wahl? Entweder man stürzte sich irgendwann aus dem Regal und zerbrach in tausend Splitter – oder man machte weiter und lächelte jeden Kunden an.

Manchmal waren Kinder vorbeigekommen, die sie tatsächlich in die Hand nahmen. „Mama, schau mal“, hatten sie gerufen.

Aber die Mütter stellten sie schnell wieder zurück. „Nein, dass ich nicht weihnachtlich“, wurde dann gesagt. Oder: „Die Donut-Glitzerkugel können wir wenigstens noch vor der Oma verstecken, wenn sie kommt. Aber das Ding da ist viel zu groß.“

Voll gemein war das! Warum sollte man sie denn überhaupt verstecken wollen?

Da plötzlich trat eine kleine Weihnachtsmannfigur heran, räusperte sich und sagte: „Entschuldigungen Sie bitte. Mein Name ist Erwin und es ist auch bei mir schon der dritte Versuch, verkauft zu werden. Ich habe ihr Gespräch mit dem Weihnachtmann mit angehört und dachte, wir könnten uns vielleicht zusammentun?“

Verdutzt schaute die sehr viel größere Figur hinunter zur kleinen und fragte interessiert: „Wie denn das?“

Aufgeregt und sehr erfreut, dass er nicht sofort weggeschickt wurde, erklärte Erwin: „Na ja, Sie werden nicht mitgenommen, weil sie nicht weihnachtlich genug sind. Ich werde aber nicht mitgenommen, weil ich zu klein bin und kein Band habe, an dem man mich an einen Baum hängen kann.“ Sein eigentlicher Vorschlag kam ihm jetzt so unverschämt vor, dass er etwas herumdruckste, bevor er sagte: „Wenn ich vielleicht auf Ihrem Rücken sitzen dürfte. Na ja, dann wären Sie weihnachtlicher und ich wäre größer. Als eine gemeinsame Figur nimmt uns bestimmt jemand mit!“

„Das ist … also, das ist ja … eine ganz wundervolle Idee“, gab die große Figur zurück und begann schon bei der Vorstellung übers ganze Gesicht zu strahlen. Es hatte ja nicht nur den Vorteil, dass es die Chancen erhöhte, endlich verkauft zu werden, sondern mit einer zweiten Figur auf dem Rücken müsste man niemals wieder allein sein.

„Schnell, wir probieren es sofort aus. Am besten Sie klettern hier an meinem Hinterbein hoch. Ich gehe etwas in die Hocke. Können Sie sich gut festhalten?“, fragte die große Figur aufgeregt.

„Ja, oh ja. Das klappt ganz fantastisch. Von so hoch oben habe ich das Regal noch nie gesehen“, begeisterte sich auch die Weihnachtsmannfigur über die gute Zusammenarbeit.

Als das Geschäft am nächsten Tag öffnete, dauerte es nicht lange, bis sich die ersten Menschen in den Gang mit Weihnachtsdekorationen verirrte. Ein kleiner Junge kam begeistert auf die Doppelfigur zugelaufen und rief sofort nach seinem Vater: „Paaaapaaaaa! Den will ich haben. Sieh dir das an, Papa. Ein Weihnachtmann, der auf einem Dinosaurier reitet. Das ist sooooo toll. Bitte, bitte, bitte."

Ach du meine Güte, konnte es wirklich sein, dass Erwins Idee so schnellen Erfolg zeigte?

„Hmmm", brummte der vollbärtige Erwachsene, der dem Kind gefolgt war. „Ich weiß nicht so recht, ob das den Geschmack deiner Mama trifft. Außerdem hat sie doch gesagt, dass wir Baumschmuck holen sollen. Das ist aber etwas zum Hinstellen."

Als Erwin und seine Dinosaurierfreundin schon resignieren wollten, entgegnete der Junge flehend: „Wir können es unter den Baum stellen. Das verschönert alles tausendmal! Außerdem hat sie gesagt, dass ich mir etwas aussuchen darf. Und ich will NUR das hier!"

Der Mann atmete tief durch, bevor er … nachgab: „Du hast recht. Dann nehmen wir es eben mit. Deine Mutter hat schließlich diese seltsam bunte Lichterkette ausgesucht. Das ist halt ihr Geschmack, hat sie gesagt. Dann ist die Figur eben dein Geschmack."

Jauchzend umarmte der Junge seinen Vater, bevor er vorsichtig nach dem Dinosaurier mit seinem Reiter griff und beide in den Einkaufswagen legte.

Wenn die Putzfrau sich am Abend über den feinen weißen Staub zwischen dem Weihnachtsregal und der Kasse wunderte, so waren dies Freudentränen von zwei Figuren, die zum ersten Mal Weihnachten in ihrem neuen Zuhause feiern durften.

Antje Höblich *wurde 1980 in Kaiserslautern geboren und widmet sich seit 2022 ihrer Schreibleidenschaft. In unterschiedlichen Genres spricht sie gesellschaftlich übertragbare Problematiken an, die ihre Leser*Innen zum Lachen, Weinen oder Nachdenken bringen. Papierfresserchens MTM-Verlag druckte bereits einen ihrer Texte in dem Werk „Die Sache mit dem Frosch" ab. Ein anderer Beitrag findet sich in der Anthologie „Antworte mir, verdammt!". Weitere Veröffentlichungen sind für die Jahre 2024/2025 bereits in der Bearbeitung.*

Weihnachtsgedicht

Wo gestern grünend Bäume standen,
ist alles heut so wüst und leer.
Ich wandere durch die kahlen Landen
und mir ist das Herz so schwer.

Es singt kein Vogel in den Zweigen,
die Welt, sie ist so grau in grau.
Sie tanzet einen düsteren Reigen
und traurig ist's, wohin ich schau.

Doch was seh' ich da vom Himmel fallen?
Flöckchen sind es, weiß und leicht.
Von ferne helles Glockenschallen,
ja, das ist die Weihnachtszeit!

Mich durchfegt ein freudig Schauern,
juble hin zum Himmelszelt,
vorbei das Klagen, vorbei das Trauern,
Freude, Glück der ganzen Welt!

__Sophie Clark__ wurde 1978 geboren.

Weihnachten in Zermatt

Die Weihnachtsfeiertage fielen dieses Jahr für Arbeitnehmer sehr günstig. Klaus Riedl zählte die Urlaubstage, die er in seiner Firma beantragen müsste, um insgesamt auf vierzehn Tage zu kommen. Gern hätte er in dieser Zeit einen Skiurlaub gemacht, zumal die Schneeverhältnisse ausgezeichnet waren, was an Weihnachten relativ selten war. Aber wie sollte er das seiner Mutter beibringen?

Bisher hatten sie das Fest immer im Kreis der kompletten Familie gefeiert. Nun lebte sein Bruder seit einem Jahr als Entwicklungshelfer in Afrika und würde zum ersten Mal nicht kommen können. Der Vater war schon seit einigen Jahren tot. Da blieb nur noch er übrig.

Klaus griff nach dem Telefonhörer, wählte die Nummer seiner Mutter und erzählte ihr von seinem Plan.

Die Mutter meinte: „Wenn du unbedingt willst, kannst du gerne in der Weihnachtszeit Urlaub machen. Ich kann dich ja nicht anbinden. Ich lebe das ganze Jahr allein in diesem großen Haus, da spielt es keine Rolle, wenn du an Weihnachten nicht hier bist. Es ist zwar schade, dass du nicht kommen kannst, um gemeinsam zu feiern, aber zu zweit würde ohnehin die festliche Stimmung nicht aufkommen, die wir früher während deiner Kindheit immer hatten."

Klaus bedankte sich für ihr Verständnis und traf erste Vorbereitungen für den Urlaub. Als Urlaubsziel hatte er sich Zermatt ausgesucht.

Endlich war es so weit. Das Auto war bereits vollgepackt. Am 21. Dezember fuhr Klaus frühmorgens mit seiner Frau und dem Sohn in die Schweiz. Am frühen Nachmittag erreichten sie den Ort Täsch. Da Zermatt autofrei ist, stellte Klaus sein Fahrzeug dort auf den bewachten Parkplatz. Mit der Brig-Visp-Zermatt-Bahn fuhren sie anschließend nach Zermatt, dem wohl bedeutendsten hochalpinen Zentrum der Welt.

Die Dämmerung setzte gerade ein, als sie aus dem Zug stiegen. Sie waren zum ersten Mal in Zermatt. Der Ort liegt unterhalb des majestätischen, in seiner Einmaligkeit faszinierenden, geheimnisvollen

Matterhorns, das schon so vielen wegen seines unheimlichen Zaubers zum Schicksal wurde, und ist umgeben von einer gigantischen Bergkulisse mit zahlreichen Gipfeln über 4.000 Meter.

Die letzten Sonnenstrahlen färbten den Gipfel des Matterhorns dunkelrot. Ein herrlicher Anblick. Nicht nur die Riedls kamen ins Schwärmen.

Nachdem die Familie ihr Gepäck im Hotel verstaut hatte, machte sie noch einen kleinen Abendspaziergang. Ungewohnt und gleichzeitig schön war, dass es hier nur Pferdekutschen und Elektroautos gab. Die Luft war klar und kalt. Von Benzingestank keine Spur. Obwohl Metropole des Skisports mit Weltruf hat sich Zermatt das Flair des urigen, gemütlichen Bergdorfes mit seinen typischen, sonnenverbrannten Walliser Häusern erhalten können.

Klaus kehrte mit seiner Familie noch in einem hübschen Restaurant ein, um eine Kleinigkeit zu speisen. Anschließend gingen die drei nach ihrer anstrengenden Autofahrt früh ins Bett, denn am morgigen Tag wollten sie ausgiebig Ski fahren und unbedingt ausgeschlafen und topfit sein.

Zwei Tage hatten sie sich im Skigebiet schon ausgetobt. Heute war der Heilige Abend. Dieser Tag schien auf den Pisten ein Tag wie jeder andere zu sein. Keine Spur von Weihnachtsstimmung. Sie saßen auf der sonnigen Terrasse eines Lokals mitten im Skigebiet. Nach dem Mittagessen wedelten die drei nach Zermatt hinab. Dort kauften Touristen rege in den Geschäften ein, die noch alle geöffnet hatten, und rannten mit Einkaufstüten in den Händen umher.

Klaus hatte für 20 Uhr in einem noblen Restaurant einen Tisch reservieren lassen. „Aber bitte in Abendgarderobe", hatte ihn der Oberkellner ermahnt.

Um 18 Uhr verließ die Familie Riedl das Hotel und bummelte durch den Ort. Leichter Schneefall setzte ein. Sie besuchten eine Kunstgalerie. Anschließend führte sie der Weg am örtlichen Friedhof vorbei. An vielen Gräbern brannte eine Kerze. Sie betrachteten die Grabsteine und schauten auf das eingemeißelte Alter der Toten. Meistens waren es Abgestürzte zwischen 20 und 30 Jahre alt gewesen, die die Tour auf das Matterhorn mit ihrem Leben bezahlen mussten. Es war romantisch und still auf dem Friedhof.

Die Familie bog in die Gasse ein, wo sich das Restaurant befand, in dem sie tafeln wollten. Der Schnee knirschte bei jedem Schritt.

Da entdeckte Klaus eine Telefonzelle. Er ging hinein und rief seine Mutter an, weil er sich Sorgen um sie machte. Ob sie wohl depressiv war am heutigen Tag, so allein in ihrem Haus?

Es dauerte nicht lange, da meldete sich die Mutter mit fröhlicher Stimme: „Stell dir vor“, schwärmte sie, „ich wollte es mir gerade in meinem Fernsehsessel bequem machen und mir einen Film ansehen, da schellte die Glocke. Draußen standen Abdul und Mustafa. Das sind die beiden Asylanten, die mir immer bei der Gartenarbeit helfen, den Rasen mähen und im Winter den Schnee schippen. Sie wünschten mir schöne Weihnachten und brachten mir eine Vorspeise und ein Gebäck aus ihrer Heimat mit. Ich bat sie ins Wohnzimmer – und da sitzen wir jetzt und feiern gemeinsam das Weihnachtsfest, obwohl die beiden Moslems sind, aber das macht ja nichts.“

Klaus wünschte seiner Mutter und den beiden Männern einen schönen Weihnachtsabend und war erleichtert, dass es ihr gut ging.

Die Familie Riedl betrat das Restaurant. Es war festlich gedeckt. In der Ecke stand ein geschmackvoll und mit Liebe geschmückter Weihnachtsbaum, der nicht überladen wirkte. Klaus bestellte eine gute Flasche Rotwein. Dann gingen die drei ans Salatbüfett und belegten ihre Teller mit den verschiedensten Salaten.

Als der Ober die Vorspeise servierte, erhoben die Riedls ihre Gläser, wünschten sich einen schönen Weihnachtsabend und lauschten dem Streichquartett, das Weihnachtslieder spielte.

Hermann Bauer, *geboren 1951, lebt in seiner Geburtsstadt München. Seit 1988 Veröffentlichungen von Kurzgeschichten, Reisereportagen, Märchen und Lyrik in Büchern, Anthologien, Zeitschriften, Zeitungen und Kalendern in Deutschland, Österreich, der Schweiz, Frankreich und als Übersetzung in Vietnam. Seit 2014 schreibt er auch Theaterstücke. Tritt gelegentlich auch als Kabarettist und Gospelsänger auf. www.shen-bauer.de.*

Kindheitserinnerungen rund um das Weihnachtsfest

Etwa ab der Lebensmitte, mit den ersten grauen Haaren,
erinnern wir uns gern an die Zeit, als wir noch Kinder waren.
Es fallen uns Streiche und auch das Weihnachtsfest ein,
wo wir Kinder uns besonders bemühten, recht brav zu sein.

Der Advent war schön, wo wir am Plätzchenbacken waren,
bis der Teig oft ganz schwarz war und hing in unseren Haaren.
Auch der Besuch von Knecht Ruprecht und dem Nikolaus.
Ersterer redete uns ins Gewissen – und das in unserem Haus!

Er hatte in seinem Sack immer kleine Geschenke bereit –
daran erinnern wir uns, denken wir zurück an die Kinderzeit,
denn die rotbackigen Äpfel, Nüsse und Lebkuchensterne
aus Nikolaus Sack schmeckten besser – wir aßen sie gerne.

Wir klebten vom zuckerglasierten Lebkuchen-Nikolaus
das Lebkuchenbild mit Spucke auf die Fensterscheiben drauf.
Oft wollte es nicht halten – erst als das Fenster verschmiert –
aber dann hat der bunte Nikolaus das Fenster festlich geziert.

Wir kratzten damals Eisblumen von den Fensterscheiben,
beobachteten am Futterhäuschen der Vögel buntes Treiben.
Seinerzeit war es nämlich viel kälter im Winter als heute.
Unter der grimmigen Kälte litten auch Tiere, nicht nur Leute.

Wir bauten ein Iglo, weil wir abenteuerlustige Kinder waren.
Egal wie kalt es war – es zog uns hinaus zum Schlittenfahren!
Um einen Adler zu machen, legten wir uns in den Schnee.
Manchmal huschte am Waldrand rasch vorbei ein scheues Reh.

Wir Kinder warteten ungeduldig auf die Bescherungszeit.
Das Christkind kam. Wir standen aufgeregt im Sonntagskleid
in der guten Stube um den Christbaum im Kerzenschein.
Das Lametta und die Kugeln glitzerten feierlich, alles war fein.

Wir freuten uns genauso, obwohl es damals weniger gab,
und hielten unser Holzpferdchen mit dem Holzwagen auf Trab,
spielten mit dem Teddybären, der geerbten Puppenstube,
nachdem es keine Computer gab und auch noch keine Lupe.

Die heiße Ofenplatte legten wir mit Mandarinenschalen aus.
Der köstliche Mandarinenduft durchzog das Weihnachtshaus.
Das Herdfeuer knisterte lustig und schaffte Behaglichkeit.
Vor allem wurde gern bei uns gesungen in der Weihnachtszeit.

Die Christmette war seinerzeit erst um 12 Uhr in der Nacht.
Da wurden öfter Kinderäuglein in der Kirche müde zugemacht.
Beim Heimlaufen knisterte der Schnee unter jedem Schuh.
Wir sanken todmüde ins Bett – und auch die Eltern hatten Ruh.

Am Tag nach Weihnachten hielt uns nichts mehr in der Bude,
denn wir brauchten zum *Pfeffern* noch eine richtige Pfefferrute.
Tag der Unschuldigen Kinder: Wir zogen von Haus zu Haus
und kramten jedes Mal von Neuem den Pfefferrutenstrauß raus.

Wir sangen ein bestimmtes Lied und bekamen Plätzchen,
einen Apfel, Bleistift oder übrig gebliebene Lebkuchenherzchen.
Zufrieden zogen wir Kinder heim, mit dem Pfeffergut beladen
und breiteten auf dem Küchentisch stolz aus die Pfeffergaben.

Wir mussten als Kinder der 50 er Jahre zwar viel entbehren –
aber das Schöne unserer Kinderzeit halten wir immer in Ehren.
Wir denken heute mit Abstand gern an die Kindheit zurück,
auch wenn die Erinnerung sicher etwas verklärt unseren Blick.

***Sieglinde Seiler** wurde 1950 in Wolframs-Eschenbach geboren. Sie ist Dipl. Verwaltungswirt (FH) und lebt mit ihrem Ehemann in Crailsheim. Seit ihrer Jugend schreibt sie Gedichte. Später kamen Aphorismen, Märchen und Prosatexte hinzu. Ferner fotografiert sie gerne. Bislang hat sie bereits über 200 Gedichte im Internet und diversen Anthologien veröffentlicht.*

Das besondere Geschenk

Es war eines Tages im Dezember, als Lina aus dem Fenster schaute und sich dachte: „Dieses Jahr wird es wieder kein weißes Wunderland." Doch sie wusste ja noch nicht, dass dieses Weihnachten kein gewöhnliches Weihnachten werden würde. Da rief ihre Mutter sie, damit sie zu Tante Annelie fahren konnten, um dort Weihnachtskekse zu backen. Es wurde ein schöner dritter Advent.

Drei Tage später war die Weihnachtsfeier in der Schule. Sie wollten dieses Jahr wichteln und ein Weihnachtsfrühstück machen. Als sie mit Frühstücken fertig waren, begannen sie mit dem Wichteln. Lina bekam einen Weihnachtspullover und eine Weihnachtsmütze. Sie freute sich auf die Weihnachtsfeiertage und die Ferien, aber sie war auch traurig, dass sie ihre Freundinnen in den Ferien nicht sehen konnte.

Als sie zu Hause ankam, stand der Tannenbaum schon geschmückt im Wohnzimmer. Ihr fiel ein, dass in vier Tagen ja schon Weihnachten war. Dieses Jahr war Heiligabend genau der vierte Advent. Sie mochte den Trubel nicht. Aber sie freute sich trotzdem! Die drei Tage zwischen dem Mittwoch und Sonntag ging sie auf ein paar Weihnachtsmärkte, kaufte kleine Geschenke, aß Kekse und gebrannte Mandeln.

Am Sonntagabend war es dann so weit. Sie hatte ihren neuen Pullover an und ihre Weihnachtsmütze auf. Als ihre Eltern eine kleine Glocke läuteten, wusste sie, es war so weit. Als sie den Baum mit seinen leuchtenden Lichtern und den Geschenken unter dem Baum sah, musste sie grinsen.

Sobald sie das Geschenk von ihrer Tante sah, beschloss sie, es als erstes zu öffnen. Als sie es ihn der Hand hielt, sah sie sich das Geschenkpapier an: Es war mit kleinen Herzen bedruckt und mit ihrem Namen. Sie öffnete es vorsichtig – und hielt ein dünnes, goldenes Armband mit einem Muster in der Hand. Sie freute sich über dieses Geschenk, war aber gleichzeitig traurig, dass sie ihrer Tante nicht persönlich Danke sagen konnte. Sie war nach Irland geflogen, um ihre Freundin zu besuchen. Als sie noch einmal hinschaute, lag ein Brief auf dem Boden. Sie hob ihn auf und las ihn:

Liebe Lina,
ich hoffe, dass dir mein Armband gefällt. Es hat eine Geschichte, musst du wissen. Einmal Weihnachten abends war ich ganz allein, weil alle etwas vorhatten oder verreist waren. Plötzlich fand ich ein kleines Päckchen, es war von meiner Oma, die ich sehr gern hatte. Sie hatte mir gesagt: „Eines Weihnachtens, wenn niemand für dich da ist, mach dieses Päckchen auf." Und so war es dann ja auch. Ich habe es dir heute geschenkt, weil du wissen sollst, dass ich dieses Jahr zwar nicht mit euch Weihnachten feiere, aber trotzdem sehr viel an euch denke. Außerdem solltest du wissen, dass nicht nur die Geschenke zählen, sondern auch die Menschen um dich herum. Dass ich einmal Weihnachten dies nicht hatte und nur dieses eine kleine Geschenk, hat mich daran erinnert, dass ich trotzdem einen schönen Abend haben kann. Dies habe ich dann auch gemacht.
Viele liebe Grüße
Deine Tante Annelie

Als Lina den Brief fertig gelesen hatte, verstand sie, was ihre Tante gemeint hatte, und schaute aus dem Fenster. Sie sah, wie es schneite und sich schon eine weiße Schicht Schnee gebildet hatte.

Sie feierte ein schönes Weihnachtsfest. Sie hatte nicht viele Geschenke erhalten, aber sie wusste, dass nicht ihre Geschenke zählten, sondern die Menschen um sie herum. Sie trug das Armband seither jeden Tag, es gab ihr immerzu Mut, Kraft und Selbstbewusstsein.

***Marie Lange** kommt* aus Berlin und ist zehn Jahre alt.

Im eigenen Glanz

Auf zartem, gläsernem Fuß,
geziert von Wachs und Ruß,
wie eine Statue anmutig,
erhebst du stolz dich, warmherzig
der Tischrunde zum Gruß.

Nicht nur zum leuchtenden Fest,
auch wenn das Licht nachlässt,
hüllst du uns ein in warmen Schein
zum wohlig Reden, Lesen, Sein,
dass aller Stress nachlässt.

Mit deinem reinen Licht,
zurückhaltend und schlicht,
zergehst du mit der Stunde Lauf,
brauchst du dich selbstlos für uns auf
bis dass die Nacht einbricht.

Kristin Hogk *wurde im September 1978 im sachsen-anhaltinischen Salzwedel, der Stadt des Baumkuchens, geboren. Schon als Kind bereitete es ihr Vergnügen, oft auch Erleichterung, Gedichte und kurze Texte zu verfassen. Aus Liebe zur Sprache absolvierte sie ein Studium zur Diplomübersetzerin und verfasste eine Abschlussarbeit zur Übersetzbarkeit der Lyrik Rilkes, die sie auch veröffentlichte. Nach ihren Tätigkeiten als freie Übersetzerin, Editorin und Lektorin an verschiedenen Orten entdeckte sie die unendlichen kreativen Möglichkeiten des Lehrens für sich und ist seitdem als Sprachlehrerin tätig. Daneben schreibt sie Gedichte, Kurzgeschichten und Rezensionen, die sie vorrangig digital veröffentliche. Im August 2021 begann sie ein Fernstudium zur Autorin.*

Weihnachtswunder

Wie eine sanfte kalte Decke
legt sich Schnee über Zweig und Ast
und weiß ist jede Hecke
und träumt von Sommer-Hast
wenn Kinder im Grüne spielen
die Tulpen wieder sprießen, die vielen
und Wärme einkehrt
was der Winter ihnen verwehrt.

Wie eine stille Flockenherde
fliegen Eiskristalle durch die Luft
die Bäume hoffen, dass es Frühling werde
es stellt sich ein der Winterduft
in jedem Haus
nach Zimt und Zunder
und ist dennoch mal der Ofen aus
so wärmt das Weihnachtswunder.

Wie stille Zeugen der Nacht
halten die Bäume ihre Wache,
es hält das Wasser an in jedem Bache,
das Weihnachtswunder halb vollbracht.
Eine Sternschnuppe fliegt am Horizont,
die Engel singen bereits gekonnt
und Jesus ward geboren,
zum Heiland auserkoren.

Janina Thomauske *studierte Medien- und Kommunikationswissenschaft und Anglistik/Amerikanistik auf Bachelorniveau und Medienwissenschaft im Master. In ihrer Freizeit schreibt sie gerne Gedichte und Kurzgeschichten für Kinder und Erwachsene.*

Der erste Nikolausstiefel

Es war einmal ein kleiner Junge namens Finn, der in einem winzigen Dorf hoch oben im Norden lebte, das in einem Tal zwischen großen, schneebedeckten Bergen lag. Es war Winter und der Schnee fiel seit Wochen, sodass alles weiß und still war. Die Menschen im Dorf waren fleißig und bereiteten sich auf die Weihnachtszeit vor.

Doch in diesem Jahr war diese Zeit für Finn und seine Familie besonders schwer, denn sein Vater war sehr krank, weshalb seine Mutter musste hart arbeiten, um die Familie über den Winter zu bringen. Die Familie hatte nicht viel und so wusste Finn natürlich auch, dass es in diesem Jahr keine Geschenke unter dem Weihnachtsbaum geben würde.

Doch nun stand ja zunächst der Nikolaustag am 6. Dezember an. Finn hatte schon viele Geschichten über den Heiligen Nikolaus gehört, der den Kindern Freude brachte und sie mit Geschenken überraschte. Seine Großmutter hatte sogar einmal erzählt, dass Nikolaus früher, als sie und ihre Geschwister noch Kinder waren, zu ihnen gekommen war und an Nikolaustag ihre Stiefel mit Nüssen, Äpfeln und kleinen Spielzeugen gefüllt hatte. Doch das war schon seit Jahren nicht mehr geschehen. Warum der Nikolaus nicht mehr kam, wusste jedoch niemand im Dorf. Finn träumte jedenfalls oft in der Adventszeit davon, dass auch er eines Tages so ein Geschenk vom Nikolaus bekommen würde.

Eines Abends, als Finn am Fenster saß und den Schneeflocken zusah, die vom Himmel fielen, kam ihm eine Idee. Er lief zu seiner Mutter, die am Feuer hockte und nähte.

„Mama“, fragte Finn leise, „glaubst du, dass Nikolaus auch zu uns kommt, wenn ich ganz fest daran glaube und den lieben Gott freundlich darum bitte? Er war so lange nicht mehr bei uns. Und wir haben doch nicht viel, seit Vater krank ist.“

Seine Mutter lächelte sanft und strich ihm über den Kopf. „Nikolaus kommt zu denen, die ihn im Herzen tragen“, sagte sie. „Er sieht nicht, wie reich oder arm wir sind. Er sieht, wie viel Liebe wir in uns haben."

Diese Worte ließen Finn nachdenklich zurück. Wenn der Nikolaus wirklich kommen könnte, dann musste er ihn auf sich aufmerksam machen! Doch was konnte er tun? Finns Blick fiel auf die warmen Wollsocken, die seine Mutter ihm gestrickt hatte. Eine von ihnen war gerade erst fertig geworden und Finn beschloss, sie als Zeichen für Nikolaus zu verwenden.

Vorsichtig nahm Finn die neue Wollsocke und ging hinaus in die kalte Nacht. Der Wind blies ihm ins Gesicht und der Schnee knirschte unter seinen Füßen. Mit klammen Fingern hängte er die Socke an den alten Türknauf des kleinen Hauses.

„Vielleicht", flüsterte Finn leise, „vielleicht sieht Nikolaus meine Socke und weiß, dass ich mir etwas wünsche." Als er an diesem Abend zu Bett ging, betete er ganz fest zu Gott. Er wünschte sich keine Reichtümer, nur eine Kleinigkeit.

Die Nacht war still und klar, der Mond leuchtete hell über den verschneiten Dächern des Dorfes. Was Finn nicht wusste, war, dass Nikolaus an diesem Abend tatsächlich auf seiner Reise durch die verschneiten Lande war. Sein Schlitten, gezogen von starken Rentieren, flog durch die kalte Winternacht, und der Nikolaus beobachtete die schlafenden Dörfer von oben. Sein Herz war immer erfüllt von der Freude, den Menschen zu helfen, besonders den Kindern, die an ihn glaubten.

Als Nikolaus mit seinem Schlitten über Finns Dorf flog, sah er plötzlich etwas, das ihn innehalten ließ. Eine einzelne Wollsocke hing an der Tür eines kleinen Hauses – und das weckte seine Neugier. Warum hing da eine Socke mitten in der Nacht?

Nikolaus landete sanft vor der Tür dieses Hauses und trat näher. Er spürte sofort die Wärme und den Wunsch, der in dieser einfachen Geste lag. Und Nikolaus konnte erkennen, dass Finns Familie es nicht leicht hatte. Sein Herz füllte sich mit Mitgefühl.

„Diese Familie braucht ein wenig Weihnachtsfreude", sagte Nikolaus leise zu sich selbst. Er öffnete seinen großen, roten Sack und holte einige goldene Nüsse, ein paar süße Früchte und eine glänzende Münze heraus. Behutsam legte er alles in die Socke, die an der Tür hing, und lächelte zufrieden. Dann schwang er sich zurück in seinen Schlitten und flog in die dunkle Nacht davon.

Als er wieder hoch oben über der verschneiten Winterlandschaft seine Runden zog, fiel ihm plötzlich ein, dass er dieses Dorf tatsächlich schon lange Zeit nicht mehr besucht hatte. Nach einem schweren Schneesturm vor vielen, vielen Jahren, bei dem Nikolaus fast komplett die Orientierung verloren hätte und das Dorf für lange Zeit komplett von der Außenwelt abgeschnitten worden war, hatte er im nächsten Jahr eine andere Route am Nikolaustag eingeschlagen – und Finns Dorf einfach vergessen! Doch nun war er wieder dort gewesen und er nahm sich ganz fest vor, dass so etwas nicht noch einmal passieren durfte.

Am nächsten Morgen wachte Finn früh auf. Noch bevor die Sonne aufgegangen war, sprang er aus seinem Bett und rannte zur Tür. Seine Mutter sah ihm verwundert nach, als er die Tür öffnete und in die Kälte hinauslief. Da sah er sie – seine Socke, die nicht mehr leer war! Sie war prall gefüllt mit Nüssen, glänzenden Früchten und einer silbernen Münze. Finns Herz schlug vor Freude schneller, und er rief laut: „Mama, Mama, schau! Nikolaus war da!"

Seine Mutter trat hinaus und sah das gefüllte Geschenk. Sie legte die Hand auf ihr Herz und konnte ihre Tränen nicht zurückhalten. „Nikolaus hat uns geholfen", flüsterte sie. „Er hat uns nicht vergessen."

Die Nachricht verbreitete sich schnell im ganzen Dorf. Die anderen Kinder, die sahen, dass Finns Socke vom Nikolaus gefüllt worden war, begannen ebenfalls, ihre Socken an die Türen zu hängen. Und so dauerte es nicht lange, bis die Menschen merkten, dass eine Socke oft zu klein war, um all die wunderbaren Geschenke zu fassen, die Nikolaus mitbrachte.

Im Jahr darauf begannen die Kinder, ihre Stiefel vor die Tür zu stellen – denn die waren groß genug für alle Leckereien, die Nikolaus ihnen brachte.

So wurde in einem kleinen, verschneiten Dorf hoch oben im kalten Norden die Tradition des Nikolausstiefels geboren. Von Jahr zu Jahr stellten die Kinder ihre Stiefel vor die Türen, in der Hoffnung, dass Nikolaus auch ihnen Freude und Hoffnung bringen würde. Und es wurde erzählt, dass alles mit einem kleinen, mutigen Jungen namens Finn begann, der einfach nur darauf vertraute, dass Nikolaus ihn nicht vergessen würde.

Noch heute, wenn die Kinder in der Nacht zum 6. Dezember ihre Stiefel vor die Tür stellen, erinnert sich vielleicht der eine oder andere daran, wie alles begann – mit einer einfachen Wollsocke und dem Wunsch, ein kleines Stück Weihnachtszauber zu erleben.

Nanja Holland *ist ein Kind der Sechzigerjahre. Sie hat Germanistik und Publizistik studiert sowie ein Volontariat bei einem Stadtmagazin absolviert. Nach vielen Jahren in der Zeitungsbranche in leitender Funktion arbeitet sie heute u. a. als freie Journalistin für verschiedene pädagogische Online- und Printmedien sowie im Bereich Lese- und Schreibförderung. Als Autorin gibt sie seit 2022 Fachbücher und Ratgeber, Lifestyle- und Inspirationsbüchern für Kinder und Erwachsene heraus. Sie ist verheiratet und hat eine erwachsene Tochter.*

Die lange Suche an Weihnachten

Weihnachten mit der Familie feiern. Das tun Menschen auf der ganzen Welt. Gemütlich bei leckerem Essen, besinnlich mit Tannenbaum und Kerzen. Und natürlich mit vielen schönen Geschenken!

Jedoch: Nicht jeder kann das! Es hat nicht jeder frei. Manche müssen an diesen Tagen arbeiten. Es wäre schlecht, wenn kein Arzt bei Notfällen kommen könnte. Es wäre schlecht, wenn bei einem Brand keine Feuerwehr käme. Es wäre schlecht, wenn niemand Feiernde über längere Strecken nach Hause befördert.

Weihnachten mit viel Schnee. Mit dem Schlitten fahren, Schneemann bauen oder Schneebälle werfen. Leider selten in vielen Regionen! So war es zwar kalt, aber es lag kein Schnee. Blauer Himmel, doch die Sonne würde bald untergehen. Das tat sie im Winter früher als im Sommer. Die Bäume trugen keine Blätter und wirkten traurig nackt.

Judith und ich standen vor einem Haus nahe der Ruhr. Sie war keine Ärztin und ich nicht bei der Feuerwehr. Wir arbeiteten bei der Polizei, trugen jedoch keine Uniformen. In Zivil, so hieß es. Ansonsten hatten wir alles, was andere Polizisten ebenso mit sich trugen. Von den Handschellen bis zur Schutzweste. Nur das Auto, ein silberner BMW, war wie wir zivil. So wie viele andere Wagen, die auf der Straße fuhren.

Judith drückte auf die Schelle der Familie Horner. Die Mutter öffnete sofort die Tür. Sie war aufgeregt, was nicht wunderte. Judith stellte uns zuerst mit den Nachnamen vor: „Reiter, Kollege Fengler." Dabei zeigte sie Frau Horner ihren Dienstausweis. Er war hellblau und mit Bild. Da wir nicht mit Uniform bekleidet waren, mussten wir dieses tun: Beweisen, dass wir echt bei der Polizei waren.

„Kommen Sie herein", bat die Mutter und führte uns gleich zum Kinderzimmer. Ein Rucksack stand auf dem Bett. Das Fenster weit geöffnet. Ein Kind sahen wir nicht.

Jonas, sechs Jahre alt, war verschwunden!

„Haben Sie ein Bild Ihres Sohnes?“, fragte ich als Erstes.

Die Mutter nickte und reichte es Judith. Diese machte mit dem Handy ein Foto davon. Es wurde direkt zum Revier geschickt.

„Kolleginnen und Kollegen halten in der Umgebung Ausschau“, erklärte ich der Mutter. „Sie haben das Fehlen gerade bemerkt?“

Frau Horner nickte. „Wir waren auf der Brehminsel. Nun wollte ich uns etwas Kleines zu essen machen. Bevor wir später richtig Weihnachten feiern. Mein Mann hat bis neun Uhr Dienst. Das ist zu lange, so ganz ohne Essen.“

„War Jonas heute …?“, begann ich, doch die Kollegin Lena meldete sich über Funk. „Moment, Frau Horner!“

Die Polizistin nannte zuerst die, die sie rief, und danach sich selber: „Judith/Nick, für Lena?“

„Nick hört“, bestätigte ich. Wir hatten einen Knopf im Ohr, sodass nur wir den Funk mitbekamen. „Lena, was habt ihr?“

„Am Ufer der Ruhr haben wir ein Kind getroffen! Kurz vor der Brücke zur Brehminsel. Heißt Jonas. Trägt schwarze Jeans, rote Jacke.“

„Brehminsel, da war er vorhin mit der Mutter.“

„Schwarze Jeans, rote Jacke“, wiederholte Judith für die Mutter. „Trägt Jonas das heute?“

Frau Horner nickte eifrig. „Haben Sie ihn gefunden?“

Während Judith dieses bestätigte, gab ich Lena die Info weiter. „Bringt ihr ihn zurück, Lena?“, wollte ich wissen.

„Er sucht noch einen Martin. Nennt ständig diesen Namen, Nick.“

„Martin?“, vergewisserte ich mich und sah zur Mutter. „Kennen Sie einen Martin?“

„Jonas' Teddy heißt so.“ Frau Horner sah auf Rucksack und Bett. „Der fehlt! Hatten ihn vorhin dabei. Ob er ihn beim Ausflug verloren hat?“

„Das könnte sein“, meinte Judith.

„Er meint seinen Teddy, Lena“, informierte ich über Funk.

„Oh weh“, erwiderte diese. „An dem hängt er bestimmt sehr!“

Es wurde dunkel, die Sonne nicht mehr zu sehen. Laut Aussage der Mutter waren sie auf der Insel einmal den Rundweg gelaufen. Mehr als ein Kilometer – und wir waren nur zu viert! Jonas war zu Hause im Warmen. Wir mussten ein Versprechen einlösen.

An der Brücke teilten wir uns auf: Lena und ihr Kollege Michael nach links, Judith und ich rechts. Mit unseren kleinen Taschenlampen leuchteten wir den Weg und die Umgebung ab. Links vom Weg eine große Wiese, rechts Bäume und ein steiniges Ufer.

Auf die Uhr sahen wir nicht. Judith und ich hätten schon Feierabend gehabt. Es fühlte sich wie eine Ewigkeit an, als Judith: „Ich hab ihn!“, rief. Sie leuchtete mit ihrer Lampe zu der Stelle hin. Der Teddy lag auf Steinen, einen Arm und ein Ohr im Wasser hängend. Ich folgte Judith zum Fundort.

„Ha, höh“, schrie sie, als sie sich nach ihm bücken wollte, und ruderte mit den Armen. Ich griff sofort zu und bewahrte sie vor dem Fallen ins kalte Wasser.

„Danke, Nick!“

„Gerne, Judith! Obwohl: So hättest du später mit dem Teddy gemeinsam ein Bad nehmen können!“

„Das könnte dir so passen“, erwiderte sie lachend und hob den Teddy auf. „Na, da wird sich gleich jemand freuen, dich zu sehen! Aber um ein Bad kommst du echt nicht herum, Martin!“

„Ich glaube, diese Rückkehr ist Jonas heute wichtiger als jedes noch so große Geschenk“, schätzte ich.

***Christian Günther** wurde 1979 in Essen geboren. Beruflich betreut er nachts pflegebedürftige Menschen in einer Senioreneinrichtung. Er schreibt Zeitungsartikel, Kurzgeschichten und Serienfolgen. Bisher hat er sechs Bücher im Genre Krimi veröffentlicht. Seit 2022 ermittelt sein ziviles Polizei-Duo, das aus Judith und Nick besteht, im Süden der Stadt Essen.*

Rauschebart

Der rote Mann mit weißem Barte
zieht seit Tagen durch die Lande.
Gedichte zier'n so manche Karte,
spürbar die Familienbande.

Die Sonne lässt Kristalle glitzern
auf meiner winterlichen Tour.
Schau mich um, ob ein Schlitten flitzt per
fliegendem Rentier? Keine Spur!

Bei jedem Schritt der Schnee knirscht harte,
Bäume wispern im stürm'schen Wald.
Auf die Heilige Nacht ich warte.
Endlich ist's so weit. JETZT ist bald.

Ellen Zaroban *wohnt in Cottbus und ist von Beruf Bürokauffrau. Sie steht mitten im Leben", geboren 1972, und hat drei Kinder. Zu Weihnachten und Ostern lässt sie sich jährlich ein neues Gedicht einfallen. Sie liest lese gern, fotografiert, schreibe Briefe und Gedichte. Auf Aphorismen.de gibt es ein paar ihrer Gedichte.*

Leo, die Weihnachtsmaus

Es war kurz vor Weihnachten und die Kinder auf der ganzen Welt konnten vor Aufregung kaum noch schlafen. Die Elfen in der Werkstatt des Weihnachtsmanns waren fleißig dabei, die letzten Geschenke zu verpacken und mit buntem Geschenkpapier und Kärtchen zu verzieren. Überall herrschte eine fröhliche Stimmung und der Duft von Zimt und Plätzchen lag in der Luft. Die Gesichter der Elfen waren rosig, da sie so emsig bei der Arbeit waren. Die Glöckchen ihrer Mützen klingelten zum Klang der Weihnachtsmusik, welche in der ganzen Werkstatt erschall.

Aber nicht nur die Elfen arbeiteten fleißig, auch die kleinen Mäuse in der Werkstatt hatten alle Pfoten voll zu tun. Sie halfen dabei, die Geschenke zu verpacken, und schlichen heimlich in die Weihnachtssocken der Kinder, um dort kleine Leckereien zu verstecken. Die Mäuse waren große Helfer und wurden von den Elfen und dem Weihnachtsmann sehr geschätzt. Deswegen stellten die Elfen ihnen abends immer einen Teller mit Weihnachtsplätzchen und eine Schale Milch hin. Die Mäuse liebten diese Leckereien.

Die Vorbereitungen für das große Fest gingen gut voran. Das war auch gut, denn die Kinder auf der ganzen Welt warteten gespannt auf das große Fest und konnten es kaum erwarten, endlich ihre Geschenke in Empfang zu nehmen. Sie schrieben lange Wunschzettel an den Weihnachtsmann und hingen diese an den Weihnachtsbaum. Manche Kinder wünschten sich Spielzeug, andere Bücher oder Süßigkeiten. Aber eins hatten sie alle gemeinsam – sie freuten sich auf die besinnliche Zeit im Kreise ihrer Familie.

Am Abend vor Weihnachten war es dann endlich so weit. Der Weihnachtsmann stieg in seinen Schlitten und machte sich auf den Weg. Die Elfen begleiteten ihn und die kleinen Mäuse huschten hinterher, um sicherzustellen, dass kein Geschenk verloren ging. Besonders aufregend war es für die junge Maus Leo, denn es war sein erstes Weihnachten mit dem Weihnachtsmann. Vor lauter Aufregung hatte er die letzten Nächte kaum schlafen können. Gemeinsam mit dem freundlichen alten Mann in seinem roten Mantel und seiner weißen Bartmütze machte auch er sich auf den Weg, um die Geschenke an die Kinder auf der ganzen Welt zu verteilen.

Leo konnte es kaum fassen, dass er heute tatsächlich dabei helfen durfte. Als sie das erste Haus erreichten, sprang er vor Freude immer wieder in die Luft und klatschte in die Pfoten. Der Weihnachtsmann musste über die aufgeregte kleinen Maus lachen und lobte Leo für seine Begeisterung. Liebevoll tätschelte er ihm den Kopf. Leo errötete vor Stolz und seine kleine Brust schwoll an.

Gemeinsam kletterten sie nach vollbrachter Arbeit wieder auf den Schlitten und die Rentiere zogen sie durch die verschneite Nacht zum nächsten Haus. Leo hatte großen Respekt vor den magischen Tieren und streichelte sie vorsichtig, um sie zu beruhigen. Sie genossen Streicheinheit und gaben Leo einen freundschaftlichen Stups mit der Nase. Leo strahlte zufrieden. So schön hatte er sich sein erstes Weihnachten nicht vorgestellt.

Als sie die nächsten Häuser erreichten, sprang Leo aus dem Schlitten und half dem Weihnachtsmann, die Säcke mit den Geschenken zu tragen. Er war geschickt und flink und schaffte es, die prall gefüllten Säcke mühelos zu den richtigen Häusern zu bringen. Die strahlenden Kinderaugen und das glückliche Lachen der Kinder, als sie ihre Geschenke öffneten, machten Leo überglücklich. Er fühlte sich so stolz und froh, dass er dem Weihnachtsmann helfen durfte, die Freude in die Welt zu bringen. In jedem Haus, das sie besuchten, brachten sie Glück. Die Elfen verteilten sogar noch ein paar extra Leckereien an die Mäuse und alle waren beseelt und zufrieden.

Als die Nacht vorbei war und alle Geschenke verteilt waren, kehrten sie erschöpft, aber glücklich nach Hause zurück. Der Weihnachtsmann bedankte sich bei Leo für seine Hilfe und sagte ihm, dass er nie vergessen würde, wie er an diesem besonderen Weihnachten zum Helfer des Weihnachtsmanns wurde. Leo lächelte zufrieden und wusste, dass dies das schönste Weihnachten seines Lebens war. Er hatte nicht nur die Kinder glücklich gemacht, sondern auch sein eigenes Herz erfüllt mit Freude und Liebe. Und er wusste, dass er in Zukunft immer wieder dem Weihnachtsmann zur Seite stehen würde, um die Welt ein Stückchen strahlender zu machen.

Und so feierten sie gemeinsam bei einer großen Festmahlzeit und tauschten Geschichten und Geschenke aus. Die Kinder, die Elfen, der Weihnachtsmann und die Mäuse – alle waren vereint in Glück und Freude und genossen die besinnliche Zeit des Jahres in vollen Zügen. Denn Weihnachten war nicht nur ein Fest der Geschenke, sondern vor allem ein Fest der Liebe und der Zusammengehörigkeit.

Dr. med. Barbara Bellmann *wurde 1984 in Hagen/Westfalen geboren. Nach dem Studium der Humanmedizin an der Rheinischen Friedrich-Wilhelms-Universität Bonn, begann sie in Aachen ihre Facharztausbildung zur Kardiologin am dortigen Universitätsklinikum. Im Sommer 2013 setzte sie ihren Weg an der Charité Berlin fort. Seit April 2019 arbeitet sie als leitende Kardiologin in Düsseldorf. Sport und Literatur begeistern sie neben ihrer Tätigkeit als Ärztin. Im Frühjahr 2017 erschien ihr erster Roman „Alexander bricht aus“ in Zusammenarbeit mit Theres Krause.*

Sprosse der Sonne

Es ist später Nachmittag im Winter.
Das Licht der kleinen Kerze flackert.
Ein leichter Hauch hat sie erreicht.
Dann steht die Flamme wieder gerade.
Kerzenschein verbreitet sichtbare Wärme.
Wie gebahnt starre ich auf das kleine Feuer,
das mich aus der Wirklichkeit entrückt.

Ein kleines Licht hat solche Macht –
wie viel hat dann die gewaltige Sonne?
Sie ist vor zwei Stunden untergegangen.
Ihre kleinen Sprosse scheinen und glühen.
Sie alle bilden kunstvolle Licht-Blumen
und leuchten in Keramiken die Stube aus.

In Eiseskälte stehen sie auch im Schnee –
auf jedem Grab des nahen Friedhofs.
Ihr Kampf gegen Stress, Gleichgültigkeit,
Trauer und Vergessen ist fast aussichtslos.
Wenn es draußen richtig dunkel wird,
erhellen sie dennoch mit funkelndem Licht
jedes verlassene, unglückliche Herz.

Kurt Blessing, *geboren 1957 in Mülheim /Ruhr, Maschinenbau-Studium in Düsseldorf. Produktmanager für Neuentwicklungen. Seit 2016 im Ruhestand, schriftstellerisch tätig und in Anthologien mit Lyrik und Prosa vertreten. Ab 2021 eigene Veröffentlichungen.*

Norbert, der Nussknacker

Der kleine Laden in dem alten Haus am Markt bot die perfekte Weihnachtsidylle. Während vor dem Fenster Schneeflocken stoben, war es drinnen warm und behaglich. Aus den Lautsprechern erklang leise *Oh du fröhliche*, gesungen von einem Knabenchor, und die vielen handgefertigten Spielzeuge verströmten einen Geruch nach Holz. Für Norbert, den Nussknacker, war es die absolute Hölle.

„Was ist denn mit dem los?", flüsterte ein Holzengel, der gerade aus dem Erzgebirge eingetroffen war. „Der Nussknacker sieht ja total blass aus. Ist das ein Produktionsfehler?"

„Nein", flüsterte die Spieluhr zurück. „Das ist eine tragische Geschichte. Das glaubst du nie."

Jetzt hatte die Spieluhr die Aufmerksamkeit der neuen Spielsachen, die näher an sie heranrückten, um alles zu hören. Die Spieluhr genoss es, im Mittelpunkt zu stehen, und ließ ihre Ballerina ein paar Mal kreisen, bevor sie fortfuhr. „Er hat jeden Tag panische Angst davor, gekauft zu werden. Wenn ihn jemand mitnimmt, wird er benutzt werden und das ist sein Ende. Er hat eine Nussallergie, müsst ihr wissen."

Der Holzengel keuchte entsetzt auf. Die Spieluhr versuchte, betreten auszusehen, aber man merkte ihr an, wie sie es genoss, die Geschichte zu verbreiten.

„Tja, wenn jemand eine Nuss in seinen Mund legt, schwillt sein Holz an und wird rissig. Ich kann mir gar nicht vorstellen, wie furchtbar das aussehen muss. Sein Besitzer wird ihn sofort auf den Müll werfen."

Der Engel bewegte aufgebracht die Flügel auf und ab. „Es könnte noch schlimmer kommen. Er könnte zurückgebracht werden. Jede Retoure ist schlecht für unseren Ruf. Er sollte entfernt werden, bevor ihn jemand kauft."

Die anderen Spielzeuge murmelten zustimmend.

Natürlich hatte Norbert sie gehört. Er presste seine Zähne fester zusammen und versuchte, sich nichts anmerken zu lassen. Aber er konnte nicht verhindern, dass seine strahlend rote Jacke blasser wurde und jetzt leicht rosa aussah.

„Der Engel hat recht“, dachte er. „Ich mache mich zum Gespött. Ich bin es nicht wert, hier zu stehen. Vielleicht wäre es wirklich besser, ich würde direkt entsorgt werden. Dann müsste ich wenigstens keine Angst mehr davor haben, gekauft zu werden.“

Doch gleichzeitig fing er beim Gedanken an den kalten dunklen Müllcontainer, der hinten im Hof stand, und allem, was danach kam, an zu zittern.

Dann kam der Tag, den Norbert gefürchtet hatte. Normalerweise stellten die Leute ihn immer gleich ins Regal zurück, weil sein roter Mantel rosa schimmerte.

Doch einem Mann, der sichtlich in Eile war, schien das zu gefallen. „Ein rosa Nussknacker. Den wird Isabell lieben.“ Er griff mit der einen Hand nach dem Nussknacker und mit der anderen nach dem Holzengel und knallte beides unsanft auf den Verkaufstresen: „Als Geschenk, bitte!“

Norbert wurde in eine Kiste gesteckt und wünschte sich, die Dunkelheit würde ewig dauern. Doch viel zu schnell wurde der Karton geöffnet und Hände mit langen, rosa Fingernägeln zogen ihn heraus. Er war so nervös, dass er sich zusammenreißen musste, um nicht mit den Zähnen zu klappern.

Der Engel stand auf einer Kommode neben dem Christbaum und sah ihn spöttisch an.

„Ach, der ist ja herzallerliebst. Bitte gib mir mal eine Nuss!“

Die Hand mit den langen Nägeln schob ihm eine riesige Walnuss in den Mund und betätigte den Hebel. Es krachte, die Schale spritzte und Norbert würgte. Er bekam keine Luft mehr und sein Holz brannte. Er hörte ein schrilles Lachen und die nächste Nuss folgte. Der Nussknacker keuchte, aber es nahm kein Ende. Eine Nuss nach der anderen wurde in seinen Mund geschoben.

Krach. Knarr. Krrgh.

Dann wurde er neben den Engel gestellt und die pinken Fingernägel rissen das nächste Paket auf. Norbert schüttelte sich so unauffällig wie möglich, um die Reste der Schalen aus seinem Mund zu bekommen. Es brannte und stach und sein Holz quoll auf.

Der Engel hob seinen Flügel, um ihn zu verdecken. „Du bist eine Schande für jede Holzfigur aus dem Erzgebirge. Wie hat es jemand wie du durch die Qualitätskontrolle geschafft?“

Als am nächsten Tag die Kerzen am Christbaum angezündet wurden, schaute Norbert unter dem höhnischen Blick des Engels in eine silberne Kugel, in der er sich spiegelte. Er sah furchtbar aus und versuchte, sich wegzudrehen. Vor der Tür erklang lautes Kindergeschrei. Ein Glöckchen bimmelte und eine ganze Kinderhorde stürzte zum Baum.

Da geschah es. Eines der Kinder stieß an die Kommode und streifte mit seinem Arm Engel und Nussknacker. Norbert hätte nichts dagegen gehabt, in die Tiefe zu stürzen und in tausend Teile zu zerbrechen, aber er war nur leicht ins Wackeln geraten und fing sich ab. Der Engel schrie im gleichen Moment auf.

Norbert sah wie in Zeitlupe, dass die andere Figur nach vorne kippte. Der Engel ruderte mit den Flügeln und geriet dabei in die Kerzenflamme. Norbert beugte sich vor. Obwohl sein Mund noch immer brannte, schnappte er mit seinen Zähnen nach dem zweiten Engelsflügel. Er zog mit aller Kraft und schaffte es, die goldene Figur wieder auf die Kommode zu ziehen. Er starrte entsetzt auf die linke Flügelspitze, die in Flammen stand. Er pustete, um das Feuer zu löschen, aber sein Mund war zu nah am Feuer und auch sein Mund war rußig und verbrannt. Jemand packte die beiden Figuren und warf sie in einen Wassereimer. Das kalte Wasser tat so gut. Norbert nahm einen großen Schluck und kühlte seinen Mund. Er tauchte auf.

Der Engel schluchzte und kreischte: „Mein Flügel. Er ist ab. Oh nein. Und meine Farbe löst sich im Wasser. Ich bin ruiniert.“

Ein kleiner Junge kam und zog beide aus dem Wasser. „Habt ihr das gesehen? Der Nussknacker ist ein Held. Er hat den Engel vor dem Feuer gerettet.“ Die anderen lachten.

Die Frau mit den rosa Fingernägeln sagte: „Na, dafür ist er jetzt ruiniert. Guck ihn dir an, der wird nie wieder eine Nuss knacken. Den Engel kann Siegbert vielleicht reparieren, aber den Nussknacker muss ich wegwerfen. Schade drum.“

Der Junge starrte die Frau entsetzt an: „Du kannst ihn nicht auf den Müll werfen. Er war so tapfer. Oma, darf ich ihn behalten?“

So begann Norberts zweites, nussfreies Leben im Kinderzimmer. Er wurde Polizist und fuhr Streifenwagen, erlegte als Ritter zahllose Drachen und fand schließlich seine Paraderolle als Schaffner der Holzeisenbahn. Er hätte nicht glücklicher sein können.

Ein verliebter Rasenmäherroboter, ein Gespenst mit Sehnsucht nach der Schweiz, eine gelangweilte Küchenmaschine und ein Wikinger, der auf einem Kreuzfahrtschiff gefangen gehalten wird – das sind die Figuren, die die Geschichten von ***Vera Lörks*** *bevölkern. Die 1986 geborene Autorin und Lektorin lebt am Niederrhein und hat zahlreiche Bücher und Geschichten veröffentlicht. Mehr unter veraloerks.wordpress.com.*

Am anderen Ende der Erde

„Wenn ich an Feuerland denke, kommen mir heiße Tage in den Sinn. Und dort möchtet ihr Weihnachten verbringen?", fragte Simon mit einem Eisbecher in der einen, den Löffel in seiner anderen Hand und einem beträchtlichen Radius an Schokoladensoße um seinen Mund herum. Seinen aufgerissenen Augen leuchtete die Unbedingtheit heraus, mit der er Feuerland mit Hitze verband. Und in der Küche, in der Simon an jedem Tag des Jahres sein Schokoeis verspeiste, war es ja auch angenehm warm.

Seit ihn seine Eltern in ihren außergewöhnlichen Reiseplan für den nächsten Heiligabend eingeweiht hatten, gings rund in Simons Kopf. Mutter Irmgard trat von der Küchenzeile aus auf ihn zu und schloss ihn an der gegenüberliegenden Kommode mit einem so festen Griff in ihre Arme, wie es seiner jetzigen Vorliebe entsprach. Simon hatte dabei seine besetzten Hände seitwärts von sich gestreckt, um das Eis vor den Liebkosungen zu schützen.

Ihr Sohn würde demnächst ein Alter erreichen, in dem seine Überlegungen ausgegorener werden würden. Simons magische Ideen und den uneingeschränkten Esprit, davon war Irmgard überzeugt, würde sie in jener ungeborenen, aber unausweichlich bevorstehenden Zukunft vermissen. Ihre Vorwegnahme von Simons Entwicklung rührte sie, ein Kloß bildete sich in ihrem Hals und deshalb überließ sie es Vater Jakob, auf seine vorige Frage zurückzukommen.

„Tatsächlich ist es in der Provinz Tierra del Fuego, wo unser Reiseziel sein wird, deutlich kälter als du vermutest. Der südlichste Zipfel Südamerikas ist beileibe nicht für strahlenden Sonnenschein und höchste Temperaturen berühmt", sagte Jakob amüsiert darüber, dass das Eis seines Sohnes inzwischen die Konsistenz von Trinkschokolade angenommen hatte.

„Gibt es in Südamerika Lebkuchen und Spekulatius, Zimtsterne und Mandarinen?", fragte Simon in der Hoffnung, das Weihnachtsfest fände andernorts unter ähnlichen Bedingungen wie in Deutschland statt. Es war erneut an seinem Vater, ihm zu erklären, dass es fern der Heimat andere Bräuche und Sitten gäbe und er selbst jene auch pflegen wolle. Natürlich sei er aber gerne bereit, seinem Sohn in der ihm unverzichtbaren Routine entgegenzukommen.

Mutter Irmgard hätte vor Zuneigung weinen können. So glücklich machte sie die Vertrautheit des Vater-Sohn-Gespanns. Sie reichte ihrem Simon eine Serviette und der wischte die Schokolade mit überschaubarem Erfolg aus seinen Mundwinkeln, verwischte sie jedoch vielmehr auf sämtliche andere Gesichtspartien.

„Ach Papa. Hauptsache, wir können gemeinsam feiern. Alles andere lässt sich von zu Hause mitbringen. Vielleicht können wir dort im Meer baden, wenn du schon sagst, dass da mitten im Winter Sommer sein soll“, so Simons in aller Ernsthaftigkeit vorgetragenes Anliegen.

„Ach du liebes Kind. Wie ich vorhin gerade sagte, das Feuerland glänzt keineswegs durch Hitze.“

Irmgard weinte jetzt tatsächlich. Wie gut sich ihr Sohn trotz seines milden autistischen Handicaps entwickelte und wie unerschütterlich er seine Anliegen mittlerweile spürte und vertrat, ging ihr zu Herzen.

Der Vater wirkte behutsam auf Simon ein, mit all seiner verfügbaren Contenance: „Bei den Wassertemperaturen kannst du leider nicht baden. Der Süden Amerikas ist nicht die Adria. Du wirst erstaunt sein über die zahllosen Menschen, die dort auch in der Sommerzeit mit Mänteln unterwegs sind.“

In Simon reifte aus Vaters Schilderungen eine Vorstellung darüber, wie es beim kommenden Weihnachtsfest zugehen könnte: Er sah sich in eine Kuscheldecke eingewickelt, seine Hände an einer Tasse frisch aufgebrühten Kamillentees wärmend, einen Kachelofen vor sich, in dem hie und da Kohlen aufglühen.

„Wir werden eine Woche früher anreisen. Damit dürfte es dir leichter fallen, dich an die Umstände zu gewöhnen“, versprach seine Mutter mit brüchiger Stimme.

„Um fünf Stunden müssen wir dort die Uhren zurückstellen. Du glaubst gar nicht, wie nah wir da der Antarktis sind“, wusste sein Vater und fuhr unverzüglich fort: „Kannst du mit den Informationen leben?“

„Eine Frage habe ich noch: Wie kommt der Weihnachtsmann von hier aus bis nach Südamerika? Werden die Rentiere mit Schiffen transportiert oder fliegen sie in einem Flugzeug mit extragroßem Vorratsraum? Mir geht nicht ein, wie der Schlitten von Europa aus über das Meer kommen soll."

„Möglicherweise gibt es mehrere Weihnachtsmänner. Wahrscheinlich haben einige von ihnen ihr Lager in Chile oder Peru aufgeschlagen", ließ sich Simons Mutter spontan einfallen. Sie hatte helle Freude daran, die Fantasie ihres Sohnes zu beflügeln.

„Vielleicht ist er ein König, trägt eine Krone und hält ein Zepter in der Hand. Wer sagt, dass die Geschenke nicht in der verborgenen Kammer eines modernen Kreuzfahrtschiffes in den Süden gelangen? Davon, wie viele Kinder der Weihnachtsmann beliefern muss, wird vieles abhängen. Ein Schlauchboot wird es wohl nicht sein, das er verwendet", mutmaßte der Vater und zuckte mit den Schultern. „Doch ausschließen kann man gar nichts."

„Eine unbeschwerte Zeit werden wir haben, dafür werden wir sorgen. Wir nehmen all das mit, was du zu deiner Sicherheit brachst", beruhigte ihn Irmgard und zog Simon erneut zu sich heran, mit der unverminderten Gewalt ihrer umfänglichen Mutterliebe.

Derweil hatte Simon begonnen, Tänze zu erproben. Aus einer Laune heraus hatte er entschieden, wenn die Menschen dort in Mänteln herumliefen und schon nicht im offenen Meer schwammen, so würden sie wenigstens tanzen. Er hampelte linkisch auf seinen hölzernen Beinen, die in den Knien kaum einknickten, um den Tanzschritten etwas Geschmeidigkeit zu verleihen. Rasch war Simon hörbar außer Puste. Der Vater riet ihm: „Setz dich doch. Komm zur Ruhe. Bis Weihnachten ist es noch weit."

„Ich bin echt aufgeregt. Wie werden die Eindrücke in Wirklichkeit sein, die wir dort sammeln?", verteidigte Simon seine Hummeln im Hintern, die ihn unentwegt piesackten und zur Bewegung antrieben.

„Mein werter Reisegefährte, du erinnerst dich, dass Weihnachten erst gestern war, und es somit 364 Tage dauern wird bis zum kommenden Fest?", fragte der Vater und wedelte dabei mit dem Reiseführer über Südamerika, den Simon vom einheimischen Weihnachtsmann geschenkt bekommen hatte. Vorbereitung war bei Simon alles, doch wahrscheinlich war sie diesmal ein bisschen verfrüht.

Draußen schneite es. Dicke Flocken bedeckten das Land, das aktuell noch Deutschland war. Eine Langspielplatte lief im Hintergrund. In Endlosschleife. Simons Lieblingsplatte von Chris Rea.

„Sicher wird das nächste Weihnachten kommen, nur warten müsste man können“, gestand Simon und runzelte die Stirn, weil er in manchen Augenblicken bedauerte, dass sein Kopf so anders funktionierte als die Köpfe seiner Mitschüler. Die Wartezeit war nicht zu beschleunigen und dennoch haderte er mit diesem unumstößlichen Fakt.

„Nächstes Jahr ist ein Schaltjahr …“, unterrichtete die Mutter und verschluckte die zweite Hälfte des Satzes: „… also sind es sogar noch 365 Tage.“

Oliver Fahn *wurde 1980 im oberbayerischen Pfaffenhofen an der Ilm geboren. Unter anderem wurden seine Texte bei DUM, Poets of the New World, & Radieschen, eXperimenta, etcetera, von der Stadt St. Pölten und der Friedrich-Naumann-Stiftung veröffentlicht. Zudem nimmt Fahn mit der Autorin Polina Jäger mit gemeinschaftlichen Projekten an Wettbewerben teil.*

Aus der Schreibwerkstatt

Zum Reimen guter Winterstrophen
bedarf es eines Kachelofen.

Auch befördert diese Tat
ein heißes Fichtennadelbad.

Dann, eingehüllt ganz in Frottee,
erwartest du eine Idee.

Doch bleibt diese ohne Punsch
oftmals nur ein frommer Wunsch.

Dem Trunk geschuldet stetig wanken,
melden sich auch ein paar Gedanken.

Ein Goethe aber wirst du nicht,
das Glas ist leer und kein Gedicht

Auch wir, die Leser, sind betroffen
und müssen auf das Frühjahr hoffen

Hartmut Gelhaar, *Jahrgang 1948, Rentner, lebt in Wernigerode. Hat bereits in mehreren Anthologien veröffentlicht. Eigene E-Buch-Publikationen unter bookrix,de/-texter. Eigener Podcast unter Youtube: „Lyrik für die Ohren."*

Geschenke

Nikolaus war fix und fertig nach seiner langen Tour durch die Nacht. Er wollte nur noch schlafen. Als er endlich wieder in seiner Werkstatt ankam, fand er dort ein kleines Päckchen vor.

Für den Weihnachtsmann vom Christkind stand darauf. Verblüfft und hocherfreut öffnete er das Päckchen. Ein paar Ohrenschützer für besonders kalte Wintertage, wenn selbst die Mütze nicht mehr ausreichte! So etwas konnte er brauchen.

Noch nie hatte ihm jemand etwas geschenkt. Dafür würde er sich morgen revanchieren. Immerhin hatte auch das Christkind einen langen Tag gehabt und bestimmt bekam es auch nie etwas geschenkt.

Gerührt lächelte der Weihnachtsmann und blickte hinaus in die sternenbeschienene Winternacht Kaminias. Weihnachten war doch die schönste Zeit des Jahres.

Florian Geiger, *wohnhaft in Lörrach, geboren 1982 in Heidelberg, schreibt seit seiner Kindheit gerne Geschichten, besonders aus den Bereichen Science-Fiction und Fantasy. Bisher konnte er Kurzgeschichten in verschiedenen Verlagen veröffentlichen. Website: floriantobiasgeiger.jimdofree.com, Friendica im Fediversum: opensocial.at/profile/anarcheron.*

Weihnachtsstimmung ad infinitum

In einem fernen Land namens Lamettanien regierte einst König Rudolph I. Um die klammen Staatskassen zu füllen, beschloss er eines Tages, die königlichen Weihnachtsmärkte das ganze Jahr über stattfinden zu lassen, und sorgte dafür, dass sie stets mit frischen Marzipankartoffeln, Lebkuchenherzen und Dominosteinen beliefert wurden. Von nun an duftete es selbst im Sommer nach Glühwein und das *Ho, ho, ho* der vielen hauptamtlichen Weihnachtsmänner war ständig zu hören. Über das Getümmel an den Marktständen flogen Elfen hinweg und ließen statt richtigem Schnee Puderzuckerschnee auf die Kauflustigen herabrieseln, Zwerge jonglierten mit glühenden Weihnachtskugeln und Rentiere mit Silberschellen an den Geweihen stolzierten zwischen den Besuchern umher.

Dazu gab es ganz umsonst die durchdringenden Stimmen der Marktschreier: „Feinste Zuckerwatte, kauft, ihr Leute, … Lebkuchenherzen, heute im Dutzend für nur fünf Dukaten … kandierte Äpfel, kommt, ihr Kinderlein …“ Und käufliche Weihnachtstannen sprachen die Vorübergehenden an: „Na, wie wär's? Sieh nur, wie gut gewachsen ich bin. Und voll im Saft. Nimm mich mit und schmücke mich, du wirst es nicht bereuen.“

Das Volk indessen wurde des Trubels zunehmend überdrüssig und der Umsatz sank. Wegen der vielen Süßigkeiten bekamen die Leute Besuch von der bösen Zahnfee und die Zahnbrecher hatten alle Hände voll zu tun. Die frei herumlaufenden Rentiere blockierten des Öfteren die Straßen und die fluchenden Fuhrleute durften sie nicht anrühren, da die Tiere unter dem Schutz des Königs standen.

Außerdem wurde das Gequengel der Kinder immer lauter: „Mama, Papa, wann kommt denn nu der Weihnachtsmann mit den Geschenken zu uns?“

Niemand hatte mehr Lust auf Lebkuchenherzen, Marzipanstollen und mit Weihnachtskugeln jonglierende Zwerge. Die Marktschreier brüllten ihre Botschaften über verödete Weihnachtsmärkte, auf die der Puderzuckerschnee unbeachtet herabrieselte, und die hauptamtlichen Weihnachtsmänner mussten gewärtig sein, schon nach dem ersten „Ho" einen Tritt in den Allerwertesten zu bekommen.

Dem Reich drohte der Ruin.

Ruhelos wanderte König Rudolph in seinen Gemächern umher. Die goldenen Girlanden, das Tafelsilber, die Sammlung seltener Weihnachtsengel, die funkelnden Edelsteine, die seinen Weihnachtsbaum schmückten, sein ganzer schöner Reichtum, vielleicht bald dahin, weil alles an diese geldgierigen Gläubiger aus Marzipanien verkauft werden müsste, um die Schulden zu tilgen.

„Warum tut mir mein Volk das an?", fragte er händeringend die Damasttapete an der Wand. „Ich will doch nur, dass es allen gut geht."

„Den einen mehr, den anderen weniger und dir am allermeisten", ergänzte seine innere Stimme.

„Sei still. Ich bin ein guter König. Ich bin ein guter König. Ich bin ein guter König", sagte er schnell und niemand widersprach.

Sein derzeitiger Lieblingsweihnachtsengel trat zu ihm, gab ihm einen Kuss und hauchte ein: „Ja, du bist ein ganz toller König", in sein Ohr, doch das vermochte ihn nicht zu trösten. Wie sollte es bloß weitergehen? Ihm fiel nichts Besseres ein, als den Thronrat einzuberufen.

Nachdem der Schatzmeister seinen Bericht vorgetragen hatte, fragte der König: „Nun, was können wir tun? Irgendwelche Vorschläge?", und blickte in die Runde.

Schweigen. Betretene Gesichter.

„Eine Glühweinsteuer erheben?", wagte sich der Schatzmeister vor.

„Sapperlot!", donnerte der König. „Die Leute kaufen doch jetzt schon immer weniger von dem Zeug."

„Dann vielleicht den Glühwein billiger machen?"

„Hinaus!", brüllte der König, dessen Knollennase inzwischen zornesrot leuchtete, und der Schatzmeister schlich mit eingezogenem Kopf aus dem Saal.

Ein alter Mann mit Glatze und grauem Haarkranz aus der hinteren Reihe hob die Hand.

„Ah, unser Hofzauberer. Lassen Sie hören", sagte der König.

„Also Majestät, erlasst ein Gesetz, das jeden Bürger Eures Reiches verpflichtet, täglich mindestens zehn Weihnachtslieder zu singen."

„Sind Sie noch bei Trost? Weihnachtslieder?"

„Ja, Majestät. Weihnachtsliedern wohnt eine ganz eigene Magie inne. Durch sie vergessen die Menschen ihre kleinen Kümmernisse und Ängste, lieben einander und wollen sich an Weihnachten erfreuen. Es wird wie ein Rausch sein. Singen und hören Eure Untertanen Weihnachtslieder, dann strömen sie auch wieder in Massen zu den Weihnachtsmärkten."

„Und ... und werden sie auch kaufen?"

„Kaufen? Aber ja. Ich muss die Magie der Weihnachtslieder nur ein klein wenig verstärken."

Der Hofzauberer stieß ein meckerndes Lachen aus, dann hob er seinen Zauberstab, der sogleich zu leuchten begann. Goldene Sterne, vermischt mit Schneeflocken stoben daraus hervor und plötzlich erfüllte ein Duft von gebrannten Mandeln, Glühwein und Räucherkerzen den Saal. Heller Glockenklang ertönte und aus dem Nichts tauchten Hunderte von winzigen Weihnachtsmännern auf. Sie schwebten in der Luft und flogen waghalsige Kapriolen. Allmählich formierten sie sich vor dem Hofzauberer zu einem Chor.

Der Hofzauberer hob abermals den Zauberstab. Nun huben die kleinen Weihnachtsmänner mit quäkenden Stimmchen an zu singen und die staunenden Zuhörer vernahmen äußerst seltsame Weihnachtslieder. Die Melodien kannten sie wohl, aber was waren das für Worte? „... tiefstpreisliche Weihnacht überall ... Ihr Käuferlein kommet, oh kommet doch all ... Leise rieselt der Preis ... Bald nun ist Einkaufszeit ... Geschenke finden, Freude schenken ... Oh du fröhliche, oh du glänzende ..."

Immer schneller und schneller sangen die Weihnachtsmänner, bis die Töne zu einem einzigen Missklang verschmolzen. Dann verschmolzen auch die Sänger selbst zu einem rot-weißen Wirbel, der um sich selber kreiste, immer kleiner wurde und verschwand.

„Nun, Majestät, wenn Eure Untertanen von jetzt an Weihnachtslieder singen, werden sie nur noch an eines denken: kaufen. Ihr werdet mit dem Liefern kaum nachkommen, Majestät."

„Ahhh. Was würde ich nur ohne Sie anfangen."

Der Hofzauberer verbeugte sich.

„Aber, Majestät, bedenkt, viele Eurer Untertanen können gar nicht singen", warnte der Kämmerer.

„Papperlapapp", sprach der König, „dann müssen sie es eben lernen.“ Und das Gesetz ward beschlossen. Unter dem Schmettern der Fanfaren verkündeten es Herolde überall im Reich.

Um die Einhaltung des Gesetzes zu kontrollieren, mischten sich Büttel in Alltagskleidung unters Volk, lauschten an den Türen und führten penibel Strichlisten. Wehe dem Übeltäter, der dem Befehl des Königs nicht nachkam. Ihm drohten saftige Geldbußen und im Wiederholungsfall gar der Kerker. Bei den meisten Einwohnern Lamettaniens hätte es dieser Kontrollen nicht bedurft, denn sie waren ohnehin recht sangesfreudig, wenn sie auch nur gelegentlich den richtigen Ton trafen. Die übrigen beugten sich, sei es aus Bequemlichkeit, sei es aus Angst, dem königlichen Willen. Wie es der Kapellmeister vorausgesagt hatte, stieg die Weihnachtsstimmung wieder und damit die Kauflust der Menschen.

Nur eine kleine Gruppe aufsässiger Weihnachtsmuffel leistete Widerstand. Ihrem Anführer Hans, einem dünnen Männchen mit Ziegenbart, bereitete die Weihnachtsstimmung, in der jeder jeden zu lieben schien, nahezu körperliche Pein. „Wie verlogen das alles ist“, knurrte er und seine Mitstreiter nickten.

Nicht nur, dass Hans und seine Helfer nicht sangen, nein, sie sannen auch auf Mittel und Wege, die Weihnachtsstimmung zu sabotieren. Sie drängten den Besuchern der Weihnachtsmärkte kostenlose Probeexemplare ihrer selbst gefertigten Ohrstöpsel aus Bienenwachs auf oder versperrten die Wege zu den Märkten durch Sitzblockaden. Im Schutze der Nacht überfielen sie die Büttel des Königs, nahmen ihnen die Strichlisten weg und verbrannten sie. Und das alles, ohne einen Mucks zu sagen, geschweige denn zu singen. Immer wieder gelang es ihnen, sich dem Zugriff der Büttel zu entziehen.

Mit gerunzelter Stirn hörte sich der König den Bericht seines Marschalls darüber an.

„… Majestät, sie nennen sich selbst die *Stummen Helden* und wenn ihr Beispiel Schule macht …“

„Unerhört!“, empörte sich der König. „Wie können sie es wagen, sich meinem Befehl zu widersetzen, das … das …“ Vor Zorn verhaspelte er sich und seine Nase leuchtete schon wieder gefährlich rot.

„Nur die Ruhe, mein König. Ich weiß, wo sie sich verstecken, und habe auch schon eine Idee, wie ich sie zur Raison bringe.“ Der Marschall lächelte schmallippig.

„Gut, ich verlasse mich auf Sie.“

„Wollt Ihr gar nicht wissen, wie?“

„Einzelheiten kümmern mich nicht.“ Der König winkte gnädig zum Zeichen, dass die Audienz beendet war, und der Marschall zog sich mit einem tiefen Bückling zurück.

Der Zustimmung seines Königs gewiss hatte der Marschall schon alles vorbereitet und schickte seine Schergen aus. In den Katakomben der Hauptstadt ergriffen sie die *Stummen Helden*, entfernten ihre Ohrstöpsel und sperrten sie in ein Verlies in den Kellergewölben des königlichen Schlosses. Meistersänger wechselten sich vor ihrer Kerkertür darin ab, sie drei Tage lang ununterbrochen mit *Oh du fröhliche* zu beglücken. Dem hätte selbst der miesepetrigste Weihnachtshasser nichts entgegensetzen können. Die solcherart geläuterten *Stummen Helden* benannten sich nach ihrer Entlassung in *Chor der ersten Strophen* um, da sie mangels Übung nicht textsicher waren, und stimmten in den Gesang der anderen ein. Nun sorgten auch sie dafür, dass die Straßen des Landes Tag für Tag widerhallten von mehr oder weniger schiefen und schrillen Weihnachtstönen: „Stille Nacht … Es ist ein Ros entsprungen … Bald nun ist Weihnachtszeit … Fröhliche Weihnacht überall … Kommet, ihr Hirten …“ Sie sangen und kauften, kauften und sangen. Und wenn sie nicht gestorben sind, dann singen und kaufen sie noch heute.

Halt, da fehlt doch noch jemand! Richtig. Der echte Weihnachtsmann. Als er sich mit seinem Schlitten Heiligabend den Grenzen Lamettaniens näherte, hielt er sich die Ohren zu. „Was für ein grässlicher Lärm“, sagte er und machte fortan einen großen Bogen um das Land.

Dr. Thomas Melerowicz: *Der Autor ist Jahrgang 1956 und lebt in einer kleinen Stadt in der Nähe Berlins. Von Beruf Chemiker, ist er neben den exakten Naturwissenschaften auch sehr an Belletristik interessiert. Er hat langjährige Erfahrungen als Ghostwriter gesammelt und veröffentlichte außerdem eigene Kurzgeschichten in verschiedenen Anthologien und Zeitschriften. Ob Krimi, Fantasy, Science-Fiction oder romantische Erzählungen – der Autor versuchte sich in vielen Genres, doch besonders liegen ihm skurril-heitere, aber auch düster-geheimnisvolle Kurzgeschichten. www.schreibwerkstatt-online.net.*

Der Duft von Weihnachten

Weihnachten war bei uns immer magisch. Ich erinnere mich daran, dass meine Eltern zum ersten Advent Weihnachtsfiguren draußen aufstellten. Damals gab es noch nicht diese beleuchteten Dinger, die man heute in jedem Discounter bekommt.

Nein, mein Vater hatte eine richtig große Weihnachtskrippe mit Jesuskind und Maria und Josef. An den Weihnachtsfeiertagen stellte meine Mutter immer eine Laterne daneben. Von unserem Wohnzimmerfenster aus konnte ich sie dann den ganzen Abend beobachten.

Im Haus schmückten meine Eltern alles festlich. In den Fenstern leuchteten wundervoll geschnitzte Holzbögen und auf dem Wohnzimmertisch stand ein Räuchermännchen. Ich liebte den Geruch. Süßlich schwer zog er durchs Haus. Auf dem Weihnachtsmarkt kauften wir immer diese kleinen Kegel mit dem Tannenduft. Fasziniert beobachtete ich abends, wie mein Vater sie anzündete und die erste dicke Rauchschwade langsam hochzog.

Daneben stand der Adventskranz. Meine Mutter bestellte ihn immer beim Blumenhändler. Am schönsten roch er an dem Tag, an dem mein Vater ihn abholte. Schwer war er, sattgrün und roch wundervoll nach Tanne. Dicke rote Kerzen standen jedes Jahr darauf, verziert war er mit roten und goldenen Bändern.

Die ganze Adventszeit über war bei uns immer sehr geschäftig. In der Schule bastelten wir Weihnachtslichter, die wir an der alljährlichen Weihnachtsfeier stolz unseren Eltern schenkten. Es wurde gesungen und musiziert. Meine Mutter buk Unmengen an Weihnachtsplätzchen. Überall im Haus roch es nach Vanille und Zimt, Kardamom und Anis. In den hübschen Blechdosen stapelten sich die Butterplätzchen, Pfefferkuchen, Printen, Honigkuchen, Berliner Brot, Makronen und Lebkuchen. Natürlich durfte auch ich helfen, die Plätzchen zu verzieren. Ich liebte diese Nachmittage mit meiner Mutter.

An den Adventwochenenden las mein Vater gerne abends Geschichten vor und wir kuschelten uns zusammen auf die Couch und genossen bei Kerzenschein einen Teller voll der köstlichen Weihnachtsplätzchen. Ab und zu gönnten sich meine Eltern einen Glühwein dazu und der schwere Geruch des gewürzten warmen Weins lag über dem Zimmer und hüllte uns zusätzlich ein.

Kurz vor Weihnachten wurde es dann wieder hektisch. Unsere Familie hielt nichts von der Tradition, am Heiligabend ein bescheidenes Mahl aus Kartoffelsalat und Würstchen oder eingelegten Heringen mit Pellkartoffeln zu sich zu nehmen. Bei uns begann die Schlemmerei schon am 24. Dezember. Jedes Jahr gab es Rouladen mit Kartoffelklößen und Rotkohl.

Am Abend vor dem großen Tag brachte mein Vater den Tannenbaum in die gute Stube. Während meine Mutter am Morgen des Heiligabends das Essen vorbereitete und noch schnell durch die Wohnung wischte, schmückten mein Vater und ich den Baum. Eigentlich schmückte mein Vater, ich hielt ihm nur die Kugeln und Strohsterne an. Jedes einzelne Schmuckstück wurde präzise aufgehangen. Man konnte es fast schon rituell nennen, wie mein Vater sich in diese Aufgabe vertiefte.

Und schneller als man sich versah, war es auch schon so weit, sich für die Kirche fertigzumachen. Zu jedem Weihnachtsfest trug ich ein hübsches Kleid mit passender Schleife im Haar, weißen Strumpfhosen und schwarzen Lackschuhen. Da ich im Kirchenkreis Blockflöte spielte, mussten wir immer zeitig los zum Gottesdienst. Meine Eltern bekamen so aber noch einen Sitzplatz in der Kirche, denn zu Weihnachten war diese immer besonders voll. Meine Großeltern, meine Tanten, meine Onkel, Cousins und Cousinen waren auch da. Gemeinsam gingen wir nach der Kirche nach Hause.

Und während mein Vater alle Lichter anmachte, alle einen Sitzplatz suchten, war meine Mutter in der Küche damit beschäftigt, das Essen für uns alle zu machen. Der Geruch der dunklen Soße und der warmen Rouladen zog zu uns herüber, genau wie der fein-säuerliche Geruch des Rotkohls. Gemeinsam schlemmten wir, bis wir das Gefühl hatten, zu platzen.

Wir Kinder waren schon ganz zappelig, denn wir wussten, dass es gleich wieder geschehen würde. Und da klingelte es auch schon. Ein Glöckchen war zu hören aus der guten Stube. Mit leuchtenden Augen sahen wir die Erwachsenen erwartungsvoll an, bis diese uns aufforderten, nachzusehen, was das denn gewesen sein könnte. Vorsichtig öffneten wir die Tür und mit offenen Mündern bestaunten wir den hell erleuchteten Weihnachtsbaum. Im Raum lag dieser besondere Geruch der Bienenwachskerzen, des Tannengrüns und der frischen Nachtluft, der durch die geöffnete Terrassentür drang. Irgendwie musste das Christkind ja ins Haus gelangt sein. Und während wir Kinder uns über unsere Geschenke freuten, bemerkte ich jedes Jahr den feinen vanilleartigen Geruch unter allem. Das war der Geruch, der mir sagte, dass Weihnachten war.

Jahre später erst habe ich verstanden, dass es mein Großvater gewesen ist, der die gute Stube vorbereitete und die Gelegenheit nutze, eine Pfeife zu rauchen. Dies tat er nur zu besonderen Gelegenheiten. Aber für mich war dieser Geruch nach Pfeifentabak seither unumstößlich mit den schönsten Weihnachtsfesten meiner Kindheit verbunden.

Thordis Ziemons: *Geboren wurde sie Ende der 1970er im schönen Bergischen Land, wo sie noch heute mit ihrer Familie lebt. Geschichten liebt sie seit jeher – insbesondere sie sich selbst auszudenken. Veröffentlicht wurden bisher schon mehrere Geschichte von ihr. Neben dem Schreiben liebt sie, es zu nähen, neue Rezepte auszuprobieren, zu sticken, zu malen und funkelnde und glitzernde Weihnachtsfeiertage mit ihrer Familie zu verbringen.*

Der Winter-Faber

In einem abgelegenen Dorf, das von dichten Wäldern umgeben war und tief im Herzen einer schneebedeckten Landschaft lag, herrschte der Winter unerbittlich. Die frostigen Winde peitschten durch die Straßen. Dicke Schneeflocken fielen unaufhörlich vom Himmel herab. Die Bewohner des Dorfes lebten in ständiger Kälte und Dunkelheit. Ihre Gesichter waren von der eisigen Kälte gerötet, während sie sich mühsam durch den tiefen Schnee kämpften. Die Häuser waren mit einer dicken Schicht aus Frost und Schnee bedeckt. Das Knistern von brennendem Holz war das einzige Geräusch, das die Stille der Nacht durchbrach. Die Menschen sehnten sich nach Wärme und Licht. Nach einem Funken Hoffnung in dieser kalten, trostlosen Welt.

Eines Tages, als der Schnee besonders dicht fiel und die Kälte besonders beißend war, tauchte eine geheimnisvolle Gestalt am Rand des Dorfes auf. Ein Mann von beeindruckender Größe. Er war gekleidet in einen Umhang aus schimmerndem Eis. Sein silbernes Haar bestand auf funkelnden Eiskristallen. Die Bewohner des Dorfes starrten fasziniert auf die ungewöhnliche Erscheinung. Der Fremde schien aus einer anderen Welt zu stammen. Ein Flüstern breitete sich unter ihnen aus, während sie sich fragten, wer dieser Fremde war und was er in ihrem Dorf wollte.

Er stellte sich als der Winter-Faber vor. Er war der Ur-ur-ur-ur-Enkel von Väterchen Frost. Er brachte mit seiner zauberhaften Macht den Schnee zum Tanzen. Er schmückte die Bäume mit glitzerndem Frost. Die Dorfbewohner waren erstaunt über seine Ankunft und begrüßten ihn mit offenen Armen. Der Winter-Faber lächelte den Dorfbewohnern zu. Er wusste, dass er geheimnisvoll auf die Menschen wirkte. In seinen eisblauen Augen lag eine unerklärliche Wärme.

„Fürchtet euch nicht, meine lieben Menschen“, sprach er mit einer sanften Stimme. Sie klang wie das leise Rauschen des Windes. „Ich bin gekommen, um euch zu helfen. Ich möchte das Licht des Winters in eure Herzen bringen.“

Und so begann eine unvergessliche Begegnung zwischen den Bewohnern des abgelegenen Dorfes und dem delphischen Winter-Faber, der die Macht besaß, selbst die kälteste Nacht mit seiner warmen Magie zu erhellen.

Am nächsten Tag führte der Winter-Faber mit seinem langen, schimmernden Mantel aus frostigem Gewebe die Kinder behutsam durch den verschneiten Wald. Seine eisblauen Augen strahlten in der winterlichen Sonne. Sein silberner Bart glitzerte im sanften Licht. Die Kinder hielten seine Hände fest, während er sie mit einem Lächeln auf dem Gesicht durch die tief verschneiten Pfade führte. Der Wald um sie herum war wie verzaubert. Kristalle aus Eis hingen von den Ästen der Bäume. Der Schnee glitzerte im Licht, als wäre er mit winzigen Diamanten bestäubt.

Plötzlich hörten die Kinder ein leises Rascheln im Gebüsch. Ängstlich drängten sich die Kinder dicht aneinander. Mit einem Mal erschienen kleine, glitzernde Wesen, die durch den Wald tanzten. Feen aus Eis und Schnee, die den Kindern mit einem Augenzwinkern und einem Lächeln begegneten. Der Winter-Faber lächelte den Kindern zu. Er lud sie ein, mit den Feen zu tanzen und gemeinsam Weihnachtslieder zu singen. Die Melodien hallten durch den Wald, begleitet vom leisen Klang der fallenden Schneeflocken und dem Rascheln der Blätter im Wind.

Währenddessen begannen die Erwachsenen im Dorf damit, ihre Häuser mit funkelnden Lichtern und duftenden Tannenzweigen zu schmücken. Jedes Fenster wurde mit Kerzen erleuchtet, die warmes Licht in die kalte Nacht strahlten. Die Tannenzweige wurden liebevoll um Türen und Fensterrahmen drapiert, um den Duft von Weihnachten in die Luft zu bringen. Es war ein magischer Moment. Wie die Menschen gemeinsam den Zauber der Weihnachtszeit erlebten, geführt vom Winter-Faber, der die Macht besaß, selbst die kälteste Nacht mit seiner warmen Magie zu erhellen.

Als die Nacht langsam hereinbrach und der Himmel sich mit unzähligen funkelnden Sternen füllte, versammelten sich alle Bewohner des Dorfes um ein großes Feuer, das in der Mitte des Dorfplatzes loderte. Die Flammen tanzten im Wind. Das warme Licht tauchte die versammelte Menge in ein sanftes Glühen. Die Menschen standen eng beieinander, um sich vor der Kälte zu schützen. Sie tauschten Geschichten aus vergangenen Zeiten aus. Einige erzählten von Wundern, die sie im Wald erlebt hatten. Andere hingegen schwelgten in Erinnerungen von vergangenen Weihnachtsfesten, die im Gedächtnis geblieben waren.

Der Winter-Faber stand inmitten der Menschenmenge, sein silbernes Haar im Feuerschein glänzend. Er lauschte den Geschichten mit einem leisen Lächeln auf den Lippen. Dann begannen die Dorfbewohner damit, ihre Geschenke zu verteilen. Handgemachte Pullover, duftende Leckereien und kunstvoll geschnitzte Holzfiguren wechselten die Besitzer, während sich die Menschen gegenseitig mit strahlenden Augen beschenkten. Der Winter-Faber reichte jedem Kind ein kleines Päckchen, das mit einem Hauch von Magie gefüllt schien. Er beobachtete freudig, wie ihre Augen vor Begeisterung leuchteten.

Schließlich erhob sich der Winter-Faber und trat vor die versammelte Menge. Seine Stimme war sanft, aber voller Kraft, als er von der wahren Bedeutung von Weihnachten sprach: Liebe, Zusammenhalt und Magie. Er erinnerte die Menschen daran, dass es nicht nur um Geschenke und festliche Dekorationen ging, sondern darum, die Liebe und Wärme in den Herzen zu teilen und füreinander da zu sein, besonders in dunklen Zeiten. Und so feierte das Dorf ein unvergessliches Weihnachtsfest mit dem Winter-Faber, der für immer in ihren Herzen bleiben würde. Denn an diesem besonderen Abend hatten sie nicht nur den Winter umarmt, sondern auch die wahre Essenz von Weihnachten gefunden: die Freude am Geben, die Kraft der Gemeinschaft und die Magie der Liebe.

Simone Lamolla *(geboren 1979) ist eine leidenschaftliche Hobby-Schriftstellerin, die Abenteuer und ein Hauch von Magie in ihren Geschichten vereint. Wenn sie nicht schreibt, wandert sie gerne an der Ostsee, fotografiert oder probiert sich als Kleingärtnerin aus. Einige ihrer Kurzgeschichten wurden bereits in Anthologien bei verschiedenen Verlagen veröffentlicht. Ihre Leser lädt sie ein, ihre Werke zu entdecken und sich von ihrer Kreativität verzaubern zu lassen. Ihr könnt sie auf Instagram und auf dem WhatsApp-Kanal unter @la_mone_hansedeern erreichen.*

Bergmann und Engel

Am Fenster sandten sie Licht
hinaus ins Dunkel der Nacht
und leuchteten den Bergmännern den Weg,
die im Finstren ihre Schicht hatten vollbracht.

Doch drückte man mit ihnen viel mehr aus
als nur das Licht für die Welt.
Man präsentierte seinen größten Reichtum,
dabei besaß man fast kein Geld.

Man zeigte so den wertvollen Segen,
denn das Haus wurde mit einem Kinde beschenkt.
Dies wurde gar zum Brauch,
an den heute kaum noch jemand denkt.

Der Bergmann stand dabei für einen Sohn,
Stammhalter der Familientradition,
durch ihn blieb der Familienname erhalten.

Der Engel stand für Mädchen als Symbol,
Unterstützung in Küche und Familie, später Kinder gar wohl,
doch der elterliche Name konnte sich nicht weiter entfalten.

Andreas Rucks *aus Schwarzenberg, geboren 1979 in Stollberg, arbeitet als Erzieher im Kindergarten, diverse Veröffentlichungen in Anthologien und eigene Bücher u. a. unter seinem Geburtsnamen Andreas Glanz.*

Immer dieser Stress zu Weihnachten

Weihnachten kommt bekanntlich immer so plötzlich! Aber das sollte dieses Jahr nicht der Fall sein, dafür wollte Anja schon vorsorgen.

So hatte sie das ganze Jahr über nach Geschenken gesucht, mit denen sie ihre Lieben erfreuen wollte. Aber das stellte sich als nicht so einfach heraus, besonders für Jan und Nina, ihren zehn- und zwölfjähriger Nachwuchs. An und für sich waren die beiden pflegeleicht, wenn man sie ihrem Hobby nachgehen ließ. Allerdings war das Hobby nicht mit Anjas Ansichten kompatibel, denn es galt ausschließlich dem iPad und wie man damit *sinnvoll* seine Freizeit genießen konnte. Von Aktivitäten außerhalb des Internets hielt man nicht viel, man musste sie praktisch dazu zwingen. Und für die beiden etwas Schönes zu Weihnachten zu bekommen, was nicht für das iPad geeignet ist, war wohl daher eine kaum lösbare Aufgabe.

Aber auch bei Jens, ihrem Mann, sah es nicht viel besser aus. Er saß zwar nicht stundenlang vor dem Computer, nein, er bastelte immer im Keller an irgendetwas herum und war daher auch schwer aus dem Haus zu bekommen. Und daher die Frage: Womit konnte man ihm eine Freude machen?

Und doch war schon wieder der 1. Advent und außer einem Buch *Der Hobbybastler* für Jens hatte sie noch nichts, um es unter den Weihnachtsbaum zu legen. Außerdem standen noch ein paar Einladungen bei Freunden an, die zwar keine Arbeit bedeuteten, aber Zeit in Anspruch nahmen. Tante Gerda, ihre Patentante, erwartete, an einem Adventssonntag zum Kaffee eingeladen zu werden. Oma und Opa rechneten ebenfalls mit einer Einladung, jedoch nicht zusammen mit Tante Gerda, mit der man auf keinen Fall zusammenkommen wollte, da sie so viel redete und man nicht zu Wort kam. Dies war sehr verständlich, denn Tante Gerda war die Schwester von der Oma, und die Oma redete genauso viel wie die Tante.

Natürlich stand auch die Weihnachtsbäckerei auf dem Programm, wobei Anja hoffte, dass sie den Stollen – wie bis jetzt immer – von ihrer Freundin aus Dresden bekam. Wahrscheinlich würde die Oma wieder meckern, dass man den Stollen als gute Hausfrau selbst backt und dies nicht den Fabriken überließ, zumal selbst gebackener viel, viel besser schmeckte.

Da sie sich vorläufig nicht mit dem Problem *Weihnachtsgeschenke* auseinandersetzen wollte, begann Anja, Plätzchen zu backen. Sie hing gerade mit beiden Händen im Teig, als es klingelte.

„Kann mal jemand die Türe öffnen?"

Nein, konnte natürlich niemand, der Mann war im Keller und die Kids vor dem iPad. Bis sie an der Tür war, sie musste sich ja erst noch die Hände waschen, stand keiner mehr davor, aber sie hatte gesehen, dass es der DHL-Bote war.

Sie lief auf die Straße, hinter ihm her und konnte somit das Paket noch in Empfang nehmen. Es war der Stollen aus Dresden und deshalb lud sie Oma und Opa sofort für Samstagnachmittag zum Kaffee ein, so war das Problem bereits gelöst.

Oma und Opa waren begeistert und sagten auch sofort zu, wobei Oma fragte, was es denn Leckeres geben würde.

„Selbstverständlich Stollen, habe ich schon vor ein paar Wochen gebacken, muss ja immer was ruhen." Dann widmete sie sich weiter ihren Plätzchen, und als es lecker duftete, kam auch der Nachwuchs aus den Zimmern, man wollte probieren, Klingel und Rufen hatten sie angeblich nicht wahrgenommen, aber den Duft vom Spekulatius.

Im Laufe der Woche backte sie auch Zimtsterne, machte Kokosflocken und Heidesand – und das alles nebenbei, denn Beruf und der übliche Haushalt waren ja auch noch zu bewältigen.

Dann kam der besagte Samstag. Den aufgeschnittenen Stollen und eine Auswahl der selbst gebackenen Plätzchen stellte sie auf den sehr liebevoll mit Servietten und Kerzen gedeckten Tisch und wartete auf die Dinge, die da kamen.

Pünktlich um 15 Uhr kamen Oma und Opa an, denn auf Pünktlichkeit legte der Opa größten Wert. So musste auch genau um 7:30 Uhr das Frühstück auf dem Tisch stehen, um 12 Uhr das Mittagessen, um 15 Uhr der Kaffee und um 18:30 Uhr das Abendessen.

Alle nahmen Platz, denn auch die Kids waren da, hofften, von Opa etwas in die Hand gedrückt zu bekommen, was natürlich auch der Fall war.

Oma griff zum Stollen und Anja schaute sie ganz erwartungsvoll an. „Kind, der ist dir aber wirklich gut gelungen, habe lange nicht mehr so guten Stollen gegessen, was ganz anderes als der Dresdener."

Dankend nahm Anja das Kompliment an, bis ihr Sohn sagte: „Wieso hat Mama den gebacken, der ist doch von ihrer Freundin aus Dresden, der Karton steht noch im Keller!"

Die Bombe war geplatzt, sie hätte die Familie vorher einweihen müssen. Eine unheimliche Stille herrschte, bis der Opa meinte: „Egal wer ihn gebacken hat, er schmeckt auf alle Fälle super lecker." Und nahm sich ein weiteres Stück. Trotzdem wurde es ein gemütlicher Kaffeeklatsch, obwohl Oma ein bisschen schmollte.

Abends bei Müllers war es bei Glühwein auch sehr gemütlich und es wurde viel gelacht, zumal Jens die Geschichte vom selbst gebackenen Stollen erzählte.

Aber die Zeit raste und Anja wusste immer noch nicht, was sie wem schenken konnte, vor allen Dingen nicht, was sie Weihnachten auf den Tisch zaubern sollte, denn am ersten Feiertag würden auch Jens' Eltern kommen. Ihre Tochter war Vegetarierin, der Sohn – wie sein Vater – eine fleischfressende Pflanze, Jens war für Schweinefleisch und der Junior für Rind, Opa für Gans und Oma für Ente, Jens' Eltern war es egal und ihr wäre am liebsten Pute. Wie sollte man das bewerkstelligen?

Zunächst aber musste noch Tante Gerda eingeladen werden, ihr brauchte sie nichts von selbst gebackenen Stollen zu erzählen, Tante Gerda hatte mit Kochen und Backen nicht viel am Hut. Ihre These war immer: „Wofür gibt es Bäckereien, Konditoreien und Restaurants?" Auch stand sie nicht pünktlich auf der Matte, sie musste erst noch ihren Schönheitsschlaf halten, aber dafür hatte sie eine glorreiche Idee: „Kind, warum machst du dir die Mühe mit Geschenken und Kochen? Schenke allen nichts und lade sie am ersten Tag zum Brunch ein und am zweiten Tag machst du für euch was Einfaches." Und damit steckte sie ihr einen großen Schein zu.

„Tante Gerda, ganz, ganz herzlichen Dank, damit hast du mir aber eine große Freude gemacht und mir schlaflose Nächte erspart. Ich werde mich sofort Montag darum kümmern. Doch was mache ich mit Heiligabend?"

„Kein Problem, alle bekommen nur eine Kleinigkeit. Drücke den Kids 20 Euro in die Hand, denn von deinen Eltern und Jens' Eltern bekommen sie sowieso genug, für die Opas eine Flasche Wein, Whiskey oder Wodka und für die beiden Omas Pralinen oder was von dm."

„Gute Idee, denn für Jens habe ich ein Buch. Somit bin ich aus dem Schneider, habe keine Arbeit und kann die restliche Adventszeit genießen."

Es war zwar nicht ganz einfach, ein geeignetes Restaurant zu finden, aber bei Weitem nicht so anstrengend, wie ein Essen unter den gegebenen Umständen auf die Beine zu stellen. Anja konnte die netten Einladungen ohne schlechtes Gewissen wahrnehmen, mit Freunden auf den Weihnachtsmarkt gehen und Glühwein und Reibekuchen genießen, es war wirklich dieses Mal eine wunderschöne Adventszeit ohne Stress.

Renate Hemsen *wurde 1940 in Köln geboren, wo sie auch heute noch lebt. Zu ihren Hobbys gehören Schreiben, Lesen und Reisen. Besonders das Schreiben macht ihr große Freude und daher war sie auch froh, dass sie nach dem Ausscheiden aus dem Berufsleben dafür mehr Zeit und Muße hatte. Sie belegte sofort einen Belletristikkursus und später auch noch einen für Kinder- und Jugendliche. Sie hat verschiedene Kurzgeschichten und auch Gedichte sowie zwei Bücher veröffentlicht.*

Perfektionismus

Morgen ist der 1. Advent und damit beginnt die von mir am meisten gehasste Zeit. Nein, ich bin kein Grinch oder Weihnachtsmuffel, aber die Adventszeit bereitet mir jedes Jahr Kopfzerbrechen, Bauchschmerzen und schlaflose Nächte. Jedes Jahr aufs Neue. Und seit ich ein kleines Kind habe, ist der Stress noch größer, wurde es noch schlimmer. Mein Sohn freut sich jedes Jahr auf die Adventszeit, seinen Adventskalender, den ich liebevoll selber bastele. 24 kleine Päckchen, alle von Hand eingepackt, alle Geschenke handverlesen. Meine Freundinnen haben gesagt, dass sie das für ihre Kinder ja auch so machen. Und in den Sozialen Medien habe ich gesehen, wie wunderschön die Kalender der anderen Mütter aussehen. Also mache ich das selbstverständlich auch. Alles alleine.

Außerdem gehören zur Adventszeit natürlich auch Kekse, nur als ich vor vier Jahren ein kleines schreiendes Kind zu Hause hatte, habe ich einfach Kekse gekauft. Meine Freundinnen waren entsetzt. Mein Mann nicht. Aber der Druck von außen war da – also begann ich im Dezember, mit einem vier Monate alten Baby zu backen. Vier verschiedene Sorten Kekse. Alle selbst gemacht. Das mir tagsüber die Augen zufielen und mein Mann meinte: „Warum machst du das eigentlich?“, war mir egal. Es war alles perfekt. Bis auf die Kerzen auf dem selbst gemachten Adventskranz.

Und nachts, während mein Mann schlief, putzte ich die Wohnung. Still und leise. Alles war perfekt – genauso wie bei meinen Freundinnen und auf den Bildern in Social Media. Alles glänzte, alles war perfekt. Ich war perfekt, die perfekte Mutter, die perfekte Hausfrau.

Im Jahr darauf begann ich wieder zu arbeiten und ich gebe zu, dass ich wirklich ein bisschen Panik bekam, als ich an die Adventszeit dachte. Ein kleines Kind, Teilzeit und dann noch den ganzen Aufwand mit der perfekten Weihnachtswohnung. Doch mein Mann war meine Rettung, er unterstützte mich. Leider waren seine Kekse nicht ganz so perfekt und die prüfenden Blicke meiner Freundinnen werde ich nie vergessen. Also entschied ich mich im Jahr darauf, wieder alles alleine zu machen. Perfekt zu sein eben. Genauso perfekt wie meine Freundinnen. Deren Wohnungen strahlten, aufgeräumt, sauber. Die Adventskalender für die Kinder eingepackt und aufgehangen. Die Kekse selbst gemacht.

Ich kam an meine Grenzen. Aber ich wollte auch so perfekt sein. Für meinen Mann. Für meinen Sohn. Für meine Freundinnen, die in der Adventszeit vorbeikamen und alles einem kritischen Blick unterzogen. Doch es gab nichts zu bemängeln – außer meiner Müdigkeit. Zweimal wäre ich fast im Büro eingeschlafen, aber dafür bekam ich Lob und Anerkennung von meinen Freundinnen.

Mit dem Heranwachsen meines Sohnes wuchsen auch die Anforderungen. Ein Dreijähriger lässt sich nicht mehr so leicht mit einem Ausstecher beschäftigen wie ein Zweijähriger. Also musste ich einen Großteil meiner Back- und Aufräumaktionen in die Abendstunden legen. Sehr zum Leidwesen meines Mannes, der zwar seine Hilfe anbot, aber ich hatte Angst, er wäre nicht perfekt genug. Die Blicke meiner Freundinnen, die Bilder auf Social Media. Sie wurden in diesem dritten Lebensjahr meines Sohnes zu einer echten Herausforderung. Alles schien so perfekt. So einfach. Nur für mich war es stressig. Anstrengend.

Ich fing an, an mir selbst zu verzweifeln. Warum fiel es mir so schwer? Bei meinen Freundinnen oder den Influencerinnen war es immer so einfach. Alles war perfekt. Bis auf den gestutzten Bart des Mannes. Und ich? Ich kämpfte. Jeden Tag. Gegen mich selber. Gegen die Unordnung. Für eine perfekte Adventszeit. An Weihnachten war ich so erschöpft von der Perfektion im Advent, dass ich mich noch vor dem Auspacken der Geschenke ins Bett legte. Das perfekte Weihnachtsbild fiel aus. Ich konnte nicht mehr. Die Bilder meiner Freundinnen blinkten auf meinem Handy auf und ich, ich lag im Bett und wollte weinen.

Aber ich riss mich zusammen. Aufstehen. Das perfekte Bild machen. Ich kämpfte mit dem inneren Schweinehund. Ich wollte doch so gerne perfekt sein. Was würde mein Mann nur denken? Und mein Sohn? Noch während ich mir darüber den Kopf zerbrach und wie ich wohl das perfekte Weihnachtsessen heute Abend noch zaubern sollte, kam mein Mann ins Schlafzimmer. Legte sich mit meinem Sohn neben mich und machte ein Selfie. Unser Weihnachtsbild! Ich war schockiert. Ich wollte schreien, doch ich musste einfach nur lachen. Es tat so gut. Dann ging mein Mann in die Küche und beschloss: „Zu Weihnachten essen wir Pommes mit Mayo und Ketchup."

Mein Sohn freut sich, er lief aufgeregt durch den Raum. Und ich? Ich dachte an mein Weihnachtsmenü: gegrillte Zucchini auf Tomatenragout als Vorspeise. Danach sollte es vegane Schnitzel an Trüffelsoße und Rosmarinkartoffeln geben und zum Abschluss ein Dessert aus Mascarpone und Himbeeren. Stattdessen aßen wir Pommes, saßen im Schlafanzug vorm Weihnachtsbaum und packten Geschenke aus. In dem Moment beschloss ich: *Perfekt* ist für jeden etwas anderes. Das Lächeln im Gesicht meiner beiden Männer sagte mir, dass dieses Weihnachtsfest für sie perfekt war.

Wozu also machte ich mir den ganzen Stress? Wen interessierte es, ob ich zwei oder zehn Sorten Plätzchen gebacken hatte? Und mal ehrlich, in einer Wohnung, in der Kinder wohnen, darf es auch mal unordentlich sein.

Nächstes Jahr werde ich alles anders machen. Sollen mich meine Freundinnen doch mir ihren Blicken strafen. Das Lächeln meiner Männer an Weihnachten war mir so viel mehr wert. Meinem Sohn war es jedenfalls total egal, ob ich das Geschenk perfekt eingepackt oder ob mein Mann es liebevoll mit viel Papier und noch mehr Klebestreifen umwickelt hatte.

Unperfekt ist manchmal eben auch perfekt.

Christina Reinemann *wurde 1982 in Kassel geboren. Sie studierte Geschichte, Psychologie und Chemie an der Universität Oldenburg. Im Jahre 2023 erschienen ihre Kurzgeschichten „Qualitätsmanagement", „Ich", „Der Antrag" und „Zartbitter bis herb" in einer Anthologie.*

Weihnachten für Bente

„Bente, komm! Wir müssen los!"

„Ich bin aber noch nicht fertig, Mama!" Mit hochrotem Kopf versuchte Bente, Geschenkband um ein kleines Päckchen zu binden. Oft schon hatte er der Mutter zugesehen. Er traute sich das durchaus zu, merkte aber, dass seine kurzen Finger es nicht wirklich schafften, das glatte Band so zu verwinden, dass es nicht verrutschte. Gefühlte tausend Mal hatte er es schon versucht. Ohne Erfolg! Jetzt, jetzt würde es klappen! Nur noch einmal rum und ...

„Scheißeee!", schrie es im Kinderzimmer im oberen Stockwerk. Gleich danach gab es einen großen Knall, gefolgt von leidvollem Weinen.

Bente hörte die Mutter die Treppen hochkommen. Es klopfte zaghaft an seiner Tür. „Darf ich reinkommen?"

„Nein!!!!", antwortete er und schluchzte laut auf.

Mama öffnete trotz allem vorsichtig die Tür. Ein Blick würde ihr genügen, um abschätzen zu können, wie das „Nein" wirklich gemeint war, das wusste Bente. Er saß, den Kopf in beide Hände gestützt, am Schreibtisch und weinte.

„Großer, was ist passiert?"

Wenn Mama „Großer" zu ihm sagte, wusste Bente: Alles wird gut. Großer hieß so viel wie: „Ich bin da und helfe dir!"

Schon begannen die Worte aus ihm herauszusprudeln. „Ich hab ein Geschenk für Oma gemacht und krieg die Schnur nicht drum! Meine Finger sind viel zu krumm."

„Krumm? Du hast doch tolle Finger. Sie sind noch ein bisschen klein, klar, aber sie sind auf dem Weg, richtig große, flinke Männerfinger zu werden."

Bente drehte den Kopf zu ihr. „Dann sind sie eben zu unflink!" Er wischte sich mit dem Ärmel übers Gesicht und zog kräftig die Nase hoch. „Kannst du mir helfen, Mama?"

Fünf Minuten später sprang er fröhlich vor der Mutter her die

Treppe hinunter, schlüpfte in die Schuhe und ließ sich in die Winterjacke helfen.

„Darf ich vorne sitzen, Mama?"

Trotz des Zwischenfalls im Kinderzimmer kamen sie fast pünktlich beim Seniorenheim an. Oma musste letzten Sommer, seit ihre Beine sie nicht mehr hatten tragen wollen, hierhin umziehen. Wenn sie nicht im Bett lag, saß sie in einem Rollstuhl und schaute zum Fenster hinaus. Viele Stunden hatte Bente in der Weihnachtszeit immer mit ihr verbracht. Er hat es geliebt, in ihrer wohlig warmen Stube, eng an sie gekuschelt, ihren Adventsgeschichten zu lauschen, selbst gebackene Kekse zu knabbern und warmen Kakao zu trinken. Oma machte überhaupt den besten Kakao der Welt. Sie gab zur Milch immer noch einen kräftigen Schuss Sahne hinzu. Wie viel, war ihr heiliges Oma-Geheimnis. Dann war für Bente Weihnachten gewesen!

Es würde ihr erstes Weihnachtsfest sein, das sie nicht gemeinsam in Omas kleiner, gemütlicher Wohnung feiern sollten. Die erste Weihnachtszeit, die auch für Bente ganz anders war. So fremd, so total unweihnachtlich, fand er. Mama gab sich Mühe, den Kakao so zu machen wie Oma, aber sie konnte das eben einfach nicht. Sie war eben nicht Oma.

Bente rannte schon mal voran. Er kannte den Weg. Mama würde ihn sicher auch alleine finden, da war Bente sich sicher. Er lief durch die elektrische Schiebetür, bog gleich danach rechts um die Ecke und blieb stehen. Der Junge staunte. Sie hatten eine Krippe aufgebaut, mitten im Flur, gleich neben dem Esszimmer. Bente wusste, dass es eigentlich Speisesaal genannt wird, konnte sich damit aber nicht arrangieren. „Wer isst denn schon in einem Saal", argumentierte er selbstsicher.

Genau hier, mittendrin, zwischen drei kleinen Tannenbäumchen, stand ein Stall. Der Boden davor war mit Stroh bedeckt. Tiere standen da, riesige Tiere. Der Kopf der Ziege reichte Bente fast bis zum Po, die Kuh war sogar ein bisschen größer. Gleich vor dem Stall knieten Maria und Joseph. So große Krippenfiguren hatte Bente noch nie gesehen. Er war beeindruckt. Doch irgendetwas war falsch! ... Auf die Schnelle kam er nicht darauf, was es war.

„Ob Oma die Krippe schon gesehen hatte", überlegte er, wand sich um und flitzte weiter zu Omas Zimmer.

„Oma, hast du die Krippe vorne im Flur schon gesehen? Die große

Kuh und die Ziege? Weißt du, Oma, Mama kann immer noch nicht Kakao kochen, du musst ihr noch mal sagen, wie es geht. Oder du sagst es einfach mir und ich mach es selbst. Hier, schau, ich hab dir was mitgebracht. Die Schnur konnte ich nicht, das war Mama."

„Bente, langsam! Wir wollen nicht gleich wieder gehen. Du musst nicht alles auf einmal erzählen." Mama war gleich nach Bente ins Zimmer gekommen und legte ihre Jacke auf den Sessel gleich neben der Tür.

Oma hatte ein Schläfchen gemacht. Sie zog sich an dem grauen Dreieck, welches über dem Bett baumelte, nach oben, um sich aufzusetzen. Mama gab ihr einen Kuss auf die Stirn und klopfte das Kissen hinter ihrem Rücken zurecht. Der Junge hingegen war schon dabei, sich die Schuhe auszuziehen. Er kämpfte angestrengt mit einem Schnürsenkel, der hatte sich verknotet. Nachdem Mama ihn befreit hatte, zog er sich am Bett hoch und kuschelte sich ganz eng neben Oma.

„Hast du das Papier alleine drum gemacht? Du bist schon ein großer Junge!" Oma streichelte ihm über die Haare. Dann begann sie vorsichtig, das Päckchen auszupacken.

„Sag ich doch, Oma! Du musst mir auch ganz unbedingt das Rezept vom Kakao sagen, dann kann ich das auch allein", gab Bente strahlend zurück. „Hast du draußen die große Weihnachtskrippe denn schon gesehen, Oma? Die ist riesig, was?"

„Oh ja, da haben sie sich sehr viel Mühe gemacht. Hübsch, nicht?"

„Sie ist riesengroß, finde ich. Fast schon zu groß für die Halle", meinte Mama.

„Du musst beachten, dass hier viele Alte kleine Dinge kaum mehr wahrnehmen", gab Oma zurück und drückte ihren Bente zärtlich an ihre warme Wange. „Sicher ist das der Grund dafür."

„Nur schade, dass sie das Jesuskind schon in die Futterkrippe hineingelegt haben. Das ist doch eigentlich heute noch gar nicht geboren", sagte Oma.

Genau, ja, das war es! Dass Bente da nicht gleich draufgekommen war. Bei Oma zu Hause wurde das Baby immer erst am Heiligabend in die Krippe gelegt. Schließlich wurde es ja erst am 24. Dezember geboren. Bente hatte es immer reinlegen dürfen, ganz allein. Das war jedes Mal sehr feierlich gewesen. Erst wenn das geschehen war, hatten sie mit dem eigentlichen Weihnachtsfest begonnen.

Wie würde es in diesem Jahr an Weihnachten werden? Darüber musste er in letzter Zeit sehr oft nachdenken.

„Vielleicht haben sie Angst, dass hier jemand Jesu Geburt sonst nicht mitbekommt", meinte Oma und zwinkerte Mama zu. „Vielleicht ist das einfach so, weil es hier keinen kleinen Jungen gibt, der am Heiligen Abend das Jesuskind hineinlegen könnte!", ergänzte sie.

Bente kuschelte sich näher an Oma heran und spürte dabei ihren Atem an seiner Schläfe.

„Wollt ihr von den Plätzchen kosten?" Oma wies auf die Gebäckdose auf dem Beistelltischchen. „Die hat meine Nachbarin", sie hielt inne, „nein, meine ehemalige Nachbarin gebacken. Sie besucht mich ganz treu, mindestens einmal in der Woche."

Mama nahm die Dose und öffnete den Deckel. Das duftete. Bente griff gerne zu, Gebäck mochte er. Um beim Knabbern das Bett nicht vollzukrümeln, hielt er sich den Keksdosendeckel unter das Kinn. Das sah umständlich aus, half aber sehr. Die beiden Frauen plauderten und er genoss es einfach, ganz nah bei Oma zu sein.

„Nur schade, dass sie traurig ist", dachte Bente besorgt.

Nach bald eineinhalb Stunden verstaute Mama, nachdem Bente sie ausgezogen hatte, die Socken wieder in ihrem Korb und machte die Abdeckung darüber. „So, junger Mann, auf gehts, wir müssen dann mal wieder nach Hause. Musst du noch mal zur Toilette, bevor wir fahren?"

Bente schüttelte den Kopf. Er mochte das Heimklo nicht, es roch da immer so komisch, fand er. Er schlüpfte umständlich in seine Jacke, zog sich die Mütze extra falsch herum auf den Kopf, dabei zappelte er wie ein Zitteraal. Er verdrehte die Augen und gluckste herum. Oma musste herzhaft lachen. Mama hatte die Tür geöffnet und Bente hüpfte mit Hasenohren, die er mit seinen Fingern hinter seinem Kopf zappeln ließ, zur Tür hinaus. „Tschüss, Oma, bis morgen!", rief er.

Mama stellte den Korb vorne im Flur ab. Die Besuchertoilette lag gleich neben dem Speisesaal. „Bente pass bitte hier auf, ich geh noch schnell."

„Okay, Mama."

Bente ging näher an die Krippe heran. Er wollte sich alles noch einmal genauer anschauen, vor allem Joseph und Maria.

„Bestimmt waren sie gute Eltern für das Jesuskind", dachte er. Sie sahen nett aus. Das Baby war in ein Tuch gewickelt und gemütlich auf Stroh gelegt worden. Sorgsam, aber einfach zu früh! Und damit war er absolut nicht einverstanden.

Endlich, nach gefühlt ewigem Warten, war die Mutter zurück. Bente nahm flink den Korb auf. „Ich trag ihn dir, Mama!“

Das tat er dann auch. Er trug ihn zum Auto und stellte ihn in den Kofferraum. Da er ja ein starker Mann war, was er stolz betonte, trug er ihn natürlich auch ins Haus, stellte ihn vorsichtig an seinen Platz und zog sich aus. Mama war gleich in die Küche gegangen, um schon mal nach dem Abendessen zu sehen. Ein paar Minuten später, Bente hatte sich raschelnd am Korb zu schaffen gemacht, kam auch er nach.

Später, nach dem Essen, machten sich die beiden einen Kakao, warm und cremig wie bei Oma, zumindest fast wie bei Oma. Bente durfte sogar beim Zubereiten helfen. Er fand, der schmeckte gar nicht so übel. Mit ein bisschen Übung würde der sicher auch noch besser. Sie waren gerade fertig, als das Telefon klingelte. Die Mutter nahm das Gespräch an und sprach ein paar Worte. Sie wirkte überrascht und reichte Bente den Hörer. „Hier Bente, das ist Oma, für dich.“

„Jaaaaa ...“

„Hallo, Bente, hier war eben was los. Stell dir vor, das Jesuskind ist verschwunden. Irgendjemand muss bemerkt haben, dass es nicht sein kann, dass das Baby schon heute in der Krippe liegt. Was sagst du dazu? Das ist doch verrückt!“

„Ähm ...“ Bente zögerte kurz. „Ja, stimmt, Oma, hab ich doch auch gesagt. Das wird doch am 24. erst geboren. Man darf es erst an dem Abend hineinlegen. So wie wir es immer gemacht haben“, Bente musste schlucken. „Als du noch zu Hause warst“, ergänzte er leise. Bente atmete tief durch. „Ich bin traurig, dass wir das nicht mehr machen können, Oma!“

Mama stand am Türrahmen. Bente schwieg. Er hatte das Telefon am Ohr und hielt den Blick gesenkt.

„Bente ...?“

„Ja, Oma.“

„Magst du zur Weihnachtsfeier zu mir kommen und für uns das Jesuskind in die Krippe legen? Du würdest uns Alten eine große Freude machen.“

Bentes Mimik verriet große Unruhe, er atmete hektisch. Er war ganz still.

„Bente ...?"

„Ja, Oma ...?"

„Du müsstest die Puppe dann allerdings auch wieder mitbringen." Ihre Stimme verriet, dass sie ihm nicht böse war.

Bentes Augen weiteten sich und er strahlte über beide Ohren. Er freute sich so sehr. Sie würden ein schönes Weihnachten haben, das wusste er.

Annette Keßler, *geboren 1968 im Saarland, lebt heute mit ihrer Familie in Baden Württemberg.*

Weihnachten nach Rezept

Weihnachten, Weihnachten,
es ist bald so weit!
Himmlisch, heimisch, das wird erreicht.
Na ja, manchmal oder doch eher vielleicht?

Stressige Tage, die vor einem liegen,
Geschenke, die durch die Lüfte fliegen.
Lautes Geschwätz zwischen all den Gängen
und zwischendrin die Menschen, die drängen.

Ach, so soll es doch nicht sein,
besser entspannt im Lichterschein.
Mit Musik im Hintergrund
und das auch noch zu später Stund.

Deshalb ein Tipp, damit das gelingt
und am Ende der Gesang erklingt,
holt nun schnell das Weihnachtsgedicht,
das, wo es gibt kein' Bösewicht.

Zuerst wird benötigt eine Fee,
die ihn zaubert, den weißen Schnee!
Mit dem Zauberstab in Gepäck
glitzert es bald und erfüllt seinen Zweck.

Der Troll, er schleppt den Weihnachtsbaum,
stellt ihn auf im schönsten Raum.
Das Grün erstrahlt, es sieht aus wie gemalt,
und der Troll hat den Baum nicht mal bezahlt.

Man nehme danach einen Kobold zur Hand,
er rennt und schmückt die ganze Wand.
Erst links, dann rechts, dann mittendrin,
auch wenn's ergibt nicht immer einen Sinn.

Es folgt eine Prise Elfenstaub,
man sehe und staune, doch mit Verlaub:
Eine Prise tut es da nicht,
ein Sandsack – ja, fällt ins Gewicht.

Hervor kommen Kugeln in Rot und Gold –
Vorsicht, dass keine auf den Boden rollt.
Die Elfe verteilt die Kugeln schnell,
manche Stellen sind sehr originell.

Am Ende fehlt noch der Weihnachtswicht,
er erfüllt seine eigene Pflicht.
Er packt die Geschenke für die Kinder ein,
hüpft vor Freude auf einem Bein.

Die Rentiere warten schon gespannt,
Blitz und Donner und allesamt!
Herrlich! Wie schön. Es nimmt Formen an!
Sodass der Weihnachtsmann kommen kann.

Fertig verstaut sind die Päckchen geschwind
und werden gebracht zu jedem Kind.
Sie liegen am Ende unterm Weihnachtsbaum,
und erfüllen den Kindern jeden Traum.

Glücklich, wer hätte das gedacht,
werden am Abend die Kerzen entfacht.
Die Familie zufrieden, die Kinder im Bett,
erklingen die Stimmen im sanften Duett.

So kann es laufen zur Weihnachtszeit,
ohne viel Trubel und immer bereit,
sodass die Kinder können lachen
und viele lustige Sachen machen.

Franziska Statt *wurde 1993 in Potsdam geboren und lebt mit ihrer Familie in Michendorf. Beruflich ist sie derzeit als Finanzbuchhalterin in Potsdam tätig. Sie absolvierte ein Studium in Betriebswirtschaftslehre und besuchte anschließend an der Hamburger Schule des Schreibens den Fernlehrgang für Kinder- und Jugendliteratur, welchen sie im September 2022 erfolgreich abgeschlossen hat. Neben dem Schreiben begeistert sie sich für das Wandern.*

Der Weihnachtsmann nahm einfach Urlaub

Viele Jahre hatte der Weihnachtsmann die Kinder, die fest an ihn glaubten, pünktlich und zuverlässig am Heiligen Abend besucht und ihnen Geschenke gebracht. Deren Eltern hatten ihm kurze Zeit zuvor mit Augenzwinkern – sozusagen unter dem Tisch – Päckchen zugeschoben. Von den Kindern wurde erwartet, dass sie dem Weihnachtsmann vor der Bescherung Gedichte vortrugen.

Eines der Kinder, die neun Jahre alte Lisa, hatte sich dieses Mal einige Zeilen ausgedacht:

Lieber guter Weihnachtsmann
Ach, spann doch deinen Schlitten an
Und eile schnell zu unserem Haus
Ich lad dich ein zum Weihnachtsschmaus
Vergiss nicht die Geschenke
An die ich immer denke
Legst du sie unter den Tannenbaum
Schlag ich für dich 'nen Purzelbaum

Dann legte Lisa los und rollte quer durch die Stube über den Teppich. Dem Weihnachtsmann war, als hätte jemand an sein Herz angeklopft und wollte unbedingt eingelassen werden. Seine Wangen färbten sich rot. Seine Augen leuchteten.

„Ho, ho, ho", rief er und lächelte sein breites Lächeln. „Eine Dichterin. Und eine Sportskanone dazu." Dann zwinkerte er mit den Augen und verteilte die Geschenke an die Kinder.

„Eine Geschichte von dir gegen das Gedicht von uns", verlangten die Kinder nach der Bescherung.

„Also gut. Mein guter, gemütlicher Elch", begann der Weihnachtsmann mit tiefer Stimme, „hatte mich auf dem Schlitten durch einen weihnachtlich geschmückten, winterlichen Wald gezogen. Der Schnee knisterte unter den Kufen. Zwischen den Zweigen leuchteten rote Kugeln und das Lametta verlieh den Bäumen silbrigen Glanz. Alles war ruhig und friedlich. Und auf einmal, ob ihr es glaubt oder nicht, stimmten die Vögel des Waldes Weihnachtslieder an und die Engel jauchzten vom Himmel hoch her."

„Das ist ja unglaublich", riefen die Kinder. „Hast du noch mehr drauf?"

„Ho, ho, ho, am Waldrand brach dann die Musik ab und die Engel verschwanden hinter den Wolken. Sturm kam auf. Äste knackten. Die Wipfel der Bäume schwangen wild hin und her. Ein Bär streckte gierig seine Tatzen nach dem Elch aus und Wölfe tobten um das Schlittengespann. Sie heulten vor Hunger und bleckten die Zähne. Da streckte ich beide Arme aus und rief ihnen zu: *Es ist Heiliger Abend, Ruhe und Frieden für Mensch und Tier!* Der Bär verzog sich in seine Höhle zum Winterschlaf. Die Wolfsmeute stillte ihren Hunger an einem unglücklich verendeten Reh."

„Das kann doch nicht wahr sein", riefen die Kinder. „Du bist ja ein richtiger Held!"

Weihnachten ist schön, fand der Weihnachtsmann. Aber alle Jahre wieder die gleiche Prozedur? Das war auch ein bisschen langweilig! Sich jedes Jahr etwas Neues einfallen lassen, um den Eltern einen Gefallen zu tun? War auch anstrengend! Etwas ganz anderes machen, Urlaub nehmen, zum Beispiel in einem südlichen Land. Und sich vor dem Essen an einem Single Malt Whisky laben.

„Ja, das wäre eine gute Idee", ging ihm durch den Kopf. „Ich mache es nicht mehr", ließ er die Eltern der Kinder wissen. „Aus die Maus, Exit mit dem Elch! All die Jahre habe ich meine Pflicht getan. Immer war ich zur Stelle, wenn Weihnachten war. Jetzt möchte ich einmal nur an mich denken. Ich buche eine Reise nach Marokko und lass mich dort am Strand in der Badehose in der Sonne braten. Ich steige auf ein Kamel und reite über die Sanddünen der Sahara. Ho, ho, ho, einen SUV miete ich mir und jage damit über die Schotterpisten des Atlasgebirges. Demnächst könnt ihr euch über eine Postkarte von mir freuen."

Seinen Rauschebart steckte der Weihnachtsmann in den Ofen. Die Wattebauschmütze bekam ein Nachbar geschenkt. Der setzte sie zum Spaziergang über den Weihnachtsmarkt auf. Mit jedem Glühwein glitt sie ihm tiefer ins Gesicht, bis er nichts mehr sehen konnte und ihm schließlich den Mund verschloss.

Den kuscheligen, purpurroten Weihnachtsmannmantel, den hatte er zum Verkauf in einem Laden für gebrauchte Kleidung auslegen lassen.

„Womöglich wird der von einer Weihnachtsfrau gekauft, die auch einmal auf Reisen gehen und etwas Besonderes erleben möchte", dachte der Weihnachtsmann. „Vielleicht begegnen wir uns einmal."

Die roten Stiefel waren nach vielen Jahren löchrig geworden. Außerdem rochen sie nach Weihnachtsmannfüßen. Also auf den Müll damit, entschied er.

„So ein Schiet, der Weihnachtsmann lässt uns tatsächlich in Stich", riefen die Eltern der Kinder. „Wir müssen sofort mit ihm reden. Wir müssen ihn überreden, weiterzumachen."

„Hallo", rief der Vater der Kinder am Telefon. „Ich bin wirklich geplättet. Urlaub für einen Weihnachtsmann? Das geht gar nicht. Wo soll das hinführen? Wenn der Weihnachtsmann nicht kommt, werden Träume von Kindern zerstört von einer Welt, in der alles in Ordnung ist. Willst du das?"

„Will ich nicht. Aber einmal an mich denken, ist das so schlimm? Badehose statt Purpurmantel! Sandsturm statt Schneesturm! Chaabi statt Weihnachtslieder! Einen Tapetenwechsel wünsche ich mir."

„Lass uns bitte nicht im Regen stehen. Du kannst die Reise einfach verschieben. Marokko geht auch im Frühling oder im Herbst. Übrigens, Weihnachten regnet es dort sowieso nur. Das weiß doch jeder."

Dieser Anruf blieb nicht ohne Folgen.

Der Weihnachtsmann dachte nach. „In Badehose im Regen? Bibbern in Frankfurt auf dem Flughafen, schwitzen bei der Ankunft in Marrakesch? Vorweihnachtsstimmung sieht anders aus. Und Weihnachten ohne die Kinder? Da würde mir etwas fehlen. Ist vielleicht viel gemütlicher zu Hause. Am Kaminofen mit einem Glas Grog in der Hand oder besser mit einem Buch vor der Nase und zusehen, wie die Flammen im Ofen sich aufbäumen, sich verzehren und schließlich in sich zusammenfallen. Das ist unterhaltsamer als Fernsehen und spannender als Fernreisen allemal. Ja, träumen ist erlaubt: von heißen Stränden, von Wüstentouren und Abenteuern auf Schotterpisten. Das ist nur eine Seite der Medaille. Also, Träume müssen nicht um jeden Preis in die Wirklichkeit umgesetzt werden."

Endlich war Heiligabend. Die Stunde der Bescherung nahte. Die Eltern und die Kinder hatten sich im Wohnzimmer um den Tannenbaum versammelt. Die Kinder hatten rote Kugeln auf die Zweige gehängt und reichlich Lametta dazu. Auf einmal pochte es laut an der Tür. Das kam den Eltern und den Kindern bekannt vor. Sollte der Weihnachtsmann doch …?

Der Vater der Kinder ging zur Tür und ließ den späten Gast ein. „Immer hereinspaziert in die gute Stube", rief der Vater der Kinder und pfiff ein Weihnachtslied.

„Opa, Opa", riefen die Kinder im Chor und tanzten um ihn herum.

Opa lächelte sein breites Lächeln. „Erst ein Gedicht, dann die Bescherung", verlangte er.

Lisa wusste eins und sagte es auf. Danach konnte sie sich nicht mehr zurückhalten. „Opa, ich finde, du siehst ohne Verkleidung viel besser aus."

Volkmar Trepte, *Jahrgang 1947, hat Psychologie studiert, lebt in der Seestadt Bremerhaven und in Thiéfosse (Vogesen, Frankreich), schreibt Gedichte und Kurzgeschichten, hat in Anthologien und literarischen Zeitschriften veröffentlicht, mag den salzigen Duft und den unerbittlichen Gegenwind am Deich an der Nordseeküste wie auch die unzähligen unterschiedlichen Ansichten, die sich bei Bergwanderungen eröffnen.*

Was ist Weihnachten?

Auf den Dächern weißer Schnee,
in den Tassen heißer Tee.
Lichterketten an den Bäumen,
jetzt beginnt die Zeit zum Träumen.

Der Duft nach Zimt und Tannengrün,
ein knisterndes Feuer im Kamin.
In den Zimmern Kerzenschein,
es muss schon wieder Weihnacht sein.

Schlitten fahren, Schneemann bauen,
mit Plätzchen sich den Bauch vollhauen.
Leuchtende Augen, Kinderlachen,
anderen eine Freude machen.

Christbaumkugeln, Weihnachtssterne,
Glockenläuten aus der Ferne,
Weihnachtslieder, Krippenspiel,
etwas Glühwein ... oder viel.

Rote Nasen, kalte Füße,
von Bekannten liebe Grüße,
Karten und Geschenkpapier,
Fragen wie: „Was wünschst du dir?“

Am Heiligabend doch sodann
kommt’s nicht mehr auf Geschenke an.
Es sind die Menschen groß und klein,
über die wir uns am meisten freu’n.

Denn Weihnachten, nicht zu vergessen,
ist ein Gefühl und nicht das Essen.
Auch wenn der Braten köstlich schmeckt
und jeder sich den Bauch vollschlägt.

Es ist die Liebe in der Luft, abgesehen vom Plätzchenduft,
es ist die Freude und das Lachen,
die uns an Weihnachten glücklich machen.

Und unser Herz aufgehen lässt,
Denn daran glaube ich ganz fest,
Weihnachten, das ist doch klar,
sind wir und einfach wunderbar.

Melanie Kunz *ist 35 Jahre alt und lebt mit ihrem Mann und ihrer wenige Monate alten Tochter in NRW. Worte und Sprache spielen in ihrem Leben eine große Rolle, denn hauptberuflich arbeitet sie als Logopädin. Schon immer liebte sie es, in fantastische Buchwelten einzutauchen. Das Schreiben gefühlvoller Gedichte und das Erschaffen von Fantasy und Science-Fiction Geschichten bilden für sie den perfekten Ausgleich zu ihrem Alltag. Ihre Kurzgeschichte „Zurück" wurde 2021 in der Anthologie „24 Geschichten im Advent" veröffentlicht.*

Weihnachten nicht ohne sie

Heute möchte ich Ihnen jemand Besonderes vorstellen, eine blaugrüne Eminenz. Sie ist nicht gerade klein und trägt gerne eine Farbkombination aus Graubraun und Blaugrün. Mobil ist sie leider weniger – sie verharrt am liebsten auf der Stelle, die sie gut kennt, an der sie sich wohlfühlt und zu Hause ist. Allerdings ist sie in sich zu einer eleganten Wendigkeit fähig – sie kann gut tanzen. Außerdem riecht sie wundervoll – nach Zitrone, wenn man näher herantritt und sie mal berührt. Gelegentlich rieselt etwas an ihr herab – das können so kleine hellbraune Plättchen sein – eine Art Konfetti.

Es schaut so aus, als würde sie sich speziell im Frühherbst schuppen, sonst eigentlich nicht. Eine Art purpurfarbene Lockenwickler trägt sie zuvor in ihrer Haartracht – diese *Lockenwickler* lösen sich hernach in diese kleinen, fast herzförmigen, ungefähr daumennagelgroßen Partikel auf. Ansonsten gibt sie nicht viel von sich und muss

auch nicht häufig aufs Klo oder so. Wenn sie mal *muss*, dann beschenkt sie ihre Umgebung, dieses meistens eben im Herbst. Diese zarten Plättchen tut aber nicht weh und sind in der Regel federleicht. Ihre Art *Stuhlgang* ist gelblich oder gelb-grün und gelegentlich hölzern braun. Sie entlässt ihn aus relativ großer Höhe, denn ihr Körper ist schlank und lang und zumeist recht gerade. Sie redet nicht viel, kann aber äußerst gut zuhören. Ihre Haare sind etwas borstig, stehen in kleinen Bögen ab und sind blaugrün gefärbt. Sie sind es, die frischen Zitronenduft versprühen.

Beheimatet ist sie hier nicht, aber heimisch geworden – sie fühlt sich an manchen Orten so wohl wie in ihrer Ursprungsheimat. Diese sind für sie die kalkreichen Berge Kaliforniens in den Vereinigten Staaten von Amerika. Orte mit ähnlich guten Bedingungen liebt sie, auch fernab von daheim. Mit sommerlicher Hitze kommt sie prima zurecht und auch winterlicher Frost schadet ihr nicht. Nur möchte sie weniger oft angepustet werden. Wind neigt sie nicht sonderlich zu, wenngleich sie ein Lüftchen zu einem geschmeidigen Tanz bewegt und mit Freude umspielen in einem anmutigen Reigen ihre biegsamen Arme ihren Rumpf.

Beim Tanzen ist ihre Stimme lauter vernehmbar – sie spricht dann hörbar und erzählt etwas von sich. Aber auch bei Stille gibt sie ihr Wesen preis – ein aufmerksames Ohr an ihr mächtiges Graubraun gelehnt, die Augen emporgerichtet, Nase und Lippen an sie gepresst – mit beiden Armen sie umarmend, der Bauch an sie gelegt – leise beginnt ein Gespräch zwischen ihr und mir, dem Menschen. Allerdings ist sie im Boden fest und tief verankert durch ein tiefgründiges System – eine Art Herzwurzel. Eine stärkere Brise bringt sie nicht aus dem Gleichgewicht.

Im Wonnemonat Mai dekoriert sie sich mit kugeligen grün-dunkelroten Blüten in Miniaturgröße, die bis zum Oktober zu purpurfarbenen Zapfen heranreifen – ihren Früchten, die senkrecht auf dem Zweig stehen und mit etwas Fantasie wie Lockenwickler wirken können. Eine aufrechte Spindel bildet das Zentrum dieser Lockenwickler, die dann zerfallen, so wie andere Bäume ihr Obst lassen.

Die, die ich meine, ist schon 54 Jahre alt, eine wirkliche Schönheit, ein wahres Schmuckstück! Die Mutter eines Försters pflanzte sie einst an jenen Ort, wo sie bis heute zur Freude vieler wächst. Sie war damals als Konfirmationsgeschenk in die Familie gekommen. Auch aus der Ferne ist sie schwer zu übersehen. Wer sie jedoch nicht sehen will, tut auch mal so, als wenn sie nicht da wäre – aber sie ist da, ganz objektiv und neutral!

Öfter unterhielt ich mich mit ihr – antworten tut sie halt auf ihre Art, ein genaues Hinhören ist dazu erforderlich. Die Beziehung zu ihr formte sich vor allem durch Gewohnheit, vielleicht sogar durch so etwas wie Freundschaft. Jedenfalls bietet sie Schutz an unter ihrem mächtigen, lichtdurchfluteten Kleid. Und die glutheißen Sonnenstrahlen verlieren durch sie an Kraft – es ist angenehm in ihrer Nähe, selbst im heißesten Sommer. Im Winter bezaubert sie mit ihrem Blaugrün, wenn vieles trostlos daniederliegt. Geradezu von einer gewissen Geselligkeit könnte die Rede in ihrer Gegenwart sein, auch wenn die Tage kürzer und kälter werden. Selbst dann ist sie zu sehen und mit ihrem majestätischen Antlitz da!

Vor einiger Zeit widmete ich ihr ein paar Zeilen, auch um mich für das viele Gute bei ihr zu bedanken, denn ihre Zukunft scheint ungewiss:

Colorado-Tanne

O Colorado, Colorado,
dein Name heißt wie der große Fluss.
Nun stehst du hier im Eldorado,
weil einer will, dass du weichen musst.

Oft sah ich den Tanz deiner Zweige –
blaugrüne Nadeln mit Zitrusduft
galant sie wiegten sich im Reigen,
durchwirbelten laue Sommerluft.

In blauschwarzer Nacht scheint der Mond
durch das Licht deines Fransenkleides
auf deine Seele, die in dir wohnt,
die klingt nach Kummer, voll des Leides.

Doch so wahr ich dich seh' und hier steh'
mit felsenfestem Stand wie auch du,
schließe ich meine Augen mit Weh,
wie eine Freundin hör' ich dir zu.

An deinen starken mächtigen Stamm
lehne ich mich an mit Vertrauen –
Colorado-Tanne, Topp im Land,
gemeinsam lass' uns Schlösser bauen!

Einer, vielleicht auch zwei oder mehr wollen, dass sie verschwindet.

Warum?

Diese Frage ist bestimmt schwierig und nur komplex zu beantworten. Vielleicht ist es ein Stück weit Lust, sich über Natur erheben zu wollen und sich über sie lächerlich machen zu können und andere zu bestrafen. Sicherlich stecken auch noch weitere Faktoren dahinter, die mehr mit Haben als mit Sein zu tun haben. Einige Menschen mit einem wenig ausgeprägten Selbstbewusstsein benötigen so etwas – sie tragen Zerstörung zum eigenen Vorteil in sich. Aber sie sind höchstens Winzlinge gegenüber dem Baum – keine Vorbilder also!

Für mich wird sie immer lebendig bleiben, egal was geschehen wird. Sie ist Kultur aus Natur. Wer sie kaputtmacht, ist kein guter Mensch.

In den Nachrichten ist viel vom Klimawandel die Rede – der Wald, die Bäume werden mit ihrem Sauerstoffbeitrag und ihrer Aufnahme schädlichen Kohlendioxids wertschätzend erwähnt. Sind diese Nachrichten bloß hohle Phrasen einer irrationalen Realität?

Ein Weihnachtsbaum wird nicht mehr angeschafft. Es wächst ja einer im Garten. Das ist der schönste Weihnachtsbaum, den es gibt! Dass er noch einige Jahre, hoffentlich ein ganzes, fast ewiges Baumleben, bleiben wird, wünsche ich allen, die ihn wie ich schätzen, lieben und bewundern. Auch Eichhörnchen und Igel treffen sich gelegentlich unter der Tanne zu einem geheimnisvollen Rendezvous.

Gesegnete Weihnachten und ein friedvolles Jahr 2025!

Maren Rehder *schloss ein Universitätsstudium mit der Fächerkombination Bildende Kunst, Kunstgeschichte, Evangelische Theologie, Pädagogik und Soziologie ab. Seit über vier Jahren kämpft sie Seite an Seite mit den hochaltrigen Eigentümern der wahrscheinlich mächtigsten Colorado-Tanne (Abies concolor) in Schleswig-Holstein (Geesthacht), der zweitmächtigsten ihrer Art im Bundesgebiet, für das bedingungslose Überleben der imposanten Tanne im urbanen Raum. Sie selbst empfindet den Baum, dessen Einfluss sich nicht negativ auf fremde Territorien auswirkt, als Bereicherung und kann den Wunsch nach dessen Zerstörung nur als Feindseligkeit und Ausdruck von Gier „verstehen".*

Der kleine Weihnachtsbaum Theobald

Mitten im schönsten, sonnigen Dezember bei eisiger Kälte freute sich die kleine Edel-Tanne Theobald schon unbändig über seinen Großeinsatz an den Weihnachtstagen. Endlich war er groß genug, sodass er zu den Menschen nach Hause durfte, um Weihnachten festlich auszuschmücken.

Die anderen Tannenbäume und Fichten, aber auch einige Kiefern, die beim Weihnachtsbaumverkauf auf dem Felde standen, ereiferten sich schon um den schönsten und schicksten Weihnachtsschmuck, den sie diese Saison tragen wollten.

„Ich möchte dieses Jahr rote und goldene Kugeln, das ist der klassische Look!", betonte die Riesentanne Roberta rechts neben Theobald und wog sich dabei genüsslich im leichten Nordwind.

„Aber nein", erwiderte die etwas krumme Blaufichte Fridolin zur Linken von Theobald, „für mich wären Holzspielzeug kombiniert mit intergalaktischen Strohsternen der letzte Schrei, um Weihnachten den letzten Schliff zu verpassen."

Roberta schüttelte bloß einige ihrer Zapfen, die aufrecht auf ihrem Tannenkleid saßen, und kicherte: „ Das möchte ich sehen, wenn die Menschen dir das Holzspielzeug an deine spitzen Nadeln hängen. Das pikst bestimmt!"

Fridolin aber ließ sich gar nicht davon beirren und meinte nur, dass seine Menschen das schon schaffen würden. Sie könnten sich doch robuste Handschuhe anziehen und das Problem wäre gelöst.

Ein Unterschied zwischen einer Tanne und einer Fichte sind nämlich ihre Nadeln, liebe Kinder. Die Nadeln bei einer Nordmanntanne sind beispielsweise weicher als die von einer Blaufichte mit sehr spitzen Nadeln.

Währenddessen liefen viele Menschen zwischen den Nadelbäumen umher und schauten interessiert mal den einen und dann wieder den anderen Weihnachtsbaum an. Theobald war so aufgeregt, als ein Mann vor ihm anhielt und ihn so prüfend anschaute, dass er sich kaum noch traute zu atmen. „Bitte, bitte, nimm mich mit“, dachte Theobald nur, aber der Mann ging dann weiter, um die anderen Tannen zu besichtigen. Enttäuscht ließ Theobald einige seiner Zweige hängen, aber Roberta tröstete ihn schnell.

„Jeder Weihnachtsbaum findet genau das Zuhause, zu dem er gehört. Du wirst es schon sehen!“

Die Nordmanntanne aus der dritten Reihe meldete sich nun auch zurückhaltend zu Wort, weil sie das Gespräch wieder auf den diesjährigen Weihnachtsschmuck zurückbringen wollte. „Hach, ich kann mich immer noch nicht entscheiden, ob nun glitzernder Schneespray oder bauschige, weiße Wattekugeln, die wie Schneeflocken aussehen, mein Traumkleid sein sollen?“

Die Rotfichte Ronaldo verdrehte etwas genervt einen seiner hängenden Zapfen und meinte nur, dass Schneespray aus der Dose Sondermüll sei und sowieso der Gesundheit und Umwelt schade und sie lieber Watte nehmen solle.

„Na, dann ist die Wahl ja einfach! Wattekugeln sind sowieso viel weicher. Die restlichen Ideen haben bestimmt die Kinder, bei denen ich wohnen werde.“ Zufrieden beobachtete die Nordmanntanne die ersten Schneeflocken, die derweil vom klaren, hellblauen Himmel fielen und sich in den Mützen und Jacken der Menschen und im Fell ihrer Haustiere, den Hunden, verfingen.

Theobald hatte sich alles angehört und hatte selbst keine richtige Idee. Angestrengt grübelte er mal in die eine Richtung und dann wieder in die andere. „Vielleicht pinkes Lametta? Richtig cool und glitzernd und sowieso das schrillste Pink überhaupt? Mmh. Oder besser Regenbogenfarben? Ja, das ist es!“, überlegte er laut und war gleich begeistert.

„Regenbogenfarbenes Lametta, wo gibt es denn das zu kaufen? Wenn das nicht schwierig zu bekommen ist, möchte ich keine Fichte mehr sein“, bemerkte Blaufichte Fridolin neunmalklug.

Theobald zog eine kleine Schnute. „Okay, also doch kein Lametta. Ich frage einfach einmal bei Ronaldo, der Rotfichte, nach. Er ist Experte im Weihnachtskugelauswahlgeschäft und kann mir alles über Größe, Farbe und Glanz der Kugeln erzählen.“

Also erklärte Ronaldo all sein Weihnachtskugelwissen dem kleinen Theobald und der hörte lange aufmerksam zu, denn es gab ja so viele unterschiedliche Kugeln, beispielsweise konnte man blaue mit silbernen Kugeln kombinieren für den Polarlook bei Kaminfeueratmosphäre oder lila Kugeln, matt-glänzend mit Sternen und Herzchen darauf – oder auch ohne – für die magischen Momente beim Bratapfelessen. Es gab karminrote, feuerrote oder weinrote Kugeln als Zeichen von Liebe, Wärme und Frieden und es gab natürlich goldene für den königlichen Moment der Bescherung.

Theobald qualmten bald sprichwörtlich die Ohren und nach langer Überlegung erwiderte Theobald dann etwas sehr Ungewöhnliches: „Ich möchte tannennadelgrüne, matte Kugeln, die nur erscheinen und sichtbar werden, wenn Kerzenschein, der vom festlich gedeckten Tisch herüberscheint, auf sie fällt!"

Ronaldo überlegte angestrengt, ob es solche Kugeln denn nun gäbe, und schüttelte die Zweige verneinend. Theobald war traurig, aber Roberta hatte sogleich eine gute Idee: „Wie wäre es denn auf jeden Fall mit Lichterketten?"

Lichterketten fand Theobald toll und dabei wollte er es vorerst belassen. Er würde jetzt halt ein Weihnachtsüberraschungsbaum werden.

So geschah es an den folgenden Adventstagen, dass Riesentanne Roberta, Blaufichte Fridolin, die Nordmanntanne aus der dritten Reihe und auch Ronaldo Rotfichte von ihren neuen Besitzern abgeholt wurden und Theobald ein herzliches „Auf Wiedersehen" wünschten.

Theobald fühlte sich nun recht alleine, da seine Freunde unterwegs waren zu den Häusern ihrer Menschen, um ihnen durch ihren wunderbaren Anblick und ihrem herrlichen Duft Freude in der Weihnachtszeit zu schenken.

Doch hoppla! Auf einmal standen zwei Kinder vor ihm und bewunderten Theobald freudig. Sie sprangen aufgeregt um ihn herum und riefen: „Der ist es! Schau einmal, wie schön weich er ist und niedlich und er ist nur ein kleines bisschen größer als wir. So können wir ihn gut schmücken."

„Johann, Lina, wo seid ihr denn", riefen die Eltern, die gerade in der fünften Reihe hinter Theobald standen und eine Colorado-Tanne mit ihren silbergrauen Nadeln besichtigten und ganz begeistert von ihrem Zitrusduft waren.

„Wir sind hier und wir haben unseren Weihnachtsbaum gefunden", riefen sie vergnügt.

Die Eltern waren natürlich sofort mit Theobald einverstanden, als sie ihre Kinder so begeistert sahen.

Dann kam der große festliche Moment für den kleinen Weihnachtsbaum und Theobald wurde in dem weihnachtlich dekorierten Wohnzimmer mitsamt seinen Wurzeln aufgestellt.

Und hier begann ein seltsamer Zauber, denn Theobalds Wünsche von seinem Tannenschmuck gingen auf einmal alle in Erfüllung. Lina brachte selbst bemalte, tannengrüne Kugeln herbei und Johann half ihr, sie aufzuhängen. Sie wurden sogleich fast unsichtbar im Tannenkleid und sollten erst später wie durch ein Wunder durch das Kerzenlicht, das auf dem Tisch stand, wieder erscheinen und gemütlich reflektieren.

Dann brachte die Mutter noch regenbogenfarbenes Lametta, das schon kurze Zeit später von Theobald herunterglitzerte. Vater befestigte die lange Lichterkette an dem aufgeregten Theobald und alle waren sehr zufrieden, als die klitzekleinen Lämpchen das Licht der Welt erblickten. Am glücklichsten war wohl Theobald in diesem Augenblick.

Wenn ihr, liebe Kinder, Theobald gerne heute einmal sehen möchtet, dann braucht ihr nur in den Vorgarten von Johann und Lina zu schauen, denn dort lebt er froh und munter seit einigen Jahren.

Andrea Fahnster *schreibt leidenschaftlich gern Kindergeschichten und hat in Papierfresserchens MTM-Verlag bereits einmal eine Osterhasen-Story veröffentlicht. Sie ist 52 Jahre alt und wohnt in Bunderhammrich.*

Gemeinsam statt einsam

Anka schlug den Jackenkragen hoch. „Typisch Weihnachtswetter“, grummelte sie vor sich hin. „Kein Frost, kein Eis, kein Schnee.“ Sie blieb vor dem Schaufenster eines Telefonanbieters stehen. Zwischen den Ausstellungsstücken glitzerten Weihnachtskugeln und eine Lichterkette rahmte das Fenster ein. „Tja, Schatz, wärst du nicht zu meiner besten Freundin gezogen, hättest du das Handy zu Weihnachten bekommen. Jetzt sitze ich Weihnachten allein zu Hause“, dachte sie bitter und drehte sich mit Tränen in den Augen um.

Es dämmerte bereits und der Regen hatte noch immer nicht aufgehört. Auf der Straße standen große Pfützen. Die Autos fuhren langsam, um die Fußgänger nicht zu bespritzen. Nicht alle waren so rücksichtsvoll. Ein dunkler Wagen fuhr mit Tempo durch eine Wasserlache und ein Schwall Schmutzwasser ergoss sich über eine ältere Dame, die am Straßenrand stand. Der Hund bellte dem Auto wütend nach. Das eben noch wellige Haar hing der Frau in nassen Strähnen ins Gesicht. Anka trat neben sie. „Kann ich Ihnen helfen?“

„Ich glaube, mir ist nicht mehr zu helfen.“ Resigniert stellte sie die Tasche mit den Einkäufen neben sich. Die Bananen, die zuoberst lagen, waren von Schmutzflecken übersät. Der Golden Retriever musterte Anka neugierig und schnupperte an ihren nassen Schuhen. Dann schob er seine Schnauze in ihre Hand.

„Hey, wer bist du denn?“ Erschrocken zuckte sie mit der Hand zurück, um ihn gleich darauf zu streicheln.

„Das ist Kuno. Das einzige Lebewesen, das mich versteht.“

Anka war sich nicht sicher, ob es das Schmutzwasser oder Tränen waren, die im Gesicht der Frau schimmerte. Sie nahm entschlossen die Tasche der Frau und reichte ihr den Arm, damit sie sich einhaken konnte. „Ich bringe Sie nach Hause. Wir wohnen im gleichen Haus. Ich glaube, ich wohne unter Ihnen. Sagen sie Anka zu mir.“

„Sie sind die junge Frau, deren Freund ausgezogen ist. Oh, tut mir leid, ich bin Helene Lehmann.“

„Schon gut. Komm, Kuno."

Die Nachbarn wussten also Bescheid, ging es Anka durch den Kopf. Was solls erst mal, würde sie Frau Lehmann und Kuno ins Trockene bringen.

„Darf ich Sie zu einem Tee einladen?", fragte Frau Lehmann, als Anka sich vor ihrer Tür verabschieden wollte.

„Ja, gerne." Im gleichen Moment bereute sie ihre Antwort. Hatte sie sich doch vorgenommen, Nicos Sachen in einen Koffer zu packen, um noch vor dem Weihnachtsfest mit ihm abzuschließen. Aber warum nicht einer alten Dame Gesellschaft leisten, dann musste Nico die Sachen ein anderes Mal abholen. „Ich ziehe mir trockene Sachen an und bringe noch Weihnachtskekse mit."

Kuno wedelte erfreut mit dem Schwanz, als Anka wenig später erneut vor Frau Lehmanns Tür stand. Der Tee strömte einen wunderbaren Duft aus, die ganze Wohnung roch nach Zimt und Orangen. Anka fühlte sich in ihre Kindheit zurückversetzt, wenn sie an den Adventssonntagen bei ihrer Oma Tee getrunken hatte und den alten Geschichten lauschte. Sie stellte die Keksdose auf den Tisch.

„Das Rezept für die Kekse stammt von meiner Oma. Ich backe sie jedes Jahr."

Frau Lehmann schenkte Tee ein und nahm sich vom Gebäck. Sie schloss die Augen. „Das Rezept kenne ich. Da sind Nüsse und Zitronat drin und ein Hauch Zimt. Als mein Mann noch lebte, habe ich jedes Jahr gebacken. Für mich alleine lohnt es sich nicht, aber ich vermisse den Duft, der beim Backen durch die Wohnung zieht." Sie sah traurig auf das Foto an der Wand. Ein lachendes Paar auf einer Gartenbank war darauf abgebildet.

Unschwer erkannte Anka Frau Lehmann, der Mann musste dann der verstorbene Ehemann sein. „Wann ist ihr Mann gestorben", fragte sie vorsichtig.

„Vor zwei Jahren im Dezember. Am ersten Weihnachtsfeiertag saß dann Kuno vor meiner Tür." Zärtlich strich sie ihm über den Kopf. „Ich weiß nicht, wie er ins Haus gekommen ist und warum er ausgerechnet vor meiner Tür saß. Er wollte aber nicht gehen. Ich habe überall gefragt und meine Anschrift im Tierheim hinterlassen, falls ihn jemand sucht, aber es hat sich niemand gemeldet. Es war das erste Weihnachten ohne meinen Mann, ich fühlte mich unendlich allein, Kinder hatten wir keine. Ich dachte darüber nach, Tabletten zu nehmen." Sie schluckte schwer und sprach weiter: „Um ehrlich zu sein, die Tabletten lagen schon auf dem Tisch und ein Glas Wasser stand daneben. Ich musste nur noch den Abschiedsbrief verfassen. Und dann hörte ich das Winseln. Ohne ihn wäre ich nicht mehr da."

„Das tut mir sehr leid", erwiderte Anka.

„Schluss mit Trübsal blasen. Was werden Sie an Weihnachten machen?"

Anka war verlegen. „Ich wollte meinen Liebeskummer verdrängen und Weihnachten ausfallen lassen. Meine Familie hatte mit einer Verlobung gerechnet und ich habe keine Lust, ihre vorwurfsvollen Blicke zu ertragen. Denn in ihren Augen bin ich schuld am Scheitern meiner Beziehung."

„Was halten Sie davon, wenn wir am Heiligabend zusammen kochen und vielleicht am ersten Weihnachtsfeiertag einen Spaziergang machen? Natürlich nur, wenn Sie keine anderen Pläne haben." Erwartungsvoll sah sie Anka an.

„Warum nicht. Bevor jeder allein sitzt und Trübsal bläst. Was wollen wir kochen? Es sind nur noch zwei Tage."

„Was halten sie von Ente mit Orangensauce, dazu Rotkohl und Klöße? Vorige Woche habe ich eine Ente auf dem Markt gekauft und eingefroren. Klöße mache ich selbst, dann benötigen wir noch einen Rotkohl. Und was gibt es zum Nachtisch?" Frau Lehmanns Wangen hatten sich vor Eifer gerötet.

„Den Rotkohl bringe ich morgen mit. Ich könnte ein Tiramisu zum Nachtisch vorbereiten?", schlug Anka vor.

„Das wäre fantastisch."

Anka zog das rote Kleid an, welches sie extra für die Weihnachtsfeier in der Firma gekauft hatte. Sie war nicht zur Weihnachtsfeier gegangen, Nico und ihre Freundin waren dort und auf eine Begegnung war sie nicht erpicht. Sie nahm die Schüssel mit dem Tiramisu und klingelte ein Stockwerk höher.

Statt Frau Lehmann öffnete ihr ein junger Mann in Jeans und blauem Hemd die Tür, Kuno kam schwanzwedelnd angelaufen. „Äh, ich wollte zu Frau Lehmann."

„Ich weiß", strahlte er sie an. „Meine Tante hat mir von Ihnen erzählt. Ich bin sozusagen der Überraschungsbesuch. Kommen Sie rein, ich bin Moritz." Er nahm ihr die Schale mit dem Dessert ab und ging in die Küche.

„Anka, schön, dass Sie da sind. Moritz ist der Sohn meiner Nichte. Er fliegt heute Nacht nach London und wollte nur die Zeit bis zum Flug überbrücken. Ich hoffe, es stört Sie nicht, dass er zum Essen bleibt."

„Nein. Auf keinen Fall. Was machen Sie in London?", wandte sie sich an Moritz.

„Lassen wir das mit dem blöden Sie. Ich bin Moritz und du Anka."

Frau Lehmann mischte sich ein. „Sag einfach Lene zu mir", bat sie Anka.

„Darauf sollten wir anstoßen", schlug Moritz vor.

Während im Ofen der Entenbraten schmorte und der Rotkohl auf dem Herd köchelte, saßen die drei mit einem Glas Sekt im Wohnzimmer und Moritz erzählte von seinem Job in England. Kuno lag leise schnarchend vor ihren Füßen. Statt eines Weihnachtsbaumes hatte Frau Lehmann auf dem Tisch und dem Schränkchen Kerzen verteilt, die den Raum erhellten.

Draußen regnete es schon wieder.

Janny Prillwitz, *Jahrgang 1963, geboren in Barth an der Ostsee. Sie lebt mit ihrem Mann nördlich von Hannover und arbeitet in einem Steuerbüro. Sie schreibt Kurzgeschichten und Kriminalromane.*

Spekulatiusspektakel

Manchmal ist es gar nicht so leicht, ein Weihnachtsengel zu sein. Klar, es gibt diese Tage, an denen die Locken perfekt fallen, die Stimme seidig klingt und das Sternenhemd faltenfrei ist. Aber es gibt auch diese Tage, an denen einfach alles schiefgeht. So wie heute zum Beispiel.

„Platz da!", ruft Serafina und fliegt an mir vorbei in die Werkstatt. Im Arm hält sie einen Stapel neuer Wunschzettel, die sie heute Morgen aus dem Briefkasten gefischt hat. Hier am Nordpol haben wir nur einen einzigen Briefkasten, er ist schneeweiß und steht weit weg von den Toren des Weihnachtsdorfs. Wenn es nachts geschneit hat,

ist er fast unsichtbar und wir Engel müssen stundenlang suchen, bis wir ihn endlich gefunden haben. Das ist fast wie Ostereier suchen, nur schwieriger.

Aus der Werkstatt hört man es laut hämmern, sägen und klirren.

„Drei Schaukelpferde, eine Spielzeugeisenbahn und fünf Schlitten, bitte!“, ordnet Serafina an. Sie sitzt ganz oben auf dem geschmückten Tannenbaum und liest aus den Wunschzetteln.

Neugierig komme ich näher und höre ihr zu. Die Wünsche der Kinder sind immer spannend!

„Ach ja, und ganz Hamburg wünscht sich Schnee, wenn ihr also die Schneemaschine anschmeißen könntet?“ Serafina dreht sich zu den anderen Engeln, doch genau in diesem Moment passiert es.

Erst wackelt nur die Spitze der Tanne hin und her, dann klirren die Kugeln und der gewaltige Baum schwankt. Erschrocken fliegt Serafina zur Seite, bevor die Tanne ganz umkippt.

Das Letzte, was ich sehe, sind Tannenzweige, die immer näher kommen. Dann wird alles dunkel.

„Cassian? Geht es dir gut?“

Serafina beugt sich über mich und auch die anderen Engel in der Werkstatt schauen mich besorgt an.

Was ist denn passiert? Und warum liegen hier überall zerbrochene Kugeln und Tannennadeln?

„Der Baum ist auf dich gestürzt! Ach du saure Zuckerstange! Meinst du, du kannst dich bewegen?“

Probehalber wackele ich mit meinen Zehen, schüttele meine Hände und strecke die Zunge raus. Glück gehabt! „Nix passiert!“, rufe ich und will schon aufspringen, als ich es plötzlich merke. Das seltsame Gefühl. Irgendwas stimmt hier ganz und gar nicht.

„Dein Flügel! Er ist gebrochen!“

Alle Engel schauen sich erschrocken an und mir wird ganz schlecht. Ein gebrochener Flügel? MEIN gebrochener Flügel?

In den nächsten Minuten hat sich die Nachricht am ganzen Nordpol verbreitet und immer mehr Engel kommen in die Werkstatt geflogen. Bald ist es hier so voll, dass ich Angst habe, wir platzen.

„So ein Mandelmuskatmist!“

„Spekulatiuspektakel!“

„Pfefferkuchenpech!“, schimpfen die Engel durcheinander, doch mit einem Mal werden alle still.

Auch mein Herz macht bei seinem Anblick einen Salto, so aufgeregt bin ich. Er ist gekommen, meinetwegen!

Mit großen Schritten durchquert der Weihnachtsmann die Werkstatt und kniet sich neben mich. „Du hast einen gebrochenen Flügel, habe ich gehört?"

Ich nicke schüchtern. Wird er jetzt böse sein? Immerhin bin ich ein Weihnachtsengel, der sich kurz vor Weihnachten den Flügel bricht! Wie soll ich denn jetzt noch Zimtsterne ausliefern und beim Geschenkeverteilen helfen?

„Zeig mal her!", murmelt der Weihnachtsmann und ich drehe mich vorsichtig um. Vor lauter schlechtem Gewissen traue ich mich kaum, zu reden.

„Hm, hm", macht der Weihnachtsmann und kratzt sich an seinem Bart. „Ein klassischer Fall für Weihnachtsmagie, würde ich sagen. Moment, das haben wir gleich!"

Leise flüstert er den anderen Engeln etwas zu und sie schwirren davon. Es dauert nicht lange, da kehren sie mit einer dicken roten Kerze und einem Säckchen aus Samt zurück.

„Dann wollen wir mal." Der Weihnachtsmann pustet die Kerze aus und wartet noch einen Moment. Dann gießt er drei Tropfen Kerzenwachs auf meinen Flügel. Die anderen Engel sehen gespannt zu. Zu guter Letzt öffnet der Weihnachtsmann das kleine Säckchen und lässt eine Prise daraus auf meinen Flügel rieseln. Es prickelt und braust, dann verpufft es mit einem leisen *Pling!*

Vorsichtig bewege ich meinen Flügel. Es klappt!

„Das ist Wunschpulver. Hier am Nordpol heilt es sogar Verletzungen", erklärt der Weihnachtsmann und lächelt mir zu. „Du solltest dich trotzdem noch ein paar Tage ausruhen, Cassian."

„Kommt gar nicht infrage! Immerhin ist übermorgen schon Heiligabend!", protestiere ich. „Bis dahin muss ich noch Wunschzettel lesen, im Engelschor üben, Geschenke verpacken, Rentiere striegeln und ..."

„Cassian!" Der Weihnachtsmann legt mir seine Hand auf die Schulter. „Das Tolle am Weihnachtsfest ist, dass es alle Jahre wiederkommt. Und für dieses Jahr habe ich eine andere Aufgabe für dich. Aber ich glaube, sie wird dir gefallen ..."

„Cassian, das sieht ja zuckerwattesüß aus!" Serafina fliegt einen Looping, bevor sie neben mir im Schnee landet.

Ich lasse den Pinsel sinken und grinse sie an. „Jetzt können wir Engel ihn nie wieder übersehen!"

Wir haken uns beieinander ein und treten ein paar Schritte zurück. Ja, er ist wirklich hübsch geworden. Tannengrün mit Hunderten kleinen Zuckerstangen bemalt.

„Ich wette, jetzt kann es der Briefkasten kaum abwarten, bis es das nächste Mal Weihnachten ist!", meint Serafina.

Und da hat sie jawohl total recht!

Sophie Franzke, *geboren 2004, studiert derzeit Deutsche Sprache und Literatur. Mit 17 Jahren veröffentlichte sie mit dem Kinderbuch „Die Weihnachtsschule – Ein magischer Advent" ihr Debüt, ein Jahr später folgte „Die Ponybande – Ein Pony kommt selten allein."*

Ein Vater zu Weihnachten

Paul Schuhmann war genau die Sorte Mensch, die man sich keinesfalls als Nachbar wünschte, weil er immer und überall etwas zu nörgeln und zu schimpfen hatte. Drei Dinge aber hasste er über alles: Kinder, Haustiere und Weihnachten.

Gerade war wieder eine neue Familie in die Wohnung im Erdgeschoss eingezogen, sofern man die drei überhaupt als Familie bezeichnen konnte. Eine viel zu junge Mutter, die jeden Abend aus dem Haus ging, ein kleines Mädchen, das zu schüchtern war, ihn zu grüßen, und ein tauber, alter Hund, der nur humpelte, das ergab zusammen nach Pauls Ansicht höchstens eine armselige Wohngemeinschaft verhasster Kreaturen.

Der strenge Mann grunzte und beschloss, der Familie seinen üblichen Willkommensbesuch abzustatten, damit die drei von Anfang an wussten, wer das Sagen im Haus hatte. Wenn die Regeln erst mal klar waren, konnte er sich der langwierigen Aufgabe zuwenden, die Familie mit gezielten Schikanen aus dem Haus zu vertreiben, wie er es mit den fünf Mietern vor ihnen schon getan hatte. Zu Weihnachten in sechs Wochen, so war der Plan, würden sie bereits auf der Suche nach einer neuen Bleibe sein. Paul grinste hämisch und rieb sich zufrieden die Hände.

Zwei Stunden später stand er vor der Tür im Erdgeschoss und klingelte. An einem Nagel hing ein großes, rotes Kartonherz mit der Aufschrift *Willkommen*. Das musste als Erstes weg, beschloss er. Paul räusperte sich also und spannte seine Kiefermuskeln an. Er setzte seinen strengsten Blick auf und knöpfte den obersten Knopf seines schwarzen Hemdes zu, sodass er noch unnahbarer erschien als vorher.

Ungeduldig wartete er nach dem ersten Klingelton, bis man ihm öffnete. Die fröhliche, kleine Klingelmelodie verbesserte seine Laune keineswegs, im Gegenteil. Er wartete genervt einige Minuten vor der verschlossenen Tür, doch … nichts geschah. Sofort kochte die Wut in Paul hoch und er ballte die Fäuste. Wie konnte diese unerfahrene, schutzlose, junge Frau es nur wagen, nicht auf seine Anwesenheit zu reagieren? Im Haus wusste jeder, dass Paul Schuhmann sich nicht einfach so ignorieren ließ!

Er biss also verärgert die Zähne zusammen, drückte die Klingel noch einmal und ließ seinen Daumen solange auf dem Knopf liegen, bis er ein paar schnelle Schritte hörte. Ein Schlüssel drehte sich langsam im Schloss und die Falle bewegte sich vorsichtig nach unten. Paul holte tief Luft, um sofort mit seiner Tirade zu beginnen, doch als sich die Tür einen Spalt breit öffnete, stand da niemand im Türrahmen. Jedenfalls nicht auf seiner Höhe. Eine Stimme von weiter untern, etwa auf Höhe seines Bauchnabels, ließ ihn zusammenfahren.

„Hallo, bist du mein neuer Papa? Aber Mama hat doch gesagt, dass Weihnachten erst in ein paar Wochen ist.“ Glitzernde, unschuldige Augen musterten Paul aufmerksam von oben bis unten und eine kleine Hand griff plötzlich nach seiner großen. „Du siehst zwar ein bisschen streng aus, aber ich nehme dich trotzdem“, meinte die kleine Göre und zog den verdutzten Mann einfach mit sich in die Wohnung. „Wir müssen aber leise sein, Mama schläft noch. Seit uns mein richtiger Papa aus dem Haus geworfen hat, weil er uns nicht mehr lieb hat, muss sie nämlich immer so viel arbeiten, weißt du? Sie geht jede Nacht ins Altersheim, um auf die kranken Leute aufzupassen. Pipo und ich schlafen dann brav zu Hause. Ich wünschte aber, sie hätte ein bisschen mehr Zeit, um mit uns zu spielen, und würde nicht immer so viel weinen. Möchtest du Tee und Schokokuchen?“

Paul sah die Kleine sprachlos an. Er hatte keine Ahnung, wie er in diese Situation geraten war, aber er getraute sich nicht, sie zu enttäuschen. Denn dann würde sie vermutlich anfangen, zu weinen, und Paul ertrug keine Kindertränen. Sie stachen immer in sein Herz und machten ihn ganz schwach, auch wenn er sich das nicht eingestehen wollte. Also nickte er zum Schokoladenkuchen-Angebot und setzte sich in einen der altmodischen Sessel, während die Kleine in der Küche verschwand.

„Angie, ich bin … huch, wer sind Sie denn? Was tun Sie in meinem Wohnzimmer? Verlassen Sie meine Wohnung, sofort! Sonst rufe ich die Polizei“, schrie da eine Stimme hinter ihm entsetzt auf.

Paul wandte sich langsam um, ganz vorsichtig, um die hysterische

Frau in seinem Rücken nicht noch mehr zu verärgern. Sie stand da in ihrem verwaschenen Morgenmantel, mit zerzausten Haaren und verschlafenen Augen und gestikulierte wie wild mit den Händen. Sie sah so gar nicht aus wie die eleganten Geschäftsfrauen, mit denen sich Paul üblicherweise traf, aber ihr Anblick brachte sein Herz zum ersten Mal seit vielen Jahren wieder wie wild zum Klopfen. Er starrte sie bewegungslos an.

Erst als sie nach einer Vase griff, um sie ihm über den Kopf zu schlagen, kam Leben in seine Glieder. Mit einem leisen Fluchen sprang er hoch und brachte sich in Sicherheit. Im selben Augenblick trat die kleine Angie zurück ins Wohnzimmer und stellte sich sofort mutig zwischen ihre Mutter und den erschreckten Mann.

„Nicht, Mama, er ist doch unser neuer Papa. Der Weihnachtsmann hat ihn mir vor die Tür gestellt."

Die Mutter riss ihre schönen, blauen Augen weit auf, öffnete ein paar Mal den Mund, um etwas zu sagen, und ließ schließlich seufzend die Arme sinken. Dann stellte sie die schwere Vase zurück aufs Regal und atmete ein paar Mal tief durch. „Angie …", begann sie sanft.

Doch Paul kam ihr zuvor. „Angie, ich fühle mich geehrt, dass du mich als Papa haben möchtest. Aber solche Sachen brauchen Zeit. Der Weihnachtsmann hat gemeint, dass ich mich zuerst einmal an euch gewöhnen muss und ihr mich kennenlernen sollt. Vielleicht beginnen wir damit, dass ich euer Familienfreund werde, was meinst du?"

Angie schaute eine Weile unsicher von ihm zu ihrer Mutter und zurück, doch schließlich nickte sie.

Paul blieb an diesem Tag noch lange zum Tee und unterhielt sich mit Angies Mutter, während er den alten Hund streichelte, der zutraulich seinen Kopf auf sein Bein gelegt hatte, und die kleine Angie auf seinem Schoss schlief.

Danach kam er jeden Tag wieder. Manchmal nur kurz, um „Hallo" zu sagen, manchmal, um im Haushalt zu helfen oder mit Angie zu spielen, meistens aber, um mit Angies Mutter Tee zu trinken.

Eines Sonntags schließlich lud er die kleine Familie sogar zum Frühstück in seine Wohnung ein. Die anderen Nachbarn im Haus blickten anfänglich völlig verdutzt aus der Wäsche, wenn sie den grimmigen Herrn Schuhmann lachend mit der kleinen Angie auf dem Arm die Treppe hochsteigen sahen, doch sie gewöhnten sich bald daran. Trotzdem glaubten sie ihren Augen nicht, als er am Weihnachtstag mit einem ganzen Korb voller Päckchen für das Mädchen, einem frischen Knochen vom Metzger für den Hund und einem riesigen Strauss roter Rosen vor der Wohnungstür im Erdgeschoss stand.

Doch es war Paul völlig egal, was die Leute dachten. Als er später am Abend das kleine Mädchen zu Bett brachte und ihre schöne Mutter zutraulich ihre zarte Wange an seine Schulter drückte, um dem Kind beim Einschlafen zuzusehen, fühlte sich Paul so glücklich wie noch nie in seinem Leben und er schwor sich, immer für die beiden da zu sein.

So wurde Angies sehnlichster Wunsch an diesem Weihnachtsabend Wirklichkeit, denn schon kurz nach den Festtagen zog Paul Schuhmann als ihr neuer Papa in die kleine Wohnung im Erdgeschoss ein. Ein Jahr später schenkten ihr die Eltern zum Weihnachtsfest sogar noch einen kleinen Bruder und Angie war sich sicher, dass der Weihnachtsmann ihr auch bei der Erfüllung dieses heimlichen Wunsches geholfen hatte.

Caroline Seeger-Herter, *1979 in Zürich geboren, lebt mit ihrer Familie in der Nordwestschweiz. Sie arbeitet als Sprachlehrerin für Erwachsene und Legasthenietrainerin. Schreiben gehörte schon früh zu ihren liebsten Hobbys, dem sie mit dem Größerwerden ihrer Kinder wieder mehr Zeit widmen kann*

Klara

Das Flugzeug rollte langsam auf die Startbahn. Einige Räumfahrzeuge versuchten ständig, den frisch gefallenen Schnee vom Rollfeld zu schaufeln.

„Dieses Jahr wird es wohl doch wieder einmal weiße Weihnachten geben!“, rief ein Fahrer seinem Nachbarn aus dem Kabinenfenster des Schneeräumfahrzeuges zu. Der Kollege nickte und zeigte den Daumen hoch.

Klara hatte zuvor noch nie in einem solchen Vogel gesessen und war mehr als aufgeregt. Noch dazu saß sie nicht, sondern sie lag auf einem Krankenbett. Die besorgten Eltern waren bei ihr und versuchten, sich nicht anmerken zu lassen, wie schlecht es um die Gesundheit ihrer Tochter stand.

„Hoffen wir auf ein Weihnachtswunder!“, hatte der Onkologe bei der letzten Visite gemeint. „Wenn die Therapie in Seattle anspricht, dann wird Klara wieder gesund!“

Das waren nicht gerade aufbauende Worte, die Klaras Eltern zu hören bekamen, aber sie wollten die Hoffnung nicht aufgeben. Viele Medikamente hatte Klara schon schlucken müssen. Weder eine Chemotherapie noch 30 Bestrahlungen hatten geholfen, den aggressiven Tumor zu vertreiben. Jetzt hatte man in den Vereinigten Staaten eine neue Möglichkeit der Behandlung erforscht und Klaras Eltern angeboten. Der Vater musste dafür einen hohen Kredit aufnehmen, aber was zählte Geld schon für die Gesundheit der Tochter.

„Schade, dass ich nicht mehr als die Tragflächen des Fliegers sehen kann! Ich hätte so gerne auf die Erde geschaut, wenn das Flugzeug abhebt!“, jammerte Klara.

„Du versäumst nichts, denn es liegt Nebel über der Stadt und sobald wir die Flughöhe erreicht haben, schweben wir über den Wolken dahin!“, erklärte die Mutter mit zärtlicher Stimme.

„Es wäre Zeit für die nächste Infusion!“, meldete sich die Krankenschwester, die mit an Bord war.

Die Mutter nickte und die Schwester bereitete die Flasche vor, aus der orangefarbene Flüssigkeit in Klaras Venen tropfen musste. Rasch fixierte sie den Ständer, auf den sie die Flasche hing, und verband den dünnen Schlauch mit dem Portkatheter. Bald schlief Klara ein.

Zur selben Zeit schimpfte der Erzengel Raphael mit seinem Lehrling Saniel. „Du kannst einfach nicht gehorchen! Wie willst du in meine Fußstapfen treten, wenn ich einmal verhindert bin? Ich könnte mir ja einen Hexenschuss – nein Ischias klingt besser! – zuziehen oder nur eine Verkühlung. Wer kümmert sich dann um die Menschen?"

Saniel flatterte um Raphael herum. „Das glaubst du doch selbst nicht, wo doch du der Erzengel bist, der Reisende und kranke Menschen durch schwierige Zeiten begleitet! Kannst du dich nicht selbst heilen?", entgegnete Saniel lachend. Jetzt blies er seine Wangen prall auf und schlug mehrere Purzelbäume auf einer grauen Regenwolke.

„Ich habe viel Sinn für Humor, aber was zu viel ist, ist zu viel!", schimpfte der Erzengel. „Du wirst in Zukunft nicht allen Menschen helfen können, daher musst du wissen, wer deiner Hilfe am dringendsten bedarf. Dazu musst du in unseren *liber latinus valetudinis* täglich nachlesen!", donnerte Raphael. Im Innersten seiner Seele musste er sich das Lachen verkneifen, denn Saniel war wirklich ein lustiger, kleiner Engel.

„Ist das der dicke Wälzer, der auf deinem Schreibtisch liegt?", fragte er neugierig.

Raphael nickte.

„Da nehme ich am besten den ersten Menschen vom Buchanfang und suche nicht weiter!"

Erzengel Raphael, ein Engel von höherem Rang, verlor seinen Humor und wurde zornig. „Das geht nicht, denn du musst täglich das ganze Buch durcharbeiten. Oft kommt es auf Minuten an, um ein Menschenleben zu retten. Und das muss nicht unbedingt dem gehören, der auf der ersten Seite des Buches vermerkt ist!"

Die laute Stimme seines Lehrers ließ Saniel nun doch leicht zusammenzucken.

„Geh jetzt und beginne. Und abends machst du mir drei Vorschläge, wem wir akut helfen wollen! Verstanden?"

Saniel zischte ab und begab sich zum *liber latinus valetudinis*.

Nach einiger Zeit kam Raphael und hielt Nachschau. Saniel hatte eine Feder in der Mitte des Buches eingelegt, den Wälzer zugeschlagen und sich zu den übrigen Weihnachtsengeln begeben. Bei ihnen herrschte geschäftiges Treiben – und das gefiel ihm.

„Zum Donnerschlag! Wo bist du schon wieder?", wetterte Raphael.

Schuldbewusst kam Saniel angeflogen. „Ich habe lange gesucht aber nur ein Kind gefunden, dem wir dringend helfen sollten! Komm her, ich zeige dir die Geschichte!", forderte er seinen Lehrer auf.

Raphael trat näher und überflog die Zeilen, die über die Krebserkrankung der kleinen Klara Auskunft gaben.

„Wir sollten unseren Radarengel fragen, wo sich Klara im Moment aufhält!", schlug Saniel vor.

„Das ist endlich einmal eine gute Idee!", lobte Raphael den Jungengel.

Der Radarengel kam angedüst und stotterte vor Aufregung. „Sie ist im Moment dem Himmel ganz nah!", schrie er verzweifelt.

„Nein, das kann nicht sein, wenn der Gesundheitszustand schon so schlecht wäre, würde meine rote Alarmglocke läuten!", entgegnete Raphael verwirrt.

„Nein, so habe ich es nicht gemeint! Sie befindet sich ein paar Tausend Meter unter uns in einem Flugzeug auf dem Weg nach Amerika!"

Saniel und seinem Meister fielen Steine der Erleichterung aus den Flügeln.

„Zeige ihm den Weg, Saniel soll zu dem Flugzeug fliegen!", befahl Raphael dem Radarengel. „Und du, mein Lieber, bekommst deinen ersten Auftrag! Mach mir ja keine Schande! Du zeigst dich dem kranken Mädchen, erklärst ihm, dass es eingehend beten muss, und nimmst die Krankheit mit. Hast du mich verstanden? Erst wenn das Mädchen ernsthaft gebetet hat, können wir diesen Vorgang dem lieben Gott als Weihnachtswunder verkaufen!"

Saniel zitterte vor Aufregung.

„Verbock es ja nicht!", mahnte Raphael, ehe Saniel aufbrach.

Am Himmel war ein reger Flugverkehr. Anscheinend wollten viele Menschen zu Weihnachten zu ihren Familien. Wie sollte er da die richtige Maschine finden.

„Radarengel, hilf mir bitte! Welches der vielen Flugzeuge ist das, das ich besuchen soll?", rief er in seiner Verzweiflung.

Der Radarengel war sogleich zur Stelle. „Der winzige, kleine, rote Vogel da vor Dir. Es ist ein Privatjet von einer Hilfsorganisation. Dient meist nur Krankentransporten!“, schnaufte er und zischte wieder ab.

Saniel folgte der Maschine und kam immer näher. Nachdem ihm die Puste ausging, setzte er sich auf einen der beiden Tragflügel. Das war vielleicht lustig. Man brauchte nicht selbst zu flattern und kam geschwind vorwärts. Vielleicht sollte er seinem Lehrer auch so ein Ding einreden. Dann bräuchte dieser nicht selbst zu fliegen. Na ja, verkühlen konnte man sich, denn der Flugwind war ziemlich eisig.

Als er einen Blick durch das kleine Fenster warf, fiel ihm ein, dass er ja einen dringenden Auftrag hatte.

„Hallo, du, wenn du gesund werden willst, musst du jetzt beten und ganz fest daran glauben, dass der liebe Gott dir den Tumor nimmt. Ich hoffe, du hörst mich, auch wenn es den Anschein hat, dass du schläfst.“

Da öffnete Klara die Augen und erblickte tatsächlich Saniel auf der Tragfläche sitzen. Sie winkte ihm zu und lächelte. „Mach ich“, flüsterte sie und begann, innig zu beten, denn sie wollte rasch wieder gesund werden.

„Geht es dir gut?“, fragte die Mutter besorgt, als sie Klara winken sah.

„Ich habe einen Engel gesehen und er hat mir versprochen, dass ich wieder ganz gesund werde.“

In Seattle angekommen, stellten die Onkologen fest, dass der Tumor verschwunden war und die Heilung große Fortschritte machte.

„Klara wird wieder ganz gesund werden!“, berichteten die Ärzte den glücklichen Eltern.

Raphael war sehr stolz auf Saniel, denn er hatte seinen ersten Auftrag, ein Weihnachtswunder, positiv erfüllt.

Hannelore Futschek *wurde 1951 in Wien geboren. Nach Matura und Studium heiratete sie und zog mit ihrem Mann und den beiden Kindern 1984 ins niederösterreichische Weinviertel. Heute lebt sie im steirischen Salzkammergut. Sie übte mehrere Berufe aus, unter anderem als Bankangestellte, Bestatterin und Angestellte im Arbeitsmarktservice. Seit der Pensionierung widmet sie sich wieder vermehrt der Aquarell- und Acrylmalerei und dem Schreiben.*

Kourabiedes und Kalikanzaris, Kalandas und Karavakis

Weihnacht in Griechenland. Natürlich, auch dort steht die Geburt des Christuskinds im Mittelpunkt der Feierlichkeiten. Und hurra, die Weihnachtszeit beginnt in Griechenland schon Mitte November.

Wobei, ums Feiern – alle Tage etwas naschen oder vom Adventskalender ein kleines Geschenk erhalten – geht es nicht. Nein, nach dem Verständnis der orthodoxen Kirche ist erst mal Verzicht angesagt. Am 15. November beginnt die vorweihnachtliche Fastenzeit, welche 40 Tage dauert. Um Körper und Geist auf Weihnacht vorzubereiten, stehen auf dem Speiseplan der orthodoxen Griechen weder Milch noch Eier oder Fleisch. Etwas weniger streng sind die Sitten samstags und sonntags. Da sind Fisch, Wein und Öl erlaubt.

Wer denkt, was gehen mich diese Orthodoxen an, ist möglicherweise überrascht. In Griechenland ist das Griechisch-orthodoxe Christentum die verfassungsmäßige Staatsreligion. Was ernst genommen wird. Noch heute bekennen sich 97 von 100 Bürgerinnen und Bürger Griechenlands zu diesem Glauben.

Die im Kopfrechnen geübten Leserin und Leser stutzen jetzt vielleicht. Ab Mitte November eine 40-tägige Fastenzeit? Ups – die endet ja erst an Weihnachten. Was ist denn mit dem Nikolaustag, den Adventskränzen und den Adventskalendern?

Richtig bemerkt. Wenn in der Vorweihnachtszeit es vor allem in den Einkaufszentren und -straßen der Städte weihnachtlich bimmelt, da und dort ein Weihnachtsbaum steht, und auch ein Weihnachtsmann Ho-ho-rufend mit der Schelle bimmelt, das traditionelle, griechisch-orthodoxen Weihnachtverständnis kennt diese vorweihnachtlichen Inszenierungen nicht. Gut, den Heiligen Nikolaus kennt und verehrt man schon. Es ist sogar üblich, sich am Nikolaustag kleine Geschenke zu machen. Aber ein weihnachtlicher Akteur wie im deutschsprachigen Europa ist er nicht.

Die ersten weihnachtlichen Aktivitäten nehmen an Heiligabend ihren Anfang. Und schon morgens. Früh ziehen Gruppen von Kindern verkleidet, ausgestattet mit Triangeln und Trommeln, von Haus zu Haus, um diesen mit ihren Kalandas Glück und Segen zu bringen. Kalandas sind Lieder, in denen die Geburt Christi angekündigt wird. Und das klingt dann etwa so:

Guten Tag, Ihr Herren,
wenn es euch genehm ist,
möchten wir die Geburt Jesu
eurem Hause kundtun …

Umsonst müssen die Kinder die Botschaft nicht verbreiten. Als Dankeschön gibts Süßigkeiten oder ein Stück vom traditionellen Christopsomo, dem rund geformten, würzigen Weihnachtsbrot, welches mit Kreuzen, Sonnen oder Sternen verziert ist. Oft wird das Überbringen der weihnachtlichen Botschaft auch mit dem Griff in den Geldbeutel vergolten.

An dem Tag wird im Ofen auch das Dezemberfeuer entfacht. Während des ganzen Jahres wird nach dem besten und größten Stück Holz Ausschau gehalten, welches dann als Christoxilo bis am 6. Januar zwölf Tage brennen soll. Aus zwei Gründen. Erstens soll das Christkind bei seiner Ankunft nicht frieren müssen. Denn im Dezember ist es auch in Griechenland zugig und kalt.

Der zweite Grund sind die Kalikanzaris. Diese Weihnachtskobolde kommen aus der Unterwelt. Gesehen hat noch nie jemand einem dieser Gnomen. Indizien gibt es aber genug, dass sie da sind und ihr Unwesen treiben. Sie lassen die Milch sauer werden, futtern die Weihnachtsplätzchen weg oder – noch schlimmer –, wenn die Bewohner weg sind, sorgen sie im ganzen Haus für Unordnung. Es soll aber auch künstlerisch begabte geben, welche den Pferden Muster in Schweif und Mähne flechten. Abwehren kann man diese üblen Gesellen, wenn ein Feuer im Ofen brennt. Dieses versperrt ihnen den Weg durch den Kamin ins Haus.

Auch das Karavaki, ein Boot, wird am Heiligabend aufgestellt. In den Häusern, aber auch im Freien, auf öffentlichen Plätzen. Dazu später mehr. Denn was uns brennend interessiert: Wird in Griechenland zur Weihnachtszeit nun auch mal gefeiert? Und wann gibt es endlich die Geschenke?

Doch, doch. Am 25. Dezember, zum Ende der Fastenzeit, geht es

los. Mit dem Feiern. Da kommt die Familie zusammen. Ein fröhliches Zusammensein, an dem ein köstliches Essen nicht fehlen darf. Als Hauptgang oft ein knuspriger Truthahn, zu dem es dank der guten und reichlichen Füllung nicht einmal Beilagen braucht. Und Gebäck wird aufgetischt. Verschiedenste Plätzchen. Die mit Honigsirup übergossenen Melomakaronas. Und die Kourabiedes – wahre, mit reichlich Puderzucker bestreute Kalorienbomben aus Butter, Mandeln und Zucker. Aber noch eine Woche dauert es, bis es endlich die Geschenke gibt.

Diese bringt am Silvesterabend der Heilige Vasilios, das griechische Pendent des Weihnachtsmannes. Er ist der Schutzheilige der Kinder und der Hüter der Seefahrt. Entsprechend kommt er nicht mit einem von Rentieren gezogenen Schlitten, sondern mit einem Schiff, dem erwähnten Karavaki. Kein Wunder, in Griechenland haben Schiffe eine lange und bedeutende Tradition. Noch heute ist Griechenland eine große Seefahrernation mit der größten Handelsflotte der Welt. Hingegen, ob es an Weihnachten für eine Schlittenfahrt Schnee hat, ist nicht immer sicher.

Es gibt noch einen Unterschied zwischen dem Vasilios und dem Weihnachtsmann. Legt letzterer die Geschenke unter den Weihnachtsbaum, finden die Kinder in Griechenland ihre Bescherung am Neujahrsmorgen vor oder unter dem Bett.

Am Neujahr wird auch der Vasilopita gegessen. Ein Kuchen, in dem eine Münze versteckt ist. Der Brauch geht auf eine Begebenheit zurück, als Vasilis Bischof von der in der (heutigen) Zentraltürkei gelegenen Region Kappadokien war. Weil die armen Leute ihre Steuern nicht zahlen konnten, bat Vasilis die Reichen um eine Spende. Diese zeigten sich solidarisch, was den Steuereintreiber beeindruckte und ihn auf die Steuern verzichten ließ. Jetzt hatte Vasilis das nächste Problem. Er wusste nicht mehr, wer ihm was gespendet hatte. So ließ er Kuchen backen, in diese die gespendeten Münzen stecken und anschließend an Arm und Reich gleichmäßig zurückverteilen. Heute sagt man, dass, wer die Münze in seinem Kuchenstück findet, dem soll ein glückliches Jahr bevorstehen.

Wer beim Kuchenessen leer ausgeht, dem ist das Glück vielleicht beim Granatapfel-Zertrümmern hold, was ebenfalls am Neujahrsmorgen nach dem Kirchenbesuch angesagt ist. Dabei wirft der Vater den Granatapfel mit aller Kraft zu Boden, dass er zerbricht und die

Samen zerstreut werden. Dabei sagt man: „Gesundheit, Glück und Freude im neuen Jahr. So viele Samen der Granatapfel hat, so viele große Geldscheine sollen in unseren Taschen sein.“

Eher ein Schattendasein fristet neben dem Karavaki als traditionellstem Weihnachtssymbol der Weihnachtsbaum. Das erste Exemplar ließ 1833 Prinz Otto von Bayern, damals Regent über Griechenland, in seinem Palast aufstellen und schmücken. Ein Ritual, das lange Zeit ein Privileg der Oberschicht blieb. Erst nach dem Zweiten Weltkrieg begann der Weihnachtsbaum langsam landesweit Verbreitung zu finden.

Am 6. Januar enden die Weihnachtsfeierlichkeiten. Es ist der Tag der Theofania, dem Erscheinen Gottes, und der Heiligen Drei Könige. Diese werden in Griechenland oft als Kapitäne dargestellt, welche mit ihren Schiffen zum Heiland kommen, um ihm zu huldigen. Gleichen Tags ziehen die Kinder noch einmal ihre Kalandas singend von Haus zu Haus und die Priester vertreiben die Kalikanzaris zurück in die Unterwelt.

Hans Peter Flückiger, *1952, aus Solothurn (Schweiz) – geschichten-gegen-langeweile.com.*

5. Dezember

Die Nacht bricht um diese Jahreszeit schon sehr früh herein, das kleine Mädchen steht am Dachfenster seines Zimmers und schaut in die geheimnisvolle Dezembernacht. Der Nikolaus kommt morgen. Morgen ist es so weit. Ein aufgeregtes Zittern geht durch den kleinen Körper. Die Erwartung ist groß. Die Nacht ist so dunkel und eisig kalt. Ob es den Nikolaus vielleicht jetzt schon sehen kann? Bestimmt schleicht er irgendwo auf den dunklen Feldern umher, um die Kinder zu beobachten. Den Sack voller Nüsse und Mandarinen, Schokolade und Marzipan und vielleicht eine Kleinigkeit zum Spielen für jedes Kind. Das Mädchen öffnet das Fenster. Die kalte Nachtluft strömt in das warme Zimmer, die Eltern rufen zum Essen. Es möchte noch nicht. Möchte noch einen Augenblick die sternenklare Nacht beobachten. Vielleicht sieht es ja doch etwas, etwas Magisches. Da, auf dem Dach des Nachbarhauses, könnten das die Kufen eines Schlittens sein? Ist der Nikolaus etwa schon so nah bei ihm? Was er ihm wohl bringt?

Erneut hört das Mädchen seine Eltern rufen. Widerwillig schließt es das Fenster. Es ist nun kalt im Zimmer. Der Heizkörper brummt und arbeitet. Es rennt an den Esstisch und freut sich auf sein Lieblingsessen. Pfannkuchen mit Rahmgemüse und zum Nachtisch einen mit Zucker. Heute darf es so viel Zucker auf seinen Pfannkuchen machen, wie es möchte. Das darf es im Dezember immer.

Morgen kommt der Nikolaus. Ob er wohl ins Haus kommt, mit ihm reden will? Oder stellt er etwas vor die Tür? Das Mädchen weiß, er kann nicht jedes Jahr zu jedem Kind ins Haus kommen. Dafür hat er zu wenig Zeit. Aber wenn es tief in sich reinhört, ist es ihm auch lieber, wenn er nur was vor die Tür stellt. Es hat großen Respekt vor diesem Mann, denn es weiß genau, dass es das Jahr über nicht immer das bravste Mädchen ist. Wenn es ehrlich zu sich selbst ist, geht ihm das schwere Klopfen an der Tür allein schon durch Mark und Bein. Beim Öffnen der Tür hat es immer ein bisschen Angst. Stehen dann nur die Säckchen und die gefüllten Stiefel vor der Tür, erleichtert es das sehr und es bedankt sich innerlich dafür.

Ob seine zwei Jahre jüngere Schwester, die neben ihr fleißig Pfannkuchen mampft, wohl genauso empfindet? Das Mädchen weiß es nicht. Bestimmt sieht es in der Schwester ähnlich aus. Doch es ist sich da nicht so sicher.

Nachdem es seinen gezuckerten Pfannkuchen gegessen hat, bringt es brav seinen Teller in die Küche und rennt in sein Zimmer. Es schließt die Tür und macht kein Licht. Es geht ans Fenster, öffnet es erneut. Die Heizung hat während des Essens gute Arbeit geleistet. Das Zimmer ist wieder warm. Doch das ändert sich natürlich sofort, als die kalte Winterluft hereinströmt.

Das Mädchen sieht erwartungsvoll in die Nacht. Wo sind die Kufen, die es vorhin gesehen hat? Es kann nichts sehen, dichter Schneefall hat eingesetzt. Die Vorfreude steigt. Und dann ist es nicht mehr lange bis Weihnachten.

Nicola Patsis, *1983 geboren in Stuttgart Bad-Cannstatt, aufgewachsen im baden-württembergischen Ludwigsburg, lebt mit ihrem Ehemann im fränkischen Fürth. Die gelernte Bankkauffrau schreibt seit ihrer Kindheit Kurzgeschichten und Gedichte. Veröffentlicht hat sie bisher den Liebesroman „Blaubeermuffins" im Selbstverlag und einige Kurzgeschichten in Anthologien.*

Weihnachten in Gefahr

Nervös tritt Weihnachtsmann von einem Fuß auf den anderen. Der Medizinelf ist schon ewig bei den Rentieren. Zumindest fühlt es sich so an. Die Rentiere sind erkrankt – und das auch noch kurz vor Weihnachten. Dabei haben die Schlittenrentiere sich extra schon im November zurückgezogen, um zu vermeiden, dass sie beim Herumtollen der Jungtiere verletzt werden, wenn sie gerade mal im Wege sind und übersehen werden. Alles schon passiert. Verletzt ist in der Tat keines der Tiere, aber alle liegen mit Fieber und massiven Magen-Darmbeschwerden im Stroh.

Endlich, die Stalltür öffnet sich und der Elf kommt heraus. Sein Gesichtsausdruck verheißt nichts Gutes. Betrübt schüttelt der Elf den Kopf. „Sorry, Weihnachtsmann, da kann ich auch nichts machen. Die Jungs haben einen Virus erwischt, das dauert."

„Aber sie werden doch wieder gesund?", fragt Weihnachtsmann verzagt.

„Das schon, aber nicht früh genug, für Weihnachten musst du dir was einfallen lassen."

„Na, Gott sei Dank, aber was soll ich bloß Weihnachten machen? So ein Mist aber auch." Wütend tritt er gegen eine Landebahnmarkierung, die dort steht, um anschließend mit schmerzverzerrtem Gesicht auf einem Bein zu hüpfen und zu fluchen.

Der Elf kann sich trotz allem ein Grinsen nicht verkneifen. „Die arme Stange kann nichts dafür. Und wenn du dich jetzt auch noch verletzt, dann muss Weihnachten wohl in diesem Jahr erstmalig ausfallen."

Weihnachtsmann erschrickt. Dann fällt ihm ein, dass es bisher noch immer gelungen ist, Weihnachten zu retten, egal was passiert ist. Es wäre schließlich nicht das erste Mal, dass Weihnachten gefährdet ist. Bisher fand es noch immer statt, auch wenn der Osterhase oder die Sagengestalten einspringen mussten. Natürlich von den Menschen unbemerkt, denn dafür sorgt immer Sandmann, der dann sehr großzügig seinen Schlafsand verteilt, damit bloß kein neugieriges Menschenkind und auch kein Erwachsener, die versuchen es manchmal auch, den Weihnachtsmann sieht, was sonst schon einmal vorkommen könnte.

Und auch nicht weiter schlimm ist, wenn es wirklich der Weihnachtsmann ist, der die Geschenke verteilt. Aber die Menschenwelt darf nie erfahren, dass es auch sein kann, dass der Osterhase mit dem Schlitten unterwegs ist und Geschenke verteilt. Oder der Weihnachtsmann mit dem Schlitten Ostereier ausfährt, die von den Elfen verteilt werden. Alles schon da gewesen, in der Sagenwelt hilft man sich, wenn es nötig ist. Wenn die Menschen wüssten, was es alles schon gegeben hat. Also eigentlich kein Problem, sollte man meinen. Wenn da nur nicht das Problem mit dem Gespann wäre. Nicht nur das Gespann für die große Tour, auch die Ersatztiere liegen flach. An so etwas hat nun wirklich niemand gedacht.

Weihnachtsmann beschließt, dass die Tiere sich ab sofort in zwei Gruppen auf Weihnachten vorbereiten, damit so etwas nicht noch einmal passiert. Aber das nützt jetzt nichts, denn für dieses Jahr ist es zu spät.

Weihnachtsmann sitzt in der warmen Stube, den schmerzenden Fuß hochgelegt und mit einer Salbe versehen, die der Medizinelf mit einem seiner Helfer vorbeigeschickt hat. Er selbst ist dabei, eine Medizin für die Rentiere herzustellen. Die kann zwar lindern und die Genesung beschleunigen, aber dass die Tiere in diesem Jahr nicht mehr einsatzfähig sind, ist klar. Da hilft seine ganze Medizin nicht. Und zaubern kann er leider nicht, auch wenn am Nordpol vieles machbar ist, was in der Menschenwelt nicht möglich ist.

Während der Elf die Medizin zu den Rentieren bringt und den Pflegern nochmals genaue Anweisungen gibt, sitzt Weihnachtmann grübelnd in der Stube. Den Teller mit Plätzchen – seinen Lieblingsplätzchen –, die Petra, seine Haushälterin, hingestellt hat, ignoriert er ebenso wie den Kakao. Seine Gedanken kreisen um die Rentiere und um Weihnachten.

Natürlich gibt es genügend Rentiere in der Ausbildung, einige davon haben auch die notwendige Kondition, aber die Erfahrung fehlt. Ebenso die Kenntnis der Strecke. Eigentlich sollten Ralph, der Sohn von Rudolf, und Blitzens Sohn Bobby in diesem Jahr als Begleittiere mitfliegen, um die Strecken kennenzulernen. So wie es schon immer praktiziert wurde und wie es bisher auch immer geklappt hat. Selbst damals, als Rudolf als unerfahrenes Jungtier einspringen musste, weil seine rote Nase die einzige Möglichkeit war, den Flug im dichten Nebel überhaupt anzutreten. Allerdings war Rudolf damals nur zusätzlich zu den erfahrenen Fliegern mit dabei. Also eine ganz andere Situation als heute.

Aber nicht nur Weihnachtsmann zerbricht sich den Kopf, wie es weitergehen soll. Während die ganz jungen Rentiere noch unbeschwert im Schnee tollen, machen die jugendlichen sich Gedanken, wie alles klappen kann. Auch wenn sich alle freuen, dass sie die Chance haben, eventuell zum Einsatz zu kommen, so wissen sie doch alle, dass ihnen jede Erfahrung fehlt. Es ist schließlich ein Unterschied, ob man in Begleitung eines erfahrenen Gespannes fliegt oder ob man es mit ahnungslosen Anfängern zu tun hat. Eifrig stehen sie in Gruppen zusammen und beraten, haben gute Ideen, verwerfen diese wieder, beraten aufs Neue ... Ihre Mütter haben es längst aufgegeben, sie zur Ordnung zu rufen. Zumal sie sich selbst auch um ihre Partner sorgen und sich zudem Gedanken wegen Weihnachten machen.

Einige der Jugendlichen sitzen vor dem PC und suchen nach Lösungen. Gar nicht so einfach, denn die PCs am Nordpol sind nicht anders als die der Menschen. Speziell für die Sagenwelt gibt es keine und so gibt es natürlich auch keine App, die als Navi zu nutzen wäre.

Natürlich, Weihnachtsmann kennt die Strecke auch, aber er muss auf Hindernisse achten, die immer wieder auftauchen und im Laufe der Zeit immer mehr werden. Während es in den Anfangsjahren noch kein Problem dieser Art gab und er den Schlitten noch lenken konnte, sind mit dem Fortschritt in der Menschenwelt immer mehr Probleme aufgetreten. Heutzutage muss man sich ja nicht nur vor Flugzeugen, sondern auch vor Drohnen, Satelliten und sogar vor Feuerwerk in acht nehmen, da ist Weihnachtsmann voll mit Aufpassen beschäftigt, damit er seine Rentiere rechtzeitig warnen kann. Eine solche Reise alleine mit einem Gespann aus Anfängern, das kann leicht in einer Katastrophe enden.

Ralph sitzt also – wie einige andere auch – am PC. Er ist eifrig mit seinem Freund Hoppler am Chatten. Beide sind seit Jahren befreundet, nachdem sie sich bei einem Schüleraustausch zwischen Nordpol und Osterland kennenlernten. Hoppler ist nämlich der Sohn vom

Osterhasen. Beide zusammen haben schon einmal Weihnachten gerettet. Natürlich nicht alleine, alle Nordpolbewohner halfen ebenso mit wie die Osterhasen, aber die Idee war damals von Ralph und Hoppler gekommen, der auch einen großen Anteil am Gelingen des Plans hatte. Heute allerdings ist es ein ganz anderes Problem, über dem sie brüten. Keiner hat eine gute Idee, etliche haben sie schon verworfen. Hoppler springt plötzlich auf. „Ich hab's! Erinnerst du dich noch an Baldur?"

Ralph nickt, an den etwas unbeholfenen Hasen kann er sich erinnern, auch wenn er in einer anderen Klasse war, als er sein Austauschjahr in Osterland hatte. „Und wie soll der uns helfen?", fragt er.

„Mensch, der ist zwar als Osterhase eine Niete, aber sonst ein Genie. Erst recht am Computer. Wenn er uns nicht helfen kann, dann kann es eigentlich niemand." Schon ist Hoppler losgerannt, um Baldur zu suchen.

Ralph sitzt nervös vor dem PC und starrt auf den Bildschirm. Endlich, nach einer Ewigkeit von circa fünf bis sechs Minuten, ist Hoppler zurück. Mit ihm Baldur. Zu Ralphs Entsetzen beendet er einfach den Chat, um sofort einen Videoanruf zu starten.

„Hi Alter, so ist es besser, geht einfacher als die Tipperei." Hoppler schiebt Baldur vor die Kamera. „Los, leg los!"

Baldur wirkt etwas verstört, hat Hoppler ihn doch ziemlich unsanft vor den PC geschleppt, kaum dass er einen Vorschlag gemacht hat, nachdem Hoppler ihm sein Anliegen vorgetragen hat. Aber dann taut er auf und erläutert Ralph seinen Plan. Ralph versteht zwar nicht alles, aber er weiß, dass Baldur wirklich ein Genie ist – außer als Osterhase, aber das ist ihm reichlich egal – und ihre wahrscheinlich einzige Chance, Weihnachten noch zu retten. Es hört sich schlüssig an, was Baldur erzählt, auch wenn Ralph nur die Hälfte der technischen Ausführungen versteht.

„Wann könnt ihr hier sein?", fragt er seinen Freund.

Hoppler muss lachen. „Sobald du uns abholst, du Witzbold. Osterhasen können nicht fliegen. Außerdem braucht Baldur einiges an Equipment. Kommt einfach mit einem von den mittleren Übungsschlitten und holt uns ab. Kommt aber lieber mindestens zu zweit, das Zeug hat ganz schön Gewicht. Bis gleich", verabschiedet er sich und beendet den Anruf, noch ehe Ralph antworten kann.

Sofort rennt Ralph los, um Bobby und Kasper zu informieren. Nach einer kurzen Erklärung rennen sie zur Garage, nehmen den größeren Schlitten für die Fortgeschrittenen und lassen sich anschirren. Auch wenn der Elf meckert und zuerst die Erlaubnis vom Weihnachtsmann einholen will, so gibt er schließlich nach. Wozu unnötig Zeit verschwenden, wenn Ralph Weihnachten retten kann, dann ist er ihm gerne behilflich. Und wenn es nicht klappt, dann ist es ohnehin egal.

Schnell fliegen die Freunde los und bald schon sind sie in Osterland, wo sie von Hoppler und Baldur erwartet werden. Osterhase ist auch da, um die Rentiere zu begrüßen und die beiden Hasen zu verabschieden. Schnell ist alles verladen und Hoppler springt auf den Schlitten. Baldur zögert noch, es ist ihm doch ein bisschen unheimlich. Obwohl er natürlich weiß, dass Hoppler und auch andere Hasen schon des Öfteren mit den Schlitten vom Nordpol geflogen sind und dass diese eigentlich sicher sind. Auf der Strecke zwischen Nordpol und Osterland sowieso, diese Strecke kennen auch die unerfahrenen Rentiere auswendig. Außerdem gibt es auf dieser Strecke zum Glück noch keine von Menschen gemachte Probleme und Hindernisse. Auf die Weihnachtstour soll es ja noch nicht gehen. Diese muss erst sicher gemacht werden, und zwar mit seiner Hilfe. Nachdem Osterhase ihm das noch einmal nachdrücklich klar gemacht hat, steigt er endlich in den Schlitten, der sofort startet, während Baldur, der sich zunächst ängstlich festklammert, sich langsam entspannt.

Am Nordpol wartet der inzwischen informierte Weihnachtsmann mit einigen Elfen auf die Freunde. Das befürchtete Donnerwetter bleibt jedoch aus. Weihnachtsmann weiß, dass die Hasen eine Chance verdient haben, außerdem muss Weihnachten gerettet werden. Wieder einmal.

Rasch wird der Schlitten abgeladen und Baldurs Ausrüstung im Weihnachtsmannhaus ins Wohnzimmer gestellt. Schnell verschafft Baldur sich einen Überblick über die Stromquellen, dann stöpselt er seine Geräte ein. Ein Schrei aus der Küche zeigt an, dass hier der Herd ausgefallen ist. Für so einen Verbrauch ist man eigentlich nicht gewappnet. Aber egal, das Essen muss warten. Weihnachten hat oberste Priorität.

Bald sitzt Baldur am PC, programmiert, probiert, programmiert wieder und verbindet kabellos PC, Laptop und Smartphones, ebenso einige Kameras. Dann schnappt er sich einige Teile und rennt los. „Los, bringt den Rest mit, ich brauche alles!“

Schnell folgen die Freunde und einige Elfen dem rennenden Osterhasen. Dieser hat schon ein Rentier gebeten, ihm in die große Halle mit dem Weihnachtsschlitten zu zeigen.

„Los, jeder, der den Schlitten zieht, an seinen Platz und anschirren!“, befielt er. Verwirrt folgen die Elfen seinen Anordnungen. Da eigentlich noch kein Gespann für die große Tour bestimmt ist, werden einfach die ältesten und erfahrensten Jungtiere eingespannt. Weihnachtsmann ist einverstanden und sieht interessiert und gespannt zu.

Schon sind die Rentiere angespannt, ganz vorn Ralph und Bobby. Baldur befestigt nun hier eine Kamera, da ein anderes Gerät. Niemand weiß so genau, was er da überhaupt macht. Schließlich installiert er einen Laptop vorn im Schlitten. Nun muss Weihnachtsmann seinen Platz einnehmen. Baldur justiert noch ein wenig, dann drückt er einige Knöpfe – und schon ist zu sehen, was sich vor und unter den Rentieren befindet. In diesem Fall die Hallenwand und der Hallenboden.

„So, nun kannst du sehen, was sich vor und unter dem Gespann befindet. Du siehst Berge, Schornsteine und Türme im Voraus und kannst entsprechend lenken. Dann musst du nur noch Elfen mitnehmen, die die Umgebung beobachten und Bescheid sagen, wenn ein Satellit, eine Drohne oder etwas Ähnliches aus anderer Richtung auftaucht. Dann kannst du entsprechend reagieren, das Gespann findet unter deine Leitung den Weg und die Elfen sorgen für die Sicherheit.“

Weihnachtsmann ist skeptisch. „Und das klappt?“

„Müsste eigentlich“, meint Baldur und sieht sich um. „Los, Tor auf und einen Probeflug!“, befiehlt er.

Verdattert gehorchen die Elfen. Sogar Weihnachtsmann gehorcht. Schon fliegen sie eine Proberunde, natürlich nur über den Wolken beziehungsweise unter den Wolken über unbewohntem Gebiet. Nach einer Stunde sind sie zurück.

Weihnachtsmann springt aus dem Schlitten. „Klasse, das sollte klappen. Sogar einen Meteoriten haben wir früh genug gesehen.“ Er dreht sich zu den Rentieren um. „Jungs, das war toll, ich denke, Weihnachten ist gerettet. Dass sich bloß keiner von euch verletzt oder was Falsches isst. Und auch nicht zu Papa rennen und angeben. Nicht, dass ihr diesen Virus auch noch kriegt. Eure Väter werden informiert."

Nun meldet sich Baldur zu Wort. „Und dass ihr anständig fliegt, eure Väter werden euch nämlich zusehen. Ich stelle ihnen einen Monitor hin. Euer Mediziner hat schon grünes Licht gegeben, während ihr unterwegs wart." Schon ist er wieder unterwegs, zusammen mit einem der Technikelfen, den er während des Fluges hat rufen lassen. Beide schleppen Kisten in die verschiedenen Gebäude und sind sehr beschäftigt. Später klärt Baldur den Weihnachtsmann und die Rentiere auf. Damit alles funktioniert, müssen alle Akkus geladen sein, ebenso die Ersatzakkus, von denen Weihnachtsmann für alle Fälle welche auf dem Schlitten haben soll. Der Technikelf wird von ihm noch eine Schulung bekommen und soll mitfliegen. Sicher ist sicher.

Baldur ist erschöpft, aber glücklich. Nach einem schnellen Abendessen – in den zwei Tagen bis Weihnachten wird es viel kalte Küche geben, da Baldur viel Strom braucht, verschwindet er erschöpft im Gästezimmer, wo er sofort einschläft. Kein Wunder, war die ganze Sache doch extrem anstrengend für den jungen Hasen.

Die zwei Tage bis Weihnachten vergehen wie im Flug. Baldur ist unermüdlich am Werkeln, Verbessern und Erklären, die Rentiere passen auf sich auf und machen leichtes Ausdauertraining.

Weihnachtsmann bietet Baldur einen Platz im Schlitten an, was dieser aber dankend ablehnt. Er will lieber in seiner *Zentrale* bleiben, um alles zu überwachen und im Notfall eingreifen oder Anweisungen geben zu können. Auch wenn er glaubt, dass dies wohl nicht nötig sein wird, denn der Technikelf hat sich als Computerfreak geoutet und verfügt über erstaunliches Wissen.

Endlich ist der große Tag gekommen. Die jungen Rene, die nicht für den Schlitten eingeteilt waren, hatten am Vortag einen Flug nach Osterland gemacht und noch Kabel, Akkus und einen riesigen Bildschirm geholt. So konnten sie wenigstens etwas beitragen, auch wenn sie nicht im Gespann dabei waren. Weihnachtsmann ist nun im Paradekostüm, die junge Rentiere, von ihren stolzen Müttern und ihren Freunden begleitet, werden von nervösen Elfen angeschirrt. Baldur legt seine Konstruktionen an und überprüft nochmals alles, dann wird es ernst. Der Schlitten startet. Geheimnisvoll hatte sich Baldur in der großen Halle verschanzt, um sie anschließend sperren zu lassen. Nach dem Start flitzt er zu der Halle. „Mir nach!“, ruft er und alle Nordpolbewohner folgen dem kleinen Osterhasen in die Halle.

Hier kommt es zu einem kurzen Tumult, denn während die einen staunend stehen bleiben, drängen die anderen nach. Aber schnell ist Ordnung geschaffen und alle Augen hängen gebannt an dem großen Bildschirm, der plötzlich an der Wand der Halle hängt.

Baldur lacht. „Und nun live von der Weihnachtstour“, ruft er und schaltet ein. Staunend verfolgen die Nordpolbewohner die Tour des Weihnachtsschlittens. Ebenso gebannt verfolgen die eigentlichen Schlittenrentiere den Flug auf einem etwas kleineren Monitor vom Krankenlager aus. Baldur hingegen sitzt in seiner Zentrale und überwacht alles. Zum Glück ist sein Eingreifen nicht notwendig, aber man kann ja nie wissen. Während stolze Eltern ihre Söhne bewundern, sind andere etwas neidisch auf die Jungs – oder einfach nur glücklich, dass es wieder einmal gelungen ist, Weihnachten zu retten.

Großer Jubel brandet auf, als die Tour beendet ist und der Anflug zum Nordpol erfolgt. Baldur zuckt erschreckt zusammen, als ihm jemand auf die Schulter klopft und ihm gratuliert. Sein Chef steht hinter ihm. Unbemerkt von Baldur hat sich Osterhase von einem der Rentiere mit dem kleinen Schlitten abholen lassen, um den Erfolg seines Schützlings mitzuerleben. Oder um ihn im Falle eines Misserfolgs zu trösten. Allerdings war er eigentlich überzeugt, dass Baldur es schafft, und er hat sich nicht geirrt. Außerdem hat er noch eine Überraschung für Baldur mitgebracht.

Baldur darf den Zug zur Landebahn anführen, wo Weihnachtsmann jubelnd empfangen wird. Alle stürzen sich auf Weihnachtmann, die Rentiere und die begleitenden Elfen. Es ist ein Lachen, Gratulieren und Umarmen. Alle sind einfach nur glücklich.

Als sich die erste Aufregung gelegt hat, ruft der Weihnachtsmann mit dröhnender Stimme nach Baldur, der sich unter dem Jubel der Menge zu Weihnachtsmann begibt.

„Ruhe“, ruft Weihnachtsmann. Das muss er aber ein paar Mal wiederholen, ehe endlich Ruhe herrscht. Er schiebt Baldur vor sich, dem der Rummel um seine Person gar nicht so recht ist. „Hört alle her! Wir sind uns ja wohl alle einig, dass Weihnachten wieder einmal gerettet wurde, wieder einmal von den Osterhasen. Genauer gesagt, hauptsächlich von einem. Ohne Baldur wäre wohl das Unglaubliche und Unmögliche geschehen. Ihr seid sicher alle einverstanden, wenn ich Baldur hiermit zum Ehrenrentier ernenne.“ Unter dem Jubel der anderen legte er dem verdatterten Baldur ein eigens angefertigtes Zuggeschirr um. Die Nähelfen hatten es auf Weihnachtsmanns Wunsch hin heimlich angefertigt. „Und im nächsten Jahr fliegst du auf dem Schlitten mit. Mit deinen Eltern habe ich schon geredet“, sagt Weihnachtsmann und gibt Baldur frei, der sich nun plötzlich von seinen Eltern umarmt sieht. Diese waren zusammen mit Osterhase eingeflogen worden. Heimlich natürlich.

„Was für ein Glück, dass wir die Osterhasen haben. Auch wenn einer davon uns die Stromversorgung lahmgelegt hat“, sagt Weihnachtsmann und lacht. „Ich hoffe, ihr bleibt noch ein paar Tage. Ich möchte nämlich ein Fest geben. Geht aber nicht sofort. Wie konnten ja nichts vorbereiten, weil wir keinen Strom hatten“, sagt er augenzwinkernd mit einem Blick auf Baldur.

Im Hintergrund stehen Ralph und Hoppler strahlend nebeneinander. Auch wenn sie Baldurs Mitarbeit an diesem Projekt überhaupt erst ermöglicht haben, so gönnen sie ihm doch den großen Erfolg. Immerhin hat Baldur Weihnachten gerettet, während Ralph nur bei Hoppler Hilfe gesucht hat, der dann die Idee hatte, Baldur einzubinden.

Es wird eine lange Nacht, denn niemand kann jetzt schlafen. Und auch wenn das große Fest erst in ein paar Tagen stattfindet, eine improvisierte Party ist immer drin. Jeder hat noch etwas im Schrank oder gut versteckt. Alle tragen etwas zur Party in der großen Halle bei. Nur die armen Schlittenrentiere müssen sich mit Kräutertee und etwas trockenem Moos begnügen, etwas anderes erlaubt der Medizinelf noch nicht. Aber das ist ihnen auch egal, Hauptsache, Weihnachten ist gerettet!

Margit Günster, *Jahrgang 1963, ist Hauswirtschaftsmeisterin. Seit über 30 Jahren diverse Veröffentlichungen – Gedichte, Geschichten, Fotos.*

Weihnachtswunder

Wie eine sanfte kalte Decke
legt sich Schnee über Zweig und Ast
und weiß ist jede Hecke
und träumt von Sommer-Hast,
wenn Kinder im Grüne spielen,
die Tulpen wieder sprießen, die vielen,
und Wärme einkehrt,
was der Winter ihnen verwehrt.

Wie eine stille Flockenherde
fliegen Eiskristalle durch die Luft,
die Bäume hoffen, dass es Frühling werde.
Es stellt sich ein der Winterduft
in jedem Haus
nach Zimt und Zunder
und ist dennoch mal der Ofen aus,
so wärmt das Weihnachtswunder.

Wie stille Zeugen der Nacht
halten die Bäume ihre Wache,
es hält das Wasser an in jedem Bache,
das Weihnachtswunder halb vollbracht.
Eine Sternschnuppe fliegt am Horizont,
die Engel singen bereits gekonnt
und Jesus ward geboren,
zum Heiland auserkoren.

Janina Thomauske *studierte Medien- und Kommunikationswissenschaften und Anglistik / Amerikanistik auf Bachelorniveau und Medienwissenschaft im Master. In ihrer Freizeit schreibt sie gerne Gedichte für Erwachsene und Kurzgeschichten für Erwachsene und Kinder.*

Eine magische Nacht

„Linus, wach auf", rief Lasse aufgeregt und schüttelte seinen schlafenden Bruder an der Schulter.

Der Ältere blinzelte verschlafen und schaute dann verärgert auf den Siebenjährigen. „Was ist denn los?", brummte er verschlafen und schaute durch das Fenster hinaus ins Dunkel. „Es ist noch mitten in der Nacht."

„Aber der Weihnachtsmann …", wollte Lasse ansetzen, doch Linus unterbrach ihn sogleich.

„So langsam solltest du nicht mehr an diese Märchen glauben."

„Und wie erklärst du dir das? Komm, steh auf und sieh selbst!" Lasse zog beherzt an Linus' Ärmel, bis dieser schließlich nachgab und widerwillig aufstand, um seinem jüngeren Bruder ans Fenster zu folgen.

Linus schaute hinaus in den verschneiten Garten und glaubte, seinen Augen nicht zu trauen. Da stand doch tatsächlich ein Schlitten mit neun Rentieren. Die Nase des ersten Tieres leuchtete rot und neben dem Schlitten … „Das darf doch nicht wahr sein!", rief Linus und blinzelte ungläubig. Dort im Schnee lag eine große, kräftige Gestalt in Rot gekleidet und regte sich nicht. „Komm, das sehen wir uns an!"

Schnell hatten sich die Jungen ihre Mäntel angezogen und waren in ihre Stiefel geschlüpft, bevor sie in den Garten eilten. Kurz warfen sie einen Blick auf den Schlitten, bevor sie sich vorsichtig der am Boden liegenden Gestalt näherten, die offensichtlich bewusstlos war.

„Der sieht tatsächlich aus wie der Weihnachtsmann", bemerkte Linus, während er den rotgekleideten Mann mit weißem Bart betrachtete. „Das ist vermutlich ein Werbegeck", überlegte er.

„Von wegen Werbegeck!", krächzte eine Stimme, die beide Jungen erschrocken aufblicken ließ. Vom Schlitten hüpfte ein zierliches Wesen hinab, das etwas mitgenommen wirkte und sich den Kopf rieb, während es schwankend zu Lasse und Linus trat.

„Oh, mein armer Kopf. Das war ein wirklich harter Zusammenstoß!"

„Bist du einer der Weihnachtselfen?", fragte Lasse begeistert.

„Ich bin DER Weihnachtself, Kleiner. Mein Name ist Trixi. Jedes Jahr begleite ich den Weihnachtsmann in dieser magischen Nacht und helfe ihm, die Geschenke zu verteilen. Ich bin sozusagen sein Assistent", erklärte das Wesen stolz.

„Vorausgesetzt ihr seid echt", meinte Linus nun vorsichtig. „Was ist passiert?"

„Natürlich sind wir echt, du dummer Junge!", beschwerte sich Trixi, bevor er erklärte: „Der Luftverkehr wird jedes Jahr schlimmer. Wir passierten gerade eine Wolke, als dieses Frachtflugzeug wie aus dem Nichts aufgetaucht ist. Zwar konnten die Rentiere noch ausweichen, doch der Schlitten wurde mit voller Wucht gerammt, sodass wir die Kontrolle verloren haben und abgestürzt sind. Den Tieren scheint es gut zu gehen, ich habe nur für kurze Zeit das Bewusstsein verloren, aber der Chef …" Besorgt betrachtete Trixi den reglosen Mann und meinte schließlich: „Wir bringen ihn am besten ins Haus."

Dank Trixis Magie war es ein Leichtes, den Weihnachtsmann ins Haus zu befördern und auf der Couch zu platzieren. Auch sorgte der Elf mit etwas Schlafpulver dafür, dass Lasses und Linus' Eltern in Ruhe weiterschliefen und von dem ganzen Trubel im Haus nichts mitbekamen.

„Das ist ein Desaster!", beklagte sich Trixi, kaum dass er den Weihnachtsmann mit einer Kuscheldecke zugedeckt hatte. „Wir haben noch so viele Geschenke auszuliefern und dafür haben wir nur diese eine magische Nacht!"

„Vielleicht können wir ja irgendwie helfen", entfuhr es Lasse.

„Das ist die dümmste Idee, die du …"

Doch weiter kam Linus nicht, da Trixi begeistert aufschrie. „Aber ja!" Liebevoll strich er dem Weihnachtsmann über die Wange, dann blickte er auf die Jungen und nickte. „Ja, so machen wir es. Ich kann den Chef unmöglich allein lassen, also werdet ihr unseren Job erledigen." Der Elf kramte eine Liste hervor und übergab sie Linus. Dieser schaute auf den Zettel und stellte fest, dass es eine Namensliste war, ein Teil davon war abgehakt, doch es fehlte noch gut die Hälfte.

„Wie sollen wir denn in einer Nacht weltweit so viele Kinder beschenken?", fragte der Junge. „Und außerdem habe ich kein einziges

Geschenk auf dem Schlitten gesehen. Habt ihr sie bei der Kollision verloren?"

„Ich sagte doch: Es ist eine magische Nacht. Die Geschenke befinden sich allesamt in diesem Sack." Damit überreichte er Linus einen kleinen Jutesack und der Junge schaute sogleich hinein.

„Der Sack ist ja leer", wunderte er sich.

„Nicht wirklich", erklärte Trixi. „Dies ist ein magischer Sack, der die Geschenke aus unserer Werkstatt herzaubert, sobald wir den Ort erreichen, an den sie geliefert werden sollen. Rudolf kennt die Route und die Liste hakt sich automatisch ab, sobald ein Geschenk abgegeben wurde. Ihr werdet so viel Zeit bekommen, wie nötig ist. Ihr müsst auch durch keinen Kamin klettern. Das ist lediglich ein Illusionszauber. Hier!" Trixi drückte Lasse einen Beutel in die Hand und erklärte dann: „Sobald ihr über einem Haus schwebt, wirfst du eine Handvoll von diesem Pulver hinab. Es sorgt dafür, dass das richtige Geschenk aus dem Sack ins Haus gezaubert wird und lässt für einen Augenblick eine Illusion erscheinen, die zeigt, wie der Weihnachtsmann in den Kamin steigt."

Linus zögerte noch einen Augenblick, doch schließlich folgte er dem begeisterten Lasse, der bereits aus dem Haus geeilt war, um auf den Schlitten zu klettern. Linus nahm neben seinem Bruder Platz und hörte aufmerksam zu, als Trixi ihm noch kurz erklärte, wie der Schlitten zu steuern war und auf was sie achten mussten. Dann ergriff Linus die Zügel und rief: „Heya, Rudolf, es ist schon spät, zeig den anderen, wohin es geht! Komm jetzt, Donner, mach schon, Vixen! Schwingt die Hufe, Dasher und Blitzen! Schön im Gleichschritt, Comet und Prancer! Zeigt, was ihr könnt, Cupid und Dancer!"

Kaum hatte Linus die Rentiere angefeuert, setzten diese sich in Bewegung und einen Augenblick später erhob sich der Schlitten in die Luft. Hatte Linus noch letzte Zweifel gehabt, so verflogen sie, je höher sie kamen. Fasziniert blickten die Jungen auf die verschneite Landschaft und sahen, wie die Häuser immer kleiner wurden. Lichterketten leuchteten friedlich in der Nacht und durch das Vollmondlicht hatten sie einen wunderbaren Ausblick. Sie überquerten die Meere und erreichten fremde ferne Länder. Die Geschenke auszuliefern, erwies sich als ein wahres Kinderspiel und schneller als gedacht hatten sie die gesamte Namensliste abgearbeitet, sodass sie sich auf den Heimweg machten.

Zu Hause angekommen, standen Trixi und der Weihnachtsmann im Garten und sahen zu, wie der Schlitten landete.

„Jungs, ich danke euch", sprach der Weihnachtsmann. „Als ich zu mir kam, hat Trixi mir alles erzählt. Ohne euch hätten wir heute Nacht ein echtes Problem gehabt, denn auch wenn man die Zeit verzögern kann, so hält die Magie nicht ewig. Ich hoffe, es hat alles gut geklappt."

„Ja, wir haben alle Geschenke übergeben", erklärte Lasse stolz.

„Alle?" Der Weihnachtsmann hob eine Augenbraue, bevor er in den Jutesack lauschte. „Ich glaube, etwas fehlt da noch!" Er schaute auffordernd zu Trixi, der sogleich zum magischen Pulver griff. Doch was aus dem Sack kam, bekamen die Jungen nicht mehr mit, denn der Elf hatte ebenfalls das Schlafpulver gestreut und beförderte Lasse und Linus in einen tiefen Schlaf.

Als die Jungen am nächsten Tag erwachten, wussten sie nicht, ob sie ihr Abenteuer nur geträumt hatten. Ihre Aufmerksamkeit wurde jedoch sogleich auf ein kleines Päckchen gelenkt, das seltsam glitzerte. Vorsichtig öffnete Linus es und ein merkwürdiges Pulver kam zum Vorschein. Eine Karte lag dabei und Lasse las:

Streut dieses Pulver über euch und kommt uns am Nordpol besuchen!

Pamela Murtas, *1975 in Frankfurt-Höchst geboren, lebte seit ihrem zehnten Lebensjahr in Italien, wo sie an der Deutschen Schule Mailand ihr Abitur absolvierte. Nach drei Jahren Moskauaufenthalt kehrte sie nach Italien zurück, um in Rom professionellen Reitsport zu betreiben. Seit 2007 wohnt sie erneut in Deutschland. Neben ihrem vierteiligen Abenteuerroman „Destini" hat sie in verschiedenen Anthologien veröffentlicht.*

Miniaturen

Christkindlmarkt –
zwischen den Buden
glitzert der Wind

Weihnachtsbäckerei
Genuss nach Omas Rezept –
die Waage seufzt tief

Weihnachtsmorgen –
in der Vogeltränke
frischer Schnee

Wintertag –
auf meine Lippen
fallen Sterne

am Neujahrsmorgen
Spuren aus Licht und Hoffnung
in meinem Herzen

Neujahrstag –
auch diesmal wieder
gute Vorsätze

Eva Joan: *geboren 1960 in Augsburg, lebt in Gronau an der Leine. Seit 2001 gab es zahlreiche Veröffentlichungen in Anthologie, Zeitschriften, auf Haiku-Internetseiten und sieben Publikationen im Selbstverlag. Ihre Hobbys sind Lesen, Schreiben, Musik hören, Yoga und Stricken.*

Sabrinas Weihnachtswunsch

Inmitten der verschneiten Tannenwälder im Norden, wo die Luft nach Zimt und Lebkuchen duftet, lebt die kleine Weihnachtselfe Sabrina. Mit ihren funkelnden Flügeln und ihrem fröhlichen Lachen ist sie ein fester Bestandteil der Weihnachtsgemeinschaft.

Doch dieses Jahr ist etwas anders. Sabrina spürt eine tiefe Sehnsucht in ihrem Herzen. Sie wünsche sich nichts sehnlicher, als ihre Familie wiederzusehen – ihre ältere Schwester Rosalie und ihren Vater. Und da ist noch etwas ganz tief in ihr, was sie nicht benennen kann.

An Heiligabend, als alle Elfen mit dem Verpacken der Geschenke fertig sind und der Weihnachtsmann mit seinem großen Schlitten davonfliegt, schleicht sich Sabrina zu dem riesigen Weihnachtsbaum inmitten des Weihnachtsdorfes. Mit klopfendem Herzen und einem leisen Flüstern trägt sie ihren Wunsch vor: „Oh, lieber Weihnachtsmann, ich wünsche mir, meine Familie heute wiederzusehen. So lang habe ich sie schon nicht mehr gesehen. Schon lange habe ich diesen Wunsch, bitte erfülle ihn mir.“ Voller Hoffnung wirft sie eine Pfefferminzstange zur Tannenbaumkrone und schließt die Augen. In diesem Moment erstrahlt der Baum in magischem Licht und Sabrinas Herz hüpft vor Freude. Der Weihnachtsmann hat ihren Wunsch gehört.

Am nächsten Morgen erwacht Sabrina, sie konnte es kaum erwarten, aufzustehen und nachzusehen, ob der Weihnachtsmann ihren Wunsch wirklich erfüllt hat und sie zu ihrer Familie darf. Doch auf dem Tisch liegen nur zwei goldene Glocken und ein Auftragszettel.

Der Weihnachtsmann hat vergessen, das abzugeben, bitte schnell zu der Adresse fliegen, die hinten draufsteht.

Seufzend und enttäuscht zieht sich Sabrina an und flattert los. An der magischen Wand wird sie groß und ihre Flügel werden nur noch ein Abbild auf der Jacke. Aber das ist in Ordnung. Sabrina kennt das ja schon. Seit sie beim Weihnachtsmann arbeitet, ist sie oft in der Menschenwelt unterwegs. Auf einem der Schneemobile der Elfen rast sie durch die weiße Pracht des Nordens, die wie Zuckerwatte mit Glitzer aussieht, immer weiter Richtung Süden.

Geraume Zeit geht ihre Reise durch das Land und sie kommt in einer Stadt an. Verwundert steht sie vor einem Krankenhaus. Immer wieder sieht sie nach, ob die Adresse stimmt.

Als sie das Gebäude betritt, kommt ihr sofort Desinfektionsspraygeruch in die Nase. Sie schüttelt sich und sieht noch mal auf die Karte. Dort ist jetzt eine Linie zu sehen, der sie folgen muss. Aber warum der Weihnachtsmann ein Kind in einem Krankenhaus vergessen hat, kann sich Sabrina nicht erklären. Gerade an diese denkt er doch besonders. Der Pfeil zeigt auf eine Tür. Leise schlüpft die Elfe in das Zimmer.

„Sabrina?", hört sie eine Stimme, die ihr bekannt vorkommt, aber die sie gerade nicht zuordnen kann. Sie dreht sich zu der Frau im Krankenbett und erkennt ihre Schwester Rosalie.

„Ros", ruft Sabrina aus. Schon beim Hinlaufen zu ihr beginnt sie zu weinen. Der Weihnachtsmann hat doch ihren Wunsch erfüllt.

„Was machst du hier?", fragt Rosalie.

Sabrina drückt sie. „Der Weihnachtsmann hat mich geschickt. Das soll ich dir geben." Sabrina legt die beiden goldenen Kugeln auf den Nachttisch.

„Sag ihm Danke." Rosalie wischt sich eine Träne von der Wange. „Ich hab so an dich gedacht die letzten Tage."

„Ich auch an dich, aber was machst du hier im Krankenhaus?"

Sie lächelt und steht auf. „Komm mit." Die beiden Schwestern hacken sich mit ein und gehen auf den Flur. „Wie geht es dir dort oben im Norden?", fragt Rosalie.

„Puh, es ist gefühlt immer etwas los."

„Kann ich mir vorstellen." Die beiden biegen in einen anderen Gang.

„Papa", ruft Sabrina aus, als sie dort einen Mann sieht, den sie sofort wiedererkennt.

„Sabrina."

Schnell rennt sie zu ihm und umarmt ihn. „Was machst du hier?" Sofort wird sein Gesicht angstvoll. „Ist dir etwas passiert?"

„Nein, ich sollte etwas abliefern. Aber was macht ihr hier?"

Rosalie geht in den Raum, vor dem ihr Vater gestanden hat, und kommt kurz darauf mit einem Baby im Arm wieder. „Sabrina, darf ich dir deine Tante Sabrina vorstellen?"

„Du bist Mama geworden." Sanft streichelt die Elfe über das Köpfchen des Kindes.

„Ja, und ich habe die Kleine nach dir benannt."

Sabrina kann ihre Tränen nicht zurückhalten.

Zusammen geht die Familie zurück ins Zimmer. Nachdem sich die Elfe gesetzt hat, gibt Rosalie ihr das Baby in den Arm.

Plötzlich lacht ihr Vater.

„Was ist los?", fragen die Schwestern wie aus einem Mund.

„Dieses Geschenk hier", sagt er und hebt die Kugeln hoch, „sind für Sabrina und Sabrina." Er zeigt auf die Schrift, die zuvor nicht sichtbar gewesen ist. „Und ich kann mich doppelt sehen."

Mit einem flinken Griff holt Sabrina den Zettel heraus.

Damit ihr euch nicht mehr so sehr vermissen müsst, steht da in der Handschrift und der roten Tinte des Weihnachtsmannes.

„So bist du immer bei uns", flüstert Rosalie und drückt ihre Schwester sanft.

***Luna Day** lebt mit ihrer Familie in Augsburg.*

Marinas Wunschzettel

Als zur Adventszeit sinnierend sie saß
und für das Christkind ihr'n Wunschzettel schrieb,
keinen der Wünsche Marina vergaß.
Trotzdem noch Platz auf dem Zettel ihr blieb.

Als mit den Liebsten vor Gaben und Baum
wunschlos sie stand in der Heiligen Nacht,
konnt' all die Seligkeit fassen sie kaum.
Gut, dass nicht nur an sich selbst sie gedacht!

***Wolfgang Rödig** lebt in Mitterfels. Er hat bislang mehr als 800 belletristische Kurztexte in Anthologien, Literaturzeitschriften, Tageszeitungen, Magazinen und Kalendern sowie den Gedichtband „Punkt – Nach Komma, Strich und Faden" veröffentlicht.*

Pieksis Winterabenteuer

Der Wind rüttelte und schüttelte an den Bäumen. Jedes einzelne Blättchen, eines farbenfroher als das andere, wirbelte dem Boden entgegen. Das Rascheln des Laubes war wie eine Melodie des Herbstes. Langsam und vorsichtig setzte Pieksgerald einen Schritt vor den anderen. Das Laub knisterte und raschelte unter seinen kleinen Füßchen. Immer wieder hob er neugierig seine Nase in die Luft, blieb stehen und schnupperte. Dabei wackelte sein Näschen hin und her. Eine größere Fichte wog sich neben ihm im Wind. Ein Geräusch, ja eine Art Plumpsen, drang an seine Ohren. Er horchte auf.

„Was war das?", fragte er sich erschrocken.

„Pieksi, wo bleibst du denn? Du bist doch kein Bäumchen, das Wurzeln schlägt. Der Winter kommt doch bald." Papa war auf einen umgekippten Baumstamm geklettert und untersuchte die morsche Rinde des Baumes nach schmackhaften Insekten.

„Der Winter kommt, der Winter kommt – juhu", jauchzte Stachelina, die kleine Schwester von Pieksi, vergnügt und flitzte um ihre Mama herum. Diese schnaubte genervt.

Pieksi seufzte. Er setzte seine kleinen Füßchen wieder in Bewegung, doch da war das Geräusch erneut. „Auuuh!", quietschte er plötzlich und rieb sich seinen Kopf. Etwas Hartes hatte ihn getroffen. Erschrocken drehte er sich zur Fichte um und musterte sie mit zusammengekniffenen Augen. Auf dem Boden neben ihm entdeckte er schließlich einen Fichtenzapfen. Der nächste Zapfen verfehlte ihn nur knapp.

„Hey, was soll das?", rief er und suchte die Fichte nach dem Übeltäter ab. Papa, Mama und Stachelina kugelten sich vor Lachen.

„Oh je, ähhh, 'tschuldigung. Hab' ich dich etwa getroffen?", flötete eine hohe Stimme vom Baum. Pieksi sah sich verwirrt um.

„Huhu, hier oben", kicherte die Stimme. Flink wie ein Wiesel hüpfte ein kleines Eichhörnchen kopfüber den Baumstamm hinunter und stieß beinahe mit Pieksi zusammen.

„Puschel, was machst du denn hier?“, strahlte Pieksi begeistert.
„Wintervorräte anlegen. So wie Mama und Papa.“
„Siehst du Pieksi, Puschel bereitet sich auch auf den Winter vor. Komm jetzt“, drängelte Mama und Stachelina zupfte ein Blatt von Mamas Stacheln.
„Aber ich will keinen Winterschlaf machen. Ich bin auch noch gar nicht müde“, motzte Pieksi gähnend, stampfte mit seinem rechten Füßchen auf den Boden auf und schmollte.
„Ach, Pieksi, kleine und große Igel gehören ins Bett.“
„Es gibt nichts, was man da verpassen könnte, gar nichts mein Sohn“, pflichtete Papa Mama bei.
„Hast du den Winter schon mal gesehen?“, wollte Pieksi von seinem Papa wissen und schöpfte kurzzeitig Hoffnung.
Papa holte tief Luft und überlegte sich gerade eine schlaue Antwort, als Puschel ihm zuvorkam. „Da gibt es nichts zu sehen, glaub mir. Der Winter ist kalt, entbehrungsreich und still. Der Winter ist kein schöner Ort für Igel. Wirklich nicht.“
„Aber der Tilly …“
„Ach der!“, grinste Puschel. „Erzählt auch viel, wenn der Tag lang ist. Es ist gefährlich da draußen im Winder. Geh lieber heim.“
Unter Protest ihres Sohnes verschlossen die Igeleltern die Höhle mit Zweigen und Laub. Pieksi tat alles, um wach zu bleiben, während seine Familie sich schon zum Schlafen gebettet hatte. Doch schließlich fielen auch dem kleinen Igel-Bub die Äuglein zu und er schlief ein. Tief und fest.
Der November kam und ging. Es wurde kalt.
Der Dezember war da.
„Wach auf, Pieksi, wach auf. Komm schon, kleine Schlafmütze. Wach auf.“ Langsam öffnete Pieksi seine Augen und gähnte. Er sah sich um. Seine Eltern und Stachelina schliefen selig und ruhig. Papa schnarchte leise vor sich hin. Keiner schien diese flüsternde Stimme gehört zu haben.
„Pieksi, komm, es ist herrlich da draußen. Komm, wir warten schon auf dich.“
Etwas irritiert drehte sich Pieksi einmal um die eigene Achse. Doch er konnte niemanden entdecken. Durch die Zweige schien die Sonne sanft herein. Staub tanzte im Lichtkegel „Ist es denn schon Frühling?“, wunderte er sich. Vorsichtig kam der kleine Igel zum Höh-

lenausgang und blinzelte durch die Äste hindurch. „Wow!“, staunte er begeistert. Er sah das Gesicht eines alten, freundlichen Mannes, der in die Höhle schaute. Im Hintergrund erblickte er seine Hasenfreunde Lotte und Lotta. Sie wackelten abwechselnd mit ihren langen Ohren und waren von etwas Weißem umgeben, was auch in ihrem graubraunen Fell hing. Alles um sie herum war weiß und glitzerte, nur der Himmel strahlte in Blau. Pieksi spürte, wie Angst in ihm aufstieg. Er zögerte. „

Na komm schon, kleiner Freund. Nur keine Angst. Es passiert nichts Schlimmes. Ich bin Nikolaus und ich würde mich freuen, deine Bekanntschaft zu machen“, gluckste der alte Mann vergnügt und strich sich durch seinen weißen Rauschebart.

„Du wolltest doch immer den Winter sehen“, rief Lotte.

Und Lotta ergänzte: „Willkommen im Winterwunderland.“ Sie zeigte einen ihrer hohen Sprünge und war plötzlich verschwunden. Pieksi zuckte erschrocken zusammen. Schnell tauchte Lotta wieder aus dem Schnee auf. „Ups, nix passiert. War nur ein kleiner Schneehaufen.“ Sie schüttelte sich lachend.

Pieksi kicherte, dann schnappte er sich einen der Äste und schleppte ihn beiseite. Nikolaus half behutsam mit. Vorsichtig tapste Pieksi in den Schnee. Er fühlte sich kalt, nass, aber auch weich an. So wie weicher Moosboden vielleicht. Aber doch irgendwie ganz anders. Der Schnee roch nach Wasser. Die Luft roch frisch. Sie war klar und kalt. Der kleine Igel fröstelte und er spürte kaum noch seine kleinen, nackten Füßchen. Nikolaus nahm ihn vorsichtig zu sich auf den Schoß. Der rote Mantel wärmte ihn wieder ein bisschen. Fasziniert beobachtete Pieksi die beiden Feldhasenkinder beim Herumtollen und wollte auch mitspielen.

„Warte noch kurz, kleiner Freund. Gleich gehts los“, flüsterte ihm Nikolaus zu und strich behutsam über seine Stacheln. Dann kramte er in seiner Manteltasche ein kleines Ledersäckchen hervor.

„Was ist das?“, rief Pieksi verunsichert und zitterte ein wenig vor Kälte.

„Sternen- und Wolkenstaub. Damit du nicht mehr frierst und mit deinen Freunden im Schnee herumtoben kannst. Das hast du dir doch immer gewünscht. Stimmts?“

Pieksi hüpfte vor Begeisterung auf Nikolaus Schoß auf und ab. Der alte Mann lachte vergnügt. Dann hielt der kleine Igel-Mann plötzlich ganz still. Feinster weiß-goldfarbener Staub regnete auf ihn herab und er schloss kurz seine Augen. „Hatschi.“ Alle mussten lachen, dabei verlor Pieksi den Halt auf Nikolaus’ Schoß und plumpste in den Pulverschnee hinein. Ihm war wohlig-kuschelig warm. Der Schnee fühlte sich nicht mehr nass oder gar kalt an, nein, sondern einfach pulvrig-weich und leicht.

Begeistert hüpfte Pieksi im Schnee, als ihm etwas auf den Kopf traf. Verwirrt sah er sich um, während Lotte und Lotta lachten. Dann hob er seinen Kopf und ehe er den Baum, eine mittelgroße Tanne, begutachtet hatte, traf ihn schon wieder etwas auf dem Kopf. Er schüttelte sich und der Schnee fiel zu Boden. „Was ...“

„Schnee! Das ist Schnee“, riefen Lotta und Lotte vergnügt.

„Hallo, hier oben!“, flötete eine bekannte Stimme von der Tanne her.

„Puschel!“, strahlte Pieksi.

Puschel hüpfte auf einen tiefen Ast. „Na? Hat denn einer so etwas schon gesehen. Ein Igel im Winter. Zu komisch“, neckte Puschel seinen Freund und bewarf ihn erneut mit Schnee.

Ehe sich Pieksi versah, befand er sich mitten in einer lustigen Schneeballschlacht wieder. Jeder gegen jeden – oder Team Wald gegen Nikolaus! Irgendwie nahm das hier keiner so genau. So tollten sie herum. Ein kleines Rehkitz namens Rehgina gesellte sich dazu und sprang fröhlich hin und her.

Ein leises Knacken beendete den Spaß. Alle sahen sich um. Lotte und Lotta wackelten nervös mit ihren langen Löffeln. Sie hielten den Atem an. Nikolaus stellte sich vor die kleinen Feldhasenkinder. Ein honiggelbes Augenpaar war unter einem Dickicht neben der Tanne zu sehen. Pieksi erkannte die Gefahr. Er flitzte zu Nikolaus, nur um sich umzudrehen und mit Vollgas auf das Augenpaar zuzurennen. Als er schnell genug war, rollte er sich zusammen und eine kleine, stachelige Kugel raste auf den Feind zu. Dieser schien so irritiert zu sein, dass er nicht weglaufen konnte oder wollte. Schließlich stieß das Knäuel mit der Nase des Feindes zusammen. Dieser jaulte auf und sprang mit einem Satz aus dem Dickicht. Alle anderen, bis auf Nikolaus, sprangen einen Satz rückwärts. Pieksi entkugelte sich wieder und drehte sich in die Richtung des Feindes. Als der kleine Igel seinen Freund, den Fuchs, erkannte, duckte er sich beschämt, während Puschel zögerlich das Wort ergriff.

„Ähm, hallo, Tilly. Tja, sorry."

Tilly stellte seine Ohren auf und fixierte Puschel kurz. Dann schüttelte er sich den Schnee aus seinem rötlichbraunen Fell und wandte sich zum Dickicht. „Begrüßt man etwa so einen Freund? Jetzt komm schon raus, du kleines Stachelmonster. Das hat ganz schön wehgetan."

Pieksi kam wieder her vor und lächelte verlegen. Tilly umkreiste Pieksi und musterte ihn nachdenklich. „Also, ähm … was machst du hier eigentlich? Habe ich was verpasst? Also ein Igel im Winter, ich weiß nicht so recht. Dir muss doch kalt sein."

„Sternenstaub, Tilly!", quietschte Pieksi vergnügt und hüpfte vor Begeisterung kurz auf und ab.

„Cool – Moment mal, was?"

„Hallo, Tilly, ich heiße Nikolaus und ich bin hier, um Pieksi seinen größten Wunsch zu erfüllen. Dazu brauchte ich Sternen- und Wolkenstaub", strahlte Nikolaus den Fuchs an und stürmte etwas zu eilig auf ihn zu. Dieser duckte sich instinktiv, legte die Ohren an, klemmte seinen buschigen Schwanz zwischen die Hinterbeine und

fletschte seine Zähne. Nikolaus blieb auf der Stelle stehen und hob seine Hände, um den jungen Fuchs zu beschwichtigen. Puschel löste die Anspannung auf, indem er Tilly mit einem Schneeball bewarf. Tilly schüttelte sich und kehrte Puschel demonstrativ den Rücken.

„Schön, dann wollen wir mal, Kinder“, rief Nikolaus und klatschte in die Hände. „Ich habe eine Überraschung für euch.“

Ohne auf eine Antwort zu warten, ging er davon und der Rest folgte ihm neugierig. Selbst Tillys Skepsis wich Neugier. Die kleine, bunte Truppe durchquerte ein Stückchen Waldgebiet und kam an einem größeren Hügel an. Die Gegend war menschenleer. Nikolaus eilte eifrig zu einem kleinen verschneiten Haufen. Er befreite ihn vom Schnee und Tannenzweigen. Darunter lagen Holzbrettchen, eines kurz, das andere lang, das nächste schmal oder breiter.

„Es ist für jeden die passende Größe da“, erklärte Nikolaus und schnappte sich ein längeres, breiteres Holzbrett. Pieksi und seine Freunde blieben stehen und betrachteten fasziniert die Brettchen. Nikolaus drehte sich nach ein paar Schritten um und sah die Waldbewohner erwartungsvoll an. „Na was ist? Keine Lust?“

„Keine Lust auf was?“, wollte Pieksi wissen.

Puschel zuckte mit den Schultern.

„Das sind Holzbrettchen“, merkte Tilly an.

„Ich weiß“, grinste Nikolaus. „Also ich zeige euch jetzt mal, was man damit alles anstellen kann.“ Dann lief er pfeifend den kleinen Hügel hinauf. Oben angekommen, winkte er, bevor er das Brettchen sichtbar auf den Boden legte. Mit einem freudigen Jauchzer sprang er auf das Brettchen, was sich in Bewegung setzte und den Hügel hinunterrauschte.

„Wie cool!“, riefen Puschel, Tilly und Pieksi begeistert, während Lotte und Lotta mit ihrem Brettchen schon fast den Hügel erklommen hatten. Es dauerte nicht lange und auch Pieksi, Puschel, Tilly und Rehgina snowboardeten um die Wette.

Zwei Wölfe kamen vorbei und betrachteten das Spektakel. „Hast du so etwas schon mal gesehen? Ein Snowboard fahrender Igel im Winter?“

„Sachen gibts“, entgegnete der andere Wolf kopfschüttelnd. Als sie jedoch Nikolaus entdeckten, beschlossen sie lieber weiterzuziehen. Menschen waren ihnen unheimlich.

Die Dämmerung kündigte sich langsam an. Sie waren alle müde

und ausgepowert, aber glücklich. Pieksi saß auf seinem Brettchen am Fuße des Hügels und verschnaufte. Etwas Grelles schimmerte und glitzerte durch die Lücken der mächtigen Bäume des dunklen Waldes. Pieksi staunte fasziniert und konnte seinen Blick kaum davon lösen.

Nikolaus betrachtete den Igel-Bub nachdenklich und strich sich immer wieder durch seinen Rauschebart. „Lichter, Pieksi", flüsterte er ihm zu. „Das, was du da siehst, sind Lichter. Da wo Lichter sind, da sind Menschen."

„Ja, diese Menschen sind nicht für die Dunkelheit gemacht, deshalb brauchen sie Lichter", murmelte Pieksi ehrfürchtig.

„Gut aufgepasst in der Waldschule." Nikolaus lächelte und nickte zufrieden. Während er sich gesetzt hatte, um den Tierkindern eine Weihnachtsgeschichte zu erzählen, schlich sich der kleine Igel heimlich davon. Niemand merkte es zunächst.

So erzählte Nikolaus eine Weile und Pieksi kam den seltsamen Lichtern immer näher. Er flitzte durch den Schnee und zwischen die Bäume hindurch – magisch angezogen von dem funkelnden Lichtern. Er erreichte schließlich einen großen Platz mitten im Forstenrieder Park. Holzbuden und Hütten waren aufgebaut worden. In der Mitte des fast runden Platzes sah Pieksi eine kleine Tanne. Sie war wunderschön, wenn auch krumm gewachsen. An ihren krummen Ästen hingen Christbaumkugeln in den buntesten Farben. Lametta und eine funkelnde Lichterkette rundeten das Bild ab.

Pieksi versteckte sich bei einer der Holzhütten und kam aus dem Staunen nicht mehr heraus. Überall waren Leute – große, kleine, dicke, dünne, alte und junge. Hin und wieder liefen auch Hunde herum. Der Duft von Glühwein, Punsch, gebrannten Mandeln und allerlei anderer Dinge stieg ihm in die Nase. Es war herrlich, obgleich Pieksi weder mit den vielen Geräuschen noch mit den vielen Gerüchen etwas anzufangen wusste. Alles war interessant, aber auch ein bisschen komisch. Manch einer stolperte und schwankte über den Platz.

Etwas weiter entfernt von der Tanne brannte ein Feuer. Ein Kessel hing darüber und Pieksi hörte es blubbern. Er war so fasziniert, dass er sich ziemlich erschrak, als plötzlich zwei Leute fast neben ihm standen. Schnell und unauffällig zog er sich noch ein stückweit zurück und beobachtete sie.

„Ach, Bärchen, das ist ein wunderschöner, schnuckliger Christkindlmarkt. Einfach schön diese Stimmung."

„Da hast du recht, mein Mäuschen, der ist wirklich schön so mitten im Wald. Der Glühwein ist echt gut. Bald ist es so weit."

„Genau, bald ist Weihnachten. Ich freu mich schon auf die Bescherung und die vielen Geschenke vom Christkindl."

„Aber am schönsten ist es, die Freude der anderen zu sehen und das Zusammensein."

Mäuschen nickte zustimmend und nahm einen vorsichtigen Schluck aus ihrer dampfenden Tasse.

Kurz darauf kam eine große, unheimliche Gestalt auf die beiden zu. Pieksi zitterte vor Angst. Die zottelige Gestalt hatte riesige Hörner, eine hässliche Fratze, die sich nicht bewegte, und Glocken um die Hüften gebunden. Sie näherte sich den beiden und klopfte Mäuschen und Bärchen auf die Schulter. Dabei erschrak sich Bärchen etwas zu sehr und seine Tasse mit Glühwein landete im Schnee. Mäuschen lachte. Die Gestalt streichelte Bärchen kurz über den Kopf und wackelte davon.

Bärchen hob die Tasse auf. „So ein Hallodri, dieser Percht, komm, Mäuschen, einer geht noch." Dann eilte er davon und Mäuschen folgte ihm zu einer anderen Holzhütte.

Pieksi blieb einen Moment kauernd sitzen. Sein Herz schlug ihm bis zum Hals. Er schnupperte. Dieses rote Etwas namens Glühwein roch köstlich. Langsam leckte er daran und war begeistert. Es dauerte nicht lange und Pieksi hatte den mit Glühwein getränkten Schnee ratzeputz aufgefressen. Ihm war irgendwie komisch. Die Geräusche wurden dumpfer, seine Sinne trüber und er wurde müde. Kaum spürte er, dass ihn jemand vom Boden aufhob.

„Pieksi, Pieksi, kleiner Freund", nahm er eine weit entfernte, dumpfe Stimme war. „Glühwein ist nun wahrlich nichts für Igel. Was machst du denn für Sachen?"

Verschwommen nahm Pieksi Nikolaus wahr, der ihn besorgt musterte. Der alte Mann trug den kleinen Igel fort und seine Freunde folgten ihm in den Wald zurück. Vor der Igelhöhle angekommen, erklärte Nikolaus mit einem Blick auf die Sterne feierlich: „Meine Freunde, es ist so weit. Frohe Weihnachten." Mit diesen Worten bestreute Nikolaus Pieksi mit dem Sternen- und Wolkenstaub aus seinem Beutel. „Frohe Weihnachten, Pieksi", flüsterte er ihm zu und

Pieksi schlief ein. Nikolaus legte ihn zurück in die Höhle und stapfte durch den Schnee davon. Alles war ruhig und friedlich – so als hätte es dieses Abenteuer nie gegeben.

Als im Frühling die Familie wieder aus dem Winterschlaf erwachte, konnte Pieksi nicht mehr sagen, ob er nun wirklich den Winter erlebt hatte oder es ein Traum gewesen war. Tilly, der kleine Fuchs, kreuzte öfters seinen Weg und grinste jedes Mal verschmitzt. Was war sein Geheimnis?

Carolin J. Hofmann, *Jahrgang 1986, ist ein Münchner Kindl. Schon als kleines Mädchen träumte sie sich in fantastische Welten und erzählte ihrer jüngeren Schwester Gutenachtgeschichten. Später als Teenager schrieb sie ihre Geschichten auf und verschenkte sie zur Unterhaltung an Freunde, Nachbarn, Arbeitskollegen und Familie. Es macht ihr Spaß, anderen eine Freude damit zu machen. Seit 2021 ist sie ehrenamtliche Pressewartin für die Volkstheatergruppe „d' Forstenrieda" des TSV Forstenried und kümmert sich auch um die Requisiten. Zudem setzt sie sich ehrenamtlich für den Artenschutz ein, liebt Tiere und zeichnet, malt sowie fotografiert für ihr Leben gerne.*

Die Tannenfee

Im hohen, dichten Nadelwald, dort wo die Bäume so dicht stehen, dass kein Mensch mehr hindurchdringen kann, wohnt die Tannenfee. Sie kennt jeden Baum in ihrem Reich ganz genau und achtet darauf, dass keiner Pflanze und keinem Tier etwas Böses geschieht. Schon seit Längerem hatte sie beobachtet, dass es einer kleinen Tanne nicht so gut ging, winzig und klein stand sie da und das schon so manches Jahr.

Die Tannenfee schaute bei ihrem Sorgenkind öfter einmal vorbei als bei den anderen, fand aber keine Veränderungen an der kleinen Tanne.

Als sie wieder einmal bei ihrer kleinen Freundin zu Gast war, sah sie, wie eine Maus unter der kleinen Tanne verschwand. Schnell und leise folgte ihr die Fee. Was musste sie sehen? Die kleine Tanne hatte keine Wurzeln mehr. Kaum zeigte sich die kleinste Wurzelspitze, wurde sie von der zahlreichen Mäusefamilie abgenagt.

„Das kann doch nicht wahr sein!“, rief jetzt die Tannenfee.

Erschreckt verkroch sich die Mäusefamilie in den Gängen ihrer Wohnung.

„Wie kann man nur so etwas tun? Fast wäre die kleine Tanne eingegangen, nur weil ihr nicht genug bekommen könnt“, setzte sie ihre Rede fort. „Boshafte kleine Geister seid ihr! Eigentlich müsste ich euch sofort rauswerfen! Da ihr aber im Winter kein neues Quartier finden würdet, werde ich noch einmal gnädig mit euch sein. Aber nur, wenn ihr mir versprecht, die kleine Tanne in Ruhe zu lassen und euer Futter außerhalb des Wurzelreiches zu suchen!“

„Wir versprechen es“, tönte es aus allen Winkeln der Höhle.

Nun sah die Tannenfee noch öfter nach ihrem Bäumchen, um zu sehen, ob die Mäuse ihr Versprechen hielten. Voller Freude sah sie, wie die kleine Tanne Jahr für Jahr ein wenig größer wurde. Bald schon war sie eine stolze Tanne geworden.

Wieder hatte der Winter Einzug gehalten. Schnee bedeckte die

Bäume, die Natur hielt ihren Winterschlaf. Plötzlich erschütterten Stiefeltritte den Waldboden, Schnee rieselte von den Ästen.

„Der Baum, Vati, der soll es sein!", erscholl die Stimme des kleinen Peter.

„Ja, schön sieht er aus, die Zweige sind gut gewachsen und der Stamm ist auch gerade", antwortete der Vater. Er sah sich noch einige andere Bäume an, dann holte er die Axt und die Säge aus dem Rucksack und rückte der kleinen Tanne zu Leibe.

Oh, wie seltsam wurde der Tanne zumute. Gerade in diesem Moment kam die Tannenfee vorbei. Sie stellte sich ganz nahe an ihr Bäumchen und redete ein letztes Mal mit ihm.

„Sei nicht bange", tröstete sie, „du wirst ein Wunder sehen! Nicht alle Tannen haben die Ehre, ein Weihnachtsbaum zu werden. Du wirst in hellem Glanz erstrahlen. Ich wünsche dir alles Gute zu deiner Reise."

Noch einmal sah die kleine Tanne zur Fee hinüber, sie wollte ihr noch sagen, dass sie viel lieber hier im Walde bliebe, aber es war zu spät. Die Säge und die Axt hatten ihr Werk getan, die Tanne fiel in den Schnee. Peters Vater schnürte sie zusammen, legte das Werkzeug in den Rucksack zurück und trat mit seinem Jungen den Heimweg an.

Zu Hause angekommen, schüttelte er den restlichen Schnee von der Tanne und löste den Strick. Dann stellte er die sie in den Schuppen. Traurig träumte die Tanne von ihrer Zeit im Wald und von der Tannenfee.

Lange blieb ihr jedoch keine Zeit für ihren Kummer, der Vater kam und schraubte etwas an den Stamm. Nun fühlte sich die Tanne schon viel wohler. Jetzt konnte sie wieder stehen, stolz reckte sie sich in die Höhe.

„Bist ein schöner Christbaum", lobte der Vater lächelnd, hob ihn auf und trug ihn in die Stube.

Hell und warm war es hier, im Gegensatz zum Wald. Die kleine Tanne fühlte sich, als sei der Sommer zurückgekehrt. Nun wurden Strohsterne und Goldpapiernetze in ihre Zweige gehangen, die Krönung bildeten gelbe Bienenwachskerzen.

„Oh, welch ein Duft, welche Wärme! Da hat die Fee mir nicht zu viel versprochen, es ist wie im Sommer, nur noch schöner", dachte das Bäumchen und fiel in einen süßen Traum.

Die Mäuse blieben in ihrem Bau zwischen den Wurzeln der kleinen Tanne wohnen und dachten noch lange an sie, selbst als die Wurzeln den Saft verloren hatten und ausgetrocknet waren.

Christina Telker: *Als Einzelkind wuchs die Hobbyautorin am Rande einer Kreisstadt im Oderbruch auf. So war sie von klein auf eng mit der Natur verbunden. Der christliche Glaube wurde in ihrem Elternhaus gelebt und trug dazu bei, dass auch sie später im Dienst der evangelischen Kirche als Erzieherin tätig war. Seit 2010 schreibt sie Texte in Lyrik und Prosa in Form von Naturmärchen und christlichen Texten. Sie ist in einige Zeitschriften und Anthologien vertreten. Ebenfalls bei YouTube und Pinterest.*

Das Wunder-Weihnachtsland im Herzen

Wünsch dich ins Wunder-Weihnachtsland,
Wo Sterne funkeln, Hand in Hand.
Ein Zauber liegt in kalter Nacht,
Der Herzen wärmt, die Welt bewacht.

Der Schnee, er glitzert, leise fällt,
Ein Märchenbild in weißer Welt.
Die Tannen tragen Lichterkleid,
Im Glanz der stillen Winterzeit.

Die Luft ist klar, das Feuer knistert,
Ein Chor von Engeln leise flüstert.
Vom Frieden singen sie ein Lied,
Das tief in uns're Seelen zieht.

Die Häuser schmücken Kranz und Stern,
Von Fern und Nah strömt Liebe gern.
In warmen Stuben, Kerzenschein,
Da fühlen wir uns nie allein.

Der Duft von Zimt und Tannengrün,
Von Plätzchen, die im Ofen glüh'n.
Erzählt von Freude, alt und neu,
Von Kinderglück und Festtagsfreu'.

Die Kinderaugen, groß und rund,
Erwarten Weihnacht, jede Stund.
Ein Wunsch, ein Traum wird wahr gemacht,
Wenn liebevoll das Herz erwacht.

Wünsch dich ins Wunder-Weihnachtsland,
Wo Frieden wohnt und Liebe stand.
Ein Ort, wo jeder Wunsch entsteht,
Und jedes Herz im Lichte geht.

So halte still und lass dich treiben,
In dieses Land, das bleibt, und bleiben.
Ein Wunderland, so zart und fein,
In dem wir alle glücklich sein.

Fiona Walter *ist 23 Jahre alt und wohnt in einem kleinen Dorf namens Oberschopfheim in Süddeutschland. Sie hat ihren Bachelor in Betriebswirtschaftslehre in Konstanz gemacht und arbeitet im Familienunternehmen mit. In der Freizeit turnt sie, fährt Fahrrad und kocht gerne.*

Von Waldgeistern und Rentieren

Aufgeregt saßen Caitlin und Torin auf dem Sofa. Auf dem Tisch standen eine Kanne mit heißem Kakao und daneben eine Schale mit Plätzchen. Die beiden Geschwister konnten es gar nicht erwarten, dass ihnen ihr Opa eine Geschichte erzählte.

Heute war der dritte Advent und sie waren zu Besuch bei ihrem Opa Robert. Dieser ließ sich in seinem Lieblingssessel fallen und nahm dankbar die Tasse Tee von Eoin entgegen. „Setz dich zu uns, wenn du magst.“ Damit deutete er auf das Sofa.

„Ich will aber nicht stören“, gab Eoin zurück. Seine Frau war vor acht Monaten verstorben und das Alleinsein fiel ihm immer noch schwer. Daher war er dankbar, dass er immer zu Robert kommen durfte.

Dieser fixierte ihn kurz. „Setz dich endlich“, herrschte er ihn an. Beide kannten sich seit Jahren, waren Nachbarn, Freunde und Robert, den alle nur Paddy nannten, war so etwas wie sein Aufpasser geworden. Die Kinder sahen ihnen zu und Caitlin kicherte. Bereitwillig rutschte sie zur Seite, damit Eoin sich setzen konnte.

„Opa, bitte fang an“, bettelte sie. Ihr Bruder nickte zustimmend.

Eoin schenkte ihnen Kakao ein und nahm sich eine Tasse, bevor er sich zurücklehnte. „Dann werde ich jetzt auch der Geschichte lauschen.“

Paddy räusperte sich und war sich der neugierigen Blicke bewusst. Geschichten kannte er viele. „Na, dann wollen wir mal beginnen.“ Entspannt lehnte er sich zurück und begann zu erzählen:

Vor vielen Jahren lebten in Finnland zwei Waldgeister in einer verschneiden Hütte mitten im tiefsten Wald. Es war eine bitterkalte Polarnacht in Finnisch-Lappland und der Schornstein des kleinen Hauses rauchte in die Nacht. Die Sterne waren schon lange am Himmel zu sehen und ein eisiger Wind fegte von Norden heran. Mit gesenktem Kopf huschte der Waldgeist Tamas vom Stall ins Haus.

Dabei hielt er das kleine Bündel fest an seine Brust gedrückt. Im Haus schloss er hastig die Tür und zog Schuhe und Mantel aus. Erst dann ging er zum Kamin und setzte das Knäuel ab.

„Oh hey, du bist ja wieder da“, sagte eine Stimme.

Tamas fuhr herum und grinste, als sein Freund Jarid das Wohnzimmer betrat. Er reichte Tamas eine Tasse Tee und dieser seufzte zufrieden. „Ich habe noch jemanden mitgebracht“, sagte er und kniete sich auf den Boden.

Fragend runzelte Jarid die Stirn und sah sich um. Dann fiel sein Blick auf das kleine Bündel. Sofort kniete er nieder. Aus der Schal schaute ein kleiner Rentierkopf heraus. „Oje, aus welcher Herde ist er denn ausgebüxt?“ Vorsichtig streckte er die Hand aus und strich dem Tier über Nase.

„Ich habe ihn im Schnee gefunden. Von der Herde war nichts zu sehen. Ich habe ihn mitgenommen, nicht dass er noch erfriert“, gab Tamas zurück.

„Die Nacht wird sehr kalt werden. Von Norden zieht ein Sturm auf. Denkst du, er gehört zur Herde des Weihnachtsmannes? Dann sollte er hierbleiben und wir müssen später nach den anderen sehen.“ Es behagte Jarid zwar nicht, bei dem Wetter nach draußen zu gehen, aber er konnte genau wie Tamas nicht erfrieren. Es war ein Teil ihrer Aufgabe und er erledigt diese gerne. Tieren zu helfen, war ihre Lebensaufgabe.

„Ich will mich nur aufwärmen und dir Bescheid sagen, dass wir zusammen gehen und ihm hier etwas zu trinken geben.“

Neugierige Augen sahen sich um und langsam tappte der Kleine aus dem Schal und zum Feuer hin.

„Wärm dich am besten erst mal etwas auf“, sagte Jarid.

Der Kleine wandte sich um und es schien, als würde er ihn verstehen. Vor dem Feuer schüttelte er sich, bevor er sich niederließ und die beiden aufmerksam ansah.

„Na, dann soll er sich ausruhen und später sehen wir zu, dass wir ihn nach Hause bringen“, meinte Tamas.

„Seine Mutter wird ihn bestimmt schon vermissen. In ein paar Tagen ist schließlich Weihnachten und auch der Kleine sollte dann bei seiner Familie sein.“ Langsam erhob sich Jarid und ging in die Küche, um ihnen etwas zu trinken zu holen.

Es war bereits tiefste Nacht, als sie sich aufmachten, um die Herde zu suchen. Vorher packten sie das kleine Rentier noch in eine Decke ein, damit es nicht fror.

„Wir hätten ihm einen Namen geben sollen“, sagte Jarid.

Tamas verzog das Gesicht, konnte aber nicht wirklich widersprechen. „Dann sollten wir ihn einfach Tapio nennen. Ich finde, das passt zu ihm.“ Dagegen hatte Jarid nichts einzuwenden und auch Tapio schien der Name zu gefallen.

Auf ihren beiden Hengsten machten sie sich auf den Weg durch den Winterwald. Es hatte aufgehört zu schneien, dafür setzte der Sturm ein.

„Wie es scheint, ist der gute Dezember dieses Jahr sehr fleißig“, brummte Tamas nach einer Weile, als sie anhielten, um sich umzuschauen. Dezember war ein guter Freund von ihnen und einer der zwölf Monate, zumindest nannten ihn die Menschen so. In Wahrheit war er ein Gott und besaß einen völlig anderen Namen. Seine Macht hielt immer vom ersten bis zum letzten Dezembertag. Danach folgte sein Bruder Januar.

„Ich frage mich wirklich, was er sich dabei gedacht hat, uns dieses Jahr so viel Schnee zu schicken“, grummelte er weiter.

Jarid konnte nur lachen. „Du bist ein Waldgeist und immun gegen Schnee, Eis und Kälte. Wieso stört dich das heute?“

Die beiden sahen sich an und Tamas verzog das Gesicht. Vielleicht auch wegen des eisigen Windes.

„Ich mache mir einfach nur Sorgen um den Kleinen, ich möchte nicht, dass er bei diesem Wetter noch gefriert.“

Es war sicherlich nicht ganz gelogen und Jarid ließ es durchgehen, mit leichtem Schenkeldruck brachte er seinen Hengst dazu, weiterzugehen. Sein Freund folgte ihm und der Mond schien ihnen den Weg. Eingekuschelt in die Decke und den Schal bekam der kleine Tapio von seiner Umgebung nichts mit, denn er war eingeschlafen.

Je weiter die Nacht voranschritt, desto mehr Sorgen machten sich die beiden Waldgeister, dass sie die Familie dann fanden. So weit konnte er doch nicht alleine gelaufen sein. Immer wieder blieben sie stehend und sahen sich um in der Hoffnung, von der Herde etwas zu entdecken. Gerade als Jarid vorschlagen wollte, umzukehren, bemerkten sie die Spuren im Schnee. Hier waren eindeutig Rentiere vorbeigekommen. Langsam folgten sie den Spuren und fanden dann zwischen verschneiten Bäumen die Herde.

Kaum hatte man sie bemerkt, kam eines der Männchen auf sie zu. Das mächtige Geweih glänzte im Licht des Mondes.

„Wir bringen euch ein kleines Rentier. Ich habe es im Wald gefunden und mit nach Hause genommen, damit es nicht erfriert", verkündete Tamas.

Das Männchen warf den Kopf in die Luft und schnaubte. Sofort öffnete Tapio die Augen und gab ein leises Brüllen von sich.

Wie es schien, erkannte der Kleine die Herde. Das Rentier kam noch einen Schritt näher und stupste Tapio mit der Nase an. Eilig wickelte der kleine Tapio sich aus der Decke und hüpfte zu Boden. Tamas und Jarid konnten nur hinterherschauen und schmunzeln. Tapio schlich dem Rentier um die Füße und rieb seinen Kopf an dessen Bein. Sekunden später kamen auch die anderen Rentiere zu ihnen und begrüßten das kleine Kalb.

Damit hatte Tapio seine Familie wiedergefunden. Er warf noch einen Blick zu den beiden Waldgeistern und schien zu nicken, dann wandte er sich ab und folgte der Herde. Vielleicht war dies doch ein kleines Weihnachtswunder, zumindest für Tapio.

Zufrieden klatschten Caitlin und Torin in die Hände. „Eine schöne Geschichte, Opa Robert", rief Caitlin.

„Dem stimme ich zu. Jeder braucht ein kleines Rentier zu Weihnachten", meinte Eoin. Er mochte die Geschichten seines Freundes und war nur zu gerne bereit, sich noch eine anzuhören.

***Doreen Pitzler** wurde 1986 in Sachsen-Anhalt geboren, wo sie auch aufgewachsen ist. Schon früh entwickelte sie eine Vorliebe für gute Geschichten und inspirierende Welten. Zu Schulzeiten verband sie diese Vorliebe mit ihrer eigenen blühenden Fantasie und begann mit den Schreiben eigener Geschichten. Heutzutage ist das Schreiben ein willkommener Ausgleich zu ihrer Bürotätigkeit.*

Weihnachtszeit

Wenn der Schnee leise fällt
und er von den Bäumen aufgefangen wird.

Wenn eine Glocke von weit schellt,
was die Stimmung nicht wirklich verdirbt.

Wenn die Menschen über den Markt spazieren,
wo sie kleine Dinge kaufen.

Wenn sie die Freude nicht verlieren,
obwohl kleine Kinder in sie laufen.

Wenn am Abend die Lichter angehen,
so warm und hell.

Wenn man strahlende Gesichter kann sehen,
ach, es vergeht alles so schnell.

Dann ist es so weit,
sie ist da, die Weihnachtszeit!

Christina Timischl *ist16 Jahre jung und wohnt in der Steiermark in Österreich. Sie liebt es, Zeit mit der Familie und Freunden zu verbringen und an der frischen Luft zu sein. Ansonsten liest sie viel, macht gerne Sport und schreibt ab und zu kleinere Geschichten und Gedichte.*

Das Schatzkästchen

Inge stand am Wohnzimmerfenster und sah gedankenverloren hinaus. „Bist du traurig, Oma?“, hörte sie plötzlich ihre Enkelin fragen. Inge wandte sich um und schmunzelte, als sie Jenny im Türrahmen stehen sah. In ihrem bodenlangen weißen Nachthemd, die blonden Locken zerzaust, die Wangen leicht gerötet, sah die Achtjährige aus wie ein kleiner Engel. „Guten Morgen, Süße! Nein, ich bin nicht traurig. Wie kommst du darauf?“

Jenny legte den Kopf schräg. „Das sieht so aus, weil du da einfach so stehst.“

„Ich genieße es, den dicken, flauschigen Schneeflocken zuzuschauen, wie sie langsam herunterrieseln. Endlich hat es angefangen, zu schneien! Darüber freue ich mich.“

„Schwindelst du auch nicht, Oma? Das darf man nicht!“

„Na ja, ein klitzekleines bisschen traurig bin ich schon. Ich liebe die Adventszeit, doch dieses Mal war sie nicht schön. Wir zwei haben uns kaum gesehen! Zuerst lag ich fast zwei Wochen im Krankenhaus, dann warst du mit Mama und Papa im Skiurlaub. Gestern wollte ich mit dir zumindest noch ein paar Plätzchen backen – und was passiert? Mein Backofen gibt den Geist auf.“

„Ach Oma …, dafür haben wir doch Strohsterne gebastelt! Wir können heute ja noch welche machen.“

„Ein gute Idee!“ Sie wandte sich wieder dem Fenster zu. „Vielleicht können wir später auch einen Schneemann bauen oder eine Schneeball…“ Inge stockte, dann strahlte sie übers ganze Gesicht. „Nein! Jetzt weiß ich, was wir tun werden! Aber erst mal frühstücken und danach gehts los!“

Jennys Augen weiteten sich. „Was geht los?“

„Lass dich überraschen, mein Engel“, erwiderte ihre Oma schmunzelnd.

Nach dem Frühstück ging Inge mit ihrer Enkelin auf den Balkon. „Schau mal, was ich vorgestern gekauft habe!“

„Einen Tannenbaum!", rief Jenny begeistert.

„Ganz genau! Und als ich heute Morgen meinen Nachbarn mit dem Auto vorfahren sah, aus dessen Kofferraum eine Tannenspitze herausguckte, brachte mich das auf eine Idee. Wir schmücken meinen Baum! Was hältst du davon?"

Aufgeregt klatschte Jenny in die Hände. „Oh jaaa! Das wäre toll!"

„Na, dann mal los!"

Gemeinsam trugen die beiden den Baum ins Wohnzimmer und stellten ihn auf.

„Den Karton mit dem Weihnachtsschmuck habe ich schon vorgestern vom Dachboden geholt", erklärte Inge. „In diesem Jahr möchte ich ganz in Rot schmücken! Aber zuerst hänge ich die Lichterkette auf und du holst die Schachteln mit den Kugeln und Schleifen aus dem Karton."

Das ließ sich die Kleine nicht zweimal sagen. Aufgeregt kramte sie alles hervor und freute sich, als sie endlich die Kugeln aufhängen durfte. Anschließend begann Inge, Schleifen um einige Zweige zu binden.

„Bitte lass das Kästchen noch zu", bat sie, als Jenny im Karton ein Holzkästchen entdeckte, um das ein dunkelblaues Seidenband gebunden war. „Zuerst muss der Baum fertig geschmückt sein. Erst dann wird das Kästchen geöffnet!"

„Warum?"

„Weil darin Schätze liegen und …"

„Schätze?", prustete Jenny mit aufgerissenen Augen hervor. „Richtige Schätze?"

Inge nickte. „Genau! Und ich möchte, dass jeder einzelne zwischen den Kugeln und Schleifen seinen besonderen Platz bekommt, den ich aber erst mal finden muss."

Nachdem Jenny das Holzkästchen endlich hatte öffnen dürfen, sah sie ihre Oma enttäuscht an. „Das ist doch gar kein Schatz!", maulte sie. „Das ist ja nur ein Engel aus gelber Wolle. Ein richtiger Schatz funkelt und ist sehr wertvoll."

„Und mein Engel ist es nicht?"

Kräftig schüttelte Jenny den Kopf. „Nein! Der hat bestimmt nicht viel gekostet. Mama hat eine Kette, die war ganz teuer. Darum ist sie wertvoll. Das hat Mama gesagt." Missbilligend legte sie den Engel beiseite und wandte sich wieder dem Kästchen zu. Vorsichtig nahm sie einen aus Goldpapier gebastelten Vogel und zwei Holzpüppchen heraus. Die beiden waren gerade mal sieben Zentimeter groß und jedes Püppchen trug ein rotes Häkelkleid und eine Mütze, an der eine Schlaufe zum Aufhängen baumelte. „Das sind auch keine Schätze."

„Für mich sind sie das aber!", wandte ihre Oma ein. „Genauso wie der Engel, den mir meine Nachbarin Frau Wulf schenkte, weil ich für sie wie ein Engel sei."

„Wieso das denn?", fragte Jenny kichernd.

„Weil Frau Wulf sehr einsam und oft traurig ist. Ab und zu schüttet sie mir ihr Herz aus und ich höre ihr zu. Wie viel ihr das bedeutet, wusste ich lange nicht. Manchmal ist uns gar nicht klar, wie wichtig wir für einen anderen Menschen sind." Inge hing den Engel in den Baum und während sie für die Püppchen einen schönen Platz suchte, erzählte sie weiter: „Diese beiden, das sind Helma und ich."

Jenny kräuselte die Stirn. „Wer ist das?"

„Helma war eine Freundin. Leider ist sie vor einigen Jahren gestorben. Obwohl sie dreißig Jahre älter war als ich, waren wir befreundet und immer füreinander da." Inge lächelte. „Oft haben wir gemeinsam gelacht, bis uns der Bauch wehtat. Daraus habe ich gelernt, dass es egal ist, wie alt oder jung jemand ist. Man kann zu tollen Freunden werden! Helma schenkte mir die Püppchen zu Weihnachten und sagte, die beiden wären sie und ich."

„Darüber hast du dich bestimmt dolle gefreut, oder?"

„Oh ja!", stimmte Inge zu. „Genauso wie über dieses Geschenk." Sie nahm ein kleines quadratisches Schild aus ihrem Holzkästchen. Es hing an einem Seidenband und war mit den Worten *Distance doesn't matter, if the friendship is real* bedruckt. „Das bekam ich von meiner Brieffreundin Jane aus Kanada. Nachdem wir uns acht Jahre geschrieben hatten, sahen wir uns im Dezember 2014 zum ersten Mal. Sie besuchte mich für zwei Wochen und schenkte mir dieses Schild. Immer wenn ich es sehe, denke ich an die schöne Zeit mit ihr."

„Und was heißt das, was da drauf steht?", fragte ihre Enkelin achselzuckend.

„Dass die Entfernung zwischen zwei Menschen unwichtig ist, wenn sie richtig gute Freunde sind."

„Dann hast du den goldenen Vogel bestimmt auch von einer Freundin, oder?"

„Nein! Den hat deine Mama für mich gebastelt!“

„Aber Mama kann doch gar nicht basteln.“

„Im Kindergarten musste sie es!“

„Im Kindergarten?“, stieß Jenny mit aufgerissenen Augen hervor.

Inge lachte kurz auf. „Na klar! Deine Mama war auch mal klein. Sie war vier, als sie ihn mir zu Weihnachten schenkte. Und da deine Mama zu den wichtigsten Menschen in meinem Leben gehört, hängt der goldene Vogel ebenfalls jedes Jahr im Weihnachtsbaum.“

Inge ging vor Jenny in die Knie. „Weißt du, Süße, Schätze müssen nicht immer teuer sein und funkeln. Manches wird zu einem Schatz, weil wir es von einem Menschen geschenkt bekamen, den wir lieb haben. Oder weil es uns an etwas Schönes erinnert.“ Sanft tippte sie mit ihrem Finger auf Jennys Brustkorb. „Was es dir in deinem Herzen bedeutet, das macht es zum Schatz!“

Als Inge Heiligabend bei ihrer Familie eintraf, erfüllte der fröhliche Glockenklang von *Jingle Bells* das Wohnzimmer und überall duftete es nach Mandeln und Zimt.

„Mama hat Bratäpfel gemacht“, trällerte Jenny, sprang ihrer Oma entgegen und hielt ihr eine hölzerne Zigarrenschachtel vor die Nase. „Guck mal! Die habe ich Papa abgeluchst!“ Sie klappte den Deckel hoch, nahm einen Strohstern heraus und reckte in stolz in die Höhe. „Mein erster Schatz! Das ist er nämlich, weil ich ihn von dir bekommen habe. Wenn ich groß bin und einen eigenen Tannenbaum habe, hänge ich ihn jedes Jahr an einen Zweig und denke an dich. Und ich denke auch daran, wie du ihn mit mir gebastelt hast.“

Sprachlos stand Inge da und lächelte gerührt. So sehr hatte sie sich gewünscht, ihrer Enkelin später einmal etwas Wertvolles mit auf ihren Lebensweg geben zu können. Wie es schien, war es ihr schon jetzt gelungen …

Petra Kesse, *1965 in Bremen geboren, nimmt seit ihrem Belletristik-Fernstudium an Literaturwettbewerben teil. Mit „Das Leben liebt es kurvenreich“ veröffentlichte sie 2019 ihr erstes Buch mit Kurzgeschichten, das 2022 auch als Hörbuch erschienen ist. www.petrakesse-autorin.de.*

Die Legende vom Weihnachtsmann

Tief im Wald, unter Blumen und Gras, leben die Nicknacks. Sie ähneln kleinen Insekten, doch sind sie wie die Menschen zivilisiert, haben eine eigene Sprache und besitzen eine Seele! Bei ihnen gibt es Arme, Reiche, Blinde, Kräftige, Dünne ... Auch besitzen sie ihr eigenes Zahlungsmittel – genau wie die Menschen! Ihre Aufgabe ist es, im Wald, in Gärten oder Wäldern für Ordnung zu sorgen. Dafür haben sie verschiedene Bereiche wie Ärzte, Polizisten ... Sie haben sogar eigene Banken, wo sich Tiere, Pflanzen oder Nicknacks Dinge leihen können, die sie zum Leben brauchen. Diese Schulden werden dann von ihnen abgetragen – genau wie bei den Menschen. Zum Beispiel hat ein Tier im Winter nicht genug gesammelt, weil es herumgealbert hat, so geht es zur Nicknack-Bank und leiht sich Futter, um nicht zu verhungern, und stottert diese Schuld so ab, wie die Bank es verlangt.

In einem Waldabschnitt jedoch gibt es keine Armut. Alle sind fleißig und arbeiten Hand in Hand und wer Hilfe braucht, dem wird geholfen! Ein Nicknack, er ist ein Draufgänger durch und durch, hat nie etwas durchgezogen. Er lebt in den Tag hinein und sieht in Arbeit nicht die Erfüllung. Wer weiß, wo er schon gelandet wäre, wenn er nicht so großartige Unterstützung seiner Nicknack-Gefährten genossen hätte ...! Doch es passierte eine Wendung in seinem Leben, die alles in ihm veränderte.

Er war mal wieder unterwegs, außerhalb des Raumes, in dem sich Nicknacks bewegen dürfen, denn bei ihnen gilt eine Regel: Kein Mensch darf sie je zu Gesicht bekommen. Daher ist es keinem Nicknack erlaubt, die Grenze ihrer Lande zu überschreiten. Dem Nicknack, der auf den Namen Nikita hörte, scherten Regeln allerdings nicht, was auch fast sein Untergang gewesen wäre, da sich von oben durch die Gräser ein riesiger Fuß auf ihn herabbewegte. Er merkte es nur an dem plötzlich fehlenden Sonnenlicht, welches durch Dunkelheit unter dem Fuß ersetzt wurde.

Blitzschnell sprang er um den Fuß herum, wurde aber noch von diesem erwischt und in die Luft katapultiert. Er landete auf dem Kopf des Menschenkindes, wo er sich mit aller Kraft festkrallte, um nicht herunterzufallen. Da hörte er ein Gespräch zwischen zwei Kindern:

„Ich wünschte mir so gerne eine Mutter und einen Vater, mit denen ich leben kann und die mich lieb haben!"

Und das andere Kind antwortete: „Ich weiß, das wünschen wir uns alle, aber ich würde für einen trockenen Schlafplatz, Schuhe und eine warme Mahlzeit alles tun."

Als Nikita dies hörte, hatte er Gewissensbisse. Er, der eigentlich alles haben könnte, wenn er nicht so faul und ignorant wäre, lebte auf Kosten anderer, und diese armen, obdachlosen Menschenkinder hatten nichts außer ein paar Decken und ein warmes Feuer.

„Ich habe so schrecklichen Durst", weinte das kleine Mädchen mit den blonden Haaren.

Daraufhin näherte sich ein etwas größerer Junge und sagte: „Hier, nimm meine Getränkeration, du benötigst sie eher als ich." Er goss dem kleinen Mädchen sein Wasser in ihre Schale.

Nikita rührte dies zutiefst und er vergoss ein paar Tränen. Er machte sich auf den Heimweg, doch er war voller Tatendrang, dass er etwas unternehmen musste. So machte er auf dem Rückweg einen Umweg, der ihn zu einer Müllkippe führte, wo die Menschen ihre Sachen, die sie nicht mehr brauchten, einfach in den Wald warfen. Dort fand er einen kleinen Korb, ein paar Äste und viel Plastik. Er nahm all die Sachen, von denen er dachte, dass er sie brauchen könnte, und trug sie in den Wald, wo er sie alle auf einen Haufen legte. Dann versteckte er sie, sodass sie niemand sehen konnte, und ging nach Hause.

Als er zu Hause ankam, überlegte er lange, da er Nägel, Hammer und Schnur brauchte. Er wusste sich nicht anders zu helfen, als mal wieder die anderen Nicknacks anzubetteln! Doch er wusste, dass die meisten ihm zwar halfen, ihm aber nicht das geben würden, was er brauchte, sondern nur das, was er zum Überleben benötigte. Daher bot er den Nicknacks an, deren Keller zu entrümpeln und die Sachen zu entsorgen, die seit Jahren herumstanden und alles blockierten. Da viele Nicknacks mit ihren Hauptarbeiten so viel zu tun hatten, nahmen sie das Angebot gerne an.

Nikita schuftete wie noch nie in seinem Leben, aber seine Idee, die er verfolgte, gab ihm immer wieder Kraft, um nicht seiner Faulheit zu erliegen, sondern sich seinem Ziel zu nähern. Nach sechs Monaten harter Arbeit hatte Nikita in seinem Versteck eine große Anzahl an Werkzeugen. Damit bastelte er sich mehrere kleine Schlitten mit Kufen, da ja mittlerweile der Winter nahte. Als Nikita fertig war, sah er mit vollem Stolz seine Arbeit an. Es war genau so, wie er es sich vorgestellt hatte. Doch nun brauchte er jemanden, der diese Schlitten ziehen würde.

Er entschloss sich, zu den Hirschkäfern zu gehen, da diese kräftig waren und sich stets beweisen wollten, um die Weibchen zu beeindrucken. Als er bei ihnen eintraf, waren sie mal wieder in einem Turnier, wo ausgelost wurde, wer in einem Zweikampf gegeneinander antrat. Er schaute bis zum Ende zu und fragte die Gewinner, ob sie ihm bei seinem Vorhaben helfen wollten, doch diese winkten alle ab, denn sie hatten die Herzen ihrer Frauen erobert und wollten jetzt nur noch eine Familie gründen. Geknickt nahm Nikita das hin, doch noch geknickter waren die Verlierer, dass Nikita nur die Stärksten im Blick hatte und nicht diejenigen, die sonst noch hier waren.

„Nikita, was bist du nur für ein Kerl! Wir zehn, die hier noch stehen, finden deine Idee toll und haben auch Zeit!"

Nikita war sprachlos. Der Hirschkäfer hatte natürlich recht. Was war er nur für ein Typ, dass er nur auf äußere Merkmale Wert legte? Er entschuldigte sich für sein Verhalten und sagte: „Natürlich dürft ihr mitmachen, es wäre mir eine große Freude." Nikita sagte: „Wir müssen die Bienen besuchen, die machen leckeren Honig. Könntet ihr bitte meine Schlitten zu ihnen ziehen?" Die zehn Hirschkäfer machten dies gerne. Und so zogen sie die Schlitten über den mittlerweile verschneiten Boden.

Als die Bienen Nikita sahen, grüßten sie ihn freundlich und fragten: „Was möchtest du denn bei uns? Schließlich ist ja schon Winter."

Er erwiderte, dass er gehört habe, dass ein paar Bienen gerne die Welt sehen und sich vom Kollektiv lösen wollten, aber nicht wüssten, wie sie den kalten Winter überleben sollten. Als er das sagte, holte er aus einer Tasche weiße Kleider und gelbe Mützen und sagte: „Die habe ich für diese Bienen genäht und würde sie gegen ein wenig Honig eintauschen."

Die Bienen schwirrten sofort um Nikita herum und waren dankbar für die winterfeste Kleidung. Beim Anziehen fragten sie ihn, was er jetzt noch vorhabet.

Darauf erwiderte er: „Ich kenne ein paar Holzwürmer, die könnten kleine Geschenke aus Holz knabbern, denen wollte ich euren Honig als Belohnung geben. Doch brauche ich auch Geschenke für große Menschenkinder und nicht nur kleine. Doch für so etwas fällt mir kein Tier ein, das das machen könnte!"

Die Bienen sagten: „Das ist eine wunderbare Idee, die du da hast, und wir werden dir aus Dank für die Kleider dabei helfen, diese umzusetzen." Sie sausten wild umher und sagten: „Wir kennen genau die richtigen Tiere dafür, sie heißen Biber, sind circa 50 Zentimeter groß und haben wirklich viel Spaß beim Holznagen. Doch müssen wir uns beeilen, da diese auch in den Winterschlaf gehen." Die Bienen flogen deshalb vor, um die Biber noch zu erreichen.

Als Nikita bei ihnen ankam, wussten diese natürlich schon Bescheid und fanden es ebenfalls eine gute Idee, da sie so ihren Kindern auch mal etwas anderes beibringen konnten, als nur immer Dämme zu bauen. Sie wollten nur noch die Holzwürmer haben, damit diese die Löcher bohren konnten. Sie selbst nagten die Bretter zurecht und Nikita verband diese mithilfe der Bienen und der Hirschkäfer, indem sie Nägel und Seile, die er aus den Kellern der Nicknacks erbeutet hatte, durch die Holzwurmlöcher zogen.

Es war eine harte, aber am Ende lohnende Arbeit. Sie bauten viele verschiedene Holzspielzeuge wie Pferde, Eisenbahnen, Puppen, Wagen und vieles mehr. Als sie alles fertig hatten, waren natürlich die Wagen für die Menschenkinder viel zu groß, weshalb sich die Biber bereit erklärten, diese Wagen bis zu dem Feuer der Kinder zu ziehen. Danach verabschiedeten sie sich und wollten auch keine Bezahlung haben, sondern flüsterten Nikita zu: „Ein Honigbonbon für jedes meiner Kinder als Geschenk würde vollkommen ausreichen. Aber bitte nicht zu groß, denn sie brauchen gesunde Zähne für den täglichen Dammbau."

Nikita antwortete: „Ich habe deine Kinder im Blick", und bedankte sich noch einmal bei den Bibern.

Nikita stand schließlich mit seinem Schlitten vor den Kindern und stieg aus. Er trug einen weißen Mantel und eine Mütze gegen die Kälte. Er pirschte sich über den Kopf der Kinder langsam heran, um einen Überblick zu bekommen, wo sie am besten die Geschenke für die Kinder ablegen konnten. Doch plötzlich bewegte sich eines der Kinder, Nikita verlor den Halt und flog herunter in Richtung des Arms des Kindes.

Er schrie: „Au weia, nachts bin ich blind ..."

„Oh Mann", rief eine Biene ihm zu, „es hätte schlimmer kommen können!"

Doch Nikita merkte nicht, dass ein kleines Mädchen wach geworden war und ihn anstarrte. Doch es war fröhlich, setzte sich hin, musterte den kleinen Wicht und sagte: „Der Nikolaus kommt uns nicht besuchen, aber der Weihnachtsmann in roter Pracht lässt sich herab, um uns glücklich zu machen." Dabei hielt es das Geschenk fest umschlungen, das die Biber schon dorthin gelegt hatten.

Nikita wunderte sich über den Namen und kam zu dem Entschluss, dass das kleine Mädchen noch im Halbschlaf gewesen sein muss und er sich aus dem Satz nur Weih, nachts und Mann gemerkt hatte. Dies zusammengereiht ergab Weihnachtsmann! Nun bemerkte er auch, dass er, als er vom Kopf gefallen war, in einer alten Tomate gelandet war und sich seine Kleidung rot gefärbt hatte, weshalb das Mädchen dachte, er sei in roten Klamotten unterwegs. Nikita stotterte: „Wenn ihr artig seid und nicht stehlt oder sonstiges Schlechtes macht, werde ich euch immer unterstützen. Dafür sag deinen Freunden, sie sollen immer am Ende des Jahres einen Zettel mit ihren Wünschen unterm Kissen verstecken. Und wenn es für mich machbar ist, werde ich ihn erfüllen.“ Mit diesen Worten verließ er das Mädchen und setzte seine Reise fort.

Nikita bereiste noch die Biber, Bienen, Hirschkäfer, Holzwürmer und die Nicknacks. Jeder bekam das passende Geschenk, und weil alle Beteiligten so eine Freude daran hatten, machten sie es zu einem Geheimbund. Alle Beteiligten gingen arbeiten, um einmal im Jahr

andere zu beschenken, nur bei den Menschenkindern schauten sie monatlich vorbei und brachten ihnen Essen und mal Decken, damit sie die Jahre überlebten.

Nikita war endlich ein Held, der seine Bestimmung gefunden hatte. Doch er war anders als normale Helden, denn er war immer noch für alle unsichtbar. Denn große Arbeiten konnte er ja öffentlich nicht verrichten, das machte er im Verborgenen, da er ja nur ein Jahr Zeit hatte, um neue Geschenke zu produzieren. Dabei wurde er von Sponsoren unterstützt, die aber auch wollten, dass er andere Wälder bereiste und beschenkte. Daher sagte man ihm Sachen wie: „Du machst nichts und kommst trotzdem von Jahr zu Jahr weiter, du solltest dich etwas schämen." Aber Nikita wusste ja, auch diese bekamen von ihm am Ende des Jahres ein Geschenk!

So erging es der Welt Jahr für Jahr, bis eines Abends etwas passierte, das die ganze Welt verändern sollte. Denn Nikita war längst nicht mehr der Jüngste, auch wurden seine Schlitten immer länger und die Geschenke immer moderner. An einem Abend, seine Hirschkäfer waren längst Väter und hatten Familien und waren alle nicht mehr so stark, machten ihre Mission jedoch weiter, da es von allen eine Herzensangelegenheit war. Sie zogen die langen Schlitten mit Nikita darauf, die Bienen flogen drumherum und versuchten, die großen Berge an Geschenken zu sichern, damit sie nicht herabfielen. Eines Tages erfasste sie plötzlich eine Windhose. Die Bienen und Hirschkäfer versuchten noch, dem Wind standzuhalten, doch sie hatten keine Chance. Sie flogen samt der Schlitten Richtung Himmel davon.

Die Bienen verfolgten natürlich die Schlitten und versuchten mit aller Gewalt, sie zu halten, damit sie nicht herabstürzten, doch waren sie natürlich nicht stark genug. Daher gaben sie ein Notsignal ab, das durch jede Pflanze im Wald weitergeleitet wurde. Jedes flugfähige Tier oder Insekt wurde benachrichtigt, um sie zu retten, was zum Glück auch geschah. Doch schaffte es ein mittlerweile 17-jähriges Mädchen, einen Schnappschuss mit seiner Kamera zu machen. Eine Menschenzeitung schrieb:

Es gibt ihn wirklich, den Weihnachtsmann! Er sitzt in seinem Schlitten und fliegt über die Wälder mit rotem Mantel, mit Mütze und weißem Bart. Seine Hirsche ziehen ihn – und die Engel begleiten ihn!"

Vor mehr als zehn Jahren hatte Nikita beschlossen, den Menschenkindern zu helfen. Diese überlebten die Jahre mit seiner Hilfe und der seiner Freunde, doch für ihre Augen war er immer unsichtbar. Aber das Mädchen, das das Foto gemacht hatte, kannte ihn genau. Es hatte ihn damals gesehen, als er das erste Mal bei ihnen gewesen war, doch keiner hatte ihr damals geglaubt. Also sparte das Mädchen immer ein Stück Gold, das es von Nikita bekam, für eine Kamera an, was etwas dauerte, da es ja auch essen musste, um zu überleben. Als es dann endlich die Kamera hatte, legte es sich auf die Lauer, jedes Jahr zur gleichen Zeit, bis ihr dieses Glücksfoto gelang!

Aus der Ferne erkannte man nur das, was man sehen wollte, und so entstand die Legende vom Weihnachtsmann, der seitdem in fast jedes Menschenhaus zum Ende des Jahres den Kindern seine Geschenke bringt.

Volker Naylor *wurde 1980 in Bonn Godesberg geboren, da seine Eltern bereits in jungen Jahren seine kreative Seite entdeckten, schickten sie ihn auf eine Waldorfschule, wo er diese uneingeschränkt ausleben konnte. Danach machte er eine Ausbildung zum Koch. In seiner Freizeit betreibt er weiterhin diverse Kunstprojekte, die unter anderem das Schreiben und Malen von Geschichten beinhalten.*

Geburtstag

Schneeflocken tanzten
Wie Silbersterne aus dem Himmel
Ins festliche Glockengeläut.
Wir träumen wieder von weißer Weihnacht, doch
Deinen Geburtstag, kleiner Jesus, feiern wir auch ohne Schnee.

Katharina Rösel, *Mutter zweier Töchter und Oma von drei Enkelkindern. Studium der Romanistik und Neueren Deutschen Literaturwissenschaft an der Universität Bonn. Neben ihrer neu entdeckten Passion zur Poesie singt sie in einem kleinen Chor und ist gerne in der Natur unterwegs.*

Als Oma mit dem Fleischwolf kam …

Weihnachten – ein Fest der Liebe, der Familie, der Geschenke und … der Weihnachtsbäckerei. Als Kind fand ich diese Zeit herrlich, vor allem, wenn ich mithelfen und den Teig probieren oder die Schüssel auslecken durfte. Später als Mutter von zwei Söhnen wollte ich diese Tradition natürlich fortführen, doch mir schien das Zubereiten von Plätzchen bei Weitem weniger entspannt als in meiner Erinnerung. Denn jetzt fühlte ich mich verantwortlich sowohl für das, was passierte als auch für das Resultat. Dummerweise lauerten mittlerweile auch noch Gefahren beim Backen, an die wir in meiner Kindheit keinerlei Gedanken verschwendet hatten: „Vermeiden Sie den Verzehr von rohen Eiern, es besteht die Gefahr einer Infektion mit Salmonellen!" Also kein roher Teig für die Kinder.

Während ich Anfang Dezember mit dem Backmarathon begann, warnte ich vor jeder gemeinsamen Aktion mit den Worten: „Aber nicht naschen, davon bekommt man Bauchschmerzen!" Irgendwann endete das Ganze dann jedes Mal in Geschrei. Am Abend solcher Tage fühlte ich mich nicht nur völlig erschöpft, sondern auch verunsichert, ob ich die Dinge nicht zu sehr dramatisierte.

Und dann kam Oma Lu, die Mutter meines Mannes. Nachdem sie sich zwei Adventszeiten lang geduldig die Schilderungen des abhandengekommenen Backvergnügens angehört hatte, schaute sie mich im darauffolgenden Jahr Mitte November zwinkernd an: „Weißt du was, ich habe noch einen alten Fleischwolf, mit dem kann man herrlich Spritzgebäck herstellen. Wenn du einverstanden bist, komm ich am Samstagnachmittag vorbei und backe mit den Kindern."

Warum nicht, schlimmer als das, was ich alljährlich veranstaltete, konnte es nicht werden. Dachte ich.

Bis Lu zu besagtem Zeitpunkt mit dem legendären Fleischwolf in unserer Küche erschien, wo sie das Monstrum sofort an der Tischkante festschraubte. Während ich immer zuerst alles aufgebaut hatte, was wir benötigten, holte sie einfach nach und nach die Zutaten aus dem Schrank. Eine Waage oder ein Rezept brauchte sie nicht, bei ihr ging es nach Gefühl. In meinen Augen vollkommen unprofessionell, vor allem, als sie dann noch den Kindern erlaubte, selber die Zutaten in die Schüssel zu geben, bis sie „Stopp“ sagte.

Auch das Mixen lag nun in Kinderhänden. Das Mehl verteilte sich plötzlich vor meinen erstaunten Augen nicht nur auf dem Tisch, sondern auch auf dem Fußboden, die Eier landeten mit kleinen Schalenfragmenten im Teig und die weiche Butter spritzte beim Mixen über den Rand. Eine Prise Salz, die für mich wie ein ganzer Teelöffel aussah, Mandeln, Puderzucker, Vanillemark – als hier der Fünfjährige mit dem spitzen Messer begeistert alles aus der Schote herauskratzte, schaute ich lieber aus dem Fenster. Doch es passierte … nichts. Kaum war der Teig fertiggestellt, musste er erst einmal in den Kühlschrank.

Während er dort eine Stunde ruhte, sah ich nur das Chaos rund um mich herum: mehlige und bespritzte Flächen, ebensolche Kinder und mittendrin meine fröhliche Schwiegermutter, die mich irgendwann mit dem ganzen Durcheinander zurücklassen würde. Ich schwieg und ließ das Trio spielen.

Endlich konnten die drei den Teig aus der Kühlung holen. Allerdings stand die Schüssel kaum auf dem Tisch, als der Älteste schon fragte: „Und wie schmeckt der?“ Mit großen Augen blickte er seine Oma an.

„Lecker“, antwortete die nur und nahm sich ein bisschen von der Masse, die da so verlockend vor ihnen stand. „Probiert doch einfach!“

Bevor ich noch eingreifen konnte, hatten sich beide Kinder einen kleinen Teigklumpen in den Mund gesteckt. Es schnürte mir fast die Kehle zu: „Stopp, das geht nicht, hört auf, ihr bekommt nachher Bauchschmerzen!“

Doch meine Schwiegermutter zwinkerte mir nur belustigt zu: „Das passiert schon nicht.“

In meiner Fantasie sah ich mich allerdings schon mit sich vor Schmerzen krümmenden Kindern ins Krankenhaus rasen.

Während ich noch hektisch überlegte, was ich machen sollte, verkündete Lu nun begeistert: „Und jetzt wird gedreht. Ich schieb den Teig durch und ihr macht daraus kleine Würstchen, die ihr aufs Backblech legt. Wenn alles voll ist, kommt es schnell in den

Backofen, dann können wir nachher noch was davon essen."
Mir wurde ganz flau im Magen bei dem Gedanken, welche Auswirkungen warme Plätzchen auf die Verdauung haben konnten. Da stellte sich dann hinterher nur noch die Frage: Waren es die rohen Eier oder das nicht ausgekühlte Spritzgebäck, was die Bauchkrämpfe verursachte.

Als sich mein Blick wieder zum Tisch wandte, sah ich gerade noch, wie eine relativ lange Teigwurst im Mund unseres Jüngsten verschwand.

In dem Moment verließ ich einfach die Küche. Ich konnte sowieso nichts mehr ändern. Also streckte ich mich auf dem Sofa im Wohnzimmer aus und setzte die Kopfhörer auf. Doch obwohl ich mit einer Kassette aus der Horrorecke wirklich alles versuchte, die Schreckensbilder meiner Fantasie in eine andere Richtung zu lenken, kreisten die Gedanken selbst an den gruseligsten Stellen um das Geschehen nebenan.

Plötzlich öffnete sich die Tür. Meine Schwiegermutter betrat den Raum mit einem Tablett, auf dem vier volle Teetassen standen, aus denen ein würziger Duft nach Nelke und Zimt aufstieg – Weihnachtstee. Die Kinder trugen zwei Teller mit Spritzgebäck, die sie mir stolz entgegen streckten: „Die sind total lecker!" Begeistert blickten sie mich an und gingen davon aus, dass ich die Plätzchen probierte.

Als ich in die erwartungsvollen Augen blickte, war es mir auf einmal vollkommen egal, ob die Köstlichkeit vor mir eiskalt, lauwarm oder heiß war, und wie ich mich in einer Stunde oder wann auch immer fühlen würde. Ich griff einfach zu. Und das warme Spritzgebäck erwies sich als das beste, das ich je gegessen hatte. Mein überschwängliches Lob erfreute alle drei Bäcker und wir tranken in harmonischer Viersamkeit den Tee.

Danach hieß es: „Bleib du ruhig im Wohnzimmer, wir räumen nur noch auf!"

Als sich meine Schwiegermutter schließlich verabschiedete, fand sich nirgends mehr auch nur das kleinste Stäubchen Mehl. Alles stand an seinem Platz – und drei prall gefüllte Keksdosen mitten auf dem Küchentisch zeugten von der nachmittäglichen Backaktion. Weder die Kinder noch ich litten an dem Abend oder in der darauffolgenden Nacht an irgendwelchen Beschwerden, obwohl wir vor dem Schlafengehen noch etliche Plätzchen vertilgt hatten.

Seit jenem November kam meine Schwiegermutter jedes Jahr Ende November mit ihrem Fleischwolf zu uns, sehnsüchtig erwartet nicht nur von unseren beiden Söhnen, sondern auch von mir. Sobald es dann losging mit der Weihnachtsbäckerei, verließ ich einfach die Wohnung und kehrte erst zurück, wenn ich wusste, die Küche ist aufgeräumt und das Spritzgebäck steht bereit.

Ich weiß nicht, welche Mengen an Teig Oma Lu und die Kinder verspeisten, aber nie hat jemand über Bauchschmerzen oder andere Beschwerden geklagt. Selbst heute noch, so viele Jahre später, denken wir in der Vorweihnachtszeit gerne etwas wehmütig an meine Schwiegermutter zurück und irgendwann fällt dann immer der Satz: „Wisst ihr noch, früher, als Oma mit dem Fleischwolf kam …“

Anke Elsner, *Münster, verheiratet, zwei Söhne; Studium der Germanistik, Soziologie und Publizistik an der WWU; MA 1985; Familienzeit; ab 2002 Dozentin für „Deutsch als Fremdsprache“; seit 2013 Autorin; Nominierungen in Schreibwettbewerben; 1. Preise, u. a. Gewinnerin der „Mölltaler Schreibader“(2019); ca. 90 Publikationen in Deutschland, Österreich und der Schweiz; Lesungen und Auftritte als Mitglied der Gruppe „AG Sargnagel“; eigene Kurzkrimi-Anthologie „Doppelkopp“ (2016). ankeelsner.wordpress.com.*

Security-Elfen im Einsatz

„Brrrrr, ist das k...kalt“, jammerte Sepp und bibberte am ganzen Körper. Der kleine Elf rieb sich die Hände, die, obwohl sie bereits in dicken Wollhandschuhen steckten, immer noch eiskalt waren.

„Solltest du nicht langsam die Temperaturen hier gewohnt sein?“, wunderte sich Elfi. Sie war schon länger am Nordpol als Sepp. Aber selbst als sie neu beim Weihnachtsmann eingestellt worden und zum ersten Mal hier oben war, fror sie nicht so wie Sepp jetzt.

Beide standen auf der Wagenplattform des Aussichtswagens am Ende des Polarexpresses und warteten darauf, dass dieser endlich abfahren würde.

„Ei...Eigentlich b...bin ich ein Stra...Strandelf, k...kein Schneeelf“, versuchte sich Sepp bibbernd zu erklären. Er zog sich den Schal, den seine Oma ihm gestrickt hatte, noch weiter ins Gesicht.

„Ein *was*?“, fragte Elfi verwundert.

„Ein S...Strandelf, ich k...komme aus Haw...w...w...waii“, zitterte Sepp.

„Du bist ein Elf aus Hawaii und heißt Sepp? Nicht gerade typisch hawaiianisch, oder?“, lachte Elfi.

„M...meine Mutter k...kommt aus...s...s Bayern.“

Ein lautes Piepsen schreckte die beiden Elfen auf. Es war das Walkie-Talkie an Elfis Gürtel. „Ja, was gibts?“, fragte Elfi, als sie sich den großen, altmodischen Kasten ans Ohr hielt. „Ah, ok, verstehe. Wir kommen“, seufzte Elfi knapp, hing sich das Ding wieder an den Gürtel und wandte sich an Sepp. „Komm, es gibt Ärger. Eines der Rentiere will nicht auf seinen Platz.“

Elfi und Sepp waren im Zug für die Ordnung zuständig – sozusagen die Security-Elfen. Klar, es war ein Weihnachtszug, meistens ging es dort recht gesittet zu, aber nach den Sommerferien, wenn alle aus dem Urlaub kamen und wieder an den Nordpol fuhren, war der Zug recht voll und dann konnte es schon mal zu Reibereien kommen.

Elfi und Sepp stiegen von der Wagenplattform auf den Bahnsteig und liefen zur Mitte des Zuges. Direkt hinter der Lok hingen zuerst noch einige Gepäckwagen, darin war der Schlitten des Weihnachtsmanns verstaut, der gerade aus der Reparatur kam. Die Heinzelmännchen hatten gute Arbeit geleistet und ihn wieder flugtüchtig gemacht. Letztes Weihnachten hatte der Weihnachtsmann nämlich einen kleinen Unfall gehabt. Der Grinch hatte die Bremsen manipuliert und so flog der Schlitten aus der Kurve und war in einen Baum gekracht. Dem Weihnachtsmann war dabei nichts passiert, aber der Schlitten hatte einen Totalschaden.

Hinter den Gepäckwagen kamen die Personenwagen – und im ersten davon schien es Probleme zu geben. Elfi und Sepp sahen eine ganze Gruppe von Weihnachtsmann-Angestellten, die sich vor dem Wagen tummelten. Sie schienen dem Streit, der sich im Inneren des Wagens abspielte, offenbar sehr interessiert zu lauschen.

„Neugierig sind die Leute heutzutage", dachte sich Elfi und schüttelte den Kopf. „So, macht mal Platz! Hier gibt es nichts zu sehen!", drängte sich Elfi durch die Menge. Für Weihnachtselfen war es gar nicht leicht, sich Gehör zu verschaffen. Elfen waren nur knapp einen Meter groß und hatten ein helles Stimmchen. Sich an einem fast zwei Meter großen Schneemann vorbeizuschieben, war also für Elfi keine Leichtigkeit.

„He, pass auf, du hast einen Handabdruck auf mir hinterlassen", jammerte der Schneemann, den Elfi versuchte, aus dem Weg zu schieben.

„Kurt, ich hab's gerade gesagt, hier gibt es nichts zu sehen, setz dich auf deinen Platz im Kühlwagen!"

„Sie hat es bestimmt nicht böse gemeint", bemühte sich Sepp, den traurigen Kurt zu beruhigen, der versuchte, mit Schnee, den er vom Boden aufsammelte, Elfis Handabdruck aus seiner Hüfte abpoliert zu bekommen.

„Doch, hab' ich und ich sag's nur noch ein einziges Mal: Alle auf eure Plätze, hier gibts nichts zu sehen!"

Nun machten die anderen Leute Elfi Platz. Ein riesiger Eisbär sprang regelrecht zur Seite, als die kleine, entschlossen wirkende Elfe auf ihn zukam. Elfi machte einen großen Schritt auf die Einstiegsleiter des Personenwagens und verschwand im Innern. Sepp hatte Mühe, mit ihr Schritt zu halten. Er schaffte es nicht so elegant, die

SECURITY
ECURITY

für so kleine Elfen recht hohe Einstiegsleiter hochzukommen, und hangelte sich ungeschickt in den Wagen. „Achtung, Achtung! Security! Bitte alle aus dem Weg“, brüllte Elfi im Wagen.

Alle Blicke richteten sich auf sie. Mit langen Schritten und durchgestrecktem Rücken, um sich möglichst groß zu machen, schritt Elfi den Mittelgang entlang. Etwa in der Mitte des Wagens waren einige Rentiere und diskutierten heftig miteinander. Sepp schaffte es, zu Elfi aufzuschließen, und versuchte, sich ebenfalls so groß wie möglich zu machen.

„Was ist denn hier los?“, fragte Elfi ruhig, aber bestimmt und mit lauter Stimme.

„Ich bin entsetzt, ich komme gerade von einer Tournee zurück und was muss ich feststellen? Ich soll hier im Polarexpress in der zweiten Klasse sitzen!“, echauffierte sich ein Rentier.

„Nur weil du jetzt ein Weltstar bist, denkst du, du seist was Besseres, Rudolph?!“ Das war Dasher, der noch vor Kurzem das Schlittengespann des Weihnachtsmannes angeführt hatte.

„Ja, genau!“, kam es von einigen anderen Rentieren.

„Die Leute kennen jetzt zwar deinen Namen, aber du tust auch nicht mehr als wir. Du ziehst auch nur den Schlitten!“, sagte Comet erbost.

„Ja, genau!“, kam es erneut von den anderen Rentieren.

„Ich bin ein Star, jeder kennt mein Lied und mich und überhaupt! Ich verzichte sogar freiwillig auf eine höhere Gage, aber ich will in die erste Klasse!“, beharrte Rudolf.

„Oh je, das kann ja heiter werden“, dachte Sepp. Elfi schien ganz cool zu bleiben. Äußerlich. Sepp kannte sie inzwischen so gut, dass er wusste, innerlich brodelte es in ihr.

„Dir ist schon klar, Rudolph, dass es hier gar keine erste Klasse gibt, oder?“, fragte Elfi das Rentier mit den Starallüren so ruhig sie konnte.

Rudolphs Nase leuchtete rot auf. „Ach? Nicht?“, wunderte er sich. Es klang einerseits überrascht, andererseits auch regelrecht angewidert.

„Nein, das ist der Polar-Express, hier sollte es keine Unterschiede zwischen den Leuten geben, ob reich oder arm, ob berühmt oder unbekannt. Hier gehts um Weihnachten, kapiert!“, spuckte Elfie die Erklärung regelrecht aus. „Aber wenn du willst, im Gepäckwagen gibt es ein Extraabteil. Also quasi eine Lounge, also so etwas Ähnliches wie eine erste Klasse. Soll ich den Krampus fragen, ob du dich mit in sein Abteil setzen kannst?“

Rudolphs entsetztes Schlucken, mit dem er versuchte, seinen Klos im Hals hinunterzuwürgen, war laut zu hören. „Nein, also … mach dir bitte meinetwegen keine Umstände. Ha ha, ich, … ähm … ich setze mich einfach hierhin und genieße die Fahrt“, sagte Rudolph kleinlaut, setzte sich auf seinen Platz und starrte aus dem Fenster.

Die Worte „Schisser“ und „Feigling“ waren im Flüsterton von den anderen Rentieren zu hören, die sich ebenfalls auf ihre Plätze setzten.

„Also, Gentlemen, ich schätzte, unsere Arbeit hier ist getan“, meinte Elfi und verließ mit Sepp im Schlepptau den Personenwagen.

„Mann ey, was diese Stars alles glauben, sich leisten zu können“, seufzte Elfi genervt.

„Du hast das aber ganz toll gemacht, Elfi. Also die Situation entschärft. Ganz ruhig, ich hätte fast damit gerechnet, dass dir gleich der Kragen platzt“, lachte Sepp.

„Ist er mir fast auch. Aber dann wäre ich auf die Liste mit den unartigen Leuten gekommen und hätte wohl dieses Jahr schon wieder keine Geschenke vom Weihnachtsmann bekommen.“

Felix C. M. Armbruster *ist diplomierter Kommunikations-Designer mit Schwerpunkt Informations-Design. Er arbeitet als selbstständiger Designer, Illustrator und Künstler im beschaulich gelegenen Tettnang (Baden-Württemberg), nahe des Bodensees, wo er auch 1989 das Licht der Welt erblickte. Gerne bringt er das kreative Kopfkino, das ihm innewohnt, zu Papier und hat schon einige (noch unveröffentlichte) Manuskripte erstellt, vom Jugendroman bis zum Krimi. Weitere Infos unter www.designkunstgestaltung.de.*

Das Sorgentelefon

Die Weihnachtszeit ist für allein lebende Menschen
leider nicht immer die viel besungene fröhliche Zeit.
Gerade in diesen festlichen Tagen besteht vielfach
erst recht Angst vor dem Alleinsein und Einsamkeit.

Wer sich einsam fühlt, schwer krank und traurig ist,
sich vergessen fühlt und die Geborgenheit vermisst,
keinen Ausweg sieht aus der ausweglosen Situation,
fühlt sich voller Leid als ärmster Mensch der Nation.

Seelisches Leid bedrückt in dieser Zeit noch mehr,
denn lange Winterabende sind unerträglich schwer.
Alte Menschen denken dann an die Kindheit zurück.
Die rosarote Brille der Erinnerung verklärt den Blick.

Erwartungen, Wünsche, Sehnsüchte kommen hoch
an die Kinderzeit, wo es nach einem Bratapfel roch.
Man hat Nähe, Liebe, Harmonie, Frieden im Blick –
und wünscht sich die *Wunder der Kindheit* zurück.

Die Kluft zur Wirklichkeit kann zum Abgrund werden.
Nicht einmal Weihnachten ist es Frieden auf Erden!
Gefühle, Zuwendung, Miteinander werden erwartet.
Spürbare Hilflosigkeit, wenn der Countdown startet.

Man kann geben, was man so schmerzlich vermisst!
Wird es ein schönes Fest werden oder wieder trist?
In Beziehungen machen sich gerade in dieser Zeit
enttäuschte Erwartungen an die Zweisamkeit breit.

Nach dem Tod des Partners, verlassen worden sein –
lähmt das Gefühl – das erste Weihnachtsfest allein!
Gefühle von Sinnlosigkeit, eine große innere Leere!
Fraglich die Zukunft – sie versinkt im Sorgenmeere.

Unterschiedlich können die Sorgen und Ängste sein,
die in dieser Zeit in großer Intensität brechen herein.
Zerschlagene Hoffnungen hinterlässt leider das Fest,
da zerstört wurde der letzte klägliche Hoffnungsrest.

Die Kinder waren eingeladen – sind nicht gekommen,
dabei hatte man sich viel für die Tage vorgenommen.
Wo liegt die Schuld? Manche Fragen bohren im Herz.
Groß und schwer zu ertragen kann sein der Schmerz.

Betroffene haben die tröstliche Erfahrung gemacht,
dass ein Mensch am Sorgentelefon in Heiliger Nacht,
für sie einfach da war und ihnen einfühlsam hörte zu
und sie durch das Gespräch finden konnten zur Ruh'.

Rund um die Uhr, während Weihnachtslieder klingen,
Menschen in Städten den Heiligen Abend verbringen,
zuhören, trösten, Sorgen, mancherlei Ängste nehmen,
sich einlassen auf die Menschen mit ihren Problemen.

Das Sorgentelefon hat sich das zur Aufgabe gemacht.
Dafür wollen wir dankbar sein, nicht nur in dieser Nacht.
Möge für die Menschen strahlen der Weihnachtsstern,
dass sie in Freude gedenken der Geburt unseres Herrn.

Sieglinde Seiler *wurde 1950 in Wolframs-Eschenbach geboren. Sie ist Dipl. Verwaltungswirt (FH) und lebt mit ihrem Ehemann in Crailsheim. Seit ihrer Jugend schreibt sie Gedichte. Später kamen Aphorismen, Märchen und Prosatexte hinzu. Ferner fotografiert sie gerne. Bislang hat sie bereits über 200 Gedichte im Internet und diversen Anthologien veröffentlicht.*

Der Wind, der Wind …

Das war eine Novembernacht. Ganz Deutschland bekam kein Auge zu. Aus dem Nichts, so schien es, hatte sich ein Orkan gebildet und riss alles, was nicht niet- und nagelfest war, mit. Einmal quer durch Deutschland. So hieß es am nächsten Morgen in den Radionachrichten.

Außerdem wurde folgender Aufruf gemacht: „Alle Kinder der ersten Klasse können heute wegen der Sturmnacht zu Hause bleiben. Dies ist eine Ermessenssache der Eltern."

Mein Sohn Michel war in der ersten Klasse und wir waren gerade beim Frühstücken, als wir die Nachrichten hörten.

„Toll, Mama, dann kann ich endlich meinen Wunschzettel an den Weihnachtsmann schreiben", rief er. „Ich darf doch, oder?", plapperte er, ohne groß Luft zu holen, weiter.

„Du darfst", meinte ich und gähnend noch: „Ich lege mich in der Zwischenzeit noch ein Stündchen aufs Sofa."

Michel weckte mich gegen 11 Uhr.

Er hielt mir einen Zettel unter die Nase und meinte: „Kannst du mal gucken, ob ich alles richtig geschrieben habe, denn ich möchte dem Weihnachtsmann einen fehlerlosen Brief schicken. Ich gehe so lange in mein Zimmer." Ehe ich mich versah, war er verschwunden.

Als ich anfing zu lesen, hätte mich beinah der Schlag getroffen. Es war geradezu haarsträubend, was ich da zu sehen bekam.

Lieber eihnachtsmann,

dies ist der unschzettel von Michel. Ich ünsche mir:
1. eine ollmütze
2. ein Fahrrad
3. eine olldecke
4. zei ildscheine für meine Tiersammlung
5. ein Spielschert.

„Michel“, rief ich, „komm mal her.“

Als er vor mir stand, wedelte ich mit dem Zettel umher und meinte: „Ich kann das gar nicht lesen. Das ist ja das reinste Kauderwelsch, was du da geschrieben hast. Ich ahne zwar, was es heißen soll, aber wo bitteschön ist das W? Denn es soll doch sicherlich Weihnachtsmann und nicht eihnachtsmann heißen.

„Ja Mama, aber das W lässt sich nicht schreiben.“

„Was heißt, es lässt sich nicht schreiben? Weißt du nicht mehr, wie man ein W schreibt?“

Wütend stampfte er mit dem Fuß auf und sagte mit weinerlicher Stimme: „Na klar weiß ich das, aber es will sich einfach nicht schreiben lassen. Du kannst es ja mal probieren.“

Jetzt wurde auch ich wütend. Ich nahm ein Blatt Papier und setzte zum Schreiben an. *Lieber eihnachtsmann,* schrieb ich.

Michel lachte aus voller Kehle. Er konnte sich gar nicht wieder einkriegen. Schließlich meinte er: „Siehst du, bei dir geht es auch nicht.“

Was war das? Wo war denn das W geblieben? Konnte denn ein Buchstabe einfach verschwinden? Ratlos guckten wir uns an. Ich stand wortlos auf. Ging nach draußen, um die Zeitung reinzuholen. Vielleicht stand da ja bereits eine plausible Erklärung drin. Noch im Gehen las ich die Schlagzeile:

Der helle ahnsinn, die elt steht Kopf.
ar's der ind heute Nacht? Das ochenblatt hofft auf ein under.
Denn nur ein under kann noch helfen.

In der Zeitung also das gleiche Kauderwelsch. Oh Gott, oh Gott, was war da nur passiert?

Ich stellte das Radio an. Die 12 Uhr Nachrichten waren dran. Vielleicht waren die ja schon weiter in ihrer Recherche.

Nein, waren sie nicht. Es wurde gerade eine Großfahndung nach dem W ausgerufen. Alles Verdächtige sollte man melden, auch wenn es einem noch so dumm vorkam. Ferner wurde gehofft, dass sich der Täter freiwillig stellte.

Ich machte den Fernseher an, unter Umständen hatten die einen anderen Stand. Hier lief gerade eine Sondersendung zum verschollenen W. Man hatte mittlerweile herausgefunden, dass nur das geschriebene W verschwunden war. Das gesprochene W funktionierte wie eh und je.

Bei den Sendern liefen die Werbeaufträge auf Hochtouren. Jeder, der bis jetzt die geschriebene Reklame vorgezogen hatte, versuchte es momentan mit der Gesprochenen. Natürlich zur bestmöglichsten Zeit. Den Sendern gingen bereits die Kapazitäten aus. Sie hätten nur noch Werbung bringen können, so viele Anfragen gab es. Aber das ging natürlich nicht. Anderseits stand das Weihnachtsgeschäft vor der Tür.

Hiervon wollten natürlich alle profitieren. Auf das größte Geschäft des Jahres wollte keiner verzichten. Schon gar nicht wegen eines albernen, verschollenen Buchstabens.

Und dann hörte ich den Moderator sagen: „Jetzt machen wir eine kurze Werbepause, dann bin ich wieder für Sie da."

Ich nutzte die Zeit, um mir meine Bücher im Regal an zu sehen. Als erstes griff ich nach *Vom inde vereht*, dann *Der einkenner* und zu guter Letzt *Der etterfrosch*. Bei allen das gleiche, das W war verschwunden. Wertlos, der gesamte Bücherschrank war mit einem Schlage wertlos geworden. Ich wusste gar nicht, was ich von der ganzen Sache halten sollte. Sollte ich darüber weinen? Ironie stieg in mir hoch und beinah hätte ich schallend gelacht. Letztendlich wurde es so ein höhnisches Lachen, so als ob man etwas nicht versteht.

Für den Rest des Tages ging es nur noch um ein Thema: Wo war das verschollene W geblieben?

Ohne eine Antwort zu bekommen, musste Deutschland schlafen gehen. Die Spannung wuchs. Die Luft war wie elektrisch geladen. Hochspannung lag in der Atomsphäre.

Der Blick in die Zeitung am nächsten Morgen sagte mir, es hatte sich nichts geändert. Denn da las ich folgende Schlagzeile:

Viel zu früher intereinbruch! Schneelaine am atzmann reißt drei Berganderer in den Tod!

Allmählich wurde guter Rat teuer! Was war, wenn es so bliebe? Lesen würde auf jeden Fall zur Qual werden, so viel stand schon mal fest. Wahrscheinlich würde das Geschäft mit Hörbüchern explosionsartig in die Höhe steigen. So brachte das Ganze jedenfalls keinen Spaß. Ziemlich genervt schleuderte ich die Zeitung in die Ecke.

„Nicht mit mir“, dachte ich.

Von nun an warf ich nur noch einen kurzen Blick in die Zeitung. Fehlte das W, landete sie in der Ecke. Der Berg wuchs und wuchs. So verstrich der November. Nichts tat sich.

Der Kalender zeigte bereits den 20. Dezember, Weihnachten stand sozusagen vor der Tür. An diesem Tag führten verschiedene Rundfunksender Interviews in ganz Deutschland durch. Überall wurde gefragt: „Wie ist das für Sie, ohne schriftliche Werbung?“

Und überall die gleiche Antwort: „Eine richtige Wohltat ohne die viele Werbung. Der Papierkorb ist nur noch halb so voll.“

Ferner wurde gefragt: „Hat sich etwas in Ihrem Leben seitdem verändert?“

Und wieder waren die Antworten deutschlandweit sehr ähnlich. Die Menschen wachten auf. Sie fingen an, sich zu fragen, worum es an Weihnachten eigentlich ginge. Ging es tatsächlich um Schenken und Beschenktwerden? Essen im Übermaß? Freie Tage von der Arbeit? Das gesamte Haus putzen und weihnachtlich herrichten? Von einer Weihnachtsfeier zur nächsten hetzen?

Aufgrund der fehlenden schriftlichen Werbung, stattdessen ein Überangebot von Werbespots im Fernsehen, erkannten viele, dass das Mit- und Füreinander zu kurz gekommen war. Aber genau danach hatten sie sich gesehnt.

Das verschollene W hatte auf Umwegen die Menschen sensibel gemacht und ihren Blick auf das Wesentliche gerichtet.

Und so verging Weihnachten.

Bei uns verlief Weihnachten total anders als all die Jahre zuvor. Es war diesmal stiller, friedvoller und mit mehr Muße gefüllt. Anstatt Geschenke zu verteilen, wurde gespielt, endlich mal wieder gesungen und viel zusammen gelacht. Dass andere Menschen ähnlich dachten, bestätigten die Zahlen des Einzelhandels. Es war das größte Verlustgeschäft, seitdem es Aufzeichnungen gibt.

Als ich am 27. Dezember die Zeitung aus dem Briefkasten holte, sprang mir seit mehr als einem Monat wieder der vollständige Name ins Auge: *WOCHENBLATT*. Und auch sonst war das W wieder sichtbar geworden. Endlich!

Und wer der Übeltäter war und vor allem warum, las ich in folgendem Bekennerbrief:

Bekennerbrief

Das Wunder ist vollbracht!
Das, was sich alle gewünscht haben, ist zurück. Ich habe das verschollene „W" wieder an seinen Platz gebracht.
Und das, was ich mir gewünscht habe, ist ebenfalls zurück. Für die Menschen wurde das Konsumieren zur Nebensache.
Ich war es, der während des Sturmes im November das „W" entführt hat. Ich wusste mir keinen anderen Rat, damit sich endlich die Menschen wieder auf das Wesentliche besinnen.

Der Weihnachtsmann

Als zweite Schlagzeile las ich:

Das Wochenblatt dankt seinen Lesern, trotz großer Schwierigkeiten, für das treue Durchhalten und wünscht allen ein Dranbleiben an den guten Vorsätzen.

Begießen Sie mit uns das neue Jahr! Eines wünschen wir uns auf gar keinen Fall: einen Trittbrettfahrer!

Marion Philipp, *Jahrgang 1947, geboren in Hamburg. Mehrere Kurzgeschichten in verschiedenen Anthologien. Bücher: „1-2-3 fertig ist der Geschichtenbrei", „Oma Mari und der Flaschengeist", „Nachdenkliche Gedichte", „Mein Weg aus der Angst."*

Ein Freund

Ich sehe ihn tagein, tagaus. Er schippt Schnee, schwungvoll schiebt er seine große Schneeschaufel unter das neu gefallene Weiß. *SSSCCH* – ein Geräusch, das ich noch gut aus meiner Kindheit kenne. Schon witzig, wie sehr uns manche Geräusche in alte Zeiten zurückversetzen können. Mit einer beinahe schon eleganten, auf jeden Fall aber routinierten Bewegung hebt er die Schaufel an und schleudert das kalte Weiß in seinen Vorgarten, in dem sich bereits ein großer Schneehaufen gebildet hat.

Dann plötzlich hält er inne, stellt die Schneeschaufel ab, lehnt sich an den hölzernen Griff, dem man ansieht, wie viele Winter er schon zur Arbeit eingesetzt wurde, und holt ein blau-weißes Stofftaschentuch aus seinen braunen Cordhosen. Er faltet es auseinander und wischt sich damit den Schweiß von seiner Stirn. Es scheint so, als wäre er ganz in Gedanken versunken, während ihm seine Pause wieder neue Kraft schenkt. Dann blickt er auf, ein zaghaftes Lächeln umspielt seine Mundwinkel, als er mir direkt in die Augen blickt. Er nickt mir zu, während er an seine wollene Schiebermütze fasst, und geht dann wieder seiner Arbeit nach. Es stört ihn scheinbar nicht, dass ich ihn beobachte, aber das tut es ja nie.

Später an diesem Tag, die Sonne ist bereits untergegangen, und der Schnee hat eine dünne Eisschicht an seiner Oberfläche bekommen, schaue ich aus dem Fenster und sehe ihn. Er kommt gerade heim und öffnet seine Haustür. Auf Kopfhöhe dieser Tür hängt ein wunderschöner, sattgrüner Weihnachtskranz, dekoriert mit einigen weißen und roten Weihnachtskugeln. Auch ein Stechpalmenzweig und ein kleiner Mistelzweig sind daran drapiert. Ich frage mich, ob er den Kranz selbst gemacht hat. Frau habe ich noch keine bei ihm gesehen – und im Ort habe ich keinen vergleichbar schönen Kranz finden können.

Mein Nachbar steht bereits in seiner warmen Stube, über sein Wohnzimmerfenster kann ich ihm weiter zusehen. Scheinbar gießt er sich einen warmen Tee in eine Tasse und noch bevor er sie zum Mund führt, schließt er seine Augen und atmet den warmen Duft ein. Was er wohl riecht? Er öffnet seine Augen und wieder bemerkt er mich. Ich hebe meine Hand zum Gruß.

Am nächsten Morgen finde ich eine kleine Metallschachtel vor meiner Türschwelle. Ich blicke mich um, kann jedoch niemanden sehen, also nehme ich die Schachtel, drücke sie fest an mich und drehe mich um, um sie in meinem Haus zu öffnen.

Auf der Schachtel finde ich keinen Zettel, nichts, das mir erklärt, woher sie stammt oder wer sie mir vor die Tür gelegt hat. Als ich sie öffne, finde ich auch keinen Hinweis darauf, jedoch ist sie bis zur Oberkante gefüllt mit leckeren Weihnachtskeksen. Ich sehe Vanillekipferl – oh wie die duften, Linzer Augen – ganz mürbe der Teig, saftige Lebkuchen und erfrischende Kokusbusserl. Wie wundervoll dieses Geschenk doch ist! Von wem kann es nur sein?

Ich atme den wundervollen Keksduft noch einmal ein und mache mich dann daran, die letzten Besorgungen vor Weihnachten zu erledigen. Ich schlüpfe in meine tannengrünen Winterstiefel, ziehe den herrlich dazu passenden roten Wollmantel eng um meine Hüfte zusammen. Ich wickle mir noch meinen Lieblingsschal um den Hals und ziehe mir die Wollmütze tief ins Gesicht. Und schon ziehe ich die Haustür hinter mir zu.

Draußen ist noch keine Menschenseele anzutreffen, jedoch bilden sich am Himmel bereits die nächsten dicken Schneewolken. Ich höre den Schnee unter meinen Stiefeln knirschen und muss unwillkürlich lächeln. Ich ziehe den Schal noch enger um meinen Hals, um den schneidenden Wind abzuhalten.

Es sind nur noch wenige Tage bis Weihnachten, drei, um genau zu sein. Ich habe mir vor einigen Wochen bereits eine Liste gemacht, was alles noch vorher zu tun ist, und mittlerweile ist fast jede Aufgabe davon erledig.

Ich sehe nun bereits die ersten Menschen auf der Straße. Mütter mit ihren Kindern, Familien, Hundebesitzer. Ob sie auch schon alle Aufgaben von ihrer Liste streichen konnten?

Kurz vor dem kleinen Greißlerladen, in dem ich alle Lebensmittel für die nächsten Tage einkaufen möchte, sehe ich ihn wieder. Er sieht heute gehetzt aus, seine Mütze sitzt schief auf seinem vor Kälte rot gezeichneten Kopf. Ich hebe schüchtern meine Hand zum Gruß, lächle verkniffen, doch er sieht mich nicht. Ich blicke ihm nach, wie er fest und zielsicher aufstampft. Meine Hand sinkt enttäuscht und ich gehe die Stufen hinauf zur Eingangstür der alten Greißlerin.

Sie stellt schon wieder Fragen, die mich verletzen. Warum ich junges Ding nur allein sei. Warum es keinen Ehemann gibt. Warum ich Weihnachten allein verbringe. Warum, warum, warum. Mir gehen die Antworten aus. Es ist, wie es ist, das Leben hat mir keinen Gefährten geschickt. Es war einfach keiner verfügbar für mich. Ich kaufe alles für eine Person ein, ja genau, lediglich eine Entenbrust. Ja genau, lediglich eine Tasse Reis.

Erschöpft von all den Fragen trete ich wieder hinaus in die Kälte und da ist er, ich sehe ihn wieder. Dieses Mal scheint er nicht so gehetzt zu sein und tatsächlich, er sieht mich. Er lächelt mir zu, fasst sich an seine Mütze und nickt in meine Richtung. Noch bevor ich weiß, was passiert, drehe ich um, gehe noch einmal in den Laden und kaufe eine zweite Portion von allem.

Nervös zapple ich in Richtung Wohnungstür, gehe wieder zurück in die Küche und wieder Richtung Tür. Das geht eine ganze Weile so. Wir haben noch nie miteinander gesprochen, ich stand noch nie direkt vor ihm. Doch ich trau mich jetzt. Ich ziehe mir die Topfhandschuhe an, umklammere den heißen Topf und los geht es über die Straße. Noch bevor ich mich anders entscheiden kann, drücke ich die kleine weiße Türklingel mit dem Ellbogen. Ich höre nichts, vielleicht ist niemand zu Hause. An diese Option habe ich nicht gedacht. Ich stelle den Topf vor der Tür ab, mache auf dem Absatz kehrt und gehe schnellen Schrittes zurück in mein Haus, ohne einen Blick zurückzumachen.

Den restlichen Tag wage ich es nicht, aus dem Fenster zu schauen. Ich putze gerade über die Arbeitsfläche in meiner kleinen Küche, als es an der Tür klingelt. Ich erstarre und erst das zweite Klingeln holt mich wieder in die Wirklichkeit. Ich gehe zaghaft zur Tür und öffne sie. Draußen steht ein Chor und will mir etwas Weihnachtliches vorsingen.

Meine innere Spannung fällt ab, und ich genieße es, ihrem *Have yourself a merry little Christmas* zuzuhören. Dabei fällt mein Blick unwillkürlich zu seiner Tür und ich sehe ihn. Er hebt soeben den Topf auf, hebt den Deckel, sieht sich den Inhalt an und plötzlich fällt mir auf, dass sein Blick nun auf meinem ruht. Ich spüre die Hitze in meinen Kopf steigen, drücke einer Sängerin etwas Geld in die Hand und schließe schnell die Tür hinter mir.

Ich kann meinen Puls in den Ohren fühlen, als es an der Tür klingelt. Als ich öffne, steht niemand davor. Doch an der Türschwelle liegt etwas – ein kleines rotes Schächtelchen. Daran hängt ein weißes Kärtchen mit einer handschriftlichen Nachricht daran. Im Schächtelchen finde ich eine kleine Spieluhr mit einer Ballerina darauf. Ich ziehe die Spieluhr auf und es erklingen die Töne von Tschaikowskys *Schwanensee*. Mein Blick auf die tanzende Ballerina verschwimmt, ich weiß nicht, was ich sagen soll. Die Nachricht berührt mich tief.

Als ich sie sah, wusste ich, dass sie nur für dich gemacht sein konnte.
Frohe Weihnachten!

Noch in den Hausschuhen gehe ich hinaus in die Kälte, über die Straße, und ich weiß, dass sich nun vieles ändern wird. Weil ich nun nicht mehr allein sein muss, weil ich nun einen Freund habe.

Monika Jiru *ist 1986 geboren und in Prottes, Niederösterreich, aufgewachsen. Sie lebt und schreibt in Wien – am liebsten über Themen, die sie berühren. Wenn sie keine Kurzgeschichten verfasst, schreibt sie an ihrem ersten Roman. Neben ihrem Bürojob ist sie passionierte Yogalehrerin.*

Ein ganz besonderes Weihnachtsgeschenk

Julius liebte es, über den Weihnachtsmarkt zu spazieren. Es duftete einfach überall so herrlich. Während von der einen Seite die Grillbratwurstduftwolke um seine Nase wehte, lag gleichzeitig der süße Duft gebrannter Mandeln und frisch gebackener Mutzen in der Luft.

„Was magst du essen?", fragte die Oma ihren Enkel. Sie hatte heute extra nicht gekocht, weil Julius nach der Schule unbedingt noch einmal mit ihr auf den großen Weihnachtsmarkt wollte.

Oma wusste natürlich, dass sie sich die Frage hätte sparen können. Schließlich waren sie in der Adventszeit fast täglich auf dem Weihnachtsmarkt gewesen und hatten mittlerweile ihr eigenes kleines Ritual.

„Machen wir es wie immer?", fragte Julius zurück.

Oma schmunzelte und holte ein bisschen Kleingeld aus ihrer Geldbörse. Sie teilten sich zuerst eine große Bratwurst und hinterher noch eine Tüte warme Mutzen. Abwechselnd griffen Oma und Julius in die rote Tüte. Sie bissen jeweils ein großes Stück der süßen Leckerei ab und warfen die winzigen Reststückchen auf den Boden. Jedes Mal kamen sofort zahlreiche hungrige Spatzen und verputzten die Krümel im Nu. Die beiden hatten ihre Freude, den kleinen Piepmätzen beim Fressen zuzusehen.

„Die haben bestimmt schon auf uns gewartet", flüsterte Julius.

„Ganz bestimmt", antwortete die Oma.

Beide wussten, heute war ihr letzter Tag auf dem Weihnachtsmarkt, denn morgen Abend war es so weit. Dann war Bescherung und Julius konnte es kaum erwarten, endlich seine Geschenke auszupacken.

Natürlich kam auch die Oma zur Bescherung. Sie staunte über den großen Weihnachtsbaum. Die Spitze der Tanne reichte bis an die Zimmerdecke und Julius hatte die vielen Sterne, die er mit ihr aus den Mutzen-Papiertüten mit den roten Herzen gebastelt hatte, alle aufgehangen.

„Die duften ja noch nach unseren Mutzen", freute sich die Großmutter und fragte sich laut, was die hungrigen Spatzen jetzt wohl ohne sie machen würden.

„Können wir endlich die Geschenke auspacken?“, fragte Julius ganz aufgeregt. Doch seine Eltern bestanden darauf, dass alle erst gemeinsam zu Abend essen.

Nun war es so weit. Julius riss ein Paket nach dem anderen auf und freute sich riesig. Von Oma hatte er einen großen Karton bunter Plastiksteine bekommen. Sie wusste, wie gern ihr Sonnenschein diese Bausteine mochte.

Julius machte es sich neben dem Weihnachtsbaum auf einem großen Kissen gemütlich und fing an, die bunten Steine ineinander zu setzen. Doch so richtig wusste er nicht, was er bauen sollte.

Direkt vor seiner Nase tanzte ein rot-weißer Papierstern hin und her und verströmte dabei immer noch den Duft des Weihnachtsmarktes, sodass Julius immer wieder an die leckeren Mutzen und die Spatzen denken musste.

Plötzlich kam ihm eine Idee. In Windeseile baute er aus einem Teil der Steine ein Häuschen mit Dach. Es war kunterbunt und hatte an allen Seiten riesige Fensteröffnungen.

„Oma, das ist für dich!“, platzte es dann stolz aus Julius heraus.

Die Großmutter erkannte sofort, was das für ein ganz besonderes Häuschen sein sollte. Und zwar ein Vogelhäuschen für ihren Balkon. „Das ist aber lieb von dir“, freute sie sich und nahm ihren Sonnenschein ganz fest in den Arm. „Ich weiß auch schon, was ich backen werde, damit es uns und auch den Spatzen schmeckt“, flüsterte sie ihrem Enkel ganz leise ins Ohr.

Katja Richter, *Jahrgang 1975, arbeitet neben ihrem pädagogischen Job in einem psychiatrischen Krankenhaus als freie Reporterin für eine lokale Tageszeitung. Für den Nordkurier schreibt sie fast täglich Artikel. Besondere Freude hat sie jedoch beim Schreiben von Kinderbüchern und Kurzgeschichten, die das Herz erfreuen.*

Mit allen Sinnen

Hörst du den Schnee,
der leise fällt?
Hörst du das Glöckchen,
das zaghaft schellt?
Fühlst du die Kälte
auf deiner Haut?
Und siehst du den Schneemann,
der lustig schaut?
Spürst du den Wind,
der sanft dich streichelt?
Fühlst du den Schal,
der dich umschmeichelt?
Riechst du die Plätzchen
so lecker wie nie!
Siehst du den Nachbarn
auf seinen Ski?
Hörst du von Ferne ein: „Hohoho?"
Bist du plötzlich
unglaublich froh?
Riechst du die Tannen,
den frischen Duft?

Dann liegt Weihnachten
in der Luft!

Dörte Müller *(geboren 1967) schreibt und illustriert Bücher für Kinder. Sie schreibt auch viele Weihnachtsgeschichten und oft spielen Tiere darin eine besondere Rolle. „Rudolf haut ab" handelt von einem Rentier, das Weihnachten einmal ganz woanders feiern möchte.*

Begegnung an der Krippe

Auf unserem Schrank zu Hause
steht eine kleine Krippe
von Weihnachten her,
winzig klein und unscheinbar,
so ganz und gar vergessen.

Aber Weihnachten,
wenn ich es recht bedenke,
ist doch das ganze Jahr über
und überall zugleich –
immer ein bisschen,
die Leute merken's nur nicht.

Da ruft keiner,
du musst schon selbst hinschauen
und hören wirst du auch nichts,
aber vielleicht,
dass eine Stimme Antwort gibt
in dir, die leise spricht
und unbemerkt ein kleines Licht angeht,
das still und ruhig leuchtet
über den Tag hinaus
und davon kündet,
dass Begegnung stattgefunden hat.

Welcher Art sie ist,
du kannst es nicht beim Namen nennen,
wozu auch, da doch weiterlebt,
was dir erfahrbar worden ist.

Wolfgang Rinn, *geboren und aufgewachsen in Tübingen, Abitur, Lehrerausbildung, Zusatzstudium Sonderpädagogik, viele Jahre in der Behindertenarbeit tätig, schreibt und veröffentlicht seit 1992 Gedichte und lebt heute in Reutlingen.*

Die Nacht des Weihnachtszaubers!

In einer kleinen Stadt am Waldesrand steht ein kleines Häuschen. Dort lebt eine Familie. Die Eltern Maria und Kai mit ihren drei Kindern Tom, Ben und Marie. Sie sind 13,10 und acht Jahre alt. Sie haben nicht viel, sind aber glücklich und zufrieden.

Es ist Dezember und die Adventszeit hat begonnen. Der erste Schnee fällt langsam vom Himmel herab und jeder bereitet sich auf Weihnachten vor. So oft es geht, sitzt die Familie mit den Großeltern zusammen und sie erzählen sich Weihnachtsgeschichten. Jeder scheint fröhlich zu sein, nur Marie ist etwas traurig. Sie wünscht sich einen Braten zum Weihnachtsessen. Noch nie hat sie einen Braten gegessen. Wie gern hätte sie den Wunsch für alle erfüllt.

Nachdem alle am 3. Advent den Weihnachtsbaum aufgestellt haben, setzen sie sich zusammen. Die Großeltern erzählen Geschichten und jeder hört aufmerksam zu. Nur Marie scheint im Gedanken zu sein. Sie sieht zum Fenster hinaus und beobachtet die Schneeflocken, die vor dem Fenster hin und her tanzen.

„Marie? Ist alles in Ordnung?“, fragt Maria.

„Was? Ach so. Mir fehlt nichts. Ich habe nur die Schneeflocken beobachtet“, sagt Marie.

„Ja, ja. So beginnt der Weihnachtstraum, den alle Kinder bekommen. Hi, hi“, sagt Opa freudig.

„Und was hilft bei einem Weihnachtstraum? Der Weihnachtszauber, der in jedem Herzen steckt“, sagt Oma.

Da wird Marie aufmerksam und hört wieder zu. „Der Weihnachtszauber?“, fragt sie.

„Meine Mutter, also eure Uroma, erzählte mir, dass in einer besonderen Nacht im Dezember Tiere anfangen zu sprechen, Elfen im Schnee tanzen, Engel sich am Himmel zeigen und zu den Tieren hinabsteigen. Auch Menschen zeigen sie sich. Aber sie kommen nur zu denjenigen, die reines Herzen sind und nicht an sich selbst denken. Dann soll etwas Wunderbares geschehen“, erzählt Oma.

„Unfug“, sagt Opa.
„Wer fest daran glaubt, wird es erleben“, sagt Oma.
Die Tage vergehen und der 4. Advent steht vor der Tür.
„Morgen ist der 4. Advent und dann ist Weihnachten“, sagt Ben freudig.
Da kommt Kai von draußen herein und sagt: „Wir brauchen noch Holz. Lasst uns in den Wald gehen. Es braut sich ein Schneesturm zusammen. Wir müssen uns beeilen.“ Sie zogen sich an und jeder nahm seinen Schlitten für das Holz mit.
„Bleibt alle dicht zusammen. Wenn der Schneesturm uns überrascht, werden wir Schutz in der alten Waldhütte finden. So lange sollten wir Holz sammeln“, sagt Kai.
Sie gehen los und der Himmel wird immer dunkler. Im Wald peitscht der Wind durch die Bäume. An der alten Hütte wird der Wind stärker und es fängt an zu schneien. So doll, dass keiner den anderen sehen kann.
„Wir müssen in die Hütte. Beeilt euch. Wir müssen warten, bis der Sturm nachlässt“, ruft Kai.
Als sie in der Hütte sind, bemerken sie, dass Marie fehlt. Maria will wieder hinausgehen, um Marie zu suchen, doch Kai hält sie auf. „Wir können nichts tun. Bei dem Sturm hat es kein Zweck, sie zu suchen. Marie ist schlau und wird einen Unterschlupf finden. Im Verstecken ist sie die beste.“
Maria seufzt tief und sieht zum Fenster hinaus.
Marie hingegen stampft unterdessen mit der Hand vor ihrem Gesicht durch den Schneesturm. Sie hat Angst und weiß nicht, wo sie ist. Da entdeckt sie unter einen abgebrochenen Ast einen kleinen Hasen. Er ist mit seiner Pfote unter dem Ast eingeklemmt. Marie geht zu ihm und befreit den Hasen. Vorsichtig nimmt sie ihn hoch und gibt ihm Schutz in ihren Armen.
Sie läuft tapfer weiter, bis sie zu großen Tannen kommt, die sehr dicht aneinanderstehen. Sie kriecht unter den Tannen hindurch, bis sie zu einer kleinen Lichtung kommt. Dort ist es windstill und es fällt kein Schnee mehr. Viele Tiere haben sich dort versammelt und kleine Wesen, die wie Feen aussehen. Marie kann nicht glauben, was sie sieht.
Plötzlich hört sie: „Danke, Marie, dass du mir geholfen hast. Ohne dich wäre ich erfroren.“

Marie sieht zu den kleinen Hasen hinunter und sagt erschrocken: „Bitte, gerne geschehen. Aber du kannst ja sprechen?"

„Natürlich kann ich sprechen. Wie alle anderen Tiere hier", antwortet der kleine Hase und hoppelt zu den anderen. Er erzählte den anderen Tieren, was passiert ist.

Schon kommt eine kleine Fee zu Marie geflogen. „Marie, herzlich willkommen. Komm und wärme dich am Feuer, das meine Schwestern für dich gemacht haben. Wir sind dir alle sehr dankbar, dass du dem kleinen Max geholfen hast. Er hat im Schnee seine Eltern verloren. Dank dir ist er wieder bei ihnen."

„Aber woher kennt ihr mich?", fragt Marie verwundert und läuft der kleinen Fee hinterher. Marie stellt sich an das Feuer und sieht zu den Tieren und Feen hinab.

„Wir haben schon viel von dir gehört. Du bist sehr freundlich", sagt Frau Fuchs.

„Sehr hilfsbereit", sagt Frau Hase.

„Und du denkst immer an andere, um ihnen eine Freude zu machen", sagt der kleine Hirsch. „Wir haben von dem Weihnachtsengel von dir erfahren. Er beobachtet dich, seitdem du geboren wurdest. Er hat uns immer nur Gutes von dir erzählt", sagt die kleine Fee.

„Von dem Weihnachtsengel? Dann ist die Geschichte meiner Oma wahr. Sie erzählte mir von euch und dem Engel. Aber alle haben gesagt, dass es nur ein Märchen ist", sagt Marie erstaunt und freudig.

„Dann frage den Weihnachtsengel selbst. Da, schau, dort oben kommt er", ruft der kleine Hase.

Marie sieht nach oben und sieht einen großen, leuchtenden Stern auf sich zufliegen. Vor Marie verwandelt sich der Stern in einen Engel. „Hallo, Marie, ich bin der Weihnachtsengel Lucy. Ich freue mich, dich endlich kennenzulernen. Ich habe beobachtet, wie du dem kleinen Max geholfen hast. Und weil du immer anderen hilfst und freundlich bist, möchte ich dir einen Wunsch erfüllen", sagt der Engel freundlich.

Da hoppelt Max zu dem Engel und flüstert ihm etwas ins Ohr. Der Weihnachtsengel nickt dem kleinen Hasen freundlich zu und sieht wieder zu Marie. „Und, Marie, hast du einen besonderen Wunsch?", fragt Lucy.

„Lieber Weihnachtsengel, ich wünsche mir ein Weihnachtsessen mit einem Truthahn oder eine Gans. Noch nie habe ich solch einen

Braten gegessen. Und meine Geschwister auch nicht. Wir kennen nur den Duft", sagt Marie.

„Du bist dir sicher, dass du deinen Wunsch teilen möchtest?"

„Ja, alle sollen daran Freude haben."

„Dann soll dieser Wunsch in Erfüllung gehen", sagt Lucy freundlich und fliegt wieder zum Himmel hinauf.

„Komm, Marie, ich bringe dich zu deinen Eltern", sagt Frau Fuchs. Marie verabschiedet sich und folgt Frau Fuchs.

An der Waldhütte ist die Freude groß, als Marie ihre Geschwister und Eltern sieht. Maria nimmt Marie in die Arme und sagte: „Das ist das schönste Weihnachtsgeschenk." Dann gehen alle nach Hause.

Als sie in das Haus hineingehen, kriecht ein sehr angenehmer Duft in ihre Nasen. Sie rennen ins Wohnzimmer und sehen auf dem Tisch leckere Sachen. Einen Truthahn, eine Gans und vieles mehr. Und unter dem Baum stehen sehr viele Geschenke.

„Aber wie ....? Sind wir hier richtig?", fragt Kai verwundert.

Maria hebt ein Geschenk auf. Darauf steht geschrieben:

Danke für alles Marie.
Grüße Max und Lucy

„Wer sind Max und Lucy?", fragt Maria.

„Ein kleiner Hase und der Weihnachtsengel Lucy. Ich habe sie im Wald getroffen. Alles, was Oma erzählt hat, ist wahr", sagt Marie freudig und dreht sich im Kreis.

„Aber das war doch nur ein Märchen", sagen die Brüder.

„Und doch ist alles wahr", antwortet Marie. Sie rennt hinaus und sieht zu dem Sternhimmel hinauf. „Danke, lieber Weihnachtsengel. Das werde ich nie vergessen. Euch alle werde ich immer in Erinnerung behalten. Schöne Weihnachten", ruft sie laut.

So feierte die Familie ein besinnliches und frohes Weihnachtsfest.

***Anke Ortmann** ist 47 Jahre alt. Sie arbeitet als Betreuerin an der Mildred-Harnack-Schule. In dieser Funktion leitet sie mit einer Kollegin den Buchclub der Schule.*

Wünsch dich ins Wunder-Weihnachtsland

Es naht die Weihnachtszeit so fein,
Lebkuchen, Printen, Kerzenschein.
Da kann und muss man ständig seh'n:
Überall ist's rot-gold-schön.

In den Läden duftet's sehr,
Kaufrausch macht die Taschen leer.
Kirchen betteln: „Spendet Geld
Für die Armen dieser Welt!"

Die Wahrheit kriecht auf allen vieren:
Sie nützen es zum Missionieren
Und für gold'ne Kirchturmspitzen.
Ihr Prunk, er quillt aus allen Ritzen.

Die Schokohasen – kaum verschwunden,
Schon einen Weihnachtsmann gefunden.
Auch er aus Hasenschokolade,
Nur neu verpackt von Mütz' bis Wade.

Doch schaut mal raus: Es ist nicht kalt,
Die Sonne strahlt im Frühlingswald.
Und plötzlich stöhnt der ganze Mai:
„Weihnacht? Jetzt schon? Ei, auwei!"

__Zero Alala,__ einst wohl geboren auf einem fernen Planeten, gestrandet auf der Erde, lebt heute mit sechs süßen Ratten im Ruhrgebiet.

Flucht in den Süden

Dicht fielen die Flocken zur Erde, verschmolzen mit der weißen Masse, die schon auf dem Boden lag. Die Felsen waren bereits so eingeschneit, dass man nur noch erahnen konnte, wo sie lagen. Das Meer war von einer dicken Eisschicht bedeckt, welche man aber wegen des Schnees nicht sehen konnte. Es war bitterkalt, der Wind pfiff über das Land, niemand, der nicht zwingend musste, verließ das warme Haus. Auch der Weihnachtsmann nicht, denn er fror erbärmlich. Selbst das Feuer im Kamin konnte ihn nicht von dem Frösteln, das ihn vor einigen Tagen befallen hatte, befreien. Er lag auf dem Sofa, seine Frau hatte vier Decken über ihn gelegt, ihn so darin eingewickelt, dass er sich kaum bewegen konnte, und trotzdem – ihm wurde einfach nicht warm.

„Hier, mein Lieber, ich habe dir einen heißen Tee gemacht."

„Davon habe ich schon so viel getrunken, in meinem Bauch gluckert es schon ohne Ende. Und geholfen hat der viele Tee auch nicht, egal wie heiß ich ihn getrunken habe."

Mathilda setzte sich in einen Sessel, der neben dem Sofa stand. „So langsam mache ich mir wirklich Sorgen. Du wirst doch nicht krank werden? Ausgerechnet jetzt, wo Weihnachten vor der Tür steht? Es gibt so viel zu tun, das weißt du doch."

„Glaubst du, mir gefällt es, hier dick wie eine Mumie eingemummelt herumzuliegen und zu zittern, dass das Sofa bebt? Mir wird gar nicht mehr warm, ich ertrage diese Kälte hier am Nordpol einfach nicht mehr!"

„Ja, aber, das war doch bisher nie ein Problem!"

„Bisher, bisher, ich werde schließlich nicht jünger! Wenn man älter wird, friert man leichter, das weiß doch jedes Kind!"

„Tja, mein Lieber, dann hast du ein Problem, denn das Wetter wirst du nicht ändern können, am Nordpol ist es nun mal kalt."

Energisch schob der Weihnachtsmann die Decken zur Seite und setzte sich auf. „Stimmt, das Wetter kann ich nicht ändern, aber wer sagt, dass ich hierbleiben muss? Ich werde einfach an einen Ort gehen, an dem es warm ist."

„Ja, aber, das geht doch nicht, du wirst hier gebraucht! Wer soll denn den Kobolden und Elfen sagen, was sie machen müssen? Und wer sammelt die Wunschlisten ein und sortiert sie? Und die Reiseroute an Weihnachten muss auch festgelegt werden!"

„Das kannst du alles machen, ich werde pünktlich am Heiligen Abend wieder da sein und die Geschenke verteilen."

Sprachlos schaute Mathilda ihrem Mann, der inzwischen aufgestanden war und das Zimmer verlassen hatte, hinterher. Das konnte doch nicht sein Ernst sein!

Der Weihnachtsmann verließ das Flughafengebäude und schaute sich um. Sollte er gleich zum Strand oder sich doch lieber zuerst ins Hotel, in dem er ein Zimmer gebucht hatte, gehen? Er entschied sich für Letzteres, denn bei der ganzen Eile, die er an den Tag gelegt hatte, um der Kälte am Nordpol zu entkommen, hatte er nicht daran gedacht, dass er ja gar keine Kleidung für wärmere Gefilde hatte.

„Also zuerst einkaufen", entschied er und setzte sich in Bewegung.

Der Verkäufer des kleinen Ladens staunte nicht schlecht, als ein Mann in einem Weihnachtsmannkostüm zur Tür hereinkam und zielstrebig auf ihn zuging.

„Junger Mann, ich brauche dringend leichte Kleidung, ich bin viel zu warm angezogen."

„Das glaube ich Ihnen sofort, wenn ich Sie anschaue, breche ich in Schweiß aus."

Der Weihnachtsmann schaute ihn entgeistert an. Der Verkäufer schwitzte, wieso das denn? Hier drinnen lief die Klimaanlage, es hatte höchstens 20 C° und so warm angezogen war der Mann auch nicht. Egal, Hauptsache war, dass er sich endlich umziehen konnte!

„Ich brauche zwei Hemden, zwei Hosen aus dünnem Stoff und eine Badehose."

„Dann folgen Sie mir bitte", sagte der Verkäufer, was der Weihnachtsmann auch tat.

Heiß brannte die Sonne auf den Sandstrand hinunter. Kinder spielten Ball, während deren Eltern unter Sonnenschirmen im Schatten lagen oder sich im Meer abkühlten. Auch der Weihnachtsmann war schon im kühlen Nass geschwommen, jetzt lag er auf einer großen

Decke in der Sonne, die ihn angenehm wärmte. Noch müde von der Zeitverschiebung schloss er die Augen – und schlief ein.

Er träumte von seiner Frau, von Rentieren und Geschenken, er flog auf dem Schlitten durch die Nacht – und verlor den Halt in einer engen Kurve. Mit einem lauten Plumps fiel er auf den Boden – wovon er aufwachte.

Der Weihnachtsmann schlug die Augen auf, hob den Kopf und war erstaunt, weil außer ihm niemand mehr am Strand war. War es etwa schon Zeit für das Abendessen? Er setzte sich auf und erschrak – seine Beine waren krebsrot! Er blickte auf seinen großen Bauch, auch der war knallrot, seine Brust und die Arme ebenso. Vorsichtig stand er auf, leise vor sich hin jammernd, das tat so weh! Wie um alles in der Welt sollte er denn da seine Hose und das Hemd anziehen? Das ging einfach nicht! Er musste zu einem Arzt, sonst würde er nicht überleben!

„Tja, mein Guter, Sie haben sich einen üblen Sonnenbrand mit Blasenbildung angelacht." Der Arzt schaute seinen Patienten an. „Warum haben Sie sich nicht mit Sonnenschutzmittel eingerieben? Das weiß doch heutzutage jedes Kind, dass man ohne nicht in die Sonne gehen darf. Vor allem nicht über die Mittagszeit!"

„Ich wusste das nicht", antwortete der Weihnachtsmann kleinlaut, „da, wo ich herkomme, verursacht die Sonne keine Verbrennungen, dazu fehlt ihr die Kraft."

Der Arzt schüttelte den Kopf. Überall auf der Welt achteten die Menschen darauf, dass sie sich vor der Sonne schützten, und ausgerechnet dieser alte Mann wollte das nicht gewusst haben? Na ja, ihm konnte es egal sein, er würde seinem Patienten etwas gegen die Schmerzen verschreiben, dazu eine Salbe, die kühlen würde, alles andere war nicht sein Problem.

„Ach, mein armer Mann, tut es noch sehr weh?" Voller Mitgefühl schaute Mathilda auf den Weihnachtsmann, der lang ausgestreckt auf dem Bett lag, hinunter. Nach dem Arztbesuch hatte ihn nichts mehr in Australien gehalten, er hatte die Zähne zusammengebissen und war nach Hause geflogen. Nicht mit dem Flugzeug diesmal, er hatte sich von seinen Rentieren abholen lassen. Auf dem Schlitten lag er auf dicken Decken, angenehm war die Reise trotzdem nicht. Er war heilfroh gewesen, als er am Nordpol angekommen war.

„Ja, tut es, aber wenn du da bist, ist es nur noch halb so schlimm."
„Du alter Charmeur", sagte Mathilda errötend. „Ich werde jetzt den Quark aus dem Kühlschrank holen, das wird deiner verbrannten Haut guttun. Er hilft viel besser als diese Salbe, die dir dieser olle Arzt in Australien verschrieben hat. Soll ich, bevor ich in die Küche gehe, noch etwas Holz auf das Feuer im Kamin legen, damit dir schön warm wird?"
„Nein, von der Wärme habe ich für alle Zeiten genug. Ich werde mich nie wieder über das Wetter hier am Nordpol beklagen, es kann gar nicht kalt genug sein!"
Mathilda schaute ihren Mann erstaunt an, verließ dann kopfschüttelnd das Zimmer, um den Quark zu holen. Mit dieser Aussage hätte sie jetzt wirklich nicht gerechnet. Sie schmunzelte, der Weihnachtsmann war halt doch immer für eine Überraschung gut!

Ingrid Hägele, *Jahrgang 1961, ist Single und wohnt in Stuttgart, wo sie auch geboren wurde. Sie ist Rentnerin und schreibt mit Unterbrechungen seit Jugendtagen. Frau Hägele in allen Genres zu Hause, ihre bevorzugten Themen sind aber Indianer und Pferde. Viele ihrer Kurzgeschichten wurden bereits in verschiedenen Anthologien veröffentlicht.*

Das allerschönste Weihnachtsgeschenk

Magdeburg, Dezember 1949

Der Zweite Weltkrieg war seit viereinhalb Jahren beendet, die Stadt trug noch immer tiefe Narben und leckte ihre Wunden. Die Magdeburger waren froh, den Krieg überlebt zu haben, und versuchten, ein neues Leben aufzubauen. Viele Menschen trauerten jedoch um ihre Männer, Väter, Brüder – um alle, die im Krieg gefallen oder von Frost und Hunger in Sibirien getötet worden waren. Hatten die Angehörigen die Todesnachricht erhalten, konnten sie um den geliebten Menschen trauern. Doch für andere hatte das Schicksal eine noch größere Pein vorgesehen. Wie litten die Frauen, Mütter und Kinder der Verschollenen! Durften sie weiter hoffen oder mussten sie ihre Liebe für immer begraben? Unzählige Soldaten waren auch vier Jahre nach dem Krieg noch immer nicht aus russischer Kriegsgefangenschaft zurückgekehrt. Jedes Jahr hofften Tausende Familien auf Wiedervereinigung mit ihren Liebsten.

Es war der 21. Dezember 1949. Die dreizehnjährige Elisabeth lebte mit ihrer Mutter seit einiger Zeit im Stadtteil Sudenburg. Sie hatten in einem winzigen Häuschen eineinhalb Zimmer zugewiesen bekommen. Wegen seiner Größe und seines Aussehens nannten die Einheimischen es das Hexenhäuschen. Dem Mädchen und seiner Mutter machte das nichts aus.

So viel Leid hatten sie in den letzten Jahren erlebt. Zuerst die schrecklichen Bombenangriffe auf die Stadt. Jede Nacht das Bett verlassen, in den Bunker laufen und nicht zu wissen, ob man nach dem Angriff überhaupt noch ein Bett hatte und wieder unter die Decke schlüpfen konnte. Unzählige Male kehrten sie in ihre Wohnung zurück. Nur nach dem letzten Angriff am 16. Januar 1945 nicht mehr.

Nachdem Magdeburg in Schutt und Asche gebombt war, siedelte man sie in die vierzig Kilometer entfernte Kleinstadt Zerbst um. Damals waren sie noch zu dritt, Mutter Elisabeth, Tochter Elisabeth und Sohn Walter. Es dauerte nicht lange, dann fanden die Bomben sie auch in Zerbst.

Endlich kamen die Befreier. Zuerst die Amerikaner. Die Amis, wie sie von der Bevölkerung kurz genannt wurden, waren erträglich, meistens sogar nett. Sie verteilten zum Beispiel Lebensmittel, wenn die erfinderische Elisabeth ihnen ein Treffen mit ihrer großen Schwester, die es natürlich nicht gab, versprach. Und sie nahmen es dem Mädchen nicht einmal übel, sondern lachten. Dann nahten die Russen und den Frauen drohte eine andere Gefahr. Oft konnten sie der Vergewaltigung nur durch einen Sprung in die Jauchegrube entkommen. Die Mutter war alleine mit Tochter und Sohn und die beiden wollte sie beschützen. Sie gab ihr Bestes.

Aber vor der heimtückischen Krankheit, die Walterchen, wie er liebevoll von Mutter und Schwester genannt wurde, hinterrücks überfallen hatte und seine Todesschwingen über ihm kreisen ließ, gab es keinen Schutz.

Nach dem Kriegsende in das zerstörte Magdeburg zurückgekehrt, waren den drei Menschen nur wenige gemeinsame Jahre vergönnt. Als Walterchen 1948 seine Augen für immer schloss, blieben Mutter und Tochter allein zurück. Besonders hart war es für Elisabeth. Sie musste doppelt stark sein, denn die Mutter hatte sich aufgegeben, lebte nur noch in ihrer Trauer um den geliebten Sohn, der ihr ein und alles gewesen war. Nur dem Mädchen war es zu verdanken, dass sie später überhaupt wieder ins Leben zurückfand. Und in all den Jahren hatten sie von Mann und Vater kaum etwas gehört. Sie wussten, dass er in russischer Kriegsgefangenschaft in Sibirien war. In den ersten Jahren kam ein- bis zweimal im Jahr eine Postkarte. Später blieb auch diese aus. Was war geschehen? Lebte er noch?

Und nun waren sie hier im Hexenhäuschen, als ein Telegrammbote in den frühen Morgenstunden auf dem Hinterhof nach Frau Jeschke fragte.

„Geben Sie nur her“, rief die Mutter. „Das ist sicher von meinem Mann.“ Gelassen nahm sie das Papier und schob es ungeöffnet in die Jackentasche.

Eine Nachbarin, die alles mit angesehen hatte, fragte: „Wollen Sie es nicht aufmachen?“

„Warum denn? Ich weiß doch, was drin steht. Heute kommt mein Mann nach Hause.“

„Aber das können Sie doch gar nicht wissen?" Die alte Frau schüttelte den Kopf.

„Doch. Ich weiß es." Genervt nahm sie den Umschlag aus der Tasche, öffnete ihn und las vor: „Ankomme heute. Gruß Vati. Da sehen Sie, hab ich doch gesagt."

Die Nachbarin riss die Augen auf, wollte etwas erwidern, entschied sich aber, zu schweigen.

Die Mutter ging ins Haus und weckte ihre Tochter. „Los, zieh dich an. Wir müssen zum Bahnhof. Vati kommt heute."

Elisabeth spürte, wie sich ihre feinen Nackenhärchen sträubten. Bereits am Vorabend während des kargen Abendessens hatte ihre Mutter plötzlich geschluckt und dann gesagt: „So, jetzt hat Vati die Grenze passiert."

Das Mädchen konnte es gestern so wenig glauben wie am Morgen. So lange hatten sie nichts mehr von ihm gehört und nun sollte er heimkommen? Wortlos hielt ihr die Mutter das Telegramm hin.

„Aber, Mutti, da macht sich wieder einer einen Spaß mit uns. Das ist nicht von Vati." Schon einmal hatte ein Heimkehrer ihnen eine solche Nachricht gebracht und auf eine warme Mahlzeit spekuliert.

„Was redest du denn da? Natürlich ist die Nachricht von ihm."

„Da steht doch nicht, wann er ankommt", versuchte Elisabeth, ihre Mutter umzustimmen.

„Das ist doch egal. Es kommen viele Züge und in einem sitzt er ganz sicher."

Woher nahm ihre Mutter diese Zuversicht? Wusste sie mehr als Elisabeth? Heute war der letzte Schultag vor den Weihnachtsferien. „Ich muss in die Schule."

„Heute ist eine Ausnahme. Melde dich bei deinem Lehrer. Er wird es verstehen."

Natürlich hatte ihr Klassenlehrer Verständnis und wünschte Elisabeth viel Glück, als sie sich kurze Zeit später bei ihm abmeldete. So machten sich Mutter und Tochter auf den Weg zum Bahnhof. In Elisabeth kreisten die Gedanken. Wie sehr freute sie sich auf ihren Vater. Wie sehnte sie sich nach seiner Umarmung. Fünf Jahre waren seither vergangen. Sie hatte sich vom Kind zur Jugendlichen entwickelt. Würde ihr Vati sie überhaupt noch erkennen? Würde sie ihn erkennen? Was war, wenn es nicht stimmte? Was, wenn sich wieder jemand einen geschmacklosen Scherz erlaubt hatte?

Angst und Hoffnung kämpften in Elisabeths Kopf.

„Beeil dich“, drängte die Mutter und riss das Mädchen aus seinen Gedanken.

Am Magdeburger Hauptbahnhof, dessen einer Teil provisorisch wiederhergerichtet war, herrschte Gedränge. Frauen und Kinder warteten vor den Bahnsteigsperren. Der Wind blies kalt und der Frost kniff in die Ohren. Endlich kamen die ersten Menschenmassen von dem Bahnsteig. Verhärmte, abgemagerte Gestalten in zerrissenen Jacken und ausgebeulten Hosen drängten zum Ausgang. Vereinzelt hörte man Rufe der Verwunderung und Erleichterung.

Obwohl sich Elisabeth auf Zehenspitzen stellte, konnte sie ihren Vati in der Menge nicht erkennen. Langsam leerte sich die Haupthalle. Die Wiedervereinten eilten dem Ausgang zu. Manche Männer verließen alleine den Bahnhof. Viele Frauen und Kinder schauten traurig, weil sie den Vater oder Mann nicht gefunden hatten. Auch Walter Jeschke war nicht unter den Ankömmlingen gewesen.

„Siehst du, Mutti. Ich habe es doch gleich gesagt. Vati kommt nicht!“, beharrte Elisabeth.

„Wir warten auf den nächsten Zug und wenn er in dem nicht ist, dann wieder auf den nächsten. Unser Vati kommt heute nach Hause. Glaube mir. Ich weiß es.“

So warteten die beiden weiter. Aber auch im nächsten Zug war ihr Vati nicht dabei.

„Jetzt gehen wir nach Hause, essen etwas. Und kommen am Nachmittag wieder her. Da kommen noch zwei Züge“, entschied die Mutter. Mit gesenktem Kopf trabte Elisabeth neben ihr her. Die dünne Suppe daheim wollte nicht recht schmecken.

Nach dem Essen und etwas aufgewärmt zogen die beiden wieder los. Gegen drei Uhr kam der nächste Zug mit Kriegsgefangenen am Hauptbahnhof an. Wieder starrte Elisabeth auf die Menschenmenge. Ihr war so kalt, sie zitterte vor Kälte und Aufregung. Doch als sie die Männer mit viel zu kurzen Hosen und dünnen Jacken sah, spürte sie die Kälte nicht mehr.

„Trägt Vati auch solche Sachen?“, fragte sie die Mutter. Die nickte.

Eine junge Frau, die neben ihnen stand und auch schon am Vormittag gewartet hatte, fragte: „Ist Ihr Mann auch nicht gekommen?“

„Nicht verzagen“, antwortete Elisabeths Mutter. „Die Männer kommen schon. Am späten Nachmittag kommt noch ein Zug.“

Elisabeth beobachtete den Zeiger der Bahnhofsuhr. *Klack, klack, klack* bewegte er sich unermüdlich. Und doch hatte das Mädchen das Gefühl, die Zeit stünde still. Elisabeth wusste nicht mehr, wie oft sie an diesem Tag auf die Uhr gesehen hatte, als eine Stimme aus dem quietschenden Landsprecher die Ankunft des nächsten und für heute letzten Zuges ankündigte. Aufgeregt blickte Elisabeth in die Gesichter der Männer, die jetzt die Bahnsteigsperre passierten. Aber kein Mann kam ihr bekannt vor und der Menschenstrom riss ab. Einzelne Männer gingen noch durch die Sperre. Dann hatte sich der Bahnsteig geleert.

„Wir kommen morgen wieder", versuchte die Mutter das Mädchen zu trösten. „Wahrscheinlich hat er den Zug verpasst."

Elisabeth kämpfte gegen die aufkommenden Tränen. Sie wandten sich gerade zum Gehen, als die Mutter plötzlich sagte: „Na, da ist er doch!"

Das Mädchen sah auf den Bahnsteig und erblickte zwei Gestalten, die sich schlendernd dem Ausgang näherten. Elisabeth rannte mit ihrem Schild um den Hals, auf das sie am Morgen noch ihren Namen geschrieben hatte, los. Sie zwängte sich an dem Eisenbahner vorbei, der an der Sperre arbeitete.

„Halt, kleines Fräulein, du brauchst eine Bahnsteigkarte."

„Nein, da kommt mein Vati." Und schon war sie durch die Sperre geschlüpft. Immer schneller lief sie, bis sie vor den Männern zum Stehen kam. Jetzt steckte ein Kloß in ihrem Hals, als sie zögernd den Größeren fragte: „Bist du mein Vati?"

„Wenn du Elisabeth bist, bin ich dein Vati."

Tränen liefen Elisabeth übers Gesicht. Sie drückten sich fest und dann hakte sie sich bei ihrem Vati ein. Gemeinsam gingen sie zur Mutter, die hinter der Sperre wartete.

Nachdem er sich aus der Umarmung seiner Frau gelöst hatte, fragte er: „Und Walterchen?"

Die Mutter schüttelte den Kopf. Und das sollte nicht die letzte Hiobsbotschaft sein, die Walter Jeschke an diesem Abend erfuhr. Den Tod seiner Lieblingsschwester musste er ertragen. Und andere Unabänderlichkeiten, die in den Kriegswirren hier passiert waren, beichtete ihm seine Frau in der ersten Nacht in der Kammer.

Elisabeth, die nebenan alles hörte, dachte: „Hoffentlich bleibst du trotzdem bei uns, Vati." Dann weinte sie sich leise in den Schlaf.

Als sie am nächsten Morgen erwachte, war ihr geliebter Vati noch da und er blieb – für immer. Der Krieg und das Leid hatten die Menschen verändert. Was früher schwarz oder weiß war, war heute auch mal grau. Besonders bewusst wurde das Elisabeth, als trotz der Meinungsverschiedenheiten ihres Vaters mit seiner Halbschwester Gertrud und seinem Stiefvater die beiden an Heiligabend kommen durften.

Doch das allerschönste Geschenk, das Elisabeth je zu Weihnachten bekommen hatte, war die Heimkehr ihres über allen geliebten Vatis.

Sabine Siebert, *Jahrgang 1963, verheiratet, lebt in Altomünster und ist Eisenbahnerin. Sie hat mehrere Kurzgeschichten in Anthologien veröffentlicht, zwei Kinderbücher und eine Novelle sind von ihr erschienen. Hobbys: Lesen, Schreiben, Spazierengehen.*

Das kleine Friedenslicht

Vor sich hin sinnend saß die alte Agnes in ihrem Ohrensessel. Der letzte Kerzenstummel beleuchtete den kleinen Raum mit einem unruhigen Licht. Nicht mehr lange und Agnes würde im Dunklen sitzen. Den Strom hatte man ihr schon vor Langem abgestellt, aber das störte sie wenig. Hier in ihrem Haus am Waldesrand schaute kaum einer vorbei, den das stören könnte, und sie selbst war es aus ihrer Kindheit gewöhnt, mit den Hühnern ins Bett zu gehen. Im Ofen, der zum Glück nicht abgerissen worden war, prasselt ein munteres Feuer. Für Brennholz hatte Agnes den Sommer über gesorgt, der Schuppen hinter dem Haus war gefüllt damit.

„Wenn ich nur ein paar Kerzen hätte", dachte sie betrübt. „Doch was ist das? Raschelt da nicht etwas an der Tür? Wer weiß, vielleicht macht es sich wieder einmal ein Marder oder Igel bequem in meinem Schuppen", überlegt die alte Frau.

In dem Moment klopft es jedoch auch schon an ihre Tür.

„Hoffentlich hält die Kerze noch durch", wünscht sich die alte Frau, „damit ich erkennen kann, wer draußen steht."

So schnell es ihr möglich war, begab sie sich zur Wohnungstür, um zu öffnen. „Ella! Was hat dich denn hierher verschlagen?", begrüßt Agnes den unerwarteten Gast. Viele Jahrzehnte hatte sie nichts mehr von ihrer Schwester gehört und jetzt, wo sie kaum noch an sie dachte, stand sie plötzlich vor ihr. Agnes konnte das alles noch nicht fassen. Als sie sich etwas gesammelt hatte, bat sie die lang Vermisste herein.

„Ist das dunkel bei dir!", waren die ersten Worte Ellas.

„Das ist mein letzter Kerzenstummel", erklärt Agnes.

„Dann würde ich mal das Licht einschalten", entgegnet Ella ahnungslos.

Schnell schob Agnes ihrer Schwester noch einen Stuhl hin, bevor die letzte Kerze ihr Leuchten aufgab. Nun saßen beide Schwestern in der Dunkelheit, aber sie spürten, es redete sich besser nach all den Jahren, wenn man sich nicht ins Gesicht schauen musste. Nach langer Zeit spüren sie, wie sie sich immer näher kamen und wieder eins wurden, wie sie es in der längst vergangenen Kindheit immer gewesen waren.

„Komm", meinte Agnes jetzt, „ich werde uns das Abendessen richten." Sie nahm einen langen Holzspan und ging zum Ofen, um ihn an die Flamme zu halten. Wie immer steckte sie den Span in eine Ritze des Küchenherdes. „Das Licht reicht uns, bis wir gesessen haben", erklärte sie und setzet die bereits gekochte Mehlsuppe zum Aufwärmen auf die Herdplatte.

Während des Essens berichtete Ella von sich. Erzählte, dass sie seit einigen Jahren alleine lebte. Ihr Mann war bereits gestorben, gemeinsame Kinder gab es nicht.

„So dachte ich", beendete sie ihre Erzählung, „solltest du auch alleine sein, könnten wir vielleicht die letzten Jahre gemeinsam verbringen."

Agnes hatte aufmerksam zugehört, ohne zu unterbrechen. Jetzt meinte sie: „Es wäre schön, sehr schön sogar, aber du siehst, wie ich lebe, da bist du sicher anderes gewöhnt."

„Ja, ich sehe, wie du lebst, und denke, gerade deshalb ist mein Plan doch genau richtig für uns beide."

„Aber du wirst dich nicht daran gewöhnen können, abends so zeitig im Finsteren zu sitzen", gab Agnes zu bedenken.

„Aber du wirst dich sicher daran gewöhnen können, abends wieder die Lampe einzuschalten, wenn es draußen dunkel wird", entgegnete Ella mit einem Lächeln. „Ich kann mein Geld nicht mitnehmen und Erben habe ich nicht. So werden wir morgen gleich zum Amt gehen und dafür sorgen, dass hier wieder alles läuft."

Agnes konnte das Wunder nicht fassen. In zwei Tagen war der erste Advent. „Welch eine Weihnachtsüberraschung", dachte sie. Schnell bereitete sie ein Bett für ihre Schwester, bevor der Holzspan erlosch.

Am nächsten Morgen gingen beide Schwestern gemeinsam in den Ort, um die nötigen Erledigungen zu tätigen.

Als sie am Sonntag das erste Licht am Adventskranz anzündeten, meinte Ella: „Dein kleines Friedenslicht hat uns zusammengeführt!"

„Du meinst den kleinen Kerzenstummel, der nur noch glimmte, als du zu mir kamst?"

„Genau den meine ich", entgegnete Ella. „Denn hätte er nicht mehr geglimmt, hätte ich annehmen müssen, dass dieses Häuschen unbewohnt sei."

Das verstand auch Agnes. Lange hatte die beiden Schwestern nicht mehr eine so schöne Adventszeit erlebt wie in diesem Jahr. Als nach vielen Jahren wieder eine kleine, geschmückte Tanne zum Christfest mit dem Licht ihrer Kerzen den Raum erhellte, zog wahre Weihnachtsfreude in dem kleinen Haus am Waldesrand ein. Am ersten Feiertag gingen sie gemeinsam zum Gottesdienst in die kleine Dorfkirche und sangen voller Freude die altbekannten Weihnachtslieder mit.

Christina Telker: *Als Einzelkind wuchs die Hobbyautorin am Rande einer Kreisstadt im Oderbruch auf. So war sie von klein auf eng mit der Natur verbunden. Der christliche Glaube wurde in ihrem Elternhaus gelebt und trug dazu bei, dass auch sie später im Dienst der evangelischen Kirche als Erzieherin tätig war. Seit 2010 schreibt sie Texte in Lyrik und Prosa in Form von Naturmärchen und christlichen Texten. Sie ist in einige Zeitschriften und Anthologien vertreten. Ebenfalls bei YouTube und Pinterest.*

Heiligabend in Opas Hühnerstall

Ich weiß echt nicht mehr, was mich damals dazu getrieben hatte, am Morgen des 24. Dezembers Opas Garten aufzusuchen. Vermutlich wollte ich vor den Feiertagen noch mal nach den Hühnern schauen oder hatte irgendwo ein kleines Geschenk versteckt. Ich weiß es nicht. Heute noch sehe ich das achtjährige Mädchen mit dem blonden Pferdeschwanz vor mir, das Stiefel, Mantel, Mütze und Handschuhe anzieht und eilig zur Türe hinaus stapft.

„Bin gleich wieder da!“, rief ich der Mutter zu und tat geheimnisvoll.

„Um eins wird gegessen!“, mahnte sie, aber ich hörte nicht mehr hin.

Als ich zum Himmel blickte, entdeckte ich dunkle Wolkenberge, die sich genau über unserem Dorf stauten. „Vielleicht schneit es heute noch“, dachte ich voller Vorfreude. Doch dann spürte ich erste Tropfen auf dem Gesicht und lief schnell auf Opas Garten zu, der etwa zehn Minuten vom Haus entfernt lag.

Kaum hatte ich die Gartentür geöffnet, bemerkte ich am Himmel ein seltsam helles Leuchten. „Ob das schon das Christkind ist?“, grübelte ich. Als danach ein greller Blitz durch die Wolken zuckte, rannte ich verängstigt zum Hühnerstall und riss den Verschlag auf. Mit lautem Gegacker kamen die aufgeregten Hühner hinter mir hergelaufen. Der nun folgende laute Donnerknall ließ mich vor Schreck ganz blass aussehen. Mit zitternden Knien hockte ich mich im Stall auf den Boden und hielt mir die Ohren zu. Nach einer Weile linste ich vorsichtig zu dem kleinen Schlupfloch, das die Hühner sonst als Eingang benutzten. Ängstlich beobachtete ich den Schnee- und Graupelsturm, der in diesem Moment über den Stall fegte.

„Es schneit“, flüsterte ich kaum hörbar. Meine Freude über den massiven Wintereinbruch hielt sich in Grenzen. Ein neuerlicher Blitz entlud sich in der Nähe des Gartens. Trotz des Schneesturms wurde alles rundum gleißend hell.

„Liebes Christkind, ich habe solche Angst!“, wimmerte ich und fing leise an zu weinen. Selbst die Hühner hockten sichtlich verstört auf ihren Stangen. Ihr Gackern klang beinah so verzweifelt wie mein Weinen. Ich schnäuzte meine Nase und flüsterte kaum vernehmbar: „Kannst du mich hören, Christkind?“

Als keine Antwort kam, redete ich etwas lauter: „Bitte hilf mir, liebes Christkind. Ich war doch immer brav, meistens jedenfalls. Im nächsten Jahr werde ich auch keine Pflaumen mehr aus Nachbars Garten stibitzen. Und die Kaninchen“, schniefte ich, „denen werde ich auch nicht mehr an den Ohren ziehen. Ganz ehrlich nicht!“

Nach etwa einer halben Stunde, die mir damals wie eine Ewigkeit vorkam, war der Spuk endlich vorbei. Dennoch dauerte es ein wenig, bis ich mich traute, zu der kleinen Luke zu robben und einen Blick in den Garten zu riskieren. Ich sah, dass alle Beete, Bäume und Sträucher mit einer dicken Schneeschicht bedeckt waren. Jetzt erst spürte ich, wie sehr ich fror. Arme und Beine waren steif vor Kälte.

„Na toll! Wenn ich nach Hause komme, haben die andern bestimmt schon ohne mich Weihnachten gefeiert“, fürchtete ich und wieder stiegen Tränen in meine Augen. Freilich hatte ich die Hoffnung noch nicht vollständig aufgegeben. „Vielleicht musste sich das Christkind auch unterstellen und kommt deshalb später.“ Mit triefender Nase und klappernden Zähnen machte ich mich auf den Heimweg.

Als ich vorsichtig unsere Haustür aufschob, vermisste ich den erhofften Duft warmer Bratäpfel. Enttäuscht schlich ich durch den Flur. Doch auch hier schaute ich weder in festlich erleuchtete Räume noch konnte ich weihnachtliche Klänge hören. Selbst aus unserer Küche kam kein geschäftiges Treiben – und nach Weihnachtsgans roch es schon gar nicht. Das ganze Haus wirkte öd und leer.

„Mama?“, rief ich zaghaft.

Niemand antwortete.

„Ob schon alle zur Christmette gegangen sind – ohne mich?“, bangte ich und kämpfte erneut mit den Tränen.

Plötzlich hörte ich das Knarren einer Tür. Mit offenem Mund starrte ich auf diese Tür. Langsam öffnete sie sich einen Spaltbreit und ich sah meinen Onkel Engelbert.

„Kind – wo kommst du denn her?“, rief er freudig. Sein Gesicht strahlte vor Erleichterung.

„Ich war bei den Hühnern", gab ich kleinlaut zu. „Heute ist doch Weihnachten, und da ..."

Weiter kam ich nicht. Mein Onkel stürmte auf mich zu und riss mich lachend in die Höhe. „Mensch, Kleene, – bei dem Wetter! Wir haben uns solche Sorgen gemacht. Halb verrückt waren wir vor Angst."

„Sind die andern schon zur Kirche?"

„Kirche – von wegen. Sie rennen überall herum und suchen dich. Und ich habe hier auf dich gewartet."

Weil es damals noch keine Handys gab, mussten wir geduldig ausharren, bis die anderen zurückkamen. Als ich endlich die Haustür hörte, fing ich an zu zittern: „Oh weh, jetzt gibt es Schimpfe."

„Quatsch!", schnaubte mein Onkel. „Heute ist Weihnachten."

„Versprochen?"

„Großes Indianer-Ehrenwort!"

Meine Mutter stürmte als Erste in die Wohnung: „Hast du was von dem Kind gehört?", rief sie aufgeregt.

Mein Onkel zwinkerte mir zu.

„Ich bin hier", piepste ich kleinlaut.

„Gott sei Dank!", sagte Mutter ein übers andere Mal: „Gott sei Dank, dass du wieder da bist!" Um dann gleich darauf zu schnauben: „Ich habe das Essen noch nicht fertig und den Tannenbaum und die Gans und gebadet hast du auch noch nicht! Wie konntest du überhaupt und dann bei diesem Wetter und ausgerechnet an Heiligabend und ..."

„Ruhe!", unterbrach mein Onkel ihren Wortschwall. „Ich helfe dir gleich bei den restlichen Vorbereitungen. Zuerst trinkt Moni einen heißen Kakao. Danach gehts in die Wanne."

Ich schenkte ihm ein seliges Lächeln. Als der Kakaobecher leer war, wollte ich gleich ins Bad stürmen. Doch da wurde abermals die Haustür aufgestoßen.

„Ist Moni bei euch angekommen?", hörte ich Opa rufen. „Sie war im Hühnerstall." Er erzählte mit bewegter Stimme, meine Fußspuren im Schnee entdeckt zu haben. „Dann gabs anscheinend eine Schneeverwehung und ich konnte die Spur nicht weiterverfolgen."

Ich fiel Opa um den Hals. „Hier bin ich doch!", rief ich laut. Schnell löste ich mich aus seiner Umarmung, um endlich in die Badewasser zu klettern.

Trotz geschlossener Tür konnte ich hören, wie der restliche Suchtrupp ins Haus gepoltert kam und sich den Schnee von den Schuhen klopfte. Alle redeten aufgeregt durcheinander.

Eine halbe Stunde später stand ich in meinem besten Kleid und mit hochroten Wangen wieder im Flur. Bald schon vernahm ich das Weihnachtsglöckchen.

„Kommt her, das Christkind war da!", rief meine Mutter freudestrahlend und stieß die Wohnzimmertür auf.

Überglücklich eilte ich auf den Weihnachtsbaum zu.

„Unser Ausreißer ist also auch wieder zurück", begann mein Vater mit strenger Miene. Seine Stimme verhieß nichts Gutes.

Onkel Engelbert stellte sich breitbeinig vor den geschmückten Lichterbaum. „Seht doch mal, das Lametta hängt schief!", verkündete er mit harmloser Miene.

Mein Vater starrte ihn entgeistert an: „Du bist und bleibst ein unverbesserlicher Korinthenkacker."

„Fröhliche Weihnachten!", rief meine Mutter mit hektischer Munterkeit.

Omas Nase schnupperte derweil in Richtung Küche. „Gibt es heute etwa keine Gans?", maulte sie sichtlich verstimmt.

„Stille Nacht, heilige Nacht …", begann ich mit spröder Stimme zu singen. Der Bass des Großvaters fiel spontan ein. Dann konnte ich den scheppernden Gesang meines kleinen Bruders hören, der prompt vom hellen Sopran der Tante übertönt wurde. Beim *trauten hochheiligen Paar* stand bereits die ganze Familie um unsere wunderschöne Tanne versammelt und alle sangen gemeinsam das altbekannte Weihnachtslied.

Monika Schlößer: *geboren 1949, lebt mit ihrem Mann in Bad Münstereifel, zwei Töchter und Enkel. Mittlerweile über 100 Veröffentlichungen von Lyrik, Kurzkrimis und Kurzprosa, Märchen in Anthologien, Kunst-Kalendern, Jahrbüchern, (Literatur)-Zeitschriften, Schaufenstern, auf einer Lyriksäule und bei Online-Magazinen wie kunstkulturliteratur.com.*

Die Weihnachtskrise

Voll beladen und vollkommen aus der Puste ließ ich mich auf eine Bank fallen und blickte müde über die volle Einkaufsstraße. Was für ein anstrengender, mühsamer und trister Tag. Wären die Schaufenster nicht so festlich geschmückt, hätte ich nicht einmal den Hauch eines Gefühls von Weihnachten. Was war nur aus den alten Zeiten geworden?

„Sie sprechen mir aus der Seele", hörte ich eine Frau neben mir sagen und erschrak derartig, dass mir die voluminöse Tasche mit Geschenken für meinen Neffen fast vom Schoß rutschte. Hatte ich überhaupt etwas gesagt? Unsicher schaute ich neben mich und erblickte eine wunderschöne junge Frau. Sie schien um die fünfundzwanzig und schaute zwar sorgenvoll, hatte aber trotzdem das Gesicht einer Puppe, welches von goldblonden Locken eingerahmt wurde. Mit dem roten Mantel, der fast bis zum Boden reichte, sah sie aus wie ein Modell.

„Alle reden nur dauernd von der Klimakrise, aber was ist mit der sozialen Krise, in der wir stecken?", fuhr sie fort.

Ich nickte, verblüfft darüber, dass sie offenbar ausgerechnet mit mir eine Konversation beginnen wollte. Aber ich meinte zu verstehen, wovon sie sprach.

„Als Sie sieben Jahre alt waren, was hatten Sie sich da zu Weihnachten gewünscht? Na?", fragte sie mich.

Ich überlegte und begann, in Erinnerungen zu schwelgen. „Eine Kinderpost", antwortete ich schließlich mit ihr im Duett und starrte sie sogleich verwirrt an.

Sie grinste. „Ich weiß." Dann bemühte sie sich aber, so ernst und unschuldig wie möglich zu schauen. Sie räusperte sich. „Nun ja, also, ich bin in der Spielzeugbranche tätig und es existieren Auswertungen für jedes Jahr. Sie werden so um die fünfunddreißig sein?"

Mein erneutes Nicken ließ sie lächeln.

„Na, sehen Sie – in dem Jahr haben sich viele Kinder eine Kinderpost gewünscht. Und jetzt? Es kann nicht teuer genug sein, suggerieren die Medien." Sie zählte einige der Geschenke auf, die sich in meinen Taschen befanden, und ich wurde immer kleiner auf der Bank. Dann sprach sie weiter. „Und die Kinder sind verwöhnt und schlecht erzogen. Verstehen Sie mich nicht falsch, es liegt nicht an den Kindern. Die können nichts dafür. Es werden einfach keine Werte mehr vermittelt, kein Respekt. Wie soll dem Klima zum Beispiel geholfen werden, wenn den Kindern keine Achtung vor Natur, Menschen und Tieren beigebracht wird? Das ist die Grundlage dafür. Fehlt diese, können nur rücksichtslose und egoistische Erwachsene aus ihnen werden."

Langsam artete das Ganze in einen Monolog aus, doch ich merkte, dass es alles einfach raus musste. Außerdem verstand ich ihr Dilemma sehr gut. Also ließ ich sie reden.

„Die Kinder sind verwöhnt und gleichzeitig seelisch verwahrlost und vereinsamt. Die Achtung voreinander und vor sich selbst, das Wahren alter Bräuche, kleine gemeinsame Rituale – all das ist so wichtig", sprach die Frau und griff plötzlich nach meiner Hand. Ich gab sie ihr und sie umfasste sie mit beiden Händen. Verwundert blickte ich in ihre funkelnden Augen, als sie fragte: „Als Sie sieben Jahre alt waren – wie war Ihr Weihnachtsfest?"

Auf einmal war mir ganz komisch, es war kaum zu beschreiben. Nicht unangenehm, eher ein warmes Gefühl, das sich in mir ausbreitete. Wie eine Reise in die schönen Erinnerungen der Vergangenheit. Ich fühlte mich sicher wie auf einem weichen Wattebausch.

Am Mittag gab es Kartoffelsalat mit Würstchen und danach waren wir alle gemeinsam in der Kirche. Jetzt saß ich zusammen mit meiner Schwester im Schlafzimmer meiner Eltern. Mama sagte, wir sollten warten, während sie und Papa nachschauen würden, ob das Christkind schon da war. Sie rief uns ins Wohnzimmer und wir sprangen aufgeregt vom Bett, um selbst nachzuschauen. Zuerst bestaunten wir mit offenen Mündern und überglücklich den festlich geschmückten Weihnachtsbaum. Wir hatten all die Figuren und Kugeln selbst anbringen dürfen, was jedes Jahr das Allerschönste für uns war, doch jetzt war er noch beleuchtet und sah umso prachtvoller aus. Dann packten wir mit Ehrfurcht und größter Freude die sorgsam verpackten Geschenke aus. Jeder hatte genau ein Geschenk bekommen und wir waren so glücklich. Den Rest des Abends spielten wir damit –

meine Schwester Luisa mit ihrer neuen Laufpuppe und ich mit meiner Kinderpost. Und die ganze Familie spielte mit, interessierte sich für das, was wir taten. Sie interessierte sich für uns. So ging das, bis uns irgendwann vor Müdigkeit die Augen zufielen, trunken von Glückseligkeit und der Liebe, die uns entgegengebracht wurde, unbekümmert und unschuldig. Das war für mich der Geist der Weihnacht – und das ist er noch immer.

Als ich meine Augen öffnete, standen Tränen darin. Es war so schön, sich daran erinnert zu haben. Und es fühlte sich so real an, als wäre es erst gestern gewesen. Noch immer hielt die Frau meine Hand und auch ihr kullerte eine Träne die Wange hinunter. Sie lächelte.

„Ja, das ist der Geist der Weihnacht. Behalten Sie ihn für immer im Herzen und geben Sie ihn weiter. Danke."

„Nein, ich danke Ihnen", entgegnete ich, denn jetzt wusste ich auch, wer sie war. „Ich hätte fast vergessen, was wirklich wichtig ist, und war traurig zum Fest der Freude. Diese Erinnerung hat gut getan."

„Ich weiß", schmunzelte sie und ließ meine Hand los, sah dann erstaunt an mir vorbei. „Oh, schauen Sie! Da ist Ihre Schwester!"

Ich folgte ihrem Blick, konnte Luisa aber nicht sehen und blickte wieder zurück auf einen leeren Platz. Sie war weg. Ich dachte es mir schon.

Ich entschied mich dafür, die Geschenke aus meiner Tasche an ein Kinderheim zu geben. Alle Geschenke, bis auf das Piratenschiff, das man aus vielen kleinen Klemmbausteinen erst noch zusammenbauen musste und das Tommi sich so sehr wünschte.

An Heiligabend freute er sich wahnsinnig darüber. Den ganzen Abend baute er es auf und spielte damit. Die ganze Familie spielte mit ihm. Er sah so glücklich aus, bis ihm irgendwann vor Müdigkeit die Augen zufielen. Und als dies passierte, hörte ich ein Kichern. Es war die Stimme der jungen Frau im roten Mantel. Es war die Stimme des Christkinds.

Sabrina Nickel, *geboren 1988 in Koblenz, wohnt mit ihrer Familie in der schönen Eifel. Wenn sie nicht schreibt, findet man sie in der Gegenwart von Tieren aller Art. Sie unternimmt gerne Städtereisen, besucht Mittelaltermärkte oder stöbert nach außergewöhnlichen Pflanzen für den Garten. Weitere Infos: www.sabrinanickel.net.*

Weihnachtliche Verwunderung

Oder: ein verwirrter Dezember-Gast aus Beijing, Peking, VR China

Stille Nacht dröhnt es aus Lautsprechern
auf den Abend verlegten Märkten
eingeschränktes Sortiment, Süßwaren und Würste
vor allem öffentliches Alkoholtrinken
überall die gleiche Werbung für Babyprodukte,
Babys im Futtertrog
ia einem Stall mit spärlichem, immer gleichen Getier
mit Kuh und mickrigem Pferd, überlange Ohren,
wahrscheinlich dahinter:
die Agrarindustrie und alte Männer
überall in den Fußgängerzonen, unrasiert
nicht braun, nicht blond, nicht schwarz, nicht rot
aber rote Mützen, keine Käppis, und rote Mäntel, die Weißbärte
Jobs vielleicht für ältere Migranten, ein Flüchtlingsprojekt
Und Nadel-Bäume in Räumen, Schaufenstern, illuminiert
Koniferen-Kränze und Lichterbogen
Plastikbäume auf Märkten, Lichtergirlanden und Sterne
mit fünf Zacken, doch schon Wahlkampf?
Rote Sterne für die Linken,
für die Grünen die aus Stroh
die Union hat Silberkugeln,
die SPD macht in Bordeaux
zu Männchen umgeformte Zangen,
Holzfiguren auch mit Bart
mit menschlichen Körpern Flügelfiguren,
ein Gag der Hühnchenindustrie
oder Tierschützerwerbung allüberall für Empathie?

Mit Rauchausblasen prangen Holzgeschnitzte gleicher Art
ein Werbe-Fest der Tabak-Lobby?
Schlittengespanne ohne Stall
bestimmt ein neues Freizeit-Hobby,
Jingle Bells und Glockenschall
auf diesem Lichter-Festival Markt
und Straßen sind voll Leben
eben Glühweintrinken überall

Jochen Stüsser-Simpson *liest und schreibt gern, unterrichtet als Lehrer am Christianeum in Hamburg-Othmarschen.*

Weihnachtliche Kindheitserinnerungen

„Zeit fürs Bett", ruft Mama von nebenan.

Ich starre verträumt auf den Weihnachtsbaum mit seinen glänzenden Lichtern und all den bunten Kugeln. Ganz oben auf der Spitze thront der goldene Engel, auf den Zweigen darunter sitzen die Glasvögel mit Federschweif. Den Baum zu schmücken, ist immer Männersache. Mit Papa durfte ich nachmittags jedes Stück an seinen Platz bringen. Die meisten Kugeln und Anhänger gibt es schon seit seiner Kindheit und immer sind es dieselben Geschichten, die er dazu erzählt. Doch ich werde nicht müde, sie zu hören.

Richtig festliche Stimmung ist dann abends zur Bescherung, wenn die Lichter das erste Mal entzündet werden und alle in der Stube zusammenkommen. Doch selbst jetzt, wo die Geschenke längst ausgepackt sind, zieht mich der Baum immer noch in seinen Bann. Meine Hände umklammern das zerrissene Geschenkpapier ganz fest.

„Der schöne Tag, er soll einfach nicht zu Ende gehen", denke ich. Ich möchte ewig so dasitzen, während draußen der Wind ums Haus pfeift und die Fensterläden klappern lässt.

„Hast du schon Zähne geputzt?"

Ich höre, wie Mama über die knarrenden Dielen tappt. Nur noch ein paar Schritte und sie steht neben mir in der Stube.

„Also jetzt ist wirklich Schluss", sagt sie vorwurfsvoll und löscht die Lichter. Das Lametta glitzert noch leicht im Schein der Straßenlaterne, der durch die Fenster hereinfällt.

Mama nimmt mich an der Hand und bringt mich ins Bett. Sie merkt gar nicht, dass ich mich vorm Zähneputzen gedrückt habe. Dick eingemummt in die Decke bekomme ich meinen Gutenachtkuss und schließe die Augen. Doch ich denke gar nicht daran, einzuschlafen.

Eine ganze Weile liege ich da und lausche in das Dunkel. Im Kopf zähle ich bis hundert. Jetzt sollte die Luft rein sein. Mein Herz klopft mir bis zum Hals, als ich schließlich aus dem Bett krieche und mit nackten Füßen die kalte Steintreppe hinaufschleiche. Am oberen Absatz halte ich kurz inne. Doch außer dem Wind draußen ist nichts zu hören. Das ganze Haus scheint bereits zu schlafen. Ganz vorsichtig umklammern meine Hände die Türklinke und drücken sie herunter, so langsam es nur geht.

In der Stube liegt noch der Duft von Lebkuchen und Räuchermännchen in der Luft. Die alte Standuhr tickt leise im Dunkeln. Bedächtig setze ich im Takt einen Fuß vor den anderen, bis ich den Tisch erreiche. Ich taste über den leeren Plätzchenteller und lecke mir die Krümel von den Fingern. Zu gerne würde ich noch ein paar Honigkuchen futtern, aber Mama hat sie im Schrank eingeschlossen und den Schlüssel zu gut versteckt.

Ich nähere mich dem Baum und entzünde die Lichter. Meine Augen glänzen mit den Kugeln um die Wette. Ich lasse meine Hände durch das Lametta fahren. Das wird immer, wenn der Baum abgeschmückt wird, sorgsam eingesammelt und fürs nächste Jahr wieder eingepackt. Einmal habe ich sogar gesehen, wie Mama es vorher gebügelt hat.

Ich schnappe mir eine Decke vom Sofa und setze mich eingekuschelt auf den Fußboden. Dann baue ich meine Geschenke vor mir auf und begutachte sie noch einmal in aller Ruhe.

„Dieses Jahr hat das Christkind ganz gute Arbeit geleistet", denke ich zufrieden.

Irgendwann werden meine Augen schwer und ich schlafe ein, die Zinnsoldaten noch in der Hand. Und träume vom schönsten Weihnachtsfest überhaupt.

Christoph Ringleb, *Jahrgang 1984, lebt und arbeitet in Frankfurt am Main. Stipendiat des Literatur Labor Wolfenbüttel 2003. Veröffentlichung von Kurzgeschichten und Gedichten in diversen Anthologien.*

Das Märchen vom Weihnachtsstern

Vor langer Zeit, in einem kleinen Dorf, das tief in einem verschneiten Tal lag, lebte ein kleiner Junge namens Claus. Claus liebte Weihnachten mehr als alles andere. Nicht wegen der Geschenke oder des leckeren Essens, sondern wegen des großen Weihnachtssterns, der jedes Jahr am höchsten Punkt des Himmels erschien. Er strahlte heller als alle anderen Sterne und erfüllte die Herzen der Menschen mit Freude und Frieden.

Doch in diesem Jahr war alles anders. Der Weihnachtsstern war verschwunden. Die Dorfbewohner waren besorgt, denn sie glaubten, ohne den Stern würde Weihnachten seine Magie verlieren. Die Straßen des Dorfes waren still und selbst die fröhlichen Lieder, die sonst gesungen wurden, klangen traurig und leer. Claus aber spürte tief in seinem Herzen, dass der Weihnachtsstern noch irgendwo da draußen sein musste.

Eines Abends, als der Schnee leise auf die Dächer fiel und die Welt in ein stilles Weiß gehüllt war, machte er sich auf den Weg. Er wusste nicht genau, wohin er gehen sollte, aber eine leise Stimme in seinem Herzen sagte ihm, dass er in den Wald gehen müsse – den uralten, geheimnisvollen Wald, der das Dorf umgab.

Mit einer Laterne in der Hand und einem roten Schal um den Hals stapfte der kleine Junge durch den tiefen Schnee. Der Wald war still, nur das Knistern der Äste und das Flüstern des Windes begleiteten sie. Plötzlich sah er ein schwaches, goldenes Leuchten zwischen den Bäumen. Neugierig und hoffnungsvoll folgte er dem Licht, bis er auf eine kleine Lichtung trat.

Dort, mitten auf der Lichtung, stand ein riesiger, alter Tannenbaum, dessen Äste bis in den Himmel ragten. An seiner Spitze glitzerte etwas – es war der Weihnachtsstern! Doch er leuchtete nur schwach, als ob ihm die Kraft ausgegangen wäre.

„Oh nein“, flüsterte Claus leise und näherte sich dem Baum. „Was ist mit dir geschehen, lieber Weihnachtsstern?“

Da hörte er eine sanfte Stimme, die vom Baum selbst zu kommen schien. „Die Menschen haben das Wichtigste vergessen“, flüsterte der Baum leise. „Der Stern leuchtet nur, wenn die Herzen der Menschen voller Liebe, Güte und Mitgefühl sind. Doch dieses Jahr haben sie sich zu sehr auf Geschenke und den Trubel konzentriert und die wahre Bedeutung von Weihnachten vergessen.“

Claus verstand sofort, was der Baum meinte. Er setzte sich unter den großen Tannenbaum, schloss die Augen und dachte an all die Menschen in seinem Dorf. Er dachte an seine Familie, seine Freunde und sogar an die Fremden, die er kaum kannte. Mit jedem Gedanken füllte sich sein Herz mit Wärme und Liebe. „Ich wünsche mir, dass alle Menschen wieder die wahre Magie von Weihnachten spüren“, flüsterte Claus. „Dass sie sich an das Wichtigste erinnern: die Liebe füreinander. Das Geben und die gemeinsame Zeit, die so wertvoll ist als alles andere.“

In diesem Moment begann der Weihnachtsstern heller zu leuchten. Erst schwach, dann immer stärker, bis er schließlich so hell strahlte, dass der ganze Wald in goldenes Licht getaucht wurde. Die Schneeflocken funkelten, als wären sie kleine Sterne, und die Bäume flüsterten ein leises, fröhliches Lied.

Der kleine Junge stand auf, dankte dem Baum und machte sich auf den Rückweg ins Dorf. Als er dort ankam, war alles anders. Die Menschen hatten das helle Leuchten des Weihnachtssterns am Himmel gesehen und waren voller Freude und Dankbarkeit. Sie begrüßten sich mit warmen Umarmungen, lachten und sangen die alten Weihnachtslieder mit neuen Herzen.

Und jedes Jahr, wenn der Weihnachtsstern am Himmel erstrahlte, erzählte Claus noch heute die Geschichte von der Magie der Liebe, die den Stern zum Leuchten brachte – und erinnerte alle daran, dass Weihnachten nicht in den Dingen lag, die wir erhalten, sondern in der Liebe, die wir geben.

Fiona Walter *ist 23 Jahre alt und wohnt in einem kleinen Dorf namens Oberschopfheim in Süddeutschland. Sie hat ihren Bachelor in Betriebswirtschaftslehre in Konstanz gemacht und arbeitet im Familienunternehmen mit. In der Freizeit turnt sie, fährt Fahrrad und kocht gerne.*

Winterwünsche

Die kleine Mia lebte in einem Dorf mit wenigen Einwohnern. Es war umgeben von hohen Bergen und dichten Wäldern. Der Winter war ihre liebste Jahreszeit. Das Dörfchen lag in einem Tal und so hatte sie bei Schnee stets das Gefühl, sie würde in einer Schneekugel leben, denn dann verwandelte sich die Welt in ein glitzerndes Winterwunderland. Doch bislang hatte der Schnee sich in diesem Jahr noch nicht auf den Weg zu ihnen gemacht. Dabei liebte sie den weißen Zauber. Mia machte der Anblick der tristen und grauen Landschaft traurig, denn der Herbst war schon weitergezogen.

Am Abend saß sie am Fenster. „Mama! Schau mal, das Christkind backt“, rief sie aufgeregt und betrachtete den Himmel, der in sanften Rosa und lila leuchtete.

Ihre Mutter kam zu ihr, sie hielt ein Handtuch und eine Tasse in der Hand. Offenbar machte sie gerade den Abwasch. „Ja“, lächelte sie. „Bald ist Weihnachten.“

Mia seufzte. „Ich möchte so gern Schnee. Meinst du, wenn ich mir das vom Christkind wünsche, bekomme ich ihn?“

„Einen Versuch ist es wert.“

Als Mia nachts im Bett lag, sprach sie ihren Wunsch noch einmal aus. „Bitte, liebes Christkind, ich möchte Schnee haben. Ich liebe ihn so sehr.“ Plötzlich hörte sie von der Tür ein leises Kichern. Sie drehte sich herum und sah dort einen schneebedeckten Elfen mit funkelnden Augen und weißem Bart. Er war so klein, er würde Mia gerade einmal bis zu ihren Füßen reichen, wenn sie stehen würde.

„Wer bist du denn?“, fragte Mia erstaunt. Angst hatte sie nicht.

„Ich bin Frosty, der Weihnachtself. Und du bist Mia“, erklärte er lächelnd.

„Ja. Woher weißt du das?“

„Ich bin ein Weihnachtself.“ Für ihn sagte diese Aussage alles. „Ich habe deinen Wunsch gehört.“

„Oh“, sagte sie verlegen. „Du bist wirklich ein Elf?“

„Ja, und ich bin hier, um dir deinen Wunsch zu erfüllen."

„So etwas kannst du?"

„Ja. Aber sei vorsichtig, denn jeder Wunsch birgt seine eigene Überraschung."

Kurz überlegte Mia und sagte mit leuchtenden Augen: „Ich wünsche mir ein richtiges Winterwunderland mit viel Schnee, Eiskristallen und einem großen Schneemann."

Frosty lächelte. Dann nahm er seine kleine Umhängetasche von den Schultern, ging zum Fenster, öffnete es, griff in die Tasche und pustetet den dort enthaltenen Zauberstaub hinaus.

Plötzlich begann es zu schneien. Sanft vielen die dichten Flocken vom Himmel und verwandelten die graue Landschaft in ein strahlendes Weiß.

Vor Freude stürzte Mia aus dem Bett, rannte zu dem Elfen und sprang auf und ab. „Es funktioniert!"

„Natürlich. Aber das ist erst der Anfang."

Die beiden gingen hinaus in die winterliche Pracht. Unter Mias Füßen knirschte der Schnee. Sie liebte dieses Geräusch. Die Luft war frisch und kühl. Sie fühlte sich wie in einem Traum. Gemeinsam mit Frosty baute sie einen riesengroßen Schneemann. Er bekam einen Hut und eine Karottennase und der Elf schmückte den großen Mann mit funkelnden Eiskristallen.

Mia wünschte sich, dass der Schneemann lebendig werden würde. „Ich möchte ihn als Freund, damit ich mit ihm im Schnee spielen kann."

Ein Fingerschnippen des Elfen und der Schneemann wackelte und lachte. Er verbeugte sich leicht vor den beiden. „Hallo, mein Name ist Schneeflocke. Lass uns spielen."

Mia konnte ihr Glück nicht fassen und so rannten die drei den schneebedeckten Hügel hinunter, machten eine Schneeballschlacht und tanzten im Schnee. Als sie eine Pause einlegten, schaute Mia in den Himmel, der voller glitzernder Sterne war. Diese Nacht fühlte sich magisch an und wenn sie Frosty und Schneeflocke ansah, stimmte dies auch. Es war Magie. Weihnachtsmagie.

Doch die Zeit verging und Mia wurde traurig. „Was passiert, wenn der Schnee schmilzt?", fragte sie leise. „Was wird aus Schneeflocke?"

Mit ernstem Gesicht sah der Elf sie an. „Wünsche können nicht ewig andauern, Mia. Wenn der Frühling kommt, wird der Schnee schmelzen und Schneeflocke wird dann zurück in den Winter gehen."

„Aber ich möchte, dass er bleibt", sagte sie traurig, als sie die Worte von Frosty verstand.

„Das ist nicht möglich, Mia. Manchmal müssen wir die schönen Momente im Leben genießen, mögen sie auch noch so kurz sein. Du kannst immer wieder an diesen Winter denken und die Erinnerungen in deinem Herzen tragen."

Mia wusste, dass der Elf recht hatte, und so beschloss sie, jeden Augenblick in diesem Winterwunderland zu genießen. Mit dem Schneemann und Frosty verbrachte sie die Nacht mit Spielen, dem Erzählen von Geschichten und viel Lachen.

„Danke, Frosty und Schneeflocke. Ich werde diese gemeinsame Zeit und all unsere Erlebnisse nie vergessen", sagte sie leise, als die Nacht sich dem Ende neigte.

Der Elf lächelte. „Wir auch nicht. Und vergiss nicht: Du kannst immer wieder in dein Winterwunderland zurückkehren, wenn du an die Magie des Winters glaubst." Frosty winkte ihr zu, während er in den Himmel schwebte, aus dem dicke, weiße Flocken lautlos auf die Erde fielen. Auch Schneeflocke verabschiedete sich von ihr und Mia sah ihm nach, wie er in den Wäldern verschwand.

Als Mia am nächsten Morgen wach wurde, war sie in ihrem Bett. Sie sah aus dem Fenster und alles war wieder trist und grau. Sie sprang auf und erkannte, dass der Schnee geschmolzen war. Aber die Erinnerungen an diese magische Nacht und ihre lieb gewonnenen Freunde würde ihr keiner mehr nehmen können, denn diese hatte sie in ihrem Herzen. Der Winter würde wiederkommen und mit diesem hatte sie die Möglichkeit, von neuen Wünschen zu träumen. Hoffentlich würde sie Frosty und auch Schneeflocke wiedersehen.

Von diesem Tag an war Mia ein Teil des Winterwunderlands. Sie hatte so viele Wünsche und Träume, die sie noch erleben wollte. Die Magie des Lebens hielt so viele tolle Geschichten bereit.

Beccy Charlatan *wurde 1982 in Wuppertal geboren und wuchs dort auf. Mittlerweile hat es sie mit ihrem Lebensgefährten etwas weiter an den Rhein verschlagen, ins schöne Düsseldorf. Schon von Kindesbeinen an schrieb sie gern, geht der Liebe zu den Buchstaben jedoch erst seit ca. vier Jahren nach. Instagram @beccycharlatan*

Der zeitreisende Adventskalender

1. Dezember: Die Nacht des Heiligen Nikolaus

In dunkler Nacht, vor langer Zeit,
Kam der Nikolaus und war bereit.
Geschenke trug er leis' und sacht,
Versteckte sie in Schuhen, zur stillen Nacht.

2. Dezember: Der mittelalterliche Festtag

In der Burg erstrahlt ein Licht,
Met und Lieder klingen dicht.
Wappen schimmern, der Tisch ist voll,
Das Fest ist heiter, froh machend und toll.

3. Dezember: Renaissance der Weihnachtsmärkte

Lichter blinken, Händler preisen,
Lebkuchen und Nüsse, ohne Gleichen.
Die Stadt erfüllt von froher Pracht,
Die Renaissance bringt neue Macht.

4. Dezember: Die viktorianische Eleganz

In London leuchten Lichter klar,
Kleider aus Samt, wie wunderbar.
Dickens' Geschichten voller Mut,
Die viktorianische Zeit tut gut.

5. Dezember: Der erste amerikanische Christmas tree

Im neunzehnten Jahrhundert dann
Strahlt erstmals hell der Weihnachtsmann.
Ein Baum geschmückt mit hellem Schein,
Ein einfacher Brauch bringt Freude ein.

6. Dezember: Kriegsjahre und ihre Hoffnung

Im Kriegsnebel ein kleines Licht,
Ein Weihnachtsgruß erfüllt die Pflicht.
Soldaten singen, Hoffnung klingt,
Ein friedlicher Geist in die Herzen dringt.

7. Dezember: Die goldenen Jahre der 1950er

In den 50ern, voller Glanz,
Fernsehshows mit Weihnachtstanz.
Familien sitzen froh vereint,
Das Fest der Liebe ist für alle gemeint.

8. Dezember: Der moderne Adventskalender

Jedes Türchen so klein und fein,
Enthält Süßes oder Spielzeug für Groß und Klein.
Die Kinderaugen strahlen hell,
Der Advent ist zauberhaft, aber vorbei zu schnell.

9. Dezember: Besinnung im digitalen Zeitalter

Mit Touch und Ton ist alles nah,
Virtuelle Grüße, weltweit, wie wunderbar.
Doch echte Nähe, die bleibt bestehen,
Denn nichts kann diese Wärme übergehen.

10. Dezember: Rückblick auf alte Weihnachtsbräuche

Ein Blick zurück auf alte Zeit,
Traditionen voller Festlichkeit.
Geschichten, Bräuche, reich an Glanz,
Ein Schatz, den man in die Herzen pflanzt.

11. Dezember: Einfluss des europäischen Kontinents

Von Ost bis West erstrahlt der Glanz,
Europa feiert wie im Tanz.
Lebkuchen, Lichter, Tradition vereint,
Ein Fest, das mittlerweile jeden Kontinent bescheint.

12. Dezember: Die warme Umarmung der Freundschaft

Freunde kommen, Wärme blüht,
Im Winter, wenn der Frost aufzieht.
Ein Lächeln hell, das Herz ganz weit,
Das Licht der Freundschaft zur rechten Zeit.

13. Dezember: Die Magie des Schnees

Der Schnee liegt sanft auf jedem Pfad,
Die Welt ist still, ganz ohne Tat.
Kinder spielen, der Schnee, er glänzt,
Die weiße Magie das Herz ergänzt.

14. Dezember: Besinnung auf das Wesentliche

Im Winterglanz, in hektischer Zeit,
Zählt nicht der Trubel, sondern die Zweisamkeit.
Familie und Liebe sind der Kern,
Die Herzen strahlen, ob nah, ob fern.

15. Dezember: Winterzauber im Freien

Die Bäume glitzern, der Schnee so rein,
Die Vögel singen, klar und fein.
Ein kurzer Spaziergang im Winterlicht
Und die Natur zeigt ihr neues Gesicht.

16. Dezember: Die Freude der Kinder

Kinderaugen strahlen hell,
Vorfreude kommt viel zu schnell.
Geschenke, Lachen, überall,
Der Kinder Freude, ein großer Schall.

17. Dezember: Der Einfluss der globalen Welt

Weihnacht kommt nun weltweit an,
Von fern und nah, es geht voran.
Kulturen mischen sich, so reich,
Die Liebe bleibt uns allen gleich.

18. Dezember: Symbolik der Lichter

Lichter funkeln hell und klar,
Ein Zeichen, das von Hoffnung war.
Kerzen brennen, sanft und warm,
Das Licht umfasst uns wie ein Arm.

19. Dezember: Die Tradition der Weihnachtslieder

Lieder klingen, klar und rein,
Stille Nacht, welch Festtagsreim.
Weihnachtsklänge, sanft und nah,
Erfüllen uns von Jahr zu Jahr.

20. Dezember: Besinnung auf die Dankbarkeit

Dankbarkeit die Herzen füllt,
Für all das Gute, das uns stillt.
Geschenke sind zwar schön und fein,
Doch Dankbarkeit macht das Herz erst rein.

21. Dezember: Die Magie der Weihnachtsmärchen

Märchen klingen in der Nacht
Von Nussknackern und Zaubermacht.
Ein Wintertraum, der uns verführt,
Der uns zum Träumen sanft berührt.

22. Dezember: Die Geschichte des Heiligen Abends

Der Heilige Abend, leise und fein,
Bringt die Familie zum Zusammensein.
Kerzenschein und Freude pur
Sind unser neuer Lebensschwur.

23. Dezember: Die Vorbereitung auf das Fest

Der Heilige Abend naht geschwind,
Geschenke sind verpackt, die Vorfreude beginnt.
Sie wächst und wächst, das Herz wird weit,
Der Weihnachtszauber ist nun bereit.

24. Dezember: Der Zauber der Heiligen Nacht

In heiliger Nacht erwacht die Welt,
Ein Glanz, der uns zusammenhält.
Die Vorfreude ist groß, die Herzen sind warm,
Denn die Bescherung hat ihren eigenen Charme.

25. Dezember: Der erste Weihnachtstag

Der erste Weihnachtstag erblüht,
Geschenke, Freude und Glück versprüht.
Die Familie sitzt im festlichen Licht,
Ein Tag, der Wärme und Liebe verspricht.

26. Dezember: Der zweite Weihnachtstag

Am zweiten Tag kehrt Ruhe ein,
Im Kreis der Liebsten, sanft und fein.
Gemütlich klingt die Feier aus
Und Frieden zieht ganz still durchs Haus.

Kevin Michael Schott *wurde in Gifhorn geboren und lebt heute in der idyllischen Prignitz. Als Software-Entwickler hat er nach seinem Master of Science in Informatik an der Otto-von-Guericke-Universität Magdeburg seine berufliche Leidenschaft in der Selbstständigkeit gefunden. Seit seiner Kindheit lässt er sich von Mythologien, historischen Geschichten, Videospielen und Manga aller Art inspirieren und erschafft einzigartige Welten.*

Heimkehr

„Hey. Hey, du! Kannst du mir helfen?"

Leo blinzelt. Es ist dunkel. Nur der Mond und die Sterne beleuchten einen Umriss. Er wird klarer, als er sich die Augen reibt.

Zitternd steht ein Mädchen vor ihm. Es sieht komisch aus. Es hat einen roten Hut mit hellen Punkten auf. Darunter sind weiße Haare.

„Oh gut! Du bist endlich wach! Ich bin Pilzblüte, eine Elfe des Weihnachtsmannes, und Julius Pimpelbottom hat …"

„Elfe des Weihnachtsmannes?" Leo steckt sich einen Finger in sein Ohr und wackelt damit darin herum.

Das Mädchen sieht ihm zu und kneift die Augen zu. „Ja, hab ich doch gesagt! Ich bin die ranghöchste Elfe des Weihnachtsmannes! Früher war das Sir Julius Pimpelbottom, bis ich … Ach, ist egal. Jetzt heißt er jedenfalls nur noch Julius Pimpelbottom. Darum ist er wütend und hat …"

Leo wird schwindlig, so schnell spricht das Mädchen vor ihm. Es muss wirklich aufgeregt sein. Ob er weiterhin schläft? Unter der Decke, damit Pilzblüte es nicht sehen kann, kneift er sich in den Arm. Sofort zuckt er zusammen. Er ist also wach. Vor ihm muss echt eine Elfe stehen.

„Und darum brauche ich gaaaanz schnell deine Hilfe!"

So wie Pilzblüte Leo anschaut, wartet sie auf eine Antwort. Aber er weiß nicht, was er sagen soll.

Drum sieht er nur zurück in das Gesicht, das er jetzt besser erkennt. Auf den Wangen hat die Elfe auch Pünktchen. Die sind dunkler als die auf ihrem Hut.

Plötzlich lässt sie die Schultern sinken. „Ich hab zu schnell geredet, oder? Du hast nichts verstanden, richtig?"

Leo nickt. Er weiß echt nicht, wieso Pilzblüte Hilfe braucht. Wie gerade er ihr helfen könnte.

„Okay. Dann noch mal die Kurzfassung: Julius Pimpelbottom hat mich mit einem Trick durch ein Portal hierher geschickt. Aber bald ist Weihnachten! Wir müssen Spielzeug bauen! Ich muss sofort zurück!"

„Portal." Mehr kann Leo nicht sagen. Davon hat er noch nie gehört. Doch Pilzblüte nickt heftig. Ist es wichtig, was ein Portal ist?

„Wie soll ich dir helfen?"

Jetzt schiebt Pilzblüte ihre Unterlippe vor und zuckt mit den Schultern. Dann kratzt sie sich am Kopf – unter ihrem Hut. Ein Schal hängt um ihren Hals. Auch rot mit Punkten. Ihr Pullover ist grün. Die Hose schwarz, die Schuhe wieder rot. Sie haben da, wo die Zehen sind, einen Kringel. „So genau weiß ich das nicht, um ehrlich zu sein. Doch es wird erzählt, dass … Aber … Ich wurde vorher nie ohne Portalbohnen durch ein Portal geschickt. Dann könnte ich …"

„Portalbohnen." Leo traut seinen Ohren kaum. Er staunt immer mehr.

Pilzblüte nickt nur.

Drum sagt er nichts mehr.

„Ja. Ich muss es also versuchen. Ich sehe keine andere Chance."

„Aha. Was versuchen?"

Sie zwinkert, als hätte sie nachgedacht. Doch jetzt schaut sie ihn wieder an. „Du musst mich zum Weihnachtsmann wünschen."

Leo reißt die Augen auf und merkt, dass ihm der Mund offensteht. Das ist alles? „Mehr nicht? So einfach?" Er sieht, wie die Elfe den Kopf schüttelt, und runzelt die Stirn.

„Es müssen ein paar Bedingungen erfüllt werden. So muss das Kind an den Weihnachtsmann und seine Elfen glauben. Das tust du, oder?" Leo nickt und Pilzblüte sagt: „Der Wunsch muss nachts unter einem Weihnachtsbaum geäußert werden …"

„Aber ich darf nachts doch nicht alleine raus!" Leo merkt, dass sich seine Stimme überschlägt.

Pilzblüte unterbricht sich und schiebt die Unterlippe vor. Plötzlich zeigt sich ein Lächeln auf ihren Lippen. „Ich bin ja dabei. Du wärst also nicht allein, oder?"

Darüber muss Leo nachdenken. Seine Eltern haben nie gesagt, dass er nur mit ihnen nachts raus darf. Also stimmte das. Er grinst Pilzblüte an und nickt. Doch er wird ernst, weil die Elfe seufzt.

„Das ist nicht die größte Bedingung." Leo kneift die Augen zu und Pilzblüte zuckt mit den Schultern. „Wenn du mich zum Weihnachtsmann wünscht, kannst du dir nichts anderes mehr wünschen."

Leo schluckt. Er wollte doch einen Schlitten. Und eine Actionfigur. Und …

Pilzblütes Stimme klingt dünn, als sie fragt: „Hilfst du mir trotzdem?"

Leo überlegt. Wenn er Nein sagt, kann die Elfe nicht nach Hause. Sie kann kein Spielzeug bauen. Dann bekommt kein Kind, was es sich wünscht. Auch nicht sein nerviger Bruder. Langsam nickt er, obwohl er gerne einen Schlitten gehabt hätte. Aus Holz. Um mit Papa den Schlittenberg hinunterzufahren. Pilzblüte sieht aus, als würde sie wissen, worüber er nachdenkt. Aber sie sagt nichts.

„Wir müssen zur Kirche. Da ist ein Weihnachtsbaum."

Die Elfe nickt nur und Leo rutscht aus dem Bett. Pilzblüte folgt ihm, als er leise aus seinem Zimmer in den Flur schleicht. Leo zieht seine Winterstiefel und eine Jacke an. Jetzt wird er doch nervös. Er darf nachts nicht alleine raus.

„Wie komme ich wieder heim?"

„Keine Angst. Ich kann mich nicht heimwünschen, aber bei dir geht das." Pilzblüte greift nach seiner Hand und drückt sie leicht.

Leo schaut auf ihre Finger und nickt. Er öffnet die Haustür und schlüpft mit der Elfe ins Freie. Kleine Flocken fallen vom Himmel. Sie funkeln im Schein der Straßenlaternen. Die Kirche ist nicht weit weg und Leo hört, wie der Schnee unter seinen Stiefeln knirscht bei jedem Schritt. Es ist kalt, aber von Pilzblütes Hand geht Wärme aus.

Kurze Zeit später stehen sie unter der großen Tanne, die jedes Jahr mit Lichtern geschmückt wird. Leo schaut die Weihnachtselfe an.

„Was muss ich sagen?"

Pilzblüte drückt noch mal seine Finger. Dann lässt sie Leos Hand los. „Du musst die Augen schließen und dir wünschen, dass ich nach Hause komme. Wie heißt du eigentlich?"

„Leo."

„Danke, Leo. Ich weiß, du hättest gerne einen Schlitten gehabt, aber …" Als er die Stirn runzelt, unterbricht sich Pilzblüte.

„Woher weißt du das?"

Jetzt zuckt die Weihnachtselfe lächelnd mit den Schultern. „Ich weiß bei jedem Kind, was es sich wünscht. So ist das bei Elfen."

Leo nickt. Das klingt logisch.

„Es ist Zeit. Wenn du dir meine Heimkehr gewünscht hast und danach die Augen aufmachst, liegst du wieder in deinem Bett. Okay?"

„Ja“, sagt Leo und schließt die Augen. „Ich wünsche mir, dass Pilzblüte zurück zum Weihnachtsmann kommt.“

Leo spürt ein leichtes Zupfen an seiner Jacke und ihm wird ein bisschen schwindlig. Doch als er die Augenlider öffnet, liegt er in seinem Bett. Fahle Wintersonne scheint zum Fenster herein und er schüttelt den Kopf. Das war ein komischer Traum. Aber als er aufsteht, runzelt er die Stirn. Er hat seine Jacke über dem Pullover und seine Stiefel an. Grinsend steht er auf.

In den Wochen bis Weihnachten denkt er oft an die kleine Elfe mit dem roten Hut mit den weißen Punkten. Immer wieder fragt er sich, ob sein Wunsch geklappt hat und sie zurück beim Weihnachtsmann ist. Je näher Heiligabend kommt, desto nervöser wird er. Wird ein Geschenk für seinen Bruder unter dem Baum liegen?

Dann ist es so weit und Leos Mama schließt die Tür nach der Christmesse auf. Aus dem Wohnzimmer dringt Licht von den Kerzen des Weihnachtsbaumes. Er weiß, dass Papa schon mit den Würstchen und dem Kartoffelsalat auf sie wartet, die sie gleich essen werden. Danach singen sie vorm Christbaum. Und dann wird Leo wissen, ob Pilzblüte gut am Nordpol angekommen ist.

Leos Finger werden schwitzig und er verbrennt sich fast die Zunge, so schnell isst er. Ungeduldig tippt er mit dem Fuß auf den Boden, weil er warten muss, dass auch alle anderen fertiggegessen haben. Seine Mutter grinst ihn an und er atmet erleichtert auf, als sie endlich vom Tisch aufstehen.

Leos Bruder läuft in den Flur und reißt die Tür auf. „Geschenke!“, hört Leo und lächelt. Pilzblüte hat es geschafft. Als er den Raum betritt, staunt er. Da steht ein Schlitten im Schein der Lichter. Aus Holz. Rot, mit weißen Punkten.

June O'Leary, *geboren 1983, wohnt außerhalb im Grünen nahe einer kleinen bayrischen Stadt. Seit sie 2022 zugezogen ist, lässt deren Wahrzeichen immer noch ihr Herz höherschlagen, sobald ihr Blick darauf fällt. Sie ist zweifache Mutter, in einer liebevollen Partnerschaft und liebt es, Klischees aufzugreifen und von einer anderen Seite zu beleuchten, weil sie der Meinung ist, dass Sozialkritik nicht immer mit einem erhobenen Zeigefinger einhergehen muss. Außerdem schwärmt sie für Irland, was sich nicht nur in ihrem Pseudonym abbildet, sondern auch daran, dass einige ihrer Werke genau dort ihren Schauplatz haben.*

Wunderkekse

Dong, dong, dong, dong. Vier Uhr am Nachmittag. Schon! Und Mama ist noch immer nicht hier – wo sie wohl bleibt, so kurz vor Weihnachten?

Rafael steht vor der Wohnung, in der er zu Hause ist. Doch als er den Schlüssel sucht, ist der Schlüssel nicht hier, wo er ihn erwartet: in seinem Schulsack. Hier jedenfalls hat er ihn hinstecken *wollen.* Wäre nicht der Gedanke aufgeploppt, dass er unbedingt das Matheheft mit den Aufgaben mitnehmen muss wegen des letzten Tests vor Weihnachten. Sonst würde Herr Häfeli, zu dem Rafael in die dritte Klasse geht, einmal mehr seine rechte Augenbraue hochziehen, was lustig aussieht, eine Weile lang vielsagend nichts sagen, sich dann räuspern und …

Der Schlüssel.

Die Mutter hat noch gefragt: „Hast du den Schlüssel dabei?"

Rafael hat genickt. „Klar."

Irgendwo muss er sein, der Schlüssel. Vielleicht ja doch!

Eine Hitzewelle durchfährt ihn, als er in seinem Schulsack kramt. Der angebissene Apfel, sein grünes Etui, seine Hefte und Bücher, sein blauer Citroën. Und Sonja, seine Puppe, die er auch in die Schule mitnimmt – das ist geheim.

Nichts. Kein Schlüssel.

Vor seinem inneren Auge sieht er Herrn Häfeli die rechte Augenbraue hochziehen. Rafael hat's mal wieder verpeilt. Er ist eben ein Schussel!

Rafael schnaubt. Nun sitzt er in diesem Hausflur, durch dessen Ritzen die herbe Adventsluft weht. Vor seiner Wohnung – doch er sitzt auf der *falschen* Seite dieser verflixten Tür!

In diese Seite der Tür sind Linien eingeschleust, die Rafael zum ersten Mal auffallen. Mit dem Blick wandert er den Schlangenzickzacklinien entlang.

Davon tun ihm nach einer Weile die Augen weh.

Mama soll endlich antraben!

Hat sie was von Stadtbummel gesagt? Und dass es etwas später werden könnte. Rafael soll eine Banane essen, wenn er Hunger hat. Auf dem Küchentisch stehe noch Hagebuttentee.

Rafael spitzt die Ohren. Er hört Schritte. Das könnte …

Nee, die Mama hat einen schnelleren Schritt. Und ihre Schuhe würden trippeln und klappern. In die Stadt geht sie mit ihren elegantesten Schuhen, selbst im Winter.

Ist eher der grimmige Mann vom ersten Stock. Herr Gram oder Grimm oder so. Rafael nennt ihn insgeheim Grimmelmann.

Das Geräusch verhallt. Dann tschummt die Tür zu. Zwei Etagen weiter unten – beim Grimmelmann.

Rafael fröstelt.

Ding. Schon wieder eine Viertelstunde vorbei!

Rafael bläst Luft in seine Backen, als würde er den angefangenen Apfel in seiner Tasche weiteressen und die Bisse in den Backen verstauen wie ein Hamster. Die Banane, auf die er Lust hätte, ist hinter der Tür.

Ein Duft strömt in seine Nase. Süß. Das riecht nach … backen … nach Keksen … nach Weihnachtskeksen … Butterplätzchen, Vanillekipferl, Zimtsterne, Spitzbuben.

Hoffentlich kauft Mama wenigstens die Zutaten für die Weihnachtskekse ein, wenn sie schon so lange weg ist!

Weihnachten letztes Jahr kommt Rafael in den Sinn. Das letzte Mal, dass sein Papa dabei war.

Wehmütig denkt er an seinen Papa. Vor Kurzem gestorben – wegen dem blöden Krebs! Letztes Jahr an Heiligabend ist dieser doofe Krebs bei einer anderen Weihnachtsfeier und hat keine Zeit, seinen Papa zu belästigen. Im hölzernen Gartenhaus. Der Petrolofen stinkt, doch er schenkt die bitternötige Wärme. Dazu die Kerzen des kauzigen Weihnachtsbaumes.

„Schon ein bisschen gefährlich in einem Häuschen aus Holz“, sagt Mama. Sie mag es, wenn Risiko durch ihre Adern und Venen kribbelt. „Ein bisschen *Ekschen.*“ Auch ihrer Idee von Action entspricht, dass ihre Familie so ganz anders Weihnachten feiert: „Wie in einem Stall. Wie bei der Geburt von Jesus.“

Es gibt warmen Schinken. Und Kartoffelsalat. Und die Weihnachtskekse, mit Papa und Mama am Vormittag gebacken. Rafael spielt Flöte, sodass es nur etwas auffällt, wenn nicht alle beim Singen die Töne treffen und lediglich den Refrain und grad noch die erste Strophe kennen. Papa hält Mamas Hand.

Wie Weihnachten dieses Jahr werden wird?

Ohne Papa.

Wenn er ohne Papa mit Mama den Teig für die Weihnachtsplätzchen ausrollt.

Rafael zieht den Reißverschluss seiner grünen Jacke fast bis zum Kinn hoch. Carlos vom oberen Stock kommt ihm in den Sinn. Er kennt ihn von Zusammenkünften mit Nachbarn. Carlos war schon ein paar Mal auf einen Kaffee bei Mama.

Rafael steht auf. Jetzt merkt er an seinem klammen Hintern, wie kalt der schwarze Treppenabsatz ist, auf dem er nun schon so lange gewartet hat. Er nimmt gleich zwei Stufen auf einmal – ob er auch drei schaffen würde?

Bevor Rafael das ausprobieren kann, ist er bereits auf der Etage von Carlos.

Carlos Molineri liest er auf der rechtwinkligen Inschrift unter dem Plexiglas unterhalb des Klingelknopfs.

Der längliche Knopf, der sich ihm rechts neben der Tür entgegenreckt, sieht wie der Stachel eines Igels aus. Oder mehrere Stacheln zusammen. Rafael drückt drauf: *Trrrrrrrrr.* Froh, dass dies nur seine Ohren belästigt, ihn nicht in die Finger pikt.

„Bitte, bitte, mach, dass Carlos zu Hause ist!" Rafael schlingt die Arme um sich. Das wärmt. Wenigstens ein bisschen.

Schlurf. Klacksklapper. Die Tür weicht von Rafael weg und er sieht ein Bein hellblaue Jogginghose. Zwei verschlafene Augen mit dunklen Ringen. Schwarzes Struppihaar.

Jetzt erhascht er mehr von Carlos: seinen Mund, die mit Bartstoppeln übersäten Wangen, den Pullover mit der roten Kapuze. Die grünen Schlurfpantoffeln mit Narrenspitzen wie bei Till Eulenspiegel.

„Was ist denn los?", brummelt Carlos Eulenspiegel. Die Stimme heiser. Seine Augen für Rafael kaum zu erreichen: Sie blicken über ihn hinweg, zur Tür gegenüber.

„Hallo, hier bin ich!" Rafael schwenkt seine rechte Hand, deren Finger ausgestreckt sind, hin und her.

Carlos schaut zu ihm herunter. „Ah, du … Rafi. Was willst du denn!"

„Ich warte schon seit Ewigkeiten auf Mama. Sie hat sich in der Stadt verirrt. Ich habe keinen Schlüssel und kann nicht rein."

„Diese nachlässigen Mütter!" Carlos schüttelt den Kopf. „Kinder auf die Welt stellen und sie dann vor die Tür setzen!" Er hält inne, zögert – lächelt. „Zum Glück hast du nicht bei Herrn Grimm im ersten Stock geklingelt."

Carlos atmet geräuschvoll aus.

„Mach ich dir halt eine heiße Schokolade. Da kannst du gleich auch die Weihnachtskekse probieren. Hab sie eben aus dem Ofen genommen, grad noch rechtzeitig."

Carlos sollte mit ihnen Weihnachten feiern, im Gartenhäuschen. Mama und er wären dann nicht so alleine. Und seine Kekse sind vielleicht Wunder-Werke!

*Autor und Yogalehrer **Marcel Friedli-Schwarz** hat in Freiburg i. Ü. und Padova Geschichte sowie Journalistik studiert. Zurzeit absolviert er den knapp zwei Jahre umfassenden Diplomlehrgang in literarischem Schreiben des Schreibwerks Ost und des Schweizer Buchhandels- und Verlags-Verbandes. Insgesamt vier Monate war er als Stipendiat bei der Franz-Edelmaier-Literatur-Stiftung in Meran(o). Er schreibt Erzählungen, Kurzgeschichten, Gedichte, seine Autobiografie, einen Roman.*

Als das große Marzipanbacken ausfiel

Vor langer Zeit lebte in einem kleinen Dorf eine alte Frau, die hieß Irmela. Diese Irmela war eine freundliche alte Dame mit weißem Haar und funkelnden blauen Augen und vielen Lachfältchen in ihrem Gesicht. Jedes Jahr zur Weihnachtszeit lud Irmela alle Kinder des Dorfes zu sich nach Hause ein, um mit ihnen gemeinsam nach einem uralten Rezept Marzipan zu backen. Alle Kinder durften kommen, denn es war ein sehr kleines Dorf.

Und die Kinder freuten sich jedes Jahr darauf, bei Irmela Marzipan zu backen. Nicht nur, dass es viel Freude machte, den weichen Teig zu kleinen Kügelchen zusammenzurollen oder mit Irmelas Förmchen Herzen, Sterne und kleine Glücksschweine auszustechen. Nein, das war nicht alles: Die Kinder kamen gern zu Irmela, weil sie freundlich und gut war und vor allem sehr viel lachte. Mit Irmela konnte man Späße machen – und das kann man schließlich nicht mit allen Erwachsenen.

Doch in einem Jahr geschah etwas Merkwürdiges und davon möchte ich euch erzählen: Irmela hatte wie immer am Tag vor dem großen Marzipanbacken, wie die Kinder es nannten, die Mandeln eingeweicht und geschält – eine Mordsarbeit! Den ganzen Tag hatte sie in der Küche gehockt und geschält und geschält, bis endlich alle Mandeln blank und weiß waren. Nun mussten die Mandeln trocknen, morgen früh würde sie sie mit den Kindern in der Mandelmühle zu Mehl mahlen und daraus den Teig für das Marzipan kneten. Mit einem frohen Lächeln auf dem Gesicht ging Irmela ins Bett, obgleich ihr der Rücken schmerzte vom langen In-der-Küche-hocken-und-Mandeln-abpulen.

Doch als Irmela am nächsten Morgen ihren Kaffee getrunken und ihr Honigbrot zum Frühstück gegessen hatte und auf die Kinder wartete, geschah – nichts. Kein stürmisches Klopfen, kein eiliges Fußgetrappel war zu hören. Es war vollkommen still vor dem kleinen Häuschen, in dem Irmela wohnte.

„Wo bleiben die Kleinen nur?“, fragte Irmela ihren Kater Moritz, der auf der Ofenbank am Herd lag. Moritz sprang von seinem gemütlichen Platz herunter, strich Irmela um die Beine und mauzte.

„Du hast recht, schauen wir doch einmal nach“, sagte Irmela, nahm ihre warme Wolljacke vom Hacken, zog die dicken Winterstiefel an und trat vor die Tür ihres kleinen Häuschens.

Auf der Dorfstraße war keine Menschenseele zu sehen. Nur der weiße Schnee knarrte unter Irmelas dicken Stiefelsohlen und auf den drei großen Eichen neben ihrem Haus krächzten die Krähen.

Sonst war es still. Mucksmäuschenstill.

„Was ist denn nur los?“, fragte sich Irmela verwundert, während sie an den Häusern entlangstapfte. Der Himmel war grau und verhangen und feiner Nebel lag zwischen den Häusern und Gärten. Schließlich sah Irmela vor sich eine vertraute Gestalt. Aus den Nebelschwaden trat ihr Rosemarie, ihre Nachbarin, entgegen.

„Röschen, meine Gute, wie schön, dich zu sehen“, sagte Irmela erfreut.

„Irmchen, du liebe Seele, was tust du denn hier in der Kälte?“, fragte Rosemarie. Sie trug einen leeren Einkaufskorb am Arm.

„Herrjechen, ich suche die Kinderchen“, antwortete Irmela und sah sich um. „Sie kommen doch immer zum Marzipanbacken. Aber heute ist nicht eines erschienen, Röschen, kannst du dir das denken?“

Rosemarie schlug die Hände zusammen. „Herrjechen, Irmchen, aber gewiss kann ich mir das denken!“, rief sie. „Hast du es denn noch nicht gehört?“

„Nein, was soll ich gehört haben, Röschen?“, fragte Irmela.

„Irmchen, der Kaiser hats verkünden lassen!“, rief Rosemarie.

„Was, Röschen? Was hat der Kaiser verkünden lassen?“

„Dass wir nicht zusammen in den Stuben hocken sollen, Irmchen, das hat er verkünden lassen“, berichtete Rosemarie.

„Nicht gemeinsam in den Stuben hocken, Röschen? Herrjechen, was ist denn das für ein ausgekochter Unsinn?“, rief Irmela. Sie spürte einen leichten Ärger in sich aufsteigen.

„Na wegen der schlimmen Grippe, Irmchen, der Grippe!“, erklärte Rosemarie. „Die Leutchen sollen sich nicht anstecken, weil doch schon so viele krank sind mit der bösen Grippe.“

„Und nun dürfen wir uns nicht mehr besuchen in den Winterstuben?“, fragte Irmela.

„Nein, Irmchen, dürfen wir nicht“, sagte Rosemarie traurig.

Irmela dachte nach. Dann nickte sie. „Das hat der Kaiser gut überlegt, dass die Kinder vor Weihnachten nicht krank werden sollen“, sagte sie. „Aber was mache ich mit meinen Mandelchen?“

„Hast du sie schon gepult, deine Mandelchen?“, fragte Rosemarie.

„Ja, alle sechs Kilo habe ich schon gepult“, sagte Irmela.

„Sechs Kilo, herrjechen!“, rief Rosemarie. „Da schmerzt dir doch gewiss der Rücken, Irmchen!“

„Ja, Röschen, da schmerzt mir der Rücken“, antwortete Irmela. Dann fiel ihr Blick in den leeren Einkaufskorb der Freundin.

„Und du wolltest wohl zum Kaufmannsladen, Röschen?“

„Ja, Irmchen. Aber der hat zu.“

„Zu?“, rief Irmela.

„Ja, zu hat er. Auch wegen der bösen Grippe. Damit wir uns beim Einkaufen nicht anstecken.“

„Aber wie sollen die Leutchen dann Brot und Käse und Zucker und Mehl kaufen?“, fragte Irmela.

„Du sollst dem Kaufmann einen Zettel in den Briefkasten legen, was du haben möchtest, und er bringt es dir an die Tür“, berichtete Rosemarie.

„An die Tür, na, das ist was“, sagte Irmela.

„Da kann man nichts machen, Irmchen. Der Kaiser hats gesagt“, sagte Rosemarie. „Und wenn's der Kaiser gesagt hat, dann müssen wir es so machen. Aber wie schade für die armen Kinderchen, dass sie kein Marzipan backen dürfen. Und wie schade für die alten Leutchen, die in der Weihnachtszeit so gern am Ofen zusammensitzen und quakeln.“

„Ach, ach, ach, es ist ein Jammer, Röschen.“

„Ja, Irmchen, es ist ein Jammer.“

Einen Moment schauten die alten Frauen gemeinsam die Dorfstraße entlang. Dann sagten sie einander auf Wiedersehen und gingen jede zu ihrem Haus.

Drei Tage später war der Heilige Abend. Ruhig und friedlich lag das Dorf im Schnee, während der Himmel langsam dunkler wurde. Die ersten Lichter leuchteten in den Fenstern auf, doch auf der Straße blieb es still.

Da hörte man plötzlich einen lauten Ton: *Mööp!*

Was war das?

Gardinen bewegten sich, neugierige Gesichter erschienen an den Fenstern. Da hörte man es wieder: *Mööp!*

Die Leute traten aus ihren Haustüren. Und da sahen sie, woher der merkwürdige Ton kam: Es war die gute Irmela, die vor ihrem Häuschen stand und in eine mächtige Posaune blies. *Mööööp!*

Als aus allen Häusern die Menschen herausschauten, rief Irmela: „Liebe Freunde! Wir dürfen nicht gemeinsam in den Stuben sitzen. Aber an der frischen Luft, da dürfen wir sein. Lasst uns hier draußen ein Weihnachtslied singen!“ Dann hob sie ihre Posaune an die Lippen und schmetterte ein lautes *O du fröhliche* drauflos.

Da sangen sie alle mit: die Kinder, die alten Leutchen, die Eltern, Nachbarn und Freunde. Alle sangen unter dem klaren Sternenhimmel ein Weihnachtslied nach dem anderen. Und dann holten die Kinder das Marzipan aus dem Haus und alle standen unter den leuchtenden Sternen, winkten sich zu und knusperten froh ihr Marzipan.

Woher sie das Marzipan hatten, wollt ihr wissen?

Das war so: Irmela war zu jedem Haus im Dorf gegangen, in dem Kinder wohnten, und hatte jedem eine Portion Mandelmehl vor die Tür gestellt. Eine kleine Portion hatte sie selbst behalten und daraus für sich Marzipan gebacken. So konnten die Kinder in diesem Jahr ihr Marzipan zwar nicht zusammen backen, aber wenigstens zusammen vernaschen.

Und das gemeinsame Weihnachtsliedersingen fand seither in jedem Jahr statt, zur Erinnerung daran, wie wichtig es ist, auch in schweren Zeiten zusammen zu halten.

*Geboren wurde **Ulrike Demuth** alias **Ulli Soak** 1983 in Kläden bei Arendsee. Nach dem Abitur studierte sie Germanistik und Musikpädagogik. Seit 2014 arbeitet sie als freie Autorin unter dem Pseudonym Ulli Soak.*

Ein Frosch im Winterwald

Madame Lill trat aus dem Türchen ihrer Baumhöhle, die im mächtigen Stamm einer Weide lag. Sie glitt auf knorrigen Wurzeln hinab, gerade wie auf einer Rutsche, und hüpfte dann mit einem kleinen Sprung auf einen Stein, der ihr den Blick auf den Teich ermöglichte.

Madame Lill setzte sich und schloss genießerisch die Augen. Sie genoss jeden Tag in der Natur, seit sie vor wenigen Wochen aus der Großstadt hierher gezogen war. Ihr Leben in diesem Haus war sicherlich recht feudal gewesen, denn in der Küche fielen immer Kekskrümel, Brotkrumen und andere Leckereien ab. Den Menschen aus dem Weg zu gehen, gelang ihr fast schon spielerisch, doch dann war plötzlich eine Katze ins Haus gezogen – und damit war es vorbei mit der Gemütlichkeit. Der Sommer entwickelte sich zu einem Albtraum für die Maus. Mehrmals entging sie nur knapp den scharfen Krallen dieses Ungetüms. Schon bald stand ihr Entschluss fest. Sie wollte fern ab der Großstadt in das verlassene Haus ihrer Urgroßtante ziehen.

Und so kam es, dass Madame Lill sich auf den Weg in den entfernten Wald machte, bis sie endlich vor der Weide stand, an deren Fuße sich der Eingang zur beschaulichsten Mäusewohnung, die sie je gesehen hatte, befand.

Nun saß sie also hier auf diesem Stein und spürte so ein wohliges Prickeln im Bauch. „Das ist das Glück“, hauchte sie und atmete tief ein und aus.

„Das ist der Anfang des Winters“, schnaufte es neben ihr.

Madame Lill erblickte den Frosch, der jeden Abend Stein hier saß und in den Abendhimmel quakte.

„Oh, Monsieur, verzeihen Sie bitte“, piepste Madame Lill. Sie sprang auf und machte den Platz frei. „Sicher möchten Sie hier Ihr Abendständchen halten.“

„Das ist sehr freundlich.“ Der Frosch räusperte sich. „Es wird wohl mein letztes Lied sein für dieses Jahr.“

Der Mäusedame stockte der Atem. Das hörte sich ja nach einem sehr traurigen Abschied an. „Jetzt liegt doch der erste Winterduft in der Luft“, sprach Madame Lill, „und die gemütliche Zeit mit Zimtgeruch und Glockenklang, Bratapfeltee und Spekulatius ist ganz nah.“

„Nicht für mich, Frau Maus“, quakte der Frosch, „ich kenne das alles nicht, denn im Winter schlafe ich.“

Madame Lill blickte peinlich berührt. „Entschuldigen Sie bitte, dass ich mich gar nicht vorgestellt habe. Madame Lill ist mein Name und ich bedauere sehr, dass Sie diese wunderbare Zeit rund um das Weihnachtsfest noch nicht erleben durften.“

„Ich bin ein einfacher Laubfrosch und da ich das Weihnachtsfest nicht kenne, kann ich es auch nicht vermissen, Madame Lill.“

„Monsieur ...“, sprach Madame Lill, deren Familie aus Frankreich stammte, „Monsieur Rainette, dann wird es aber höchste Zeit, dass wir das ändern.“ *Rainette* bedeutete nichts anderes als Laubfrosch, nur eben ins Französische übersetzt.

Nur kurze Zeit später saßen Madame Lill und Monsieur Rainette im gemütlichen Mäuseheim. Im Schaukelstuhl wippte der Frosch hin und her, während im Kamin ein wärmendes Feuer loderte. Die Mäusedame saß in einem weich gepolsterten Lehnstuhl und erzählte vom Winter, vom Schnee, von tanzenden Schneeflocken und dem schillernden Stern am Weihnachtshimmel. Ihre Augen glänzten vor Begeisterung, als sie vom geschmückten Tannenbaum berichtete.

„Und dann, am Weihnachtsabend, treffen sich die Menschen, singen und beschenken sich mit kunstvoll verpackten Päckchen, die unter dem Tannenbaum liegen. Die Kinder sind aufgeregt, sagen Gedichte auf, packen ihre Geschenke aus, dann sitzen alle gemeinsam am Tisch, essen, erzählen und lachen ...“

„Das muss sehr schön gewesen sein“, unterbrach Monsieur Rainette, „doch alles hat seine Zeit, Madame Lill, wenn das eine vorbei ist, dann wartet schon das Neue.“

Die Mäusedame lächelte und nickte. „Vielleicht haben Sie recht.“

Und so legte sich der Winter übers Land. Die Laubbäume hatten ihre Blätter abgeworfen und der Teich war zugefroren. Nur die Tannen zeigten das satte Grün ihrer Nadeln, doch schon bald tanzten die Schneeflocken vom Himmel und puderten auch sie in ein weißes Kleid.

Ein feiner Rauch stieg am Fuße der Weide empor. Er kam aus dem Schornstein, der zu Madame Lills Wohnung führte.

„Ich knete und backe den lieben langen Tag", sang die Mäusedame und formte Plätzchen. Aus dem Backofen strömte süßer Duft, die Wände waren liebevoll mit Sternen dekoriert und mit letzter Kraft hatte Monsieur Rainette, dick bekleidet mit einem Strickpullover, einer Jacke, einer Mütze und einem Schal, den kurzen Ast einer Fichte in die Stube getragen.

„Diesen besonderen Weihnachtsbaum werden wir gemeinsam am Weihnachtsabend schmücken", sagte Madame Lill.

„Aber wie wissen wir, wann es so weit ist?", fragte Monsieur Rainette.

Madame Lill hüpfte beschwingt durch die Stube. „Wir werden es wissen", sprach sie allwissend, sodass Monsieur Rainette zustimmend nickte.

An einem klirrend kalten Tag war die Mäusedame ins Freie gehuscht, um noch einige geschützt liegende Blätter ins Haus zu tragen. An der Tür hielt sie noch mal inne und streckte das Näschen in die Luft. Es roch nach Äpfeln, Nüssen, Apfelsinen und Mandeln und sie spürte auch diese ganz besondere Energie, so als würden die Luft und die Erde mit ihr sprechen. Madame Lill zitterte ein wenig, doch nicht vor Kälte, sondern vor glückseliger Aufregung.

„Es ist Zeit", hauchte sie, als sie die Tür hinter sich schloss, „der Weihnachtstag ist angebrochen."

Monsieur Rainette sprang aus dem Schaukelstuhl und quakte so schnell und so laut, dass Madame Lill sich die Ohren zuhalten musste. Dann sprang er zu dem schmalen Fenster, das ihm den Blick auf Schnee und noch mal Schnee präsentierte.

„Schon gut, schon gut", lachte Madame Lill. „Wir machen es uns heute sehr gemütlich. Sie werden schon sehen."

Und als es Abend wurde, war der Tisch liebevoll gedeckt, eine große Schale mit Gebäck stand darauf, am Tannenbaum hingen goldene Sterne aus Blättern geschnitten, eine weiße Kerze flackerte am Fenster und zwei Päckchen lagen vor dem Kamin.

Madame Lill saß in ihrem Lehnstuhl und sprach: „Denkt euch, ich habe …"

Monsieur Rainette lauschte aufmerksam, doch plötzlich hüpfte er aus dem Schaukelstuhl. „Es klopft!" Er lief zur Tür und öffnete sie, doch obwohl es bitterkalt war, fror er nicht. Madame Lill stand hinter ihm und zeigte in das Schneetreiben.

„... ich habe das Christkind gesehen! Es kam aus dem Walde ...“

Weiter konnte sie nicht sprechen, denn Monsieur Rainette fiel ihr ins Wort. „Ich auch, ich auch“, rief er, „ich habe es auch gesehen!“ Er blickte zum Himmel und sah einen Stern, der heller strahlte als alle anderen, dann sah er zum Teich hinüber, wo eine glänzende Gestalt stand, sie schien ihm zuzuwinken, bevor sie verschwand.

Als die beiden die Tür hinter sich schlossen, fühlten sie sich glücklich und froh.

„Die Geschenke vorm Kamin sind weg!“, rief Monsieur Rainette plötzlich.

„Nein, sie liegen unterm Tannenbaum“, flüsterte Madame Lill, „und auf jedem liegt ein goldener Stern.“

Schließlich packten sie ihre Geschenke aus. Einen leckeren Tannenzapfen für Madame Lill und dicke Stricksocken für Monsieur Rainette. Die beiden feierten ein gemütliches Weihnachtsfest mit Tanz, Gesang und vielen süßen Sachen.

„Ich danke Ihnen für diese wunderbare Zeit“, quakte der Frosch.

„Es war mir ein Vergnügen“, piepste die Mäusedame.

„Das Christkind“, juchzte Monsieur Rainette, „zum allerersten Mal hat mich das Christkind besucht.“

„Ich glaube“, antwortete Madame Lill, „es war bestimmt schon öfter bei Ihnen. Nur haben Sie seinen Besuch immer verschlafen.“ Und die Mäusedame lachte und lachte, bis auch der Frosch zu lachen begann.

Ramona Stolle *lebt und schreibt in ihrer Heimatstadt Berlin. Sie liebt Tiere und die Natur, natürlich ist sie ein Bücherwurm und freut sich noch immer wie ein Kind, wenn es endlich weihnachtet. Das Schreiben von Geschichten sowie das Dichten und Reimen sind Leidenschaften aus Kindertagen, denen Sie bis heute treu geblieben ist. In vielen Anthologien kann man Ihre Beiträge finden. Neuigkeiten gibt es auf der Homepage www.ramonastolle.de.to.*

Mäuseweihnacht

Es war der Abend vor Weihnachten und im alten Schloss oben auf dem Hügel lag der Schnee auf den Dächern und Zinnen. Immer noch rieselten dicke Schneeflocken vom Himmel, der Mond funkelte und tauchte die schneebedeckten Türme des Schlosses in ein fahles Licht. Die Lichter in den Fenstern der Stadt, die unten im Tal lag, leuchteten wie winzige Sterne.

Drinnen im Schloss, zwischen den alten Mauern, herrschte große Aufregung. Denn tief unten in den verwinkelten Gängen des Kellers, in einem kleinen, gemütlichen Raum unter der großen Steintreppe, bereiteten die Schlossmäuse ihr Weihnachtsfest vor.

Lilly, eine kleine, graue Maus mit glänzenden Knopfaugen und einem roten, flauschigen Schal um den Hals, den sie nie ablegte, hatte alle Pfoten voll zu tun. „Das Fest muss perfekt sein!“, rief sie aufgeregt und lief hin und her.

Die Wände des Mausverstecks waren mit Tannengrün und Strohsternen geschmückt und in der Mitte des Raumes stand ein kleiner Baum, den Lillys beste Freundin Luise aus einem Stück Tannenzweig gebastelt, liebevoll geschmückt und aufgestellt hatte. Es war sehr gemütlich.

„Fehlt nur noch das Festessen!“, sagte Lilly zufrieden, als plötzlich Gustav angerannt kam. Und das wollte etwas heißen, denn Gustav war eine rundliche, gutmütige Maus. Rennen mochte er gar nicht.

„Lilly! Das Essen ist weg!“, rief Gustav. „Ich war gerade noch dabei, die letzten Nüsse zu zählen, als ich es entdeckt habe.

„Was?!“, rief Lilly erschrocken.

Alle Mäuse versammelten sich um den Tisch, der plötzlich leer war. Wo vor Kurzem noch duftende Käsehappen und Nüsse lagen, war jetzt nur noch eine leere Platte.

„Das kann doch nicht sein!“, sagte Lilly. „Wir müssen herausfinden, wer das Essen genommen hat.“

Zusammen machten sich die Mäuse auf den Weg, um den Dieb zu

finden. Lilly führte die Gruppe an, ihr Herz klopfte vor Aufregung. „Bleibt dicht beieinander“, flüsterte sie, während sie vorsichtig den kleinen Gang hinaufkrabbelten, der direkt unter der großen Steintreppe des Schlosses entlangführte. Die Wände waren kalt und hier unten war es so eng, dass sie sich fast seitlich hindurchschlängeln mussten.

Gustav, der etwas hinter den anderen herlief, blieb abrupt stehen und stieß ein fiepsiges: „Oh nein!“, aus.

„Was ist denn?“, fragte Lilly besorgt und drehte sich um.

„Ich habe meine Mütze verloren!“, sagte Gustav, der immer seine geliebte grüne Wollmütze trug. Traurig sah er sich um.

„Wir können die Mütze später suchen“, sagte Lilly und winkte ihn vorwärts. „Jetzt müssen wir den Dieb finden!“

Vorsichtig krochen sie weiter und gelangten schließlich in einen langen Flur. Der Mond schien durch die hohen, verstaubten Fenster und warf gespenstische Schatten auf die alten Teppiche und Möbel.

„Pssst, seid leise“, flüsterte Lilly, als sie die breiten Dielen betrat, die unter ihren winzigen Pfoten knarrten.

Plötzlich hörten sie ein entferntes Rascheln. Alle Mäuse hielten den Atem an. „Was war das?“, fragte Gustav und rückte nervös seinen Schal zurecht.

„Vielleicht ... vielleicht war es der Dieb!“, flüsterte Lilly und schlich weiter in Richtung des Geräusches.

Die Mäuse spähten vorsichtig hinter einen alten Vorhang, der bis zum Boden reichte. „Hier ist niemand“, sagte Lillys Freundin Luise. „Aber seht mal!“, rief sie mit einem Mal und zog eine braune Nuss hervor. „Schaut mal, was ich gefunden habe: Das ist eine unserer Festtagsnüsse!“

„Wir sind auf der richtigen Spur!“, sagte Lilly entschlossen. „Der Dieb muss ganz in der Nähe sein.“

Doch gerade als sie weitergehen wollten, stolperte Gustav über einen losen Faden im Teppich und fiel mit einem lauten Plumps auf den Boden. „Aua!“, rief er, während die anderen versuchten, ihn aufzuheben.

„Psst“, machte Lilly wieder. „Ich glaube, ich habe etwas gehört!“

Alle Mäuse duckten sich und lauschten aufmerksam, während das Geräusch eines entfernten Flügelklapperns durch den Flur hallte.

„Los, schnell!“, rief Lilly und rannte voran.

Die Mäuse kletterten eine kleine Treppe hinauf und erreichten einen großen Saal. Noch mehr Festtagsnüsse lagen verstreut auf dem Boden. Sie waren dem Dieb dicht auf den Fersen.

„Wir müssen aufpassen", sagte Gustav und blieb stehen. „Vielleicht ist der Dieb noch hier." Die anderen Mäuse nickten und schauten sich aufmerksam um.

Der Saal war groß und eindrucksvoll, mit schweren, roten Vorhängen und alten Gemälden an den Wänden. Ein riesiger Kamin stand in der Mitte, doch er war längst erloschen. Die Mäuse huschten vorsichtig über den kalten Steinboden und versteckten sich hinter einem alten Sessel.

„Seht mal da!", flüsterte Gustav und deutete auf einen Schatten, der sich geräuschlos im Mondlicht bewegte.

Eine alte Eule saß auf einer der Fensterbänke und hielt etwas in ihren Krallen. „Das ist unser Essen!", rief Lilly überrascht und sprang auf, doch dann zog Gustav sie schnell hinter den Sessel zurück.

„Achtung!", mahnte er. „Eulen mögen Mäuse!"

Lilly dachte nach. „Vielleicht ist sie gar nicht so böse. Wir sollten herausfinden, warum sie das Essen genommen hat."

Mit klopfendem Herzen trat sie mutig vor. „Entschuldigung, Frau Eule?", fiepte Lilly mit zitternder Stimme.

Die Eule drehte ihren Kopf in einer langsamen, eleganten Bewegung und blickte Lilly aus großen, leuchtenden Augen an. „Ja?", fragte sie in einem tiefen, ruhigen Ton. „Was machst du hier?"

Lilly schluckte und trat noch einen Schritt vor. „Wir ... wir haben uns gefragt, ob Sie unser Festessen gesehen haben. Es ist verschwunden."

Die Eule schaute nachdenklich auf die Käsehappen und Nüsse, die sie noch in ihren Krallen hielt. „Oh, diese leckeren Kleinigkeiten? Ja, ich habe sie gefunden", sagte die Eule. „Ich dachte, sie wären vergessen worden, und da ich den ganzen Winter alleine bin ..." Ihre Stimme wurde leiser und ein Hauch von Traurigkeit schwang darin mit.

„Alleine?", fragte Lilly vorsichtig. „Feiern Sie kein Weihnachten?"

Die Eule seufzte. „Früher habe ich das, als noch Menschen im Schloss lebten. Aber jetzt ... da bin ich ganz allein."

Lilly schaute die Eule mitfühlend an. „Das tut mir leid. Aber ... Sie müssen nicht alleine sein. Sie können mit uns Weihnachten feiern!"

Die Eule hob überrascht ihren Kopf. „Mit euch? Aber ... ich bin doch eine alte Eule – und ihr seid kleine Mäuse. Habt ihr denn keine Angst?“

Lilly hörte Gustav, der zitternd mit den Zähnen klapperte. Aber sie lächelte. „Vielleicht, aber wir teilen gern, besonders zu Weihnachten. Es ist ein Fest der Freundschaft und des Miteinanders. Und wir haben genug Platz für alle – auch für eine Eule.“

Die Eule schaute eine Weile still auf Lilly hinunter, dann huschte ein kleines Lächeln über ihren Schnabel. „Ich weiß nicht, wann ich das letzte Mal eingeladen wurde ... Aber wenn ihr mich haben wollt, dann komme ich gerne.“

Dann sah sie zu dem zitternden Gustav. „Gehört das vielleicht dir?“, fragte sie und hielt dem kleinen Mäuserich eine grüne Wollmütze hin.

Gustav nahm seine geliebte Mütze entgegen. Hatte er eben noch vor Angst und Kälte gezittert, strahlte er die alte Eule nun glücklich an. „Vielen Dank, liebe Eule!“

Lilly klopfte ihrem Freund auf die Schulter. „Siehst du, nun wird es doch noch ein perfektes Fest!“

Die Mäuse führten die Eule zurück in ihren kleinen, gemütlichen Raum unter der Treppe, wo alle gemeinsam das Festessen teilten. Dankbarkeit erfüllte das Herz der alten Eule und sie schloss Freundschaft mit den kleinen Mäusen.

Am Ende des Abends sangen sie fröhliche Weihnachtslieder, und Lilly dachte lächelnd: „Das ist das schönste Weihnachtsfest, das wir je hatten.“

Bernhard Finger, *geboren 1971, ist Pferdenarr, Mittelalterfan, Hobbykoch und begeisterter Bogenschütze. In seiner Freizeit schreibt er Kurzgeschichten, darunter Gruselstorys, die auch bereits in einer bekannten Heftromanserie veröffentlicht wurden. Heute schreibt und veröffentlicht er vor allem Märchen, Fantasy und gelegentlich Science-Fiction.*

Der Advent

Der Advent ist die Vorweihnachtszeit,
wir machen uns für Weihnachten bereit.
Man ist mit der Familie zusammen
Und sitzt vor des Kamins Flammen.

Kekse backen gehört dazu,
das machen viele Familien im Nu.
Manche singen,
sodass die Lieder durch den Raum klingen.

Kakao und eine Schneeballschlacht
sind auch immer sehr angebracht.
Weißt du, worum es an Weihnachten eigentlich geht?
So mancher den Sinn nämlich nicht versteht.

Da war doch etwas mit ’nem Mann und ’ner Frau.
Maria und Josef, ganz genau.
Ich kann dir die ganze Geschichte erzählen,
du musst nur zwischen „Ja“ und „Nein“ wählen.

Ja, ich höre die Geschichte gerne,
es geht bestimmt auch um Sterne.
Okay, also es fängt alles an mit dem frisch verlobten Paar,
als Maria einen Engel sah.

Dieser meinte, Gott hätte sie auserwählt
und ihr die ganze Geschichte erzählt.
„Du wirst ein Kind gebären“, sagte er zu ihr,
„Jesus soll es heißen, sagte man mir.“

Auch Josef erscheint ein Engel im Traum.
Zuerst dachte dieser es wäre nur Schaum.
Er begreift bald: Alles ist wahr
Und befolgt seine Anweisungen ganz klar.

Er überlegt Maria, zu verlassen,
doch Gott hat das nicht zugelassen.
Der König ruft eine Volkszählung aus,
Maria und Josef müssen aus dem Land raus.

Nach Betlehem müssen sie gehen.
Dort bekommt Maria bestimmt ihre Wehen.
Der Weg ist lang für das Paar,
doch sie stehen unter Gottes Schutz, na klar.

Maria wird in einem Stall in Betlehem gebären.
Viele werden ihr Kind verehren.
Über dem Stall steht als Gottes Zeichen der Stern.
Für Astronomen ein wichtiger Kern.

Sie kommen sofort zum nächtlichen Stall
und hören dabei den Engelsliederschall.
Sie finden das Kindlein wie die Schäfer in einer Krippe vor.
Die Engel am Himmel singen noch immer im Chor.

Das Ende der Geschichte ist das,
ich hoffe, sie machte dir riesigen Spaß.
This ist the END
und noch einen schönen Advent.

***Loana** ist 13 Jahre alt. Sie möchte, wenn sie älter ist, Schauspielerin und Schriftstellerin in den USA werden.*

Der unerwartete Weihnachtsbesucher

Mit ihren acht Jahren ist Anne ein aufgeschlossenes und wissbegieriges Mädchen. Sie interessiert sich für die Natur. Am liebsten würde sie Forscherin werden, im Dschungel umherstromern und neue Tierarten entdecken.

Im Frühjahr beobachtet sie über Wochen hinweg im Teich die Kröten, Frösche und Lurche. Sie hält mit ihrer kleinen Actionkamera, die eigentlich fürs Fahrrad gedacht ist, um rasante Fahrten durch schnittige Kurven aufzunehmen, alles genau fest. Das Gewimmel im Teich, die Paarungen, das Laichen, die ersten Kaulquappen bis hin zum kleinen Minifröschlein. Alles wird beobachtet.

So ist es auch nicht verwunderlich, dass Anne sich für Blindschleichen, Käfer oder Larven interessiert. Immer wenn sie etwas findet, freut sie sich, zeigt es Mama und Papa und beschützt es insbesondere vor dem frechen Kater Max, der mit sämtlichen Tieren des Gartens gerne seine Spielchen treibt.

Eines Tages im Herbst entreißt Anne dem Gartentiger ein merkwürdiges Teil. Es fühlt sich wie Stroh an.

„Was kann das nur sein?“, will Anne von ihrer großen Schwester wissen.

Beide schauen in Büchern nach und vermuten darin die Larve eines Insektes. Anne gibt das merkwürdige Etwas in ein leeres Marmeladenglas und deckt es mit einem leichten Küchenkrepp zu. In ihrem Zimmer stellt sie es auf den Schreibtisch.

Doch bald gerät es in Vergessenheit, denn die Adventszeit birgt ziemlich viel Arbeit für das Mädchen. Es müssen so viele Geschenke gebastelt werden.

An ihrem Schreibtisch sieht es an manchen Tagen ziemlich chaotisch aus. Es stapeln sich farbige Schnipsel, bunte Bänder, Leim, Farbe und Glitzersteinchen. Bedruckte Blätter türmen sich auf. An manchen Tagen liegt der Tuschkasten noch obenauf.

Wenn es draußen ungemütlich ist, findet Anne ihren Platz am

Schreibtisch so richtig kuschelig, denn bei ihren Basteleien hört sie sich immer die spannendsten Geschichten an.

Auch im Haus wird es immer gemütlicher. Oft vermischt sich darin ein Duft von Orangen, Räucherkerzen, Kaffee, Zimt und Marzipan. Anne liebt diese Zeit. Es ist so schön gemütlich, aber zugleich geheimnisvoll, denn auch die Eltern verstecken manchmal ganz schnell etwas hinter ihrem Rücken.

Dem Kater Max gefällt es im warmen Haus ebenso viel besser und deshalb liegt er oft faul auf der Kaminbank, lässt sich kraulen und schnurrt dabei.

Heute ist es endlich so weit. Der Vater bringt den Weihnachtsbaum mit und stellt ihn im Wohnzimmer auf. Anne ist tüchtig aufgeregt, denn bald wird das Wohnzimmer abgeschlossen sein. Nur durchs Schlüsselloch kann sie dann den festlich geschmückten Baum erahnen.

„Ob auch alle meine Wünsche in Erfüllung gehen werden?", denkt sich Anne. Sie kann es kaum noch aushalten.

Als Oma und Opa endlich zum Kaffeetrinken erscheinen, bekommt sie keinen Bissen von ihren geliebten Plätzchen herunter. „Warum müssen die denn so viel reden?", denkt sie sich.

Die Erwachsenen lachen und erzählen, als endlich am Abend die Haustürglocke schellt.

„Na, wer kann das denn noch sein, um diese Zeit?", fragt der Papa schelmisch lachend.

„Nun macht doch endlich die Tür auf!!", möchte Anne am liebsten rufen, doch die Mama lässt den Weihnachtsmann schon herein.

Wie jedes Jahr schaut er in sein dickes Buch. Wie jedes Jahr erzählt er zu jedem etwas und alle tragen ihm was vor. Wie jedes Jahr schließt er die Wohnzimmertür auf.

Alle treten erwartungsvoll in den festlich geschmückten Raum, singen ein Weihnachtslied und bestaunen den leuchtenden Weihnachtsbaum.

Doch plötzlich ruft Anne: „Seht mal, da oben! Dort. Ganz oben, in der Tannenbaumspitze!"

Alle schauen dorthin. Der Weihnachtsmann, Mama, Papa, Oma, Opa, die Schwester, ja sogar der Kater Max blicken hinauf.

„Das gibt es doch nicht!" Der Weihnachtsmann traut seinen Augen nicht. „Das habe ich wirklich noch nicht erlebt!"

Alle staunen, denn auf der Tannenbaumspitze sitzt ein wunderschöner Schmetterling. Alle lachen. Der Weihnachtsmann verabschiedet sich schnell und Mama beginnt gleich das Rolf-Zuckowski-Lied zu singen: *Ein Schmetterling im Tannenbaum …*

Später, nachdem die Geschenke ausgepackt sind und Anne in ihren neuen Büchern geblättert hat, bestimmt sie ihn ganz genau. „Das ist sicherlich ein nordamerikanischer Schwalbenschwanz!“

__Michaela Kläber,__ geboren 1969, wohnhaft in Meißen, verheiratet, zwei Töchter, Lehrerin für Deutsch und Geschichte. Hobby: Schreiben von Erzählungen und Theaterstücken.

Wunder-Weihnachtsland

Der Dezember lässt in seiner Mitte die Natur
den kräftigen Frost des Winteranfangs spüren,
sodass sich hinter den kahlen Baumwipfeln
die abgeschwächten Sonnenstrahlen verlieren.

Die Sonne hat längst ihre Kraft eingebüßt
und der Herbst sein Regiment endgültig verloren.
Die blass daliegende Spätherbstlandschaft
ist über Nacht unter Raureifkristallen zugefroren.

Über dem Tal liegt des Winters eisige Stille
und das Weihnachtsfest ist jetzt nicht mehr weit.
Wenn sich ein Sonnenstrahl den Weg bahnt,
verbreitet er den Zauber unserer Weihnachtszeit.

Die Eiskristalle glänzen in der Wintersonne,
in der Tat funkelnde Raureifdiamanten der Natur!
Sie schmücken das Wunder-Weihnachtsland
mit ihrer zauberhaften, festlich glitzernden Spur.

***Sieglinde Seiler** wurde 1950 in Wolframs-Eschenbach geboren. Sie ist Dipl. Verwaltungswirt (FH) und lebt mit ihrem Ehemann in Crailsheim. Seit ihrer Jugend schreibt sie Gedichte. Später kamen Aphorismen, Märchen und Prosatexte hinzu. Ferner fotografiert sie gerne. Bislang hat sie bereits über 200 Gedichte im Internet und diversen Anthologien veröffentlicht.*

Der fünfblättrige Schwur

Jede Kreatur wird gut geboren. Babys kommen weder böse noch frech zu Welt. Davon ist meine Mutter überzeugt. Nur bei mir hat sie Zweifel. Ich wäre wohl die Ausnahme dieser Regel, meint sie, denn ich bringe sie jeden Tag dreimal an den Rand des Wahnsinns. Ich bin unkontrollierbar, strotze vor Energie und meine Kreativität, was die Gestaltung meiner und ihrer Freizeit angeht, kennt keine Grenzen.

Aber bin ich deshalb böse?

Es gibt ein Rezept, mich ruhig zu stellen: Geschichten. Die Mutter macht nur nicht oft genug Gebrauch davon. Dabei ist sie die beste Geschichtenerzählerin der Welt. Wiederholungen sind zulässig, aber sie müssen 1:1 passieren, das heißt, die Geschichte darf unter keinen Umständen von der erst erzählten Version abweichen. Mein Gedächtnis ist ausgezeichnet und ich vergesse nichts.

Vor Kurzem wollte ich wissen, warum die Hexe alleine im Wald leben muss. Gestern habe ich meine Frage scheinheilig wiederholt. Sie konnte ahnen, was auf dem Spiel stand. Ich fieberte also ihrer Antwort entgegen, hoffte auf der einen Seite, sie würde das Abenteuer auf Punkt und Komma genau wiederholen, sah aber auf der anderer Seite erwartungsvoll den notwendig werdenden, endlosen Gesprächen bei Vertragsbruch ihrerseits entgegen, die das leidige Zu-Bett-Gehen unweigerlich hinauszögerten.

„Die Hexe", begann die Mutter und ein Schauder überzog mich, „war ursprünglich eine zarte Laubfrau mit dem Namen Hexie. Sie lebte in den Bäumen, hatte weder Buckel noch Falten, auch keine krumme Nase und schmutzige Fetzen trug sie ebenfalls nicht. Sie war wunderschön und ihr Kleid schimmerte in 123 verschiedenen Grüntönen durch die Bäume. Alle Waldgeister liebten sie und trugen sie mithilfe von Zephir durch die Lüfte, sodass ihre weichen, goldenen Haare wellenartig hinter ihr her flatterten."

An dieser Stelle bedauerte ich es, widerspenstige, braune, kurze

Haare zu haben. Obwohl meine zappelige Unruhe ein Schweben durch die Lüfte sowieso nicht möglich gemacht hätte.

„Aber dann ist etwas passiert“, fuhr die Mutter mit dunkler, geheimnisvoller Stimme fort. „Eines Tages war er plötzlich da: der Baumhautgeist. Eine unbekannte Spezies, von allen skeptisch und misstrauisch beäugt. Das Gerücht, das riesengroße, vielarmige, weiße und seltsame Wesen käme von einem anderen Planeten, sorgte für viel Gesprächsstoff bei den Waldbewohnern. Dabei handelte es sich bei ihm einfach nur um die Haut eines viel-ästigen und weitverzweigten Baumes, der bei einem Jahrhundertsturm zu Falle gekommen und am moorigen Boden im Jura liegen geblieben war, bis ihn drei Jahre später eine Künstlerin auf der Suche nach Motiven erspähte und auserwählte. Sie hat ihn gehäutet und später die Baumhülle auf die Innenseite gedreht und das über zehn Meter lange und weitverzweigte Gerippe mit Gips, allerlei Flüssigkeiten, geheimnisvollen Rezepturen und Zauber-Tinkturen behandelt. Der Baumhautgeist erwachte durch diese Prozedur zum Leben. Anfangs war er mit seinem Dasein ganz zufrieden, aber bald schon stellte sich Langeweile ein. Er wollte nicht mehr alleine sein und wünschte sich eine Familie.

Eines schönen Tages, beim morgendlichen in die Luft starren auf seiner weitläufigen Lichtung, schwebte die schöne, elegante, grün schimmernde Laubfrau Hexie an ihm vorbei. Die beiden verliebten sich sofort und beschlossen, zu heiraten. Aber ihr Glück weilte nicht lange, denn der Baumhautgeist, der sich Hexie mit dem Namen Dr. Vengonos vorgestellt hatte, erzählte ihr in einem schwachen Moment, wie er auf die Welt beziehungsweise in den Wald gekommen war. Ein großer Fehler, den Dr. Vengonos in dem Moment bereute, als Hexie einen Rückzieher machte. Er hätte ihr nie verraten dürfen, dass er voraussichtlich als Kunstwerk in einer Galerie enden würde. Hexie litt still vor sich hin, wollte sich aber unter diesen Umständen nicht mit Dr. Vengonos einlassen, denn so jung schon Witwe zu werden, war für sie ein unerträglicher Gedanke und darauf würde es hinauslaufen.

Ein paar Wochen später wollten sich Hexie und Dr. Vengonos zum letzten Mal vor der alten Lebkuchenhütte tief im Wald treffen, weil Hexie auf der sonnigen Lichtung immer so schnell blass wurde. Aber Hexie meinte, die Lichtung wäre in diesem Falle angebrachter, um ihr Schicksal ein weiteres Mal ausgiebig zu bedauern und besiegeln. Bei ihrer letzten Verabredung hatten sie über Flucht nachgedacht, aber Hexie brauchte den Laubwald. Sie würde anderswo blitzartig ihre Grüntöne und damit ihre Schönheit verlieren – und das wollte sie auf keinen Fall riskieren. Dr. Vengonos hingegen fühlte sich in Waldschneisen recht wohl, dort hatte er Platz für seine weitverzweigten Arme, obwohl er den knusprigen Fensterläden der Hütte nur schwer widerstehen konnte.

Hexie kam wie immer ein paar Minuten zu spät, weil sie ihr immergrünes und nuancenreiches Blätterkleid dieses Mal besonders innig und lange poliert hatte. Sie sah gerade noch, wie ihr Geliebter von einer großen, blonden Frau zusammengeklappt und aufgerollt und von zwei starken Männern lärmend abtransportiert wurde.

Hexie brach zusammen, weinte bitterlich und verlor im Verlauf der folgenden Tage all ihre herrlichen, satten Grüntöne. Sie verrunzelte unter der gnadenlosen Sonne über der Lichtung. Nach einer Trauerwoche war sie nicht mehr wieder zu erkennen. Sie zog sich verbittert in die Hütte im Wald zurück und entfernte das I aus ihrem Namen. Während sie sich ihre verbleibenden fünf Eichenblätter ausrupfte, legte sie für jedes fallende Blatt folgendes Gelübde ab:

Nie wieder will ich grün sein!
Nie wieder will ich schön sein!
Nie wieder will ich jung sein!
Nie wieder will ich mich verlieben!
Nie wieder will ich glückliche Menschen in meinem Umfeld sehen und alle Kinder, die mir in Zukunft über den Weg laufen, werde ich einsperren, mästen, schlachten!"

Mein Aufschrei ließ die Mutter zusammenzucken. Dieses Mal war sie grob vertragsbrüchig geworden. Ich führte einen beispiellosen Hexentanz auf, denn dieses Ende war untragbar. In der Vorgängerversion kam die Künstlerin in der Weihnachtszeit, um Dr. Vengonos abzuholen. Eine dicke Schneeschicht hatte den Waldboden und sein weißes Gerippe allerdings komplett bedeckt. Sie konnte ihn nicht finden und zog unverrichteter Dinge wieder ab. Ich wusste es, auf Weihnachten war einfach Verlass! Aber das jetzt!

„Du hast alles kaputt gemacht. Du bist gemein", warf ich ihr wütend an den Kopf. Das Schlafengehen würde warten müssen, denn hier bestand eindeutig Diskussionsbedarf.

„Aber, Lucy, Schätzchen, wie wir alle wissen, ist die Hexe eine böse Gestalt, die niemanden, nicht einmal sich selber, mag. Ich habe beim ersten Mal deine Frage nicht wirklich beantwortet. Aber es kann im Moment noch kein glückliches Ende zwischen Hexie und Dr. Vengonos geben, denn dann gäbe es dein Lieblingsmärchen nicht."

Diesem Argument hatte ich nichts entgegenzusetzen. Ich zog die Bettdecke über den Kopf und nahm mir vor, beim nächsten Mal gründlicher über eine Frage und deren Folgen nachzudenken. Auf der anderen Seite fühlte ich, dass diese Geschichte noch lange nicht erzählt war. Wer weiß, vielleicht verwandeln sich ja in der nächsten Version zwei große Äste von Dr. Vengonos in Flügel und er flüchtet mit Hexie in einen anderen Laubwald. Sie würden sehr glücklich werden und viele Kinder bekommen, die gerippig wie Dr. Vengonos in Hexies grünlaubiger Farbenpracht erstrahlten und um die Weihnachtszeit unter der Schneedecke ruhten. Beruhigt und zutiefst zufrieden mit dieser Aussicht schlief ich ein.

***Christa Blenk** hat Kurzgeschichten in unterschiedlichen Anthologien und Literaturzeitschriften veröffentlicht. Seit über zehn Jahren verfasst sie regelmäßig Beiträge für das Online Magazin KULTURA-EXTRA.*

Die kleine rote Kerze

„Uäh!“, gähnt die kleine rote Kerze. Sie macht die Augen auf und erschreckt sich. „Wo bin ich?“

Sie blickt sich um. „Wo sind die anderen?“ Die anderen Kerzen stehen nicht mehr dicht an sie gedrückt und es umgibt sie auch keine schützende Folie mehr. Die kleine rote Kerze fühlt sich allein und nackt. Etwas pikst sie an ihrem Stumpf. „Aua! Was soll das.“

Sie schaut nach unten. Da sind viele spitze, grüne, piksige Dinger und sie steht auf ihnen. Das grüne Zeug bildet einen Ring. Und da sind sie, die anderen, durch den Ring mit ihr verbunden.

Verzweifelt ruft sie: „Hey! Wo sind wir?“

„Nerv nicht, Kleine. Genieße es lieber!“, mahnt die größte Kerze links neben ihr.

Die kleine Kerze hasst es, Kleine genannt zu werden. Doch diesmal überhört sie dies. „Was denn? Was soll ich schön finden?“, fragt sie neugierig.

„Dass wir auserwählt wurden!“, sagt die große Kerze stolz.

„Auserwählt? Wozu denn?“

„Erkennst du es nicht? Das muss so ein Adventskranz sein. Dafür sind wir doch extra gekauft worden. Es ist die größte Ehre für uns, auf einem Adventskranz zu brennen.“

„Wieso?“

„Wir krönen den Adventskranz.“

„Hä? Warum braucht der eine Krone?“

„Wir kündigen Weihnachten an, davon haben die Leute im Geschäft doch die ganze Zeit erzählt“, schwärmt die größte Kerze. „Jede Woche brennt eine Kerze mehr und wenn wir alle vier brennen, dann ist Weihnachten. Das wird bestimmt ein tolles Fest. Und wir sind dabei. Sieh doch, wie schön unser Adventskranz ist.“

Die kleine rote Kerze blickt sich genauer um. Zwischen den Kerzen sind noch andere Sachen auf dem stacheligen Kranz. Rote und goldene Kugeln, zwei hölzerne Pferde auf einem Stab und glitzernde Sterne. „Ja, sieht wirklich schön aus", murmelt die kleine Kerze. Trotzdem ist ihr irgendwie mulmig zu Mute. Sie wirkt unsicher und matt, während die anderen Kerzen voller Stolz strahlen.

Am ersten Advent

Ein Holzstöckchen nähert sich gemeinsam mit einer kleinen Schachtel. Es zischt. Funken sprühen. Dann flammt es plötzlich hell auf. Die kleine Kerze zuckt zusammen. Das Streichholz brennt. Es kommt immer näher. Die kleine rote Kerze spürt die Wärme der Flamme. Sie biegt sich nach hinten und hält den Docht so weit wie möglich weg von sich.

Die größte Kerze dagegen reckt und streckt sich dem Feuer entgegen. Sie strahlt! „Siehst du? Jetzt geht es los!"

„Ja, seh ich!", flüstert die kleine Kerze unsicher. Am liebsten würde sie sich verstecken. Sie zittert matt. „Bitte, bitte nicht ich!", fleht sie still und hält die Luft an.

Dann zündet das Streichholz die größte Kerze an.

„Puh, Glück gehabt!", atmet die kleine Kerze erleichtert auf. Gespannt beobachtet sie, was mit der größten Kerze passiert. Die Flamme färbt ihren Docht schwarz und tänzelt um ihn herum.

Die größte Kerze knistert vor Begeisterung. „Juchu! Wie das kribbelt und wie warm das ist!"

Die Flamme flackert entzückt und lässt das rote Wachs der Kerze noch mehr glänzen. Die beiden anderen Kerzen schwärmen: „Wie schön du bist! Wie du leuchtest!"

„Ich weiß nicht, ob ich das so schön finde", denkt die kleine rote Kerze.

Am zweiten Advent

Erwartungsvoll reckt sich wieder die größte Kerze der Streichholzflamme entgegen und wird sofort angezündet.

„Warum freust du dich so?", wundert sich die kleine Kerze. „Du bist doch schon ein ganzes Stück kleiner geworden?"

„Es ist einfach toll. Warte, bis du dran bist, dann wirst du es verstehen."

Die kleine Kerze schüttelt energisch den Kopf und blickt an sich hinunter. „Ich bin doch schon so klein! Wenn ich brenne, dann bin ich bald nicht mehr da!"

In diesem Augenblick nähert sich das Streichholz ausgerechnet der kleinen roten Kerze. Sie schluckt. Ihr wird ganz heiß.

„Bitte nicht ich!“, fleht sie erneut.

„Jippieh!“, jauchzt die zweitgrößte Kerze, als diese angezündet wird. Die Flammen züngeln um die Dochte. Die beiden Kerzen brennen glücklich. Die Kugeln, glitzernden Sterne und Pferde werden von dem warmen flackernden Kerzenschein umspielt.

„Warum finden die anderen Kerzen das nur so schön?“, wundert sich die kleine Kerze. „Ich will nicht noch kleiner werden und schließlich verschwinden!“

Am dritten Advent

„Jetzt gehts bald wieder los!“, freut sich die größte Kerze, auch wenn sie schon lange nicht mehr die größte ist.

„Diesmal bin ich zum Glück noch nicht dran. Die anderen drei sind ja noch viel größer als ich. Und ich bin immer noch die kleinste!“, ist sich die kleine Kerze sicher. Deshalb hat sie jetzt auch keine Angst, braucht sich nicht wegzuducken und schaut interessiert zu.

Dann ist es so weit. Zielstrebig zündet das Streichholz die drei größeren Kerzen an. Die kleine Kerze weiß nicht, was sie davon halten soll. „Nur noch eine Woche“, murmelt sie immer noch angespannt.

Die anderen Kerzen knistern fröhlich. „Es ist so schön!“ Die Flammen an den Dochten zucken wild.

„Ob das wirklich so schön wird?“, zweifelt die kleine Kerze und beobachtet genau, wie die anderen Kerzen täglich weiter abbrennen. Sie strahlen dabei vor Glück und Stolz. Das Flackern der Kerzen lässt den Adventskranz glänzen.

„Es sieht wirklich richtig toll aus“, denkt die kleine Kerze und schaut nach unten. Nur um sie herum strahlt der Adventskranz noch kaum. „Eigentlich schade!“

Am vierten Advent

Die kleine Kerze blickt sich um. „Jetzt sind wir alle fast gleich groß."

Als das Streichholz die anderen Kerzen anzündet, denkt die kleine Kerze: „Heute bin ich dran." Sie holt einmal tief Luft. „Okay, ich bin bereit", sagt sie tapfer.

Das brennende Streichholz nähert sich. Doch gerade als die Flamme ihren Docht entzünden will, zieht sie ihren Docht zurück.

„Bin ich wirklich bereit?"

„Du schaffst das!", ruft die ehemals größte Kerze. „Mach mit! Dann leuchten wir zusammen!"

„Es ist wundervoll!", rufen die anderen Kerzen sofort. „Wir brauchen dich doch!"

Die kleine Kerze zögert.

„Komm schon, es wird toll!", knistern die anderen Kerzen.

Die kleine Kerze atmet tief durch, nimmt allen Mut zusammen und reckt ihren Docht in Richtung Flamme. Sie spürt ein feines Prickeln. Es knistert. Eine kleine, dann immer größer werdende Flam-

me züngelt an ihrem Docht. Die Flamme tanzt fröhlich hin und her. Die kleine Kerze strahlt! „Es ist wunderbar!"

Nun funkelt und leuchtet der ganze Adventskranz mit seinen vier brennenden Kerzen.

„Jetzt kann Weihnachten kommen", sagt die kleine Kerze stolz und flackert glücklich.

Sandra Ernst, *Jahrgang 1971, lebt mit ihrer Familie im Rhein-Sieg-Kreis. Für ihre Kinder hat sie begonnen, Geschichten zu erfinden und mit Aquarellen zu illustrieren. Inzwischen schreibt sie Geschichten, die zumeist in einer lebensnahen Situation beginnen und den Leser dann in eine fantastische Welt entführen. Wie nebenbei lässt die Autorin wissenswerte Informationen in die Handlung einfließen. Seit 2014 ist sie Teil einer Literaturwerkstatt und liest regelmäßig bei öffentlichen Lesungen.*

From the bottom of my heart

Zum Teufel noch mal. Es darf nicht wahr sein. Über die Hälfte unserer Chormitglieder hat sich auf dem Generalproben-Workshop eine Salmonelleninfektion zugezogen. Alle liegen flach. Unser Weihnachtskonzert mit dem musikalischen Krippenspiel wird in diesem Jahr ausfallen müssen. Das hat es während meiner über zwanzigjährigen Pastorentätigkeit hier noch nie gegeben. Im Gegenteil, die adventliche Veranstaltung in unserer Gemeinde ist weit über die Ortsgrenze bekannt und ein regelrechter Publikumsmagnet. In diesem Jahr wollten nicht nur der Bürgermeister und die Presse kommen, sondern auch die Landrätin und vor allem unser Prälat. Ich seufze. Es fällt mir verdammt schwer, diese Hiobsbotschaft zu verdauen.

Der jugendliche Kaplan, der mir seit Kurzem zur Seite steht, scheint nicht so schnell aufgeben zu wollen. „Der Herr ist mein Teil, spricht meine Seele, darum will ich auf ihn hoffen“, meint er.

„Dein Wort in Gottes Gehör“, entgegne ich seufzend. „Ich denke, wir werden wohl oder übel allen absagen müssen.“

„Nein, wir werden eine Lösung finden, Herr Pfarrer. Ich habe auch schon eine Idee“, widerspricht der Vikar jetzt. „Lassen Sie mich mal machen.“

„Meinen Segen haben Sie“, antworte ich, obwohl ich nicht weiß, wie mein neuer Kollege die Veranstaltung innerhalb von zwei Tagen retten will. Wir leben hier schließlich nicht in einer Metropole mit Agenturen, Musik- und Schauspielhochschule, Theatergruppen, Chorverband und Ähnlichem. Herr Neumann zwinkert mir zu, ehe er schnellen Schrittes die Sakristei verlässt. Ich tue es ihm bald nach. Ich brauche jetzt erst einmal einen Beruhigungstee.

Den habe ich auch nötig, als mich der Vikar am späten Abend anruft, um Entwarnung zu geben. Er habe jetzt für unser vorweihnachtliches Konzert einen Plan B ausgearbeitet. Ich solle mich einfach überraschen lassen. „Wenn etwas schief geht, nehme ich es auf meine Kappe. So wahr mir Gott helfe.“

Ich seufze wieder und bin insgeheim heilfroh, die Verantwortung abgeben zu können. Gesegnet ist der Mann, der sich auf den Herrn verlässt und dessen Zuversicht der Herr ist.

Das bete ich auch, als am Sonntagnachmittag die vielen Besucher – es sind nicht nur Gemeindemitglieder – in die Kirche strömen. Neben dem Eingangsportal begrüßt unser Kaplan den Prälaten wie einen alten Freund. Dabei ist der gottesfürchtige Mann mit Vorsicht zu genießen. Er ist meist auf seinen Vorteil bedacht.

„Ich habe schon gehört, dass Sie improvisieren mussten. Und ich finde es bewundernswert, dass diese Traditionsveranstaltung trotz aller Widrigkeiten stattfindet und sogar die Presse eingeladen ist", gibt er dem Vikar zu verstehen. „Unsere Kirche braucht in diesen Tagen mehr denn je Öffentlichkeit und neue Mitglieder."

„Und natürlich großzügige Sponsoren", schiebe ich in Gedanken nach.

Wenige Minuten später sind die letzten Sitzplätze in unserem Gotteshaus vergeben. Einige Besucher müssen leider stehen. Andere haben es sich auf der Treppe zur Empore bequem gemacht, während in die beiden Seitenschiffe der Kirche bereits jede Menge Grundschulkinder in Zweierreihen einziehen. Die Mädchen und Jungen spielen bald unter Leitung ihres Musiklehrers den Adventsklassiker *Wir sagen euch an* auf ihren Blockflöten. Ein einfaches Anfängerstück, das dank der hohen Kirchenwände und bei mehr als zwei Dutzend Flöten wirklich etwas hermacht. Einige Kinder treffen allerdings die falschen Töne. Es scheint niemanden zu stören. Im Gegenteil: Als die Musik verebbt, ernten die Kleinen viel Applaus. Auch von unserem normalerweise so kritischen Prälaten.

Kaplan Neumann begrüßt mit wenigen Worten die Anwesenden und erklärt, dass das heutige Weihnachtskonzert eine Premiere sei – etwas, das es in dieser Form noch nie in der Gemeinde gegeben habe. Ich schlucke, zumal er kein einziges Wort über unsere kranken Chormitglieder verliert, die wochenlang so intensiv für ihren großen Auftritt geprobt hatten.

„Kann das hier gut gehen?", frage ich mich, während mein Kollege fortfährt: „Weihnachten – die Geburt von Jesus Christus – ist das Fest der Nächstenliebe und des Gebens, das alle Menschen, egal welchen Geschlechts, Alters, welcher Nation und Glaubensrichtung erreichen und vereinen will. Das ist die Botschaft, die wir hier heute gemeinsam feiern wollen. In diesem Sinne wünsche ich uns allen einen wunderschönen vierten Adventsnachmittag."

Für einen Moment wird es im vorderen Teil der Kirche dunkel. Was ist das? Stromausfall? Ein Wackelkontakt? Nein, plötzlich tanzen zig kunterbunte kleine Spotlichter über die hohen weißen Wände und die Kirchendecke. Währenddessen ertönt auf einmal der Anfang des Gospelsongs *Halleluja* in einer modernen, aber sehr melodischen Pop-Version. Eine Chorgruppe, die ich gar nicht kenne, wird jetzt von einem hellen Licht angestrahlt. Um die zwanzig Sängerinnen und Sänger stehen direkt hinter dem Altar. Musikalisch begleitet werden sie von unserem Organisten auf der Empore.

„Mensch, die sind doch alle aus unserer Flüchtlingsunterkunft", staunt mein Banknachbar.

„Wie toll ist das denn! Der alte Cohen-Song hier bei uns in der Kirche", staunt ein anderer Zuhörer.

„Wow", entfährt es einem dritten.

Auch ich bin bald sprachlos. Auf meiner Haut macht sich eine Gänsehaut breit, während immer mehr Besucher ihre Handys zücken und die Taschenlampenfunktion aktivieren. Irgendjemand dämmt das Deckenlicht und die Seitenbeleuchtung. Es dauert nicht lange, bis ein Großteil der Zuhörer sich erhebt. Auch ich stehe bald und schließe mich den Standing Ovations an. Die Sängerinnen und Sänger verneigen sich mehrmals, bis unser Kaplan das Mikro ergreift.

„Vielen Dank. Thank you very much. Gracias. Merci. Shukran Jazeelan. Dyakuyu. Ich hoffe, ich habe das einigermaßen richtig ausgesprochen. Ganz herzlichen Dank, dass Sie alle so kurzfristig eingesprungen sind, nachdem unsere eigenen Chormitglieder leider wegen einer Erkrankung ausgebremst wurden. Wir wünschen Ihnen an dieser Stelle gute Besserung und Gottes Segen." Herr Neumann blickt sich um: „Ich möchte nun Oksana Alexijewitsch, Lea Müller und Ahmed Massoud zu mir nach vorne bitten. Und ebenso unseren Bürgermeister Herrn Fischer sowie unsere Landrätin Frau Dr. Groß, die zum Glück etwas Spanisch spricht."

„Okay, dieser Nachmittag scheint gut für Überraschungen zu werden", denke ich.

Die Zeitungsredakteurin ist längst in ihrem Element. Mit ihrer großen Spiegelreflexkamera knipst sie ohne Ende. Andere tun es ihr mit ihren Handys nach.

Meistens ärgert mich so etwas, doch heute stört es mich nicht. Auch nicht, als jetzt die Weihnachtsgeschichte in einer kindgerechten Kurzfassung von den fünfen vorgetragen wird, wobei jeder jeweils einen Satz mit dem Mikro in der Hand vorliest – die zwölfjährige Lea auf Deutsch, der Bürgermeister auf Englisch, die beiden zehnjährigen Oksana und Ahmed auf Ukrainisch beziehungsweise Arabisch und die Landrätin auf Spanisch.

Währenddessen zündet unser Vikar immer mehr Kerzen auf dem Altar an, bis ein wahres Lichtermeer entfacht ist. Unsere Kindergartenkinder verteilen überall kleine Tüten mit selbst gebackenen Weihnachtsplätzchen aus der Bäckerei der Lebenshilfe. Ich staune immer mehr über die Kreativität meines jüngeren Kollegen, der viel von Inklusion und Integration hält. Gottlob, er hat sogar die Senioren aus dem Altenheim in diese Feier eingebunden. Denn nun fiedelt der mehr als betagte Wilhelm Meurer tatsächlich auf seiner Geige *Fröhliche Weihnacht überall.* Eine deutlich jüngere Mitbewohnerin unterstützt ihn auf der Querflöte. Das Duo spielt fehlerfrei und der Beifall für die beiden endet erst, nachdem Herr Neumann zweimal um Ruhe gebeten hat.

„Sie wissen gar nicht, wie glücklich Sie mich heute machen und wie dankbar ich Ihnen allen heute bin. Wirklich! Ein schöneres Weihnachtsgeschenk kann es für mich in diesem Jahr kaum noch geben. So, ... und bevor ich jetzt rührselig werde, möchte ich Sie alle bitten, bei unserem letzten Lied – es ist *Feliz Navidad* – laut und kräftig mitzusingen. Herr Janßen, unser Organist an der Orgel oben, der neu gegründete Multikulti-Chor, das Blockflötenensemble unserer Grundschule und unser Geigen-Flöten-Duo wird Sie tatkräftig unterstützen. Danach möchte ich Sie alle im Namen unserer Gemeinde zu einem Glühwein oder alkoholfreiem Apfelpunsch einladen. Die Damen vom Handarbeitskreis erwarten uns schon vor der Kirche."

Ein wahrlich überraschtes Raunen zieht durch die Kirche. Gottlob, was für ein himmlischer Tag. Während die ersten Takte bald anklingen, die Mitarbeiter der Lebenshilfe haben gerade noch die Liedertexte verteilt, werfe ich einen Blick über die Kirchenbänke hinter mir. Überall glücklich wirkende Menschen, die tatsächlich bemüht sind, die richtigen Töne zu treffen und sich in die Gemeinschaft hier einzubringen. Selbst unser erzkonservativer Prälat, der drei Plätze neben mir steht und dem ein *O Heiland, reiß die Himmel auf* garantiert lieber gewesen wäre, ist mit seinem sonoren *I wanna wish you a Merry Christmas from the bottom of my heart*" zu hören. Ich glaube, er schwingt unter seinem Talar sogar leicht die Hüfte.

Ulli Krebs, *wohnhaft in Norddeutschland, 1965 in Düsseldorf geboren, Studium Sozialarbeit, Journalismus und PR, als freie Redakteurin tätig, Hobbyautorin, Veröffentlichungen von Gedichten und Kurzgeschichten in verschiedenen Anthologien sowie Publikation eines Regionalkrimis.*

Das Klavier

Es lebte einmal ein Prinz, der nichts mehr liebte als den Klang von Klavierspiel. Doch er war an einer mysteriösen Krankheit erkrankt, ohne Hoffnung auf Heilung. In seinem Gemach stand ein hölzernes Klavier und jeden Morgen und Abend setzte seine Schwester sich ans Klavier und spielte für ihn.

Am Abend vor dem Weihnachtsfest saß sie bei ihrem Bruder und spielte, als er seufzte. Ihre Finger kamen auf den Tasten zur Ruhe und sie wandte sich ihm zu. „Warum seufzt du, Brüderchen? Beliebt dir mein Spiel heute nicht?"

Er schüttelte den Kopf und sie erhob sich. „Soll ich jemanden rufen lassen? Hast du Schmerzen?"

Er seufzte erneut. „Nicht mehr als sonst, Schwester."

Sie trat an sein Bett. „Was fehlt dir dann?"

Seine fiebrigen Augen füllten sich mit Tränen. „Dein Spiel ist so wunderschön", flüsterte er schließlich. „Ich wünsche mir so, neben dir auf der Bank sitzen zu können und mit dir zu spielen, nur ein einziges Mal."

„Was für ein Wunsch", sagte die Prinzessin leise.

„Oh, es ist unmöglich, ich weiß. Vergib mir, dass ich etwas gesagt habe. Bitte, spiel weiter." Er schloss die Augen, erschöpft von seinem Gefühlsausbruch.

Die Prinzessin tat wie ihr geheißen. Als der Atem ihres Bruders ruhig und gleichmäßig wurde, erhob sie sich. „Wir werden zusammen spielen."

Es war ein Versprechen.

Sie schlich in den Stall. Die Pferde waren bereits für die Nacht in ihre Boxen geführt und mit Decken gegen die beißende Kälte gewappnet worden. Die Prinzessin fand Sturmwind, ihren Hengst, und weckte ihn mit sanfter Hand.

„Sturmwind, deine Nachtruhe wird heute ausbleiben müssen, mein Guter."

Das Pferd schüttelte seine Mähne und wieherte verwirrt.

„Ich habe etwas Wichtiges zu erledigen – und es muss heute Nacht passieren."

Sturmwind schnaubte, nicht überzeugt, doch er stand still, während sie ihn sattelte, und trottete folgsam aus dem Stall. Als sie draußen waren, saß sie auf und gab den Zügeln einen Ruck. Und Sturmwind machte seinem Namen alle Ehre. Seine Hufe knirschten im Schnee.

Der Gedanke an ihren armen Bruder trieb die Prinzessin voran, immer voran. Durch Eis und Wind und Dunkelheit. Irgendwann begann es, zu schneien, und Schneeflocken wirbelten umher. Der Wind nahm an Fahrt auf, bis die beiden sich inmitten eines Schneesturms wiederfanden. Die Hände der Prinzessin waren so durchgefroren, dass sie ihre Finger nicht spüren konnte, doch sie umklammerte die Zügel mit festem Griff. Alles war weiß, sie konnte keine Himmelsrichtung mehr ausmachen und doch ritt sie voran.

Nur ein einziges Mal.

Sie fühlte sich, als sei der Erdboden verschwunden und als galoppiere Sturmwind in den Himmel hinauf. Dann berührten die Hufe des Hengstes wieder den Boden und ein Ruck durchfuhr die Prinzessin. Ihre Augen flogen auf und sie blinzelte im plötzlichen Licht. Eine Straßenlaterne war aus dem Nichts aufgetaucht. Hinter ihr konnte sie die Umrisse eines Dorfes erahnen und sie hielt darauf zu. Bald erreichte sie die ersten Hütten, doch sie schienen aus Lebkuchen und Zuckerstangen gefertigt. Die Prinzessin merkte, dass der Schneesturm sich klammheimlich gelegt hatte.

„Hallo?", rief die Prinzessin.

Die Türen der Hütten öffneten sich und kleine Wesen in grünen Anzügen und mit rot-grün-weiß geringelten Mützen streckten die Köpfe hinaus. Als sie die Prinzessin und ihren Hengst sahen, bekamen sie große Augen und eines der Wesen rannte die Straße entlang und verschwand um die Ecke. Die Prinzessin verlangsamte ihren Ritt, als am anderen Ende der Straße eine rot-gekleidete Riesin erschien. Als sie sich trafen, stieg die Prinzessin ab und verbeugte sich.

„Es ist mir eine Ehre. Ich habe viel von Euch gehört."

Die Riesin blickte gutmütig auf sie herab. „Bitte, erhebe dich, mein Kind. Was führt dich zu mir?"

„Mein Bruder. Er ist todkrank und muss immerzu im Bett liegen.

Das Einzige, was ihm Freude bringt, ist das Klavierspiel. Und sein sehnlichster Wunsch ist es, nur ein einziges Mal selbst spielen zu können."

Die Riesin blickte mitleidig drein. „Mein Herz schmerzt für deinen Bruder, doch ich kann ihm nicht das geben, was er sich wünscht."

Die Prinzessin sah die Riesin erzürnt an. „Was? Ihr … Ihr werdet mir nicht helfen?"

Die Riesin schüttelte den Kopf. „Ich bin nicht dazu fähig. Es tut mir leid, dass du den Weg zu mir umsonst auf dich genommen hast. Eine meiner Elfen wird dich aber zurückbegleiten, um deine sichere Heimkehr zu garantieren." Sie packte die Prinzessin bei den Schultern und hob sie in Sturmwinds Sattel. „Frohe Weihnacht", sagte sie sanft. Und bevor die Prinzessin protestieren konnte, gab die Riesin dem Hengst einen Klaps und er preschte von dannen.

„Sturmwind, halte ein!", rief die Prinzessin, doch ihr Pferd war wie besessen. Als die Prinzessin an die sehnsüchtigen Augen ihres Bruders dachte, rollten ihr Tränen die Wangen hinunter und wurden dort zu Eis.

Sie bemerkte kaum, wie sie erneut umgeben war von wirbelnden Schneeflocken. Doch irgendwann wurde Sturmwind langsamer und wieherte. Sie sah auf und fand sich vor dem Stall ihres Schlosses wieder.

„Guter Junge", murmelte sie und klopfte dem Pferd auf die Flanke, bevor sie abstieg und den Sattel abzog. Doch an der Schnalle baumelte eines der seltsamen Wesen aus dem Dorf der Riesin. Die Prinzessin straffte die Schultern und nickte der Kreatur zu. „Ich nehme an, Euch ist für die schnelle Heimkehr zu danken."

Die spitzen Ohren des Wesens färbten sich rot. „Es tut mir leid, dass meine Herrin Eurem Bruder nicht helfen konnte", sagte es leise.

Die Prinzessin streifte sich das Eis von den Wangen. „Ihr habt Euren Dienst erfüllt." Mit diesen Worten führte sie ihr Pferd davon und deckte es für die Nacht ein, bevor sie sich in ihre Gemächer begab. Sie machte sich nicht die Mühe, zu prüfen, ob die Kreatur weg war.

Am Weihnachtsmorgen weckte die Prinzessin ihren Bruder mit einem Kuss. „Frohe Weihnacht." Sie verlor keine Zeit und setzte sich sogleich ans Klavier. Sie füllte ihr Spiel mit all ihrer Liebe und war so in der Melodie gefangen, dass sie nicht hörte, wie die Bettdecke zurückschlug und kleine Füße schwankend durch den Raum tanzten.

Erst als sie eine Hand auf der Schulter spürte, hielt die Prinzessin inne und wollte ihren Augen nicht trauen: Ihr Bruder stand vor ihr, auf seinen eigenen zwei Beinen, mit einem strahlenden Lächeln im Gesicht. Seine Backen waren rot und fröhlich.

„Aber … aber wie?“, stammelte die Prinzessin.

„Ein Weihnachtswunder!“, rief ihr Bruder mit kräftiger Stimme.

Der Prinzessin traten die Tränen in die Augen.

„Weine nicht, Schwester! Jetzt können wir endlich gemeinsam spielen.“ Ihr Bruder setzte sich zu ihr auf die Bank und sie spielten ein einfaches Lied zusammen, eines seiner liebsten. Es war das schönste Klavierspiel, das in diesen Mauern jemals zu hören war. Als die letzte Note verklungen war, schien den kleinen Prinzen die Kraft zu verlassen. Seine Schwester trug ihn zu Bette, und als sie ihn zudeckte, sah sie, dass die Farbe aus seinem Gesicht verschwunden war. Doch sein Strahlen war geblieben.

„Ein Weihnachtswunder“, seufzte er und schloss erschöpft die Augen.

Aus dem Augenwinkel sah die Prinzessin einen Schatten, der zum Kamin huschte. Sie erhaschte das Blitzen eines grünen Anzugs. „Tausend Dank“, sagte sie mit bebender Stimme. Als sie sich umwandte, war niemand außer ihnen im Zimmer. Aus dem Kaminschacht wehte ein fernes Echo. Es klang beinahe wie: „Frohe Weihnacht.“

***Maxine Danisch** liebt Geschichten jedweder Art, seien es selbst erfundene oder erzählte. Nach ihrem Anglistik und Germanistik Bachelor in Heidelberg hat sie Kinderliteratur in Dublin studiert, schreibt aber für Jung und Alt. Sie hat zwei englischsprachige Kurzgeschichten in Anthologien der Creative Writing Group der Universität Heidelberg (2019, Room 333, und 2022, To Life) veröffentlicht und strebt an, die Erschaffung von Welten zu ihrem Beruf zu machen. Die 24-Jährige lebt in NRW. Wenn ihre Nase nicht gerade in einem Buch steckt, ist sie gerne draußen in der Natur oder unter Wasser.*

Das Treffen mit dem Weihnachtsmann

„Es gibt keinen Weihnachtsmann!“

Thorsten war da sehr bestimmt und selbstsicher. Er war ohnehin der geborene Anführer, und weil er außerdem schon fast acht Jahre alt war, hatte seine Meinung natürlich besonderes Gewicht. Unabhängig davon verriet aber seine ganze Haltung, wie durchdrungen er von seiner Mission war, für Aufklärung und kristallklaren Rationalismus zu streiten, und welch großes Vergnügen es ihm bereitete, in einem wissenschaftlichen Disput seine fachtheoretische Kompetenz demonstrieren zu können. Er baute sich vor Frank auf, der ziemlich angespannt und eingeschüchtert vor ihm saß und nur darauf zu warten schien, dass Thorsten ihn argumentativ vernichten konnte. So liebte er sein Publikum.

„Bist du etwa blöd, dass du das nicht weißt?“

Er war stolz auf die Brillanz seiner rhetorischen Frage, eines Mittels, das er geradezu perfekt einzusetzen wusste. Seine Bewunderer, ein paar Mitschüler, die ihm auf Schritt und Tritt hinterherhechelten, weil sie einen guten Geschmack hatten oder zumindest von der Erfolgsaura profitieren wollten, die er nun einmal ausströmte, waren zwar womöglich stilistisch nicht ganz so bewandert wie er, aber immerhin erkannten sie ganz zweifellos, dass er schon wieder einen Punkt gemacht hatte, wie sie durch ihr höhnisches Grinsen anschaulich demonstrierten. Sein Kontrahent in diesem einseitigen Rededuell starrte nur verlegen auf den Boden, wie man es eben so macht, wenn man hofft, die Situation möge bald enden, und ohnehin von der argumentativen Kraft des Widerparts überwältigt ist. Es war ein Sieg auf ganzer Linie – und das befriedigte ihn immer noch, so oft er seine Brillanz in Diskussionen auch schon eingebracht und den verzweifelten Loserblick auf der anderen Seite genossen haben mochte.

„Wie kann man nur so ein Kind sein, dass man daran noch glaubt!“, schloss er jetzt sein Plädoyer für eine vernunftbestimmte Welt und ließ Frank vernichtet und gedemütigt zurück.

Frank musste sich zunächst erst einmal sammeln. Es war nie angenehm, rhetorisch unter die Räder zu geraten. Ihm war auch bewusst, dass verlegenes Zur-Seite-Schauen in einem argumentativen Disput auf Dauer nicht als hinreichendes Argument gelten konnte, um seine Position zu verteidigen, so sehr er andererseits an sie glaubte. Er war kalt erwischt worden.

Bislang hatte er nie Probleme mit Thorsten gehabt, war unter dessen Radar geblieben. Aber seine Lehrerin – und alle in der Klasse schwärmten von Frau Blumberg – hatte darum gebeten, jeder möge einen großen persönlichen Wunsch auf einen Zettel schreiben. Frank hatte, weil er nicht recht wusste, was er sich wünschen sollte, er war der Auffassung, ihm fehle es an nichts, seit er sogar glücklicher Besitzer des neuen Lego-Sets mit dreitausend Steinen war, aus einer Laune heraus hingekritzelt, er wolle mal den Weihnachtsmann treffen, und diese Antwort war bei Frau Blumberg offensichtlich auf so großen Beifall gestoßen, dass sie sie in der Klasse vorgelesen und als besonders poetischen Wunsch bezeichnet hatte.

Klar, niemand wusste genau, was poetisch heißen mochte, aber dass es was Nettes war, spürten alle. Und Thorsten war deshalb anscheinend ziemlich eifersüchtig geworden und hatte nur die Pause abgewartet, um Frank seine intellektuelle Überlegenheit eindrucksvoll demonstrieren zu können.

Gerade noch Lob – dann wurde man fertiggemacht. Vielleicht stimmte es ja wirklich, was all die vom Leben enttäuschten Schwarzseher nicht müde wurden, mantramäßig zu wiederholen: Man musste für alles im Leben bezahlen, selbst für das, was man gar nicht bekommen hatte. Frank war dieses Credo immer ziemlich albern erschienen, zumal seine Eltern auch eine ganz andere Einstellung an den Tag legten, aber wer wusste schon, was richtig und was falsch war?

Sollte er jetzt in die Klasse zurückkehren? „Vielleicht besser nicht“, dachte er sich. Vielleicht war es besser, so zu tun, als sei er krank, und vorsichtshalber nach Hause zu laufen. Seine Mutter würde ihm bestimmt heißen Tee mit Honig machen – machte sie immer, wenn’s ihm nicht gut ging, und dann lächelte sie so lieb und streichelte ihm über das Haar, dass er das Kranksein richtig genoss –, sein Vater würde ihm, wenn er von der Arbeit kam, eine Geschichte vorlesen. War toll, alle kümmerten sich um ihn, er spürte, er war wichtig, aber leider, leider fühlte er sich überhaupt nicht krank, da war nichts zu wollen.

Vielleicht grummelte ja wenigstens sein Bauch – eine Hoffnung, an die er sich klammerte, man konnte schließlich nie wissen –, aber nein, der tat auch so, als sei alles in Ordnung. Nicht mal Fieber ... war schon ein Kreuz, wenn man nicht einmal husten musste. Also schleppte sich Frank zur Toilette, aber er wusste schon, Durchfall hatte er ebenfalls keinen, er war ekelhaft gesund, es gab überhaupt keinen Grund dafür, jetzt nicht so weiterzumachen wie immer.

Frustriert schloss er sich in die Toilette ein, und wie er so darüber nachgrübelte, wieso zum Teufel man behaupten könne, es gebe keinen Weihnachtsmann, obwohl er sich ziemlich sicher war, der existiere, hörte er auf einmal, wie ein Wasserhahn aufgedreht wurde und eine freundliche Stimme sagte: „So, jetzt trink erst einmal in aller Ruhe, mein Lieber, und lass dir Zeit."

Dann hörte er Plätschern und Glucksen und Schlürfen, und als er vorsichtig die Tür öffnete und herauslugte, sah er einen alten Mann, der sein Rentier tränkte ... bestimmt nicht das, was er gerade erwartet hatte, so viel war mal sicher. Der Mann blickte auf, sah Frank, dem es ein wenig peinlich war, beim Starren erwischt worden zu sein, aber er lächelte nur sehr freundlich: „Ach, Frank, schön, dich mal persönlich zu treffen ..."

„Wer ... wer bist du?", fragte Frank, obwohl ja recht offensichtlich war, um wen es sich handelte, aber er konnte nicht glauben, dass er wirklich gerade den Weihnachtsmann sah.

Der Mann lächelte ihn nur an. „Komm doch, setz dich zu uns ... ist eine ziemliche Tortur, so durch die Welt zu reisen, ehrlich ..."

„Dann existierst du also doch!", schloss Frank messerscharf.

„Ja, klar", sagte der Weihnachtsmann und strahlte ihn an. „Ich existiere, solange man an mich glaubt ... und dann kann ich alles. So ist das mit der Vorstellung, weißt du: In ihr kann man die ganze Welt und noch viel mehr erobern. Das sind eben Sachen, die uns Menschen geschenkt worden sind: Zuversicht, Vertrauen, Fröhlichkeit, Mitgefühl, Sehnsucht, Glaube, Hoffnung, Liebe ... Solange wir träumen können, sind wir stärker als jeder Versuch, die Welt mit bloßem Rationalismus zu erklären ... das schränkt nur ein. Und wem würde es helfen? Der Mensch ist frei zu entscheiden, das zu glauben, was ihn glücklich macht. Darauf kommt es an, nicht auf irgendwelche logischen Erklärungen oder Sachen, die ein Wunder erklären mögen, aber dem Leben die Freude nehmen ..."

„Du bist der Weihnachtsmann!" Frank war immer noch fasziniert davon, na klar, nach Thorstens höhnischer Standpauke zuvor kein Wunder.

„Nur einer von vielen ... aber ja, deiner auf jeden Fall! Wobei viele Leute dich glücklich machen wollen. Jeder Einzelne ist ein Teil von mir, verstehst du?"

Frank blickte ihn nicht wirklich so an, als könne er folgen, aber der Weihnachtsmann tätschelte ihm begütigend die Stirn.

„Ist nicht leicht zu verstehen ... ich bin alle, die dich lieben ... Es war schön, mit dir zu sprechen. Vergiss mich nicht!" Er ging mit seinem Rentier nach draußen und spannte es an seinen Schlitten.

„Nie", rief Frank ihm hinterher, während der Weihnachtsmann in den Himmel jagte.

Und die Welt war schön.

Christian Reinöhl *wurde 1977 in Aachen geboren und arbeitet dort als Lehrer. Weihnachten ist so ein tolles Fest, glaubt er, weil man die Leute trifft, die man liebt – und weil einfach mal alle nett zueinander sind.*

Mission Weihnachten

Es ist Abend, als die Gäste den Zoo verlassen, die Kinder versuchen, noch einmal die Aufmerksamkeit ihres Lieblingstieres zu erhaschen, und Wärter beginnen, ihre Runde zu drehen.

Wie Lucy. Sie beobachtet die kleine Familie von Pinguinen, wie sie im Wasser tanzen. Besonders die kleine Maika bewegt sich mal grazil und mal wie ein Pfeil durchs Wasser. Ihre Eltern Hugo und Pia schwimmen durch die Schleuse ins Innere des Geheges, bevor sich ihre Tochter losreißen kann. Sie liebt es, im Dezember draußen zu sein und sich den Schnee im Mondlicht anzusehen. Wenn er wunderschön glitzert und das knirschende Geräusch zu hören, wenn die Menschen darüber laufen. Es hört sich kräftiger an, als wie wenn sie über den geht. Leider ist ihr das Vergnügen nicht gegönnt, als ihre Mutter sie ruft. Einen letzten Blick auf das Weiß braucht sie noch, bevor sie dem Ruf ihrer Mama Folge leistet.

Kaum dass Maika bei ihrer Familie ist, geht auch Lucy zu ihren Pinguinen, um die Makrelen zu verteilen. Maika watschelt aus dem Wasser zu ihrer Pflegerin, ihrer menschlichen besten Freundin. Sie kennt Lucy, seit sie aus dem Ei geschlüpft ist, und freut sich jeden Tag auf ihren Besuch. Sie streckt Lucy ihr Köpfchen entgegen und begrüßt sie mit aufgeregtem Gekrätze.

„Ich hab dich auch lieb. Aber ich muss dir noch was erzählen." Noch während die Fische gegessen werden, berichtet Lucy, dass die Pinguine einen neuen Nachbarn bekommen. Der Opa von Maikas Eisbär-Freundin Zoey hat sich entschieden, seinen Wohnsitz vom Nordpol in den Zoo zu verlegen, um bei seiner Familie sein zu können. Eine Nachricht, von der Maika lange Bescheid weiß, und plant, sobald Lucy geht, zu den Eisbären zu wascheln und Opa Rudi willkommen zu heißen.

„Rudi ist ein lieber und sehr gemütlicher Bär. Er wird euch keine Schwierigkeiten machen, da bin ich sicher."

Für Ingo und Pia, die am Südpol aufgewachsen sind, klingt *Eisbär* noch mal anders als für Maika. Zoeys Familie hat lange gebraucht, bis Maikas Eltern die Freundschaft zwischen Pinguinen und Eisbären erlaubt haben. Anders als ihre Tochter wollen sie Rudi eigentlich nicht kennenlernen, aber Maika kann das Zögern ihrer Eltern nicht verstehen. Aber wenn Rudi wirklich wie seine Familie ruhig und lieb ist, steht dem Besuch nichts im Weg. Maika ist mit Zoey, seit sie denken kann, befreundet und hat noch nie etwas Gefährliches in den Bären gesehen.

„Morgen stellen wir uns Rudi vor, er ist so groß und kuschelig." Maika krächzt wieder und Lucy weiß genau, worum es geht.

„Keine Sorge, die Lichter werden bald angebracht, mein Schatz."

Neben dem glitzernden Schnee ist es für Maika das Leuchten der Lichterketten, das sie so liebt, mit denen der Zoo für Weihnachten geschmückt wird. So ganz hat Maika nicht verstanden, wessen Geburtstag die Menschen feiern, aber sie hat durchaus bemerkt, wie glücklich allen voran die Kinder sind, wenn die Zeit beginnt.

„Und dann bekommen wir sie nicht mehr nach Hause!", stellt Ingo klar, als er sich eine weitere Makrele aus Lucys Eimer holt. Seine Tochter versteckt etwas peinlich berührt ihr Gesicht unter ihrem kleinen Flügel. Lucy schnappt sich weitere Fische und füttert Maika weiter, bevor sie sich fürs Erste von den Tieren verabschiedet.

„Jetzt aber Beeilung, müde Bären sind gefährlichen Bären", scheucht Pia ihre Familie, um noch vor der Schlafenszeit loszukommen. Sie schnappt sich ihre Tochter und putzt ihr Federkleid, während Ingo ein paar Fische als Willkommensgeschenk zusammenpackt. Auch wenn die Aussicht, mit neben einen einst wilden Bären zu leben, ihm Bauchschmerzen bereitet, will er einen guten Eindruck machen. Zu dritt schleichen sie aus dem Gehege und schaffen es zu den Eisbären herüber. Die Damen klettern mit Ingos Hilfe über die Mauer und Pia zieht ihn nach. Auf dem Bauch gleiten sie runter zum Eingang der künstlichen Eishöhle.

„Zoey!" Maika beschleunigt, als sie ihre Freundin in der Höhle sieht, und hält wenige Millimeter vor ihr. Beide beginnen, miteinander zu spielen, während Zoeys Mutter Emma die Pinguine begrüßt.

„Ich freue mich, dass ihr da seid, aber mein Schwiegervater ist nicht in Stimmung für Besuch." Zoey nickt bei der Aussage und führt Maika leise weiter nach hinten in die Höhle, wo ein großer, weißgrauer Eisbär auf dem Boden liegt und immer wieder gelangweilt schnauft. Zoeys Vater Henry sitzt neben seinen Vater und versucht, ihn zum Aufstehen zu bewegen.

„Schau dir den Zoo erst mal an. Du musst dein Futter nicht jagen, wenn du dich verletzt bist, wird sich um dich gekümmert. Und vor allem bist du nicht alleine."

„Ja ...", gähnt Rudi und rollt sich ein wenig zusammen.

„Was kann ich für dich tun, damit du dich wohlfühlst und die Pinguine kennenlernst?"

„Ich kenne Pinguine, muss ich daran erinnern, dass ich am Nordpol mit den Wächtern des Südpols für die südliche Liste des Weihnachtsmannes gearbeitet habe?"

„Opa kommt nicht damit klar, dass er in Rente gehen musste, weil er die Lasten für die Fabrik nicht mehr ziehen konnte und für seinen Rücken war der Bürojob dann doch nichts", flüstert Zoey ihrer neugierigen Freundin zu.

Es ist kein Geheimnis, dass Opa Rudi im Weihnachtsgeschäft gearbeitet und es so geschafft hat, das ein oder andere Fest mit seiner Familie am Nordpol zu verbringen. Die Weihnachtsmagie hat für die Eisbären viel getan und nun muss Rudi ohne den Zauber auskommen.

„Und was machen wir jetzt? Er kann doch nicht immer traurig sein."

„Ich hoffe, dass es ihm morgen besser geht, wenn die Lichter angehen. Er hat noch nie Weihnachten woanders als am Nordpol verbracht. Opa muss nur sehen, dass es hier schön ist."

Maika beobachtet Rudi, der von seinem Sohn auf die Seite geschoben wird, aber nicht aufsteht. Werden die Lichter vom Zoo wirklich reichen?

Nein, sie reichen nicht. Rudi zeigt sich nur selten im Gehege und liegt die letzten Tage immer nur im hinteren Teil seiner Höhle. Die Pinguine hat er bislang nur unfreundlich angeknurrt, seitdem lassen Pia wie auch Ingo Maika nicht mehr alleine zu Zoey. Die Eisbären sowie Maika machen sich hingegen Sorgen um Rudi.

Auch Lucy. Sie füttert wieder einmal die Pinguine und krault Maika, während sie die Kleine an ihren Gedanken teilhaben lässt. „Der Zoodirektor will Rudi zum Tierarzt schicken, nicht dass er krank ist und deswegen kaum etwas isst. Nicht dass wir ihn unter Quarantäne stellen müssen oder er im schlimmsten Fall den Zoo verlassen muss."

Rudi könnte weggeschickt werden? Das muss Maika verhindern. Aufgeregt flattert sie mit ihren Flügeln und versucht, Lucy zu fragen, was sie tun kann.

Die aber reicht ihr nur einen weiteren Fisch und lächelt. „Wir finden eine Lösung. Morgen kommt der Arzt und dann sehen wir weiter. Ich werde jetzt nach Hause gehen und meine Wohnung für Weihnachten schmücken, sei froh, dass ihr das nicht müsst." Sie verteilt die letzten Fische und verschwindet aus dem Gehege.

Maika hingegen schleicht sich raus, schaut sich die Lichter im Zoo an und verfolgt den Fall der Schneeflocken.

„Kannst du auch nicht schlafen?" Im Nebengehege sitzt Zoey auf einem Stein und vergräbt ihre Schnauze im Schnee. Auch sie weiß von der drohenden Trennung von ihrem Opa. Maika watschelt an der Mauer ihres Geheges entlang, bis zu einem winzigen Loch, durch welches sie sich zu ihrer Freundin bewegt, die mit dem Kopf auf dem Boden sich zu ihrer Freundin schiebt.

„Er sagt, dass das hier nicht Weihnachten für alle ist."

„Wie meint er das? Was können wir tun?"

„Am Nordpol feiern Elfen, Tiere und Menschen zusammen und nicht wie hier nur die Menschen."

„Aber wir feiern Weihnachten. Wir kriegen immer besonderes Futter, extra Kuscheleinheiten und wir kriegen Spielzeuge für draußen."

„Allerdings bestimmen die Wärter, wie viel Weihnachten wir bekommen, sagt er. Ich weiß nur nicht, wie wir das ändern können." Maika schiebt mit ihren Füßen den Schnee hin und her, der im Licht glitzert. Sie überlegt, wie sie Rudi bis morgen etwas glücklicher machen kann.

„Aber wie feiern sie denn am Nordpol?"

„Sie schmücken ihr Haus und den Tannenbaum oder essen zusammen."

Die kleine Pinguindame schaut sich die Lichterketten an und nickt ihrer Freundin zu. „Dann machen wir das! Ich kümmere mich um die Dekoration und du holst unsere Eltern."

Zoey hebt ihren Kopf begeistert und stimmt der Idee ihrer Freundin zu. Während sie also die Erwachsenen aufweckt, verlässt Maika das Gehege und versucht, im Schutz der Dunkelheit die Lichterketten von den Büschen zu sammeln. Das Ganze ist für sie alleine aber unmöglich, denn sobald sie daran zieht, gehen die Lichter aus.

Ihre letzte Chance ist das Büro der Wärter. Hinter einer Mülltonne bleibt sie in Deckung, bis Lucys Kollege das Büro für seinen Rundgang verlässt. Schnell zwängt sie sich an ihm vorbei und durchsucht die Räumlichkeiten, aber beinah alles steckt mit einem Kabel in der Wand. Strom in der Höhle der Eisbären, undenkbar. Sie will gerade aufgeben, als sie auf einem Schreibtisch ein grünes, leuchtendes Etwas sieht, das kein Kabel hat.

Maika schiebt einen der Bürostühle zu einer Topfpflanze, auf welche sie springt und von der sie sich mit so viel Schwung wie möglich gegen die Lehne lehnt, um mit den Rollen zum Tisch zu fahren, aber sie bewegt sich keinen Meter. Egal wie sehr sie sich anstrengt. Traurig bleibt Maika auf dem Stuhl sitzen und schaut sich im Büro um, wie sie doch an das leuchtende Etwas kommen kann.

„Ich muss Rudi retten", seufzt sie leise und beginnt wieder, sich gegen die Lehne zu drücken.

„Aber nicht alleine!" Erschrocken taumelt sie zurück, als der Stuhl sich bewegt. „Halt dich fest."

Irritiert schaut Maika vom Stuhl herunter und beobachtet Ingo, der sich anstrengt, seine Tochter zum Schreibtisch zu schieben. Nachdem Zoey den Eltern erzählt hatte, was die beiden vorhaben, waren Maikas Eltern ihrer Kleinen gefolgt. Pia ist allerdings schon wieder im Gehege und hat von draußen ein paar Kugeln von den Bäumen am Eingang des Zoos genommen.

„Was machst du hier?"

„Zoey hat erzählt, was ihr vorhabt. Und auch wenn ich gegenüber Rudi vorsichtig bin, will ich euch unterstützen, immerhin geht es an Weihnachten darum, füreinander da zu sein. Jetzt hol dir den Baum."

Der Stuhl erreicht den Tisch und Maika kann den stachligen Baum nehmen. Er sieht aus wie die, die die Zoowärter in Groß aufstellen. Sie reicht ihn Ingo und er schaltet das Licht aus, damit sie sich zu den Eisbären schleichen können. Gerade rechtzeitig, Lucys Kollege kommt mit den beschädigten Lichterketten zurück.

Ingo und Maika eilen über den Schnee und klettern ins Gehege. Dort haben Pia und Zoeys Eltern angefangen, die Kugeln aufzuhängen, und haben mit einigen Ästen versucht, einen Tannenbaum zu bauen.

„Wir haben was Besseres", verkündet Ingo, der stolz auf seine

Tochter ist und die nun den Baum in der Mitte der Eisplatte aufstellt, die als Esstisch funktioniert.

Pia umarmt ihre Familie, bevor sie mit Zoey den Tisch deckt. Es fehlt nur Rudi, um das Weihnachtsfest zu beginnen. Zoey und Maika schleichen in die hinterste Ecke, wo Rudi vor sich hin schnarcht. Ohne groß nachzudenken, springt der kleine Eisbär auf den Bauch seines Opas, der nach Luft schnappend aufwacht.

„Zoey? Maika? Was soll das? Ich will schlafen."

„Aber Weihnachten wartet auf Sie!", widerspricht ihm Maika schüchtern und Zoey zerrt an der Pfote.

Neugierig geworden steht Rudi auf und folgt ihnen zum gedeckten Tisch. Die Fische wie auch das Wurzelgemüse, welches Pia mit Zoey aus der Speisekammer geklaut hat, warten auf den Bären, dessen Augen glücklich glitzern. Als er den Tannenbaum auf dem Tisch sieht, muss er lächeln. Ohne große Worte setzt er sich zu seiner Familie. Alle erzählen ihm, wie sie an die Sachen für die Weihnachtsfeier gekommen sind, und vor allem, warum sie das getan haben.

„Ich dachte, ich würde nur am Nordpol den Geist von Weihnachten spüren, aber Weihnachten ist nicht an einen Ort gebunden, sondern dort, wo das Herz zu Hause ist. Dank euch ist meines hier. Ich wünsch euch frohe Weihnachten und eine lange Freundschaft zwischen Eisbären und Pinguinen."

Maika und Zoey kuscheln sich aneinander, sie wissen, dass ihre Freundschaft ewig hält und von nun an viele Feste in der Eishöhle der Bären stattfinden werden.

***Lina Groß**, 26 Jahre alt, wurde 1998 geboren. Seit mehreren Jahren arbeitet sie an ihrer Schriftstellerkarriere und hat unter anderem im Rahmen des Storyteller Awards ihr eigenes Buch „Im Bann der Sterne" herausgebracht.*

Der 1. Dezember

Leon und seine kleine Schwester Mia sitzen im Auto. Draußen ist es schon dunkel, als sie an den dichten Tannen vorbeifahren. Aufgeregt schaut Leon durchs Fenster. Er kann es kaum erwarten, bis sie endlich da sind. Doch er sieht nichts als dunkle Tannen, angeleuchtet vom matten Licht des Mondes.

Plötzlich schreit Mia aufgeregt: „Licht!"

Leon reißt den Kopf herum – und da sieht er es auch. Eine Hütte und ganz viele kleine Holzstände. Alle werden durch Lichterketten erleuchtet, die die Stände und die Hütte in der dunklen Nacht zum Strahlen bringen. Leon beginnt zu strahlen. Sein Herz wird ganz warm.

Auf diesen Tag hat er das ganze Jahr gewartet. Heute ist der 1. Dezember! Der Tag, an dem der Dezember beginnt, der tollste Monat im ganzen Jahr! Überall werden Weihnachtslieder gespielt, es duftet nach Punsch, Zimt und Orangen und überall brennen Kerzen! Und nicht zu vergessen, es dauert nur noch 24 Tage, dann ist endlich Weihnachten!

Und dies alles fängt am 1. Dezember an! Aber vor allem: der Adventskalender! Jedes Jahr hängen seine Eltern für ihn und Mia in der Nacht vor dem 1. Dezember einen Adventskalender auf, gefüllt mit den leckersten Süßigkeiten! Noch im Schlafanzug rannten Leon und Mia heute Morgen runter und öffneten direkt das erste Türchen. Beide hatten einen Schneemann aus Schokolade in ihrem Säckchen. Auch in der Schule und im Kindergarten war der Adventskalender das Gesprächsthema und im Kunstunterricht bastelten sie bunte Sterne für die Fenster.

Jedoch gibt es für Leon an diesem Tag auch noch ein anderes Highlight. Jedes Jahr am 1. Dezember fährt seine Familie am Abend auf den Weihnachtsmarkt. Dieser ist mitten im Wald, auf einer kleinen Lichtung, wo alles durch Lichterketten zum Strahlen gebracht wird. Und heute ist es endlich wieder so weit!

Kaum ist Papa mit dem Auto stehen geblieben, hüpft Leon auch schon voller Vorfreude aus dem Auto raus. Er rennt ein paar Schritte, hüpft ein paarmal klatschend auf der Stelle, um dann freudestrahlend Richtung Weihnachtsmarkt zu rennen.

„Leon, warte auf uns!“, ruft ihm sein Vater schmunzelnd hinterher. Ungeduldig hält Leon an und rennt zurück zu seinen Eltern, die gerade seiner Schwester aus dem Auto helfen.

„Wir sind ja gleich so weit!“, sagt seine Mutter lachend.

Ein paar Minuten später sind dann endlich alle fertig und laufen gemeinsam Richtung Weihnachtsmarkt.

Schon am ersten Stand gibt es schöne, selbst gemachte Christbaumkugeln zu kaufen. Alle sind wunderschön, aber eine sticht Leon ganz besonders ins Auge. Die Kugel ist dunkelblau. Auf die Kugel wurden dunkelgrüne, verschneite Tannen gemalt. Und zwischen zwei Tannenbäumen lugt ein Hirsch hervor! Bittend sieht Leon seinen Vater an.

Als dieser das Gesicht seines Sohnes sieht, fängt er an zu grinsen. „Na gut, die ist wirklich schön. Die wird toll aussehen, wenn sie erst an unserem Christbaum hängt“, sagt Papa und holt seinen Geldbeutel aus seiner Jackentasche.

Mia bekommt auch eine Kugel. Ihre ist rot, mit einem Elch darauf. Nachdem Mama die Kugeln sicherheitshalber ins Auto gebracht hat, gehen sie zum nächsten Stand. Dort gibt es selbst gemachte Strohsterne. Auch diese sehen wunderschön aus.

Plötzlich fängt Mia an zu quietschen und zeigt aufgeregt in eine Richtung. Leon dreht sich in die Richtung, in die sie zeigt, um zu schauen, was es dort Besonderes gibt. Dann sieht er es und kann es im gleichen Moment auch riechen. Drei Stände weiter werden frisch gegrillte Bratwürste verkauft! Da fängt Leons Magen plötzlich an zu grummeln und er merkt, wie hungrig er eigentlich ist. Jetzt fängt auch er an, aufgeregt am Ärmel seiner Eltern zu zupfen.

Mama erkennt als Erste, was der Grund für ihre Aufregung ist. Als sie den Bratwurststand sieht, fängt sie an zu grinsen und gesteht: „Ehrlich gesagt bin ich auch ziemlich hungrig. Was haltet ihr davon, wenn wir eine kurze Bratwurstpause einlegen?“

„Au jaaaa!“, rufen Mia und Leon im Chor.

Zehn Minuten später sitzen alle vier mit einer Bratwurst in der einen Hand und einem heißen Punsch in der anderen Hand auf einer

Bank. Einige Zeit lang hört man nichts anderes mehr als genüssliches Schmatzen. Leon ist mit seiner Wurst als Erster fertig, aber auch die anderen haben die leckere Wurst bald aufgegessen. Satt und gestärkt machen sich alle wieder auf den Weg, um sich die restlichen Stände anzuschauen.

Überall werden tolle, selbst gemachte Sachen verkauft. Von Gipsengeln und Rentier-Schlitten aus Holz über selbst gestrickte Socken ist alles dabei. Leon bestaunt jedes einzelne, liebevoll gestaltete Kunstwerk. Er will sich gerade einen besonders schönen Gipsengel näher anschauen, da steigt ihm plötzlich ein Geruch in die Nase. Den kennt er doch? Er schnüffelt noch einmal. Na klar, das sind Lebkuchen! Aufgeregt schaut er sich um. Dort, am Stand gegenüber, werden Lebkuchen verkauft! Aufgeregt dreht er sich zu Papa um, der gerade in Gedanken versunken die Flügel eines Engels inspiziert.

„Papa, da drüben gibt es Lebkuchen!“, ruft Leon.

Doch dieser scheint immer noch in Gedanken versunken zu sein, denn er nickt nur langsam und murmelt irgendetwas wie: „Mh.“

Kurzerhand packt Leon Papa bei der Hand und beginnt, ihn Richtung Lebkuchenstand zu ziehen. „Hey!“, fängt dieser an zu protestieren, da erkennt er plötzlich, in welche Richtung er von seinem Sohn gezogen wird. „So ist das also, hat da jemand die Lebkuchen gerochen“, sagt er schelmisch grinsend und lässt sich weiter in Richtung Lebkuchen ziehen. Grinsend holt er schon einmal seinen Geldbeutel raus und ruft nach Mama, die mit Mia an der Hand ebenfalls angelaufen kommt.

Endlich vor dem Stand stehend, werden Leons Augen noch glänzender, als sie ohnehin schon sind. Denn die Lebkuchen sind groß und in allen möglichen Formen! Es gibt Engel, Rentiere, Schneeflocken Weihnachtsmänner, Sterne, alles, was man sich nur vorstellen kann! Mit leuchtenden Augen dreht sich Leon zu seinen Eltern um.

Doch diese haben schon längst verstanden und Mama sagt: „Jeder darf sich einen aussuchen.“

Darauf hat Leon gewartet. Doch für welchen soll er sich bloß entscheiden? Den Schneemann? Oder doch lieber den Weihnachtsmann? Schließlich entscheidet er sich für den Schneemann. Mia will einen Stern, Mama hat sich für das Herz entschieden und Papa will einen Weihnachtsmann haben. Mit einem dampfenden Lebkuchen in der Hand machen sie sich wieder auf den Weg, die letzten Stände des Weihnachtsmarktes zu erkunden. Voller Vorfreude beißt Leon in seinen Lebkuchen. Und er wird nicht enttäuscht, sein Schneemann schmeckt fantastisch! Er will gerade zum zweiten Mal abbeißen, da landet plötzlich etwas Dickes und Schweres auf seiner Nase.

Nanu, was ist denn das?

Leon will gerade mit seiner Hand danach greifen, da landet plötzlich etwas Weißes auf seiner Hand. Verwundert schaut sich Leon um und fängt plötzlich an zu staunen. Es hat angefangen, zu schneien! Überall sind plötzlich dicke, weiße Flocken! Ziemlich schnell ist der Boden von einer dünnen, weißen Schicht umgeben. Leon kann sein Glück kaum fassen, es hat wirklich angefangen, zu schneien! Immer mehr Flocken fallen auf die Erde und der Boden ist schon fast gar nicht mehr zu sehen. Ausgelassen beginnt er, auf und ab zu hüpfen und versucht, die Schneeflocken mit seiner Zunge aufzufangen.

Plötzlich hört er etwas im Wald knirschen. Leon dreht sich um und sieht etwas zwischen zwei Bäumen hervorlugen. Es ist ein Hirsch! Genau wie auf seiner Christbaumkugel!

Leon strahlt. Der 1. Dezember ist eben einfach ganz besonders.

Julia Weber *wurde im Dezember 2005 geboren und liebt Weihnachten über alles. Deshalb freut sie sich im Januar schon wieder auf den nächsten 1. Dezember, weil sie weiß, dass dann die beste Zeit im Jahr beginnt!*

Lola und das Weihnachtswunder

Vor langer Zeit lebte einmal ein Mädchen namens Lola. Noch ein paar Tage und es war Weihnachten. Die meisten Kinder wünschten sich Spielzeuge, Handys, Haustiere und vieles mehr. Aber Lola wünschte sich etwas anderes. Sie wollte, dass der Weihnachtsmann sie besucht. Lola war zehn Jahre alt und diesen Wunsch hatte sie schon, seit sie drei war. Leider war der Weihnachtsmann noch nie gekommen. Aber dieses Jahr würde er kommen. Da war sie sich ganz sicher. Schließlich war es so weit. Es war Weihnachten. Endlich! Zuerst gab es das Weihnachtsessen. Lola konnte kaum still sitzen. Sie freute sich riesig. Was, wenn wirklich der Weihnachtsmann kam? Konnte es sein? Würde sich ihr Wunsch endlich erfüllen?

Es dauerte ewig. Aber nach einer Weile merkte Lola, dass die Geschenke fehlten. Wo waren die Geschenke? Plötzlich raschelte es im Kamin. Was war das? War es etwa? ...

Dann kam er ... der Weihnachtsmann! Lola freute sich so sehr, sie konnte ihre Freude gar nicht ausdrücken, aber der Weihnachtsmann wollte etwas anderes. Er wollte nicht einmal die Geschenke bringen, sondern er brauchte Lolas Hilfe!

Die ganzen tollen Geschenke waren nämlich verschwunden! Einfach weg! Lola konnte es nicht fassen die ganzen Geschenke einfach ... weg! Wo waren nur die Geschenke?

Der Weihnachtsmann sagte: „Lola, du musst mir helfen! Jemand hat die Geschenke gestohlen! Der Dieb hat einen Zettel hinterlassen, auf dem steht, dass wir drei Aufgaben überwinden müssen."

Lola fragte: „Welche drei Aufgaben?"

Der Weihnachtsmann meinte: „Die erste Aufgabe, um die Geschenke zu finden, ist die Durchquerung des Nordpols."

Lola fragte: „Was ist daran so schlimm, du hast doch deinen Schlitten?"

Der Weihnachtsmann sagte: „Ich bin leider durch einen wilden Schneesturm geflogen und mein Schlitten ist kaputt."

Lola fragte: „Aber wie bist du denn hergekommen?"

Der Weihnachtsmann sagte: „Er hat es noch das Stück zu dir geschafft, aber jetzt ..."

„... ist er kaputt", beendete Lola den Satz.

„Ja", antwortete der Weihnachtsmann.

„Aber was machen wir jetzt?", fragte Lola.

„Tja, ich habe einen Zauber, der uns an den Nordpol bringen kann. Aber ..."

„Aber *was*?", fragte Lola.

„Na, es wird etwas holprig."

Doch bevor Lola noch etwas sagen konnte, ging es schon los. Alles drehte sich sehr schnell. Plötzlich war es sehr kalt. Lola dachte, sie müsse sich übergeben. Da merkte sie, dass sie am Nordpol war. Sie war in der Heimat des Weihnachtsmanns.

Er sagte: „So, da sind wir."

Lola fragte: „Was müssen wir jetzt tun?"

„Den Nordpol überqueren", kam zurück.

„Dauert das nicht viel zu lange?", wollte Lola nun wissen.

Der Weihnachtsmann sagte: „Meine Elfen haben auch ein bisschen Magie in sich. Sie können uns einfach dorthin schicken, wohin wir wollen."

Und so ging es dann auch. Eine der Elfen zauberte sie an das Ende des Nordpols. Dort erwartete sie die zweite Aufgabe: das Eisschollengebiet. Diese Eisschollen waren sehr zerbrechlich. Lola versuchte, auf die andere Seite des Sees zu gelangen, doch fast krachte die Eisscholle ein und sie wäre beinahe ins kalte Wasser gefallen.

Der Weihnachtsmann sagte: „Tja, jetzt hilft nur noch eins. Wir müssen schwimmen."

„Bist du verrückt geworden! In dem Wasser schwimmen!", schrie Lola.

Der Weihnachtsmann aber zog etwas aus seinem Mantel. Es war ein Zauberstab! Plötzlich kam aus dem Zauberstab Eis heraus. Er fror das ganze Wasser zu Eis. Sie konnten den See nun überqueren!

Nun kam die letzte Aufgabe: Den Dieb dingfest machen! Doch auf einmal gab es einen wilden Schneesturm. Er war wirklich sehr stark. Sie brauchten einen Unterschlupf. Und da war sie: eine Höhle! Sie waren gerettet! Sie gingen in die Höhle rein und ... dort war ein riesiger Berg mit den Geschenken! Und auch der Dieb war da!

Es war ... der Nikolaus!

„Ich wusste es“, sagte der Weihnachtsmann. „Er ist schon immer eifersüchtig gewesen.“

Der Nikolaus rief: „Wie habt ihr es ohne den Schlitten geschafft? Und die Eisschollen! Und ... und ...“

„Tja, die Magie des Weihnachtsmanns ...“, sagte Lola.

Dann kam es zum Kampf. Der Weihnachtsmann fror mit seinem Zauberstab alles ein. Es war unglaublich. Der Nikolaus warf mit Orangen und Walnüssen. Fast hätte der Nikolaus es geschafft, aber Lola hatte durch die Reise etwas Magie in sich und ... der Nikolaus verwandelte sich in ... eine riesige Orange! Es war geschafft!

Lola reparierte den Schlitten. Der Weihnachtsmann bedankte sich bei Lola für die Rettung und zauberte sie zurück nach Hause. Alle Kinder bekamen ihre Geschenke und alle lebten glücklich bis an ihr Lebensende.

Ende – oder doch nicht?

Laura Metzger *ist zehn Jahre alt. Sie liest gerne und viel und hat sich schon immer gerne Geschichten ausgedacht.*

Der Weihnachtsretter

Robin war ein Zwerg, der sich vor einigen Monaten mit seiner Familie verstritten hatte. Das machte ihn traurig. Als der – selbst für Zwergen – kleine Mann damals nach Möglichkeiten für einen Schlafplatz am Nordpol gesucht hatte, stand der Weihnachtsmann vor ihm. Er war groß, dunkelrot gekleidet und wirkte freundlich. Gütig hatte er ihn aufgenommen und ihm eine Aufgabe bei seiner Fabrik erteilt: Er sollte die Elfen, die für das Bewachen der Geschenkverpackungsmaschine zuständig waren, bekochen.

Weil Robin das Kochen liebte, hatte er das Angebot angenommen und sich gut in der Fabrik eingefunden. Mitte Dezember, die Zeit, in der die meisten Geschenke verpackt wurden, musste er sich jedoch beweisen.

Robin war gerade dabei, Plätzchen für den Weihnachtsmann zu backen, als plötzlich die Sirene der Elfen losging, auf die eine Aufforderung über einen Lautsprecher folgte.

„Achtung! Achtung! Alle Elfen und Wichtel bitte zur Maschine kommen. Wenn niemand von euch die gerade eben kaputt gegangene Maschine reparieren kann, werden Tausende Geschenke für die Kinder nicht verpackt."

Dann hörte Robin ein Stöhnen und einige in Panik geratene Elfen herumschreien. Er entschied sich, das Geschehen aus der Nähe zu beobachten, und verließ die Küche. Er nahm Kurs auf das Treppenhaus, das schon adventlich geschmückt war, und erreichte zwei Stockwerke tiefer einen cremeweiß gestrichenen Raum.

Dort sah er Elfen, Lebewesen von der Größe einer Getränkedose mit Flügeln und grünen Mützen, wild herumflattern. Dabei murmelten sie besorgt und sahen traurig aus.

Auch Robin war geschockt. Er drängte sich einige Meter weit in den Raum hinein, sodass er die Maschine sehen konnte: Sie war mehrstöckig und bunt bemalt. Dort, wo eigentlich die verpackten Geschenke über ein Band erschienen wären, drängten sich nur noch kleine Kartons, inhaltslos, hindurch. Die Kartons waren nicht einmal bemalt!

Robin ging auf einen Elfen in der Nähe zu, den er schon einmal flüchtig in der Cafeteria gesehen hatte. „Habt ihr denn keinen Elfen oder Wichtel, der so eine Maschine reparieren kann?“, fragte er verwundert.

„Doch“, kam die Antwort, „nur leider ist Bob gestern krank geworden und muss sich deshalb erholen. Bis er die Maschine reparieren kann, wird der vierte Advent schon vorbei sein! Danach ist nicht mehr genügend Zeit, alle Geschenke zu verpacken.“

Nun schoben sich auch Wichtel, kleine Wesen mit großen Händen und gelben Augen, in den Raum und sahen wirklich bedrückt aus.

„Vielleicht kann ich ja versuchen, sie zu reparieren“, bot Robin an und deutete auf die Maschine.

„Aber gerne, Robin. Du bist unsere letzte Hoffnung“, antwortete der Elf.

Und so geschah es, dass Robin sich sofort an die Arbeit machte. Sogar für Robin, der schon viel repariert hatte in seinem Leben, war diese Aufgabe herausfordernd. Doch nach ein paar Minuten bemerkte er den Fehler. Einen Wackelkontakt an einem Kabel! Nun tauschte Robin es sorgfältig aus und wurde anschließend von den Wichteln und Elfen gefeiert.

An diesem Abend gratulierte auch der Weihnachtsmann Robin zu seiner herausragenden Tat. Am Morgen des 24. Dezembers flog der Weihnachtsmann Robin mit seinem Schlitten zu seiner Zwergenfamilie. Noch bevor sich Robin beim Weihnachtsmann und bei den Rentieren für den rasanten Flug bedanken konnte, stürmte schon seine Schwester aus dem kleinen Zwergenhaus und umarmte ihn.

Es schien, als hätte es den Streit nie gegeben, und alle waren glücklich über eine tolle Weihnachtszeit. Seither war Weihnachten für Robin die schönste Zeit des Jahres.

Finn Eisenhardt *ist 14 Jahre alt, liest gerne und schreibt Geschichten seit seinem elften Lebensjahr. Dabei schreibt er bevorzugt Fantasy. Zudem spielt er gerne Schach, Fußball und Tischtennis. Auch engagiert er sich für die Schülerzeitung und schreibt dort Berichte über Tiere.*

Die verschwundene Christbaumspitze

Wieder einmal geht es auf Weihnachten zu. Eine dicke Schneedecke liegt seit zwei Wochen über dem verschlafenen Alpenland.

Im Gebirgsdorf sind die Frauen mit den Weihnachtsvorbereitungen beschäftigt. Jeden Tag duftet es aus einem anderen Bauernhaus nach allerlei frischen Weihnachtsplätzchen, Stollen und Hutzelbrot. Der süßliche Duft von Vanille und verschiedenen Gewürzen wie Zimt und Nelken zieht beim Vorbeigehen an der Nase vorbei und lässt das Wasser im Mund zusammenlaufen ...

Aber noch ist nicht Weihnachten – und es ist manchmal gut, wenn nicht jede Sehnsucht gleich erfüllt wird!

Die Bäuerin geht die Treppe zum Speicher empor, dorthin, wo die Weihnachtsschachtel mit dem Christbaumschmuck seit Jahren lagert, die sie holen möchte. Als sie aber auf dem Speicher ankommt, mutet ihr heute irgendetwas seltsam an ...

„Die Schachtel stand doch sonst immer etwas weiter hinten unter dem Dach!", geht es ihr spontan durch den Kopf. Ohne einen weiteren Gedanken daran zu verlieren, ergreift sie die Weihnachtsschachtel und nimmt sie mit herunter, um sie vorläufig unter der Bodentreppe im Flur abzustellen.

Ein paar Tage später ist Heiliger Abend und Zeit, den Christbaum zu schmücken. Das ist jedes Jahr Aufgabe des Vaters, währenddessen die Mutter die Kinder solange über die Wartezeit bis zur Bescherung zu trösten versucht. Nebenher bereitet sie das warme Essen für den Weihnachtsabend vor. Die zwei größeren Mädchen sind am Malen, während der kleinere Junge mit seinem Kuscheltier spielt.

Plötzlich kommt der Vater in die Wohnküche herein. Der Mutter entgeht sein seltsamer Blick nicht. Er bittet die Mutter, doch einmal kurz mitzukommen, und die beiden gehen aus dem Zimmer in die gute Stube. Dort erfährt dann die Frau, weshalb ihr Mann so aufgeregt in die Küche kam: Die Christbaumspitze ist verschwunden ... das Schächtelchen dafür lagert beim Nachsehen leer im Karton.

Auch die Mutter kann sich das Verschwinden der Christbaumspitze nicht erklären, hatte sie doch die Schachtel seit dem Herunterholen nicht mehr angerührt. Aber wie oft auch beide in der Schachtel kramen und suchen – die Christbaumspitze bleibt verschwunden.

Jetzt ist guter Rat teuer! Wo kann man um diese späte Stunde am Heiligen Abend noch eine neue Christbaumspitze herzaubern? Ohne eine solche steht der Baum arg traurig da. Ihm fehlt einfach der letzte Schliff. Was könnte man wohl als Ersatz verwenden?

Beide schauen sich ratlos an und überlegen angestrengt, wie sie das Problem lösen können. Plötzlich kommt der Frau die rettende Idee: Oma, die ein paar Dörfer weiter entfernt von ihrem Wohnort lebt und eh darauf wartet, in Kürze zur Feier des Heiligen Abends abgeholt zu werden, müsste eigentlich ihren Weihnachtsschmuck noch haben. Sie hatte in den letzten Jahren ihre Wohnung nur noch mit einem Adventskranz und ein paar Tannenzweigen geschmückt, weil ihr das Schmücken eines Weihnachtsbaumes zu beschwerlich geworden war. Der Weihnachtsbaum erinnerte sie außerdem zu sehr an die Jahre, als ihr Mann noch lebte ... und das machte sie bloß noch trauriger.

Mutters Idee ist Gold wert, wie sich herausstellt! Oma hat tatsächlich ihren Christbaumschmuck noch und weiß auch gleich, wo dieser zu finden ist. Die Christbaumspitze ist schnell gefunden und strahlt in glänzendem Silber vor sich hin ...

Als die Christbaumspitze auf dem Christbaum angebracht ist, kommen der Oma in der Erinnerung an schöne frühere Weihnachtstage mit ihrem Mann doch die Tränen.

Allerdings sinniert die Mutter noch immer über das Rätsel, das die verschwundene Christbaumspitze aufgibt. Ihr fiel schon vorhin in der Küche auf, dass die Mädchen beim Malen sich heute auffällig ruhig verhielten ...

Als endlich die Bescherung beginnt, schleichen die beiden ins Weihnachtszimmer und schauen fast zeitgleich am Christbaum entlang hoch, wo ihre Blicke wie gebannt an der Christbaumspitze hängen bleiben.

Die Mutter verfolgt den überraschten Blick der beiden. Als sie wahrnimmt, dass ihre Mädels leicht rot werden, denkt sie sich ihren Teil. Aber heute ist Weihnachten und sie behält ihre Vermutung vorerst für sich.

Lange nach den Feiertagen, als alle gemeinsam den Christbaum ableeren, fragt die Mutter ihre Kinder, ob sie denn etwas mit der verschwundenen Christbaumspitze zu tun hätten.

Allmählich rücken diese zögernd heraus, dass sie im Sommer einmal Weihnachten spielen wollten, und das ginge einfach nicht ohne einen Christbaum und Christbaumkugeln. Deshalb hatten sie sich welche vom Dachboden geholt und die Christbaumspitze auf die Zimmertanne gesetzt. Als sie gerade mächtig stolz auf ihren Weihnachtsbaum waren und singen wollten, tat es einen Schlag und die Christbaumspitze flog klirrend zu Boden. Sie war zerbrochen und die Mädchen hatten Angst. Sie räumten alles feinsäuberlich auf, sodass niemand etwas gemerkt hatte.

Nun war das Verschwinden der Christbaumspitze aufgeklärt und die Oma überließ ihre lange sorgfältig gehütete Christbaumspitze gerne der Familie. Zufrieden dachte sie bei sich, dass der Christbaum mit ihrer Christbaumspitze heuer noch viel schöner war als die Jahre zuvor.

Sieglinde Seiler *wurde 1950 in Wolframs-Eschenbach geboren. Sie ist Dipl. Verwaltungswirt (FH) und lebt mit ihrem Ehemann in Crailsheim. Seit ihrer Jugend schreibt sie Gedichte. Später kamen Aphorismen, Märchen und Prosatexte hinzu. Ferner fotografiert sie gerne. Bislang hat sie bereits über 200 Gedichte im Internet und diversen Anthologien veröffentlicht.*

Ein Schneemann zu Weihnachten

Die fliegenden Wolken, sie brachten
letzte Woche schon ersten Schnee,
hoffentlich hält er bis Weihnachten
auf Bäumen, Dächern, auf der Allee.

Vorsorglich wird schnell ein Schneemann gebaut,
der soll bis Weihnachten halten,
mit Topf und Möhre steht er und schaut,
hat den Reisigbesen zu halten.

Die Temperaturen steigen an,
der weiße Schnee zeigt braune Flecken
und irgendwann beginnt er dann
sich zu erschrecken und zu lecken

Und es wird noch warm und wärmer,
wir sehen mit Beunruhigung,
er tropft und schrumpft, wird arm und ärmer,
Verweichlichung, Verstümmelung.

Sein Kinn wird weniger und runder,
die Rotznase läuft mehr und mehr,
er wirkt nun wirklich nicht gesunder,
kein Schmelzen – wünschen wir so sehr.

Es schneit wieder, Schneeflocken wirbeln,
die Temperaturen fallen,
helfende Hände richten, zwirbeln
mit kristallenen Schneeballen.

Straff wird wieder sein Bleichgesicht,
kantig das Kinn und voll die Lippen,
der Held sieht aus wie im Gedicht,
rings um ihn her die Kinder schippen.

__Jochen Stüsser-Simpson__ liest und schreibt gern, unterrichtet als Lehrer am Christianeum in Hamburg-Othmarschen.

Weihnachtschaos

„Ich brauche dringend Urlaub“, meint der Weihnachtsmann müde, während er einen großen Schluck von seiner heißen Schokolade nimmt. Einfach mal weg von dem ganzen Chaos in der Werkstatt.

Rudolph blickt verwirrt auf. Die Rentiere und Elfen sind doch diejenigen, die die ganze Arbeit erledigen. „Ausgerechnet du brauchst Urlaub?“, fragt Rudolph skeptisch nach. „Deine einzige Aufgabe ist es, eine Nacht lang Geschenke zu verteilen und dabei *Hohoho* zu rufen.“ Er und die anderen Rentiere müssen doch immer am meisten schuften und jedes Jahr aufs Neue den schweren Schlitten ziehen.

Der Weihnachtsmann setzt irritiert seine Tasse ab und hebt dabei eine Augenbraue. „Wenn du denkst, dass mein Job so einfach ist, kannst du ihn dieses Jahr gerne übernehmen“, sagt er schließlich abwägend.

Rudolph mustert den Weihnachtsmann und erkennt Aufrichtigkeit in seinem Blick. „Mit Vergnügen“, gibt er zufrieden zu verstehen. „Genieße ruhig ein paar Tage am Strand, ich mach das schon.“ Dem Weihnachtsmann würde er es zeigen.

Es ist Heiligabend. Während der Weihnachtsmann sich irgendwo sonnt und genüsslich einen Cocktail schlürft, ist Rudolph bereit, das diesjährige Weihnachtsfest zu übernehmen. Er hat vom Weihnachtsmann eine Liste bekommen, was er alles erledigen muss. Da es sich nur um drei Dinge handelt, ist er sich sicher, dass er schnell fertig sein wird.

Der erste Punkt auf der Liste ist, zu überprüfen, ob die Elfen alle Geschenke hergestellt und richtig adressiert haben. Dazu muss er einfach nur die Wunschzettel der Kinder lesen und mit den vorbereiteten Geschenken vergleichen. Ein Klacks.

Motiviert startet er und kommt auch ganz gut zurecht. Doch schon beim siebten Brief stutzt er. Er kann die Schrift nicht lesen. „Wünscht sich das Kind jetzt eine Puppe oder Pappe zum Basteln?“, fragt sich Rudolph leise. Verdammt, was soll er jetzt machen? Sein Blick schweift zu der lächelnden Puppe, die die Elfen hergestellt haben. Die Elfen haben schon Jahrhunderte Erfahrung im Lesen von Wunschzetteln, also wird die Puppe wohl stimmen. Rudolph macht systematisch mit den anderen Briefen weiter und ist froh, als er den riesigen Haufen endlich durch hat. Zwei Geschenke haben gefehlt. Stolz, die Fehler erkannt und ausgebessert zu haben, gönnt er sich eine kurze Pause.

Der zweite Punkt auf der Liste betrifft den Schlitten. Rudolph muss ihn durchchecken, bevor er die restlichen Rentiere holen und bereit für den Flug machen kann.

Gesagt, getan.

Er mustert den großen Schlitten und ist beeindruckt von seiner endlosen Kapazität für die Geschenke. Alles scheint in bester Ordnung zu sein.

Jetzt muss er nur noch tanken. Immerhin geht es hoch in den Himmel. Da reichen die Rentiere allein nicht. Doch wo tankt man einen Schlitten? An einer normalen Tankstelle für Autos?

Einen Moment lang überlegt er, den Weihnachtsmann anzurufen, entscheidet sich dann aber dagegen. Der Weihnachtsmann würde nur schadenfroh lachen und sich freuen, dass er recht hatte. Rudolph beschließt, den Elfen die Aufgabe zu überlassen. Notfalls können diese einfach einen neuen Kraftstoff herstellen. Somit ist auch dieser Punkt abgehakt. Was für ein tolles Gefühl es ist, der neue Chef zu sein, auch wenn es nur für einen Tag anhält.

Die dritte und letzte Aufgabe auf der Liste ist das Verteilen der Geschenke. Darauf freut sich Rudolph am meisten. Nachdem die Elfen getankt haben, die Geschenke eingeladen wurden und die anderen Rentiere startklar sind, macht es sich Rudolph im Schlitten bequem. Hoffentlich werden es die anderen Rentiere hinbekommen, den Schlitten ohne ihn und seine leuchtende Nase, die normalerweise der Orientierung dient, zu ziehen.

Mit seinen Hufen ist es eine Herausforderung, die Zügel zu halten, doch es gelingt ihm mit viel Mühe. Vor allem das Aufsteigen in die Luft gestaltet sich schwierig, weswegen Rudolph froh ist, regelmäßig sein Krafttraining gemacht zu haben.

Als er beim ersten Haus ankommt, klettert er mit einem kleinen roten Päckchen umklammert aus dem Schlitten raus und landet nicht sehr elegant auf dem Dach. Schnurstracks spaziert er zum Schornstein und sieht schließlich hinein.

„Es ist ja ganz schön dunkel darin", murmelt Rudolph unsicher. Doch jetzt würde er nicht aufgeben. Mit den Füßen voran lässt er sich in den Schornstein gleiten und hält sich an beiden Seiten fest. Gerade als er eine gute Technik gefunden hat, um langsam nach unten zu gelangen, stellt er jedoch etwas Erschreckendes fest.

„Nein", denkt er panisch, „das kann nicht sein."

Rudolph kommt nicht vorwärts und kann sich kaum bewegen. Er steckt fest – und das mitten im Schornstein. Rudolph versucht, ruhig zu bleiben, was ihm nur semi-gut gelingt. Der Weihnachtsmann passt doch auch immer problemlos durch und der ist viel breiter als er. Rudolph beschließt, wieder hochzuklettern. Ansonsten kommt er hier nicht weiter. Dabei muss er auf sein Geweih aufpassen, um nicht auch mit diesem festzuhängen. Völlig außer Puste erreicht er wieder das Dach und überlegt, einen anderen Weg zu nehmen: das Fenster.

Rudolph benötigt die ganze Nacht, um alle Geschenke zu verteilen. Dabei wird er von verschiedenen Haustieren angegriffen, wäre einige Male fast von Menschen gesehen worden und wird morgen vermutlich den größten Muskelkater überhaupt haben. Er will nur noch ins Bett.

Als er den Schlitten in der Einfahrt landet, kommt ihm bereits der Weihnachtsmann entgegen. Er scheint etwas Bräune abbekommen zu haben und wirkt – im Gegensatz zu Rudolph – tiefenentspannt. „Und?", fragt der Weihnachtsmann fröhlich. „Wie lief es?"

Rudolph hievt sich voller Anstrengung aus dem Schlitten und ist froh, wieder festen Boden unter seinen Hufen zu haben. „Ich werde nie wieder meckern, wenn du Urlaub brauchst", meint Rudolph schließlich widerwillig, was den Weihnachtsmann zum Lachen bringt.

„Also willst du meinen Job nicht übernehmen?", bohrt er grinsend nach.

„Nicht mal, wenn ich hundertmal so viel Heu dafür bekäme."

Alina Baitinger, *geboren 2002, studiert Lehramt und verfasst in ihrer Freizeit gerne Kurzgeschichten.*

Fest der Liebe

Heute wird niemand ausgegrenzt. Heute soll niemand allein sein. Auch wollen wir uns heute nicht streiten. Denn unterm Weihnachtsbaum vor der Krippe des Gottessohnes darf es keinen Platz geben für Neid, Eifersucht oder gar Hass.

Wir wollen uns nicht zanken, sondern uns bei Gott für all das viele Gute in unserem Leben bedanken. Heute wollen wir versöhnlich miteinander umgehen. Und uns alle frohen Mutes wiedersehen. Drum treffen wir uns alle bei Oma und Opa. Und versammeln uns in ihrer mittlerweile eigentlich viel zu klein wirkenden, aber urig anmutenden Wohnstube in ihrem uralten Bauernhaus. Und vertragen uns alle miteinander. Wir rücken so richtig zusammen, halten miteinander zusammen und wollen füreinander da sein. Friede sei in der Großfamilie und ganz viel Liebe!

Schließlich ist Weihnachten das Fest der Feste, das Fest der Familie. Das Fest der Großfamilie, der großen Menschenfamilie und aller Menschenkinder.

Kurzum: Weihnachten ist ein Fest für alle! Auch Liebe ist für alle! Besonders jetzt in der kalten Jahreszeit, in der kalten Welt unserer Zeit …

Juliane Barth, *Jahrgang 1982, lebt im Südwesten Deutschlands. Sie schreibt als Hobby seit jeher sehr gerne, u. a. Gedichte, Kurzgeschichten und Sachtexte. Veröffentlichungen in diversen Anthologien: sacrydecs.hpage.com.*

Café Cannelle

Es dämmerte bereits, als Marit und ich die Herzogin-Katharina-Straße hinunterliefen. Ein kalter Windstoß trug einen Hauch Weihnachtsmarktduft herüber, eine Mischung aus Glühwein, Würstchen und gebrannten Mandeln.

Zum Weihnachtsmarkt wollten wir aber gar nicht. Unser Ziel lag in der entgegengesetzten Richtung: ein altes Haus mit bröckelnder Stuckfassade auf der linken Seite der wenig belebten Nebenstraße. Aus dem Schaufenster schien warmes, helles Licht. Das Café Cannelle lag am Rand der Altstadt, abseits vom geschäftigen Treiben der Vorweihnachtszeit. Gegenüber war ein Second Hand Laden für Vintage Klamotten, ein Stück weiter die Straße runter ein Blumenladen. Es war eine angenehme Ecke.

Ich drückte die Eingangstür auf.

„Und, wie war es in der Schule?", fragte Mama, die gerade an der Kaffeemaschine stand.

Ich umrundete den Tresen und schnappte mir eine Zimtschnecke aus der Auslage. „Schule halt", nuschelte ich.

„Mylène! Erst Hände waschen!", sagte Mama, ihre Stimme klang leicht gereizt.

Die große Uhr über der Tür hinter dem Tresen, die in die Café-Küche führte, zeigte zwanzig nach vier. Mama hatte schon einen langen Arbeitstag hinter sich.

„'tschuldigung", murmelte ich, „roch so gut."

Das Café Cannelle war nicht einfach nur ein Café. Es war ein Buchcafé: Man konnte Kuchen essen und Kaffee trinken und dabei durch die vielen Bücher stöbern. Es war einfach der beste Ort überhaupt. Immer duftete es nach Gebäck und Papier, es gab gemütliche Sessel und eine Bank am Fenster zum Hinterhof – mein Lieblingsplatz –, hohe Bücherregale mit zwischen den Romanen platzierten kleinen Vasen und Zimmerpflanzen, auf den Tischchen standen Trockenblumensträuße. Und alles war in einem so heimeligen Retro-Style eingerichtet, dass ich ohne Probleme ganze Tage hier verbringen könnte. Eigentlich tat ich das sogar ziemlich oft. Das Café Cannelle gehörte meiner Mutter – und damit auch mir, wie ich fand – und nach der Schule kamen ich und meistens auch Marit, meine beste Freundin, hierher, um zu helfen. So wie heute.

Wir banden uns eine weiße Schürze mit dem Logo des Cafés um, eine stilisierte Zimtschnecke, denn Cannelle bedeutet auf Französisch Zimt – und Zimtschnecken gibt es hier immer, und ich band meine dunkelblonden Haare zu jenem unordentlichen Knoten in meinem Nacken zusammen, der in der Schule mein ungewolltes Markenzeichen geworden war.

„Entschuldigung?", sprach mich eine junge Frau mit langem Zopf an. „Ich hätte gerne noch ein Stück von dem Apfel-Zimt-Kuchen und einen Ingwertee."

Manchmal vergaß ich, wie anstrengend die Arbeit im Café war, vor allem, wenn ich schon einen langen Schultag hinter mir hatte. Nachdem wir die letzten Gäste aus dem Café gescheucht hatten, ließ ich mich tief in die bunten Kissen der Couch am Schaufenster sinken. „Heute stehe ich nicht mehr auf", verkündete ich.

„Die Treppen hoch zur Wohnung musst du schon noch laufen", sagte Mama.

„Lasst uns nur schnell den Tag heute besprechen, wir müssen alle ins Bett", schlug Orlanda diplomatisch vor. Sie war Mamas beste Freundin, meine Patentante und Bäckerin. Sie backte all die leckeren Sachen fürs Café. Über die Reste davon machten Marit und ich uns jetzt her, während Mama und Orlanda über Verkaufszahlen und anderen wirtschaftlichen Kram diskutierten.

Ich ließ mir das Stück Brownie auf der Zunge zergehen. Dank dem Café aß ich definitiv zu viel Süßes. Aber egal.

„Wir haben einfach zu wenig Umsatz für die Vorweihnachtszeit", murmelte Orlanda. „Jetzt ist es kalt, die Leute wollen in Cafés sitzen und Bücher lesen. Aber wir sind zu wenig bekannt!"

„Wir könnten doch zum Beispiel an der Uni Werbung machen", sagte ich.

„Hm", machte Orlanda, „wir könnten es ja mal probieren. Oder, Esther?"

Mama nickte. „Und jetzt ab mit dir, Mylène, es ist schon wieder viel zu spät. Wirst du abgeholt, Marit?"

Ich kaute auf meinen Fingernägeln. Warum begriff Iva denn nicht, dass Sam und Cora sie nur ausnutzten?

„Milli?"

Ich zuckte zusammen. Marit hatte sich neben mich auf die Fensterbank gesetzt. „Was liest du da?", fragte sie und versuchte, durch meine Hände hindurch den Titel zu lesen.

„Weiß nicht. Ist gut geschrieben, aber die Hauptfigur nervt mich."

Marit nickte, wobei ihre Afro-Locken wippten. „Kenne ich."

Es war wenig los heute – und das eine Woche vor Weihnachten, Mama hatte schon die ganze Zeit so einen besorgten Zug um die Mundwinkel –, sodass Marit und ich Freizeit hatten.

Durch die Schaufensterscheibe sah ich Frydolin. Er war wohnungslos und schlief meistens irgendwo in unserer Straße. Irgendwie gehörte er genauso zum Café wie die Bücher, obwohl er noch nie hier drin gewesen war. Aber wir schmierten ihm öfter mal ein Käsebrot und machten ihm Kaffee, das hatte ich vorhin schon gemacht. Dafür räumte er morgens den Bereich vor dem Café, wenn er dort schlief. Frydolin war zwar sehr nett, aber er sollte trotzdem nicht den schmalen Bürgersteig blockieren.

Die Tür schwang auf und kalte Luft kam herein, zusammen mit einem dunkelhaarigen Jungen, etwa so alt wie ich. Lean. Ich stieß die Luft aus. Ich hatte gar nicht bemerkt, dass ich sie angehalten hatte.

„Wooow", flüsterte Marit. „Was für eine umwerfende Bewegung, er öffnet die Tür!" Sie knuffte mich in die Seite.

Ich kicherte hysterisch. „Lass das!"

Lean ging an uns vorbei und die zwei Stufen hoch zum Raum mit den vielen Lesesesseln. Er kam nur sehr selten ins Café, höchstens einmal im Monat. Dann las er die ganze Zeit, ohne sich etwas zu bestellen, und war immer der Letzte, der ging. Er war jedes Mal sehr still, wirkte oft erschöpft und irgendwie traurig. Mama meinte, er würde seine Gründe haben, und ich war mir nicht sicher, ob sie mehr wusste als ich. Ich für meinen Teil hatte keine Ahnung. Überhaupt wusste ich so ziemlich gar nichts über ihn, außer dass er mich jedes Mal ziemlich aus dem Konzept brachte.

An Heiligabend war ich immer so hibbelig und aufgeregt wie ein kleines Kind. Noch war es aber nicht Abend. Marit und ich halfen seit heute Vormittag im Café mit, aber die Zeit schien nicht zu vergehen.

„Entspann dich doch mal“, lachte Marit, als ich schon wieder begonnen hatte, mit den Zehen auf und ab zu wippen. „Genieß die Vorfreude und die Stimmung!“

Es war wirklich total weihnachtlich im Café. Orlanda hatte ein kleines Weihnachtsbäumchen besorgt, das wir mit Äpfeln und Strohsternen geschmückt hatten, und draußen überzog eine glitzernde Frostschicht die kahlen Zweige der Linden entlang der Straße.

„Meinst du, es kommen viele Leute heute Abend?“, fragte ich Marit.

Heute Abend veranstalteten Mama und Orlanda ein Weihnachtsschmökern mit leckerem Essen und wir waren alle sehr angespannt, ob viele Leute kommen würden. Auch weil Mama das Lokalblatt gebeten hatte, jemanden vorbeizuschicken, um über unser Café und die Aktion zu berichten. Wir wollten uns nicht blamieren.

„Wird schon“, meinte Marit, die Heiligabend mit ihren Eltern verbringen würde.

Ich hoffte es.

Das Schmökern hatte schon vor einer halben Stunde begonnen und bis jetzt waren nur zwei Studentinnen gekommen. Die wirkten zwar recht zufrieden, Mama und Orlanda aber nicht. Die Journalistin würde bald kommen und sie hatten nur fünf Teilnehmerinnen vorzuweisen – von denen drei hier arbeiteten.

Ich seufzte und versuchte, mich wieder auf mein Buch zu konzentrieren. Obwohl ich mit Mama in der Kirche gewesen war und wir eine gemütliche Bescherung gemacht hatten, waren alle an diesem Heiligabend sehr angespannt.

„Nächstes Jahr machen wir das nicht“, beschloss ich. Falls es das Café dann überhaupt noch gab. Aber daran durfte ich gar nicht denken. Jemand öffnete die Tür. Ich schaute auf. „Marit?“ Ich sprang auf. „Was ist passiert?“

Marit sah verheult aus. „Nicht mal an Weihnachten können sie es lassen!“

„Deine Eltern?“ Sie tat mir so leid. Ihre Eltern stritten sich in letzter Zeit andauernd und obwohl sie versuchte, sich nichts anmerken zu lassen, litt Marit darunter. Sie konnte Streit absolut nicht ertragen, und dann auch noch bei den Eltern, an Weihnachten … Puh.

Meine Eltern waren geschieden, mein Vater war Franzose und wir waren nach der Trennung aus Frankreich hierhergezogen, wo Mama das Café eröffnet hatte. Aber ich war damals fünf gewesen und sie hatten sich nicht so gestritten.

Ich bugsierte Marit aufs Sofa und packte all meine Fähigkeiten als Trösterin aus. Ich glaube zwar nicht, dass ich darin so besonders gut bin, aber irgendwann konnte Marit wieder lachen.

Plötzlich klopfte es an der Tür. Davor stand Frydolin mit einem verlegenen Gesichtsausdruck, seine peruanische Mütze hatte er abgenommen wie jemand, der seinen Hut zieht. Ich öffnete ihm, weil er offenbar nicht von sich aus hereinkommen wollte.

„Verzeihung, ich wollte nur fragen … Es ist doch Weihnachten und ich dachte … Darf ich vielleicht hereinkommen?"

Mir wurde ganz warm ums Herz, wie er da so peinlich berührt auf der Schwelle stand, seine Mütze fest umklammert. Ich wollte ihn sofort hereinlassen. Aber ich musste erst Mama fragen. Es stand so viel auf dem Spiel heute, wenn die Reporterin nicht gut über uns schrieb, wars das. Nicht alle sehen das Gute in Menschen wie Frydolin.

„Ich frag kurz, okay?"

Er nickte. Ich flitzte zu Mama in die Küche. „Darf Frydolin reinkommen?"

„Was?" Sie schaute verblüfft. Dann seufzte sie. „Ach, Mylène, ich weiß, du willst, dass alle glücklich sind, aber wir können uns hier gerade keinen Obdachlosen leisten. Was, wenn die beiden Frauen sich dann unwohl fühlen? Oder wenn die Zeitung dann schlecht über uns schreibt? Dieses Café ist mein Lebenswerk, Milli. Ich muss jetzt alles tun, um es zu erhalten. Und Frydolin hilft mir dabei nicht, im Gegenteil."

Ich wollte weinen, jetzt sofort. „Mama, es ist Weihnachten! Und die beiden Frauen können wir ja fragen und die Reporterin … Hast du nicht mal gesagt, man muss das tun, was man für richtig hält, auch wenn andere einen dafür verurteilen könnten? Bitte." Nun konnte ich die Tränen nicht mehr zurückhalten.

Mama schloss die Augen. Eine gefühlte Ewigkeit stand sie so da. „Okay."

Irgendwie war es wunderbar gemütlich so. Frydolin schlürfte seinen Tee und sah glücklich aus. Marit verschwand hinter den Buchdeckeln eines dicken Krimis, Mama und Orlanda plauderten leise und ich saß auf dem Sofa, mit Blick aufs Schaufenster, und ließ meine Gedanken treiben.

Deshalb bemerkte ich auch als Erste die Gestalt, die sich dem Café näherte.

Im Dunkeln konnte man nur sehr wenig erkennen, aber dieser Gang und die Art, sich die Haare aus dem Gesicht zu streichen, kamen mir bekannt vor. Lean schien langsamer zu werden, als zögerte er, aber dann ging er zielstrebig auf die Eingangstür zu.

Ich wusste mal wieder nicht, wo ich hinschauen sollte, als er hereinkam.

„Setz dich zu uns", meinte Mama freundlich und deutete auf einen Stuhl an unserem Tisch.

„Danke sehr", sagte er.

„Und, was hat dich hierher verschlagen?", fragte Marit.

„Bei mir gabs Streit."

Ich wagte kaum, zu atmen. Würde Lean etwas von sich preisgeben? Er schaute auf, sein Blick nachdenklich. „Meine Mutter hat wieder zu viel getrunken. Sie ist total ausgerastet. Das ist meistens der Grund, wenn ich hierherkomme."

Ich war überrascht, dass er so viel von sich erzählte. Obwohl er uns gar nicht wirklich kannte. „Das tut mir leid", hörte ich mich sagen.

Wir schwiegen betreten.

Ich räusperte mich. „Willst du ein Stück Kuchen? Schoko-Nuss kann ich sehr empfehlen."

Als die Reporterin kam – mit fast einer Stunde Verspätung – waren alle in ihre Bücher versunken und unterbrachen ihren Lesefluss lediglich, um ein Stück Kuchen zu verspeisen. „Entschuldigen Sie, ich wurde aufgehalten und ... Na, das ist ja mal eine gemütliche Runde hier!"

Marisa Keller, *15 Jahre alt, wohnt im Ruhrgebiet und schreibt gerne Geschichten. Ansonsten liest sie, spielt Volleyball und Geige und trifft sich mit ihren Freundinnen.*

Das verspätete Schaf

Die Dunkelheit senkte sich über die Weide und den Schafstall. Dieser Abend war jedoch nicht wie sonst. Denn die Schafe waren unruhig – außer Siah. Das kleine, schwarze Schaf lag ermattet auf seinem Lager, die Nase tropfte, es hatte Fieber und alles tat ihm weh. Ausgerechnet jetzt war Siah krank und konnte morgen nicht mit den anderen auf eine außergewöhnliche Reise gehen.

Die anderen Schafe konnten es kaum noch erwarten. Sie waren ganz aufgeregt und hüpften umher. Morgen würden sie nach Bethlehem ziehen. Gestern hatte die Botschaft von der Geburt des Jesuskindes die Hirten erreicht und am Morgen würden sie sich auf den Weg dorthin machen.

Die Sonne schob sich langsam hinter den Bergen hervor, die ersten Strahlen fielen auf das Gras und ließen den Tau wie kleine Perlen glitzern. Das schwarze Schaf war sehr, sehr traurig, ein paar Tränen rannen ihm über das Gesicht.

„Auf Wiedersehen, Siah, bis bald", riefen die anderen Schafe ihm zu. Sie würden nun mit Jeremias und Amos nach Bethlehem ziehen.

Siah sah ihnen wehmütig nach. Doch dann schlief er vor Erschöpfung ein, da er die ganze Nacht vor Schmerz und Traurigkeit kein Auge zugetan hatte.

Als Siah wieder erwachte, war es schon dunkel und ganz still, denn er war ganz allein im Stall. Der Mond stand hoch am Himmel und erleuchtete die Weide. Mühsam erhob er sich, ging zum Bach und trank etwas Wasser. Dann legte er sich wieder auf sein Lager. Bald war er wieder eingeschlafen und träumte, dass er bei dem Jesuskind war.

Als er Stunden später aufwachte, erinnerte er sich an seinen Traum und betete: „Bitte, liebes Jesuskind, warte auf mich. Ich komme zu dir."

Als der Tag anbrach, erhob er sich von seinem Lager. Noch war er recht zittrig auf den Beinen, aber er hatte wieder Hunger und fühlte, wie die Energie langsam in ihn zurückkehrte. Er trank am Bach und fraß etwas Gras. Dann machte er sich auf den Weg nach Bethlehem. Er kannte zwar den Weg nicht, doch er vertraute einfach seiner Intuition, wenn er unsicher war, dann fragte er jemanden.

Anfangs kam Siah schnell voran, doch bald wurde er müde und musste ausruhen.

„Hoffentlich schaffe ich es bis zum Abend“, dachte er besorgt.

Er kam durch einige Dörfer, viele Menschen hatten von dem Jesuskind gehört, doch nur wenige machten sich auf den Weg nach Bethlehem. So ging er allein weiter, es war ihm aber ganz recht, denn als schwarzes Schaf war er es gewohnt, seinen Weg meistens allein zu gehen.

Immer öfter musste er jetzt allerdings eine Pause machen, denn er war doch noch sehr geschwächt von der Krankheit. Die Sonne verschwand schon hinter den Bergen und Bethlehem war noch weit weg. Aber Siah wollte unbedingt noch in dieser Nacht ankommen, so nahm er alle Kräfte zusammen und lief weiter. Der Mond war inzwischen aufgegangen und beleuchtete seinen Weg.

Endlich lag die Stadt vor ihm. Da kam ihm eine alte Frau mit einem Bündel auf dem Rücken entgegen. Mühsam ging sie ihres Weges. Doch sie sah freundlich aus und er fragte sie, wo das Jesuskind zu finden sei.

Die Frau lächelte ihn gütig an und erklärte ihm den Weg zu dem Stall. „Ich war auch dort, nie mehr werde ich diesen Tag vergessen!“, sagte sie und wünschte ihm alles Gute.

Siah kam zu dem Stall, den die alte Frau ihm beschrieben hatte. Endlich war er am Ziel. Sein ganzer Körper pulsierte, denn er war überglücklich. Denn er hatte es tatsächlich geschafft!

Der Stall wirkte etwas baufällig. Ein schwacher Lichtschein drang heraus. Leise näherte er sich und lauschte, aber es war nichts zu hören. Die Tür war nur angelehnt, ganz vorsichtig öffnete er sie einen Spalt und lugte hinein. Drinnen war es ganz still. Ein älterer Mann lag auf dem Stroh und schlief, eine junge Frau kniete vor einer Krippe und sah auf das Kind, das darin lag. Es war in eine Windel gewickelt.

Leise näherte sich Siah, sein Herz klopfte wild. Die Frau hob den Kopf und sah ihn liebevoll an. Er ging zur Krippe hin und betrachtete das Kind. Es lag ganz ruhig da und blickte ihn mit großen Augen an. Siah fühlte einen warmen Strom von Liebe durch seinen ganzen Körper fließen. Es war ein unbeschreibliches Gefühl, so etwas hatte er noch nie erlebt!

Einige Zeit blieb er still und bewegungslos vor der Krippe stehen. Sein Herz war ganz warm und erfüllt von tiefer Liebe. Doch nach einiger Zeit spürte er plötzlich, wie erschöpft er war. So legte er sich in eine Ecke ins Stroh und schlief sofort ein.

Als er wieder erwachte, war es bereits hell. Er schaute zur Krippe, doch sie war leer und der Mann und die Frau waren weg. Siah erinnerte sich an sein wundersames Erlebnis in der Nacht und lächelte überglücklich. Nie mehr in seinem Leben würde er den Blick des Kindes vergessen und das tiefe Gefühl der Liebe, welches er gespürt hatte, als es ihn ansah. Er konnte es kaum glauben – das Jesuskind hatte tatsächlich auf ihn gewartet! Siah war ihm unendlich dankbar dafür. Und im Nachhinein war er sogar froh, dass er nicht mit den Hirten und den anderen Schafen gehen konnte. So konnte er diese heiligen Momente ganz allein genießen.

Nachdem er sich mit frischem Wasser und frischem Gras gestärkt hatte, machte er sich, erfüllt von tiefer Freude und Glückseligkeit, auf den langen Heimweg. Die Hirten und die anderen Schafe waren sicher schon sehr besorgt und suchten nach ihm. Wie würden sie staunen, wenn er ihnen erzählte, dass auch er beim Jesuskind war.

Aurelia Groß, *geboren in den Sechzigerjahren in der Kurpfalz, begann schon als Kind, Kurzgeschichten und Gedichte zu schreiben. Später kamen Sachtexte verschiedener Gattungen hinzu. Außerdem fotografiert sie gerne. Die Bilder inspirieren sie zu Gedichten und Geschichten oder dienen zur Bebilderung vorhandener Texte. Sie hat einige Gedichte und Geschichten in kleinen Zeitschriften und Anthologien veröffentlich sowie zahlreiche Sachtexte, überwiegend als Ghostwriterin.*

Der Herzenswunsch - Emilias Reise zum Weihnachtsmann

In einem kleinen Dorf im verschneiten Finnland, wo die Winter kalt und die Nächte lang sind, lebt ein junges Mädchen namens Emilia. Ihr blondes Haar kringelt sich in kleinen Locken um ihr rundliches Gesicht.

Gedankenverloren schaut sie aus dem Fenster. Draußen tanzen kleine Schneeflocken im eisigen Wind. Es ist Weihnachtszeit, überall sind die Häuser geschmückt, es duftet nach frischen Lebkuchen und Räucherkerzen. Obwohl Emilia sich auf die Feiertage freut, ist ihr Herz schwer, denn ihre Freundin Ida ist schwer krank. Seit Wochen liegt sie schwach und ohne die Kraft in ihrem Bett. Die Sorge um ihre Freundin ist groß. Wer oder was kann ihr helfen?

Am 3. Advent hört Emilia von ihrer Großmutter eine alte Legende. „Es heißt, dass der Weihnachtsmann allen Kindern ihre Wünsche erfüllt, die es bis zu seinem Haus am Nordpol schaffen."

Emilia weiß sofort, was sie tun möchte. Sie will den Weihnachtsmann aufsuchen und ihn um ein besonderes Geschenk für Ida bitten. Sie wünscht sich schon so lange eine Puppe mit einem blauen Kleid. Kurzerhand beschließt Emilia, aufzubrechen.

Ihre Begleiter sind der weiße Kater Snowy und ein kleiner Spatz. Er ist ein ganz besonderer Vogel, er beherrscht die Sprache der Menschen. Eines Tages trat er unverhofft in ihr Leben und ist seitdem treu an ihrer Seite. Snowy, mit seinem flauschigen, schneeweißen Fell, passte perfekt in die Winterlandschaft. Gemeinsam machen sich die drei auf den Weg.

Dieser führt über raue Berge in einen verschneiten Wald, der sich vor ihnen wie ein endloses Meer aus Bäumen erstreckt. Nach einiger Zeit beginnen die Bäume, immer dichter zu werden, und die Dunkelheit senkte sich über sie. Emilia fühlt sich verloren.

„Ich sehe den Wald vor lauter Bäumen nicht", sagt sie verzweifelt.

Da schnurrt Snowy leise und springt voraus, als hätte er die Lösung gefunden. Emilia folgt ihrem Kater, der flink und sicher zwischen den Bäumen hindurchläuft. Er scheint instinktiv den Weg zu kennen, auch wenn Emilia völlig die Orientierung verloren hat.

Nach einer Weile lichten sich die Bäume und sie stehen am Rand des Waldes. Emilia kniet sich vor Snowy und streichelt ihm dankbar über das weiche Fell.

„Ohne dich hätte ich es nicht geschafft", flüstert sie.

Doch vor ihnen liegt nun eine tiefe Schlucht. Ihr Herz klopft laut in ihrer Brust. Unter ihr stürzen die Felsen in eine schwindelerregende Tiefe. Neben ihr taucht der kleine Spatz auf. Seit Tagen sind sie nun gemeinsam unterwegs, über steile Berge geklettert, durch den düsteren Wald geirrt, um nun am Rand dieser schrecklichen Schlucht anzukommen. Das Vögelchen hat Emilia bisher nie enttäuscht und war immer da, wenn sie Hilfe brauchte. Doch gerade ist sie nervös und hat Angst.

„Du musst springen, Emilia", sagte der Spatz leise.

Sie starrt hinüber zur anderen Seite der Schlucht. Der Abstand ist nicht weit, aber es fühlte sich unüberwindbar an. Dort ist der Weg, der sie zum Weihnachtsmann führt. Doch um da hinzugelangen, muss sie Vertrauen haben und springen.

„Das ist Wahnsinn", flüsterte Emilia und macht einen Schritt zurück. „Ich kann das nicht."

Der kleine Vogel fliegt näher zu ihr. „Ich werde dich nicht zwingen", sagte er sanft. „Aber du weißt, dass du springen musst. Es gibt keinen anderen Weg."

Sie ballte ihre Fäuste und fühlt den vertrauten Knoten in ihrer Brust. Sie wusste, dass dieser Moment kommen würde. Der Moment, in dem sie weder sich noch anderen vertraut. Bisher hatte sie nur Enttäuschungen erlebt.

„Und was, wenn ich falle?" Ihre Stimme ist heiser.

„Ich habe auch Angst", gibt der Vogel zu. „Angst, dich fallen zu sehen. Aber noch mehr Angst habe ich, dass du niemals den Mut findest, zu springen. Deine Reise ist es wert, Emilia."

Sie spürt, wie die Tränen in ihre Augen aufsteigen. In dieser Sekunde fragt sich Emilia, wie sie sich auf diese Reise begeben konnte. Wo ist ihr Mut vom Anfang der Reise? Ihre Zuversicht, dass sie es schaffen kann? Für sich selbst – und für Ida. Wie kann sie wissen, dass der Spatz es wirklich gut mit ihr meint?

„Ich habe dich bisher nie im Stich gelassen, oder?", fragte er plötzlich, als hätte er ihre Gedanken gelesen. „Ich war vor der Reise bei dir und als wir im dunkeln Wald waren. Ich habe dich nicht allein gelassen, auch wenn es schwierig war. Jetzt bitte ich dich, mir zu vertrauen."

Emilia blickte hinüber zur anderen Seite, die so nah und doch so unerreichbar scheint. Ihre Hände zittern, als sie sich langsam dem Rand nähert. Sie atmete tief ein.

„Ich bin da", hörte sie die Stimme des Spatzen beruhigend. „Und ich vertraue darauf, dass du das schaffst. Ich fliege mit dir, wenn du springst, und ich bleibe bei dir, bis du sicher landest."

Das ist ein Versprechen. Eines, wie sie es schon viele Male gehört hat. Aber dieses Mal ist es vielleicht anders. Sie muss springen, nur so kann sie ihr Abenteuer fortsetzen.

Snowy springt und landet sicher. Mit einem letzten tiefen Atemzug schließt sie die Augen und dann springt sie. Die Zeit scheint stillzustehen. Sie weiß nicht, ob sie es schafft. Als ihre Füße auf der anderen Seite ankommen, taumelt sie und fällt auf die Knie. Für einen Moment weiß sie nicht, ob sie lachen oder weinen soll. Doch dann spürte sie den kleinen Spatzen auf ihrer Schulter. Er ist da, wie er es versprochen hat.

„Siehst du?", sagt er sanft. „Vertrauen in sich und andere zu haben, ist wichtig."

Emilia nickt und plötzlich weiß sie, dass dies nicht nur ein Sprung über die Schlucht war, sondern auch ein Sprung in das Leben. Ihre Reise geht weiter. Der Weg führt sie zu dem Eingang einer Gletscherhöhle. Das Eis glitzert im Mondlicht. Doch als sie sich nähern, sehen sie, dass es drei Wege innerhalb der Höhle gibt. Jeder führt in eine andere Richtung und Emilia hat keine Ahnung, welchen sie nehmen soll. Die Kälte kriecht in ihre kleinen Finger und sie fühlt, wie Verzweiflung in ihr aufsteigt.

„Was sollen wir nur tun? Welcher Weg führt uns zum Weihnachtsmann?" Emilia setzt sich auf einen Eisblock und legt den Kopf in die Hände.

Plötzlich erscheint vor ihr eine Gestalt, ganz aus Eis und Schnee geformt. Es ist eine Eisfee. Ihre Augen strahlen wie Sterne in einer kalten Winternacht. „Wohin geht eure Reise?"

Emilia hat Angst. Aus Furcht lügt sie: „Wir möchten in unser kleines Dorf zurück."

Die Fee sieht das Mädchen enttäuscht an, „Nur mit Ehrlichkeit kommst du an dein Ziel. Eine Lüge wird dir niemals helfen und andere, die dich lieben und es gut meinen, enttäuschen. Aber ich weiß, dass du ein gutes Herz hast, kleines Mädchen", sagt die Eisfee mit sanfter Stimme. „Ich weiß, wohin du möchtest. Du suchst den Weihnachtsmann, nicht wahr?"

Emilia schämt sich und nickt eifrig. „Verzeih mir bitte, liebe Fee, ich habe meine Lektion gelernt. Ich muss unbedingt zum Weihnachtsmann."

Die Eisfee lächelt und zeigte auf den linken Tunnel. „Nimm diesen Weg. Er wird dich sicher durch das Labyrinth führen." Kaum hat sie gesprochen, erstrahlen entlang des Weges wunderschöne Eisblumen. Sie leuchteten sanft und weisen den Weg durch die Gänge der Höhle.

Sie folgen den Blüten, die wie kleine Kerzen in der Dunkelheit funkeln. Die Höhle ist voller Abzweigungen, doch das Leuchten führt die drei sicher hindurch. Am Ende der Höhle treten sie wieder ins Freie und atmen auf. Vor ihnen liegt aber nun ein endloser, gefrorener See. Kein einziger Baum, kein Berg und kein Weg ist zu sehen.

„Wie sollen wir jemals den Weihnachtsmann finden?", sagt Emilia frustriert. Sie hat sich die Reise einfacher vorgestellt. Das Mädchen sieht sich noch mal um, doch alles, was es sieht, ist weiß. Emilia spürt, wie die Erschöpfung sie überkommt und ihre Kräfte nachlassen. Doch gerade als sie fast die Hoffnung aufgeben will, beginnen am Himmel die Nordlichter zu flackern. Sie sind wunderschön – grün, blau und violett. Emilia weiß, dass dies das Zeichen ist, dem sie folgen muss. Sie nimmt Snowy auf den Arm, den kleinen Spatzen auf ihre Schulter und dann folgt sie den Nordlichtern. Am Ende ihrer Kräfte sieht sie in der Ferne ein kleines Haus. Es ist das Haus des Weihnachtsmannes! Mit letzter Kraft erreichen sie ihr Ziel.

Der Weihnachtsmann öffnet die Tür und schaut sie mit freundlichen Augen an. „Komm herein, Emilia. Ich habe schon auf dich gewartet."

Drinnen ist es warm und gemütlich und der Weihnachtsmann setzte sich mit Emilia ans Feuer. „Was wünschst du dir, mein Kind?"

Emilia denkt an ihre lange Reise, an die Hilfe von Snowy, den kleinen Spatzen, an die Eisfee und an ihre Lektionen, die sie auf dem Weg gelernt hat. Es ist wichtig, Hilfe anzunehmen, Vertrauen in sich und andere zu haben und dass man nur mit Ehrlichkeit sein Ziel erreicht. Und dann denkt sie an ihre Freundin Ida, die zu Hause krank liegt. An die Puppe, die sie sich für Ida wünschen wollte.

Plötzlich weiß sie, was wirklich wichtig ist. „Ich wünsche mir, dass Ida wieder gesund wird“, sagt sie entschlossen.

Der Weihnachtsmann lächelt sanft. „Du hast ein großes Herz, Emilia. Ich werde dir deinen Wunsch, der aus Liebe kommt, erfüllen.“ Der Weihnachtsmann bringt das erschöpfte Mädchen heim.

Als Emilia am nächsten Morgen in ihrem Bett aufwacht, fühlt es sich fast wie ein Traum an. Als sie nach draußen tritt, kommt Ida ihr fröhlich entgegen. Sie ist wieder gesund! Sie umarmen sich fest und sind überglücklich, die Weihnachtszeit gemeinsam verbringen zu können.

Das größte Geschenk ist nicht etwa ein Spielzeug oder materielle Dinge, sondern Freundschaft, Vertrauen in uns selbst und unsere Liebsten, Ehrlichkeit und Gesundheit.

***Nadin Kadner** hat zwei Söhne und schreibt leidenschaftlich gern Kindergeschichten. Sie liebt die Weihnachtszeit, seit sie ein kleines Mädchen war. Nadin Kadner ist im Erzgebirge groß geworden und hat Weihnachten im Schnee immer besonders genossen. Diese Freude hat sie sich bis heute bewahrt. An Weihnachten geht es für sie um die Familie, Freundschaft, Nächstenliebe, Hilfsbereitschaft und Wärme. Zeit mit den Liebsten zu verbringen, ist für sie wichtiger als jedes materielle Geschenk.*

Und schon wieder Weihnachten!

Die Zeit ist wie im Fluge vergangen …
schon wieder Weihnachten!
Oder Ostern?
Nein, nicht Ostern, sondern Weihnachten,
ja schon wieder …
Ein Jahr ist vergangen und es ist so weit.

Alle freuen sich auf das zauberhafte Fest der Liebe.
Die Sehnsucht hat ein Ende.

Weihnachten ist da!

***Jürgen Heider** wurde 1989 in Karaganda (Kasachstan) geboren. Heute lebt er mit seiner Familie in Freiburg. Seit seiner Geburt hat er eine Körperbehinderung. Seit 2011 engagiere es sich im integrativen Theaterprojekt „Die Schattenspringer". In diesem Rahmen hat er die integrative Schauspielweiterbildung beim Arbeitskreis an der Christuskirche in Freiburg absolviert. Er hat bereits mehrere Bücher veröffentlicht.*

Glaskugel der Erinnerung

„Ist nicht dein Ernst?"

Ich hörte Lora durch das Telefon hinweg brüllen, als würde ich im Zoo neben den Raubtieren stehen.

„Das kannst du nicht bringen."

Sie hatte scheinbar den Sinn meines Anrufes nicht ganz verstanden. Ich hasste Raubtiere und rief ganz bestimmt nicht gerade sie an, um mir eine Standpauke anzuhören. „Doch, du hast richtig gehört", entgegnete ich sanftmütig.

„Du hast den Verstand verloren. Ich meine, wie kannst du es wagen, uns Weihnachten zu verderben und die Tante gleich mitzunehmen. Das nennt man Kidnappen."

Ich wartete einen Moment, um zu überlegen, ob ich erst Luft holen und dann auflegen sollte oder andersherum. Ich entschied mich für andersherum, drückte den roten Hörer und atmete tief die frische Winterluft ein, ehe sie wieder anrief.

„Lora, ich bin gerade beim Atmen und kann deinetwegen die frische Luft nicht genießen, wenn du weiter so brüllst. Aber sei unbesorgt, ich frage morgen im Zoo nach, ob bei den Löwen noch ein Platz frei ist."

Am anderen Ende der Leitung hörte ich nur eine mühsame Entschuldigung. „Aber du kannst Weihnachten nicht weg. Wir sind seit 25 Jahren immer Weihnachten zusammen. Und jetzt bist du kaum mal am Arbeiten nach deinen ganzen Selbstfindungsstörungen und willst es sausen lassen."

Ich wusste nicht, ob ich lachen oder weinen sollte. „Also erstens bin ich nicht mal so am Arbeiten, ich habe einen festen Job, noch genügend Urlaub und ich habe keine Selbstfindungsstörungen, sondern bin einer studentischen Tätigkeit nachgegangen." Auch wenn ich wirklich dick aufgetragen hatte, da ich gerade einmal sieben freie Tage hatte, meine Schwester, die die deutlich Ehrgeizigere von uns beiden war, und ich, die dreimal in Folge das Studium abbrach, war nun endlich zu Ruhe gekommen. „Und außerdem, Lora, reg dich nicht so auf. Ich versaue euch nicht Weihnachten, nur weil ich nicht anwesend bin, und Tantchen nehme ich nur mit, weil sie mich nicht jeden Tag an diesen rot-weißen Firlefanz erinnert."

Unsere Tante war ein wunderbarer Mensch, dem leider das Gedächtnis viel zu früh genommen wurde, aber genau das war auch zu ihrer Stärke geworden. Ich brauchte keine Angst mehr haben, ihren Geburtstag zu vergessen, denn das beruhte auf Gegenseitigkeit, und ich hatte kein schlechtes Gewissen, wenn ich in Dauerschleife von meinem neuen Freund schwärmte, denn sie freute sich jedes Mal aufs Neue mit mir.

„Du rufst aber an, wenn ihr angekommen seid. Und was wollt ihr die ganze Zeit machen, so ganz ohne Weihnachten?"

Lora hatte sich scheinbar beruhigt und ich konnte ihr gefasst antworten, dass wir nur in den Harz fahren würden zum Schlittschuhlaufen und Entspannen. Ich beendete das Gespräch, indem ich ihr versprach, mich am ersten Tag direkt zu melden. Und nur weil wir uns in einem 4-Sterne-Hotel eingenistet hatten und von Cocktails, langen Massagen, meine Tante von ihrer alten Liebe und ich von meinem neuen Traumprinzen träumten, hieß es noch lange nicht, dass wir kein Weihnachten hatten. Es war eh überaus wahrscheinlich, dass wir nicht doch auf irgendwelchem Lametta ausrutschten oder meine Tante mit dem Christbaumschmuck faselte, weil sie darauf vertraute, die funkelnden Weihnachtskugeln könnten ihr voraussagen, was es zum Abendessen geben würde.

Ich war also voller Zuversicht, dass wir einen unbeschwerten, himmlischen Wochenendtrip unter Frauen hatten, ohne die ganze Zeit daran denken zu müssen, dass die Gans in den Ofen musste, die Spitze des Baumes fehlte oder mein Vater sich mit meiner Mutter über die alljährliche Tischdeko stritten, weil sich Rentiere und Elfen einfach nicht vertrugen.

Zwei Tage später war es so weit, ich holte meine Tante mit ihrem Handgepäck ab, staunte über ihre Fähigkeit, nur das Nötigste einpacken zu können, ignorierte mein Monstrum an Koffer auf dem Rücksitz und parkte dreieinhalb Stunden später rückwärts auf dem Hotelparkplatz ein.

„Ist ganz schön voll hier."

Meine Tante sprach mir aus der Seele, als ich den Außenspiegel einklappte, um die Taschen aus dem Auto zu kriegen. „Ja, ich bin gespannt, wie es drinnen aussieht. Der Pool soll riesig sein und das Essen sah auf den Fotos erstaunlich gut und gesund aus."

Lächelnd gab ich meiner Tante die Kulturtasche und ging mit ihr Arm in Arm zum Empfang. „Ach, Tantchen, kannst du mich nachher noch erinnern, dass ich nach dem Check-in Lora anrufe. Sie ist sonst in Sorge, dass wir von den Wildschweinen verschluckt wurden."

Meine Tante brachte den Fischen im Aquarium neben dem Tresen gerade das Atmen bei. „Ja, ja, wenn ich dran denke, erinnere ich dich. Nur woran ist die Frage."

Während ich nach meiner Kreditkarte und der Reservierung kramte, schielte ich kurz zu ihr rüber, als sie den Fischen vormachte, wie sie ihre Lippen zu bewegen hatten. Ich musste kurz schmunzeln, als ich nicht nur die Fische, sondern auch die beiden Jungs hinter ihr beobachtete, wie sie es ihr nachmachten.

Als wir eingecheckt waren, hakte ich meine Tante ein und wir stolzierten wie die reichsten Grazien auf unsere Juniorsuite.

Weihnachten konnte mich mal.

„Du musst uns alles erzählen. Ich meine, ihr seid ein ganzes Wochenende in einem Nobelschuppen gewesen, habt nicht mal die Fellimitate aus der Bar mitgehen lassen und wir mussten euch jeden Tag an der Rezeption ausrufen, um ein Lebenszeichen zu kriegen."

Während ich Lora auf das Funkloch mit den leitunfähigen Tannen hinwies, ging meine Tante zum Weihnachtsbaum meiner Eltern herüber, streichelte die Glaskugel und machte uns darauf aufmerksam, dass wir ja etwas mitgebracht hätten.

„Ach, Tantchen, du hast doch nicht den Unglücksbringer mitgenommen", entfuhr es mir mit einem lächelnden Seufzer.

Da mich aber, abgesehen von meiner Tante, die mir vielsagend zuzwinkerte, keiner verstand, fasste ich unseren Ausflug kurz zusammen. Ich erzählte, dass Tantchen jeden Abend die Kugel streichelte, sie sich Ente wünschte und wir eine hässliche, zerzauste Gans bekamen. Und davon, als Tantchen sich an ihren gut aussehenden Heinz aus jungen Jahren mit den schönen schwarzen Haaren erinnerte. Leider erwischte sie den fünfundzwanzigjährigen italienischen Francesco, der so überhaupt nicht auf Siebzigjährige stand und es mit einem überragenden Rückwärtssalto stolpernd ins Wasser schaffte, als Tantchen zielstrebig mit gespitzten Lippen auf ihn zurannte.

Als Lora die Augen aus dem Kopf fielen, fuhr ich im Schnelldurchlauf fort. „Wir gingen am nächsten Tag zur Massage, abends gab es leckeren Lachs, Mitternachtsschwimmen mit Saunaaufguss und am nächsten Tag drehten wir ein paar Runden auf dem Eis."

Dass die Massage als Zimmerupgrade in eine erotische Paarmassage umgewandelt wurde, Tantchen den Kaviar auf ihrem Lachs versuchte, aufzustechen, und die Fischeier den beiden Jungs am Nachbartisch in die Cola flutschten und die sich über Halloween freuten, übersprang ich dabei bewusst. Ebenso, dass sie beim Mitternachtsschwimmen die Badehose von Heinz anzog, weil sie den Koffer nicht richtig gepackt hatte, und dann oben ohne rumstolzierte, bevor sie in der Sauna Francesco gegenüber zehn Minuten lang Luftküsse verteilte.

Den letzten Tag, als wir die Eisfläche für uns alleine hatten, weil Tantchen ihre Pirouetten auf dem Eis zeigen wollte und dabei alle wie Dominosteine umschubste, ließ ich auch weg.

„Wisst ihr, wenn ich in die Zukunft schauen könnte, so wünschte ich mir, dass ich dieses lustige Weihnachtsfest je in Erinnerung behalten könnte." Ich sah meiner Tante beim Kugelstreicheln zu und wünschte mir, wenn es Weihnachten wirklich gäbe, nur eines – dass diese Glaskugel nur einmal ihren gottverdammten Job richtig machte.

Ann-Kathleen Lyssy, *1993 in Helmstedt geboren, arbeitet nach ihrem Studium der Landschaftsarchitektur als Gartenplanerin. Neben dem Malen widmet sie sich ihrer weiteren Leidenschaft, dem Schreiben, und studiert seit 2021 Literatur im Fernstudiengang Kulturwissenschaften.*

Im Schatten vom großen roten Mann

Mit weißem Bart, total bemannt,
Kugelrunder Leib –
Stramm im roten Gewand
Und bei „Ho-ho“ stets ein
fröhlich-herzlicher Schein

Doch im Stillen unbeachtet
Seine kleinen Wichtelein
Die für ihn das ganze Jahr
Die Produktion hochfahren

Damit zur Weihnachtszeit
Der alte weiße Mann
Den Kindern unzählige
Gaben bringen kann

Arbeitsdrill am Nordpollager
Wo die Wichtel fröhlich leiden
Sich ihre Körper schinden
In schweißtreibender Akkordarbeit:

„Ihr wollt doch nicht
die Kinder warten lassen“
Klingt es hinunter mit warmer
Stimme durch goldene Rohre
Während die Fließbänder schlagen
Und auf Hochtouren fahren

Moralische Kondition als Arbeitsmotiv
Zum Beweis: Hier ist der Weihnachtsmann

Ein Symbol der Konsumtion
Ausbeutung und Eigentum
In Gewand und Narration
Vom weihnachtlichen Wohlstandsland

Manifestiert und mit System
Wo fleißige Wichtel schuften
Und der Weihnachtsmann
Den ganzen Ruhm absahnt

Eine Revolution ist nicht geplant
Denn Symbiose hat sich ungeahnt
Schleichend zwischen Produktion
Und freiem Konsum breit gemacht

Das Konsumentenglück
Steht über allem
Selbst über der Freiheit
Vom einzelnen Körperstück

So hat sich etabliert
Eine Geschichte
Vom lieben Mann
Die erzählt, was
nicht sein kann

Fleißige Weihnachtselfen
Im grünen Arbeitsgewand
Und überglücklich
Nur zu einem Zwecke
Den Konsumenten
Zum Weihnachtsfeste
Die materiellen Wünsche
Voll und ganz abzudecken

Dass keiner aufsteht und schreit:
„Erhebet euch zum Widerstand!
Der Weihnachtsmann ist eine Farce!
Ein alter weißer Mann, der
unseren Ruhm einheimst.“

„Er soll von nun an fallen,
vom *ho*-hen Himmelszelt
mit Rudolph, Donner,
Blitzen und Comet.
Ein Lügner, der
uns das Recht auf ein
körperlich-unversehrtes
Eigentum verwehrt!“

So bleiben die Elfen
Von Jahr zu Jahr im
Schatten vom großen
roten Weihnachtsmann

Und es treibt weiter – den
bloßen Schein zu wahr'n –
eine freundliche Narration
stets die Produktion voran

Auf dass sich das
Rade im Rade dreht
Und die Wichtel-Elfen im
Arbeitslager gefordert sind
mit Freude zu produzieren
Und den Kindern ihre ersten
Süchte zu finanzieren

Opium fürs Volk:
An einem Tag im Jahr
Wird das Kind zum
Absoluten Konsument
Liebe wird – von
menschlicher Hingabe –
Zum materiellen Geschenk

Die Taufe bringt der
Weihnachtsmann
Mit Blitzen, Rudolph,
Donner und Comet

Er schenkt den Kleinen
Für jedes – als Teil der
produktiven Klasse –
Mindestens ein Paket

Doch ein Armutszeugnis ist, wenn
der Weihnachtsmann dich auslässt
Ausgeschlossen aus der Freude
Gehörst du nicht unter die
reichen und liebenswerten Leute

Denn Geschenke bekommt nur
Wer's auch verdient
Und – als ein gutes Kind –
Unter dem Patriarchale dient

Danny M. Hügelheim *ist geboren und aufgewachsen im nördlichen Hessen Deutschlands und schreibt seit vielen Jahren Geschichten, Gedichte und sozialphilosophische Arbeiten. Einige Werke sind bereits in gedruckten Gedichtbänden, Anthologien und in Onlineveröffentlichung zu finden.*

Wünsch dich ins Wunder-Weihnachtsland

Schreibt mit an der größten Weihnachtsgeschichtensammlung aller Zeiten:

Seit bald 20 Jahren sammeln wir mit unseren Wunder-Weihnachtsland-Büchern Geschichten, Märchen, Erzählungen, Haikus, Gedichte ... rund um die schönsten Tage des Jahres – die Advents- und Weihnachtszeit. Hunderte von Texten haben uns in den Jahren erreicht – lustige und besinnliche, heitere und nachdenkliche.

Wenn wir alle Geschichten zusammenfassen, haben wir sicherlich eine der größten Weihnachtsgeschichtensammlungen aller Zeiten für kleine und große Leser im deutschsprachigen Raum zusammengetragen. Und wir schreiben weiter am Wunder-Weihnachtsland – 365 Tage im Jahr.

Einmal im Jahr – immer im Herbst – geben wir ein neues, gedrucktes Buch „Wünsch dich ins Wunder-Weihnachtsland“ heraus. Einsendeschluss ist der 15. September eines jeden Jahres.

Weitere Infos unter:

www.wuensch-dich-ins-wunder-weihnachtsland.de

Wünsch dich ins Wunder-Weihnachtsland

Entdecke die Magie von Weihnachten mit unserem einzigartigen Rätselbuch zum Wunder-Weihnachtsland

Du magst die Weihnachtszeit? Möchtest mit deinen Freunden einen gemütlichen Adventsabend verbringen? Oder löst du einfach nur gerne knifflige Rätsel? Egal welche Motivation du hast, jetzt hältst du jedenfalls das richtige Buch für eine spannende Advents- und Weihnachtszeit in den Händen!

In diesem Buch erwarten dich viele lustige und herausfordernde Aktivitäten, die dich zum Nachdenken und Mitmachen einladen. Manche sind ganz einfach, andere ... monsterschwer ... vielleicht. Rate und rätsle, überlege und grüble – wir sind sicher, dass dir unsere Rate- und Rätselspiele viel Spaß bereiten werden. Tauche ab in die Welt der Adventszeit und lass die Atmosphäre von Weihnachten auf dich wirken.

Einfach perfekt für besinnliche Advents- und Winterabende für die ganze Familie! Das Rätselbuch gibt es über den Buchhandel, Amazon und den Verlag.

Nanja Holland
Wünsch dich ins Wunder-Weihnachtsland
Rate- und Rätselspaß im Advent
Mit Adventstagebuch

ISBN: 978-3-99051-289-0

Oder entdecke die Magie der Weihnachtszeit mit unseren festlichen Malbüchern für Kinder oder Erwachsene

Begib dich auf eine magische Reise ins „Wunder-Weihnachtsland“, wo Romantik und festliche Freude auf jeder Seite warten. Dieses Malbuch lädt dich ein, eine bezaubernde Weihnachtswelt zu entdecken, in der du mit jedem Pinselstrich die Wärme und das Licht der festlichen Jahreszeit einfängst. Erlebe winterliche Wunder, sanftes Schneegestöber und die stille Pracht funkelnder Lichter, während du kunstvoll gestaltete Szenen mit Farbe zum Leben erweckst – jede Seite lädt dich ein, die festliche Atmosphäre in all ihrer Pracht zu genießen. Drei Malbücher für Klein und Groß.

„Wünsch dich ins Wunder-Weihnachtsland“ ist mehr als nur ein Malbuch – es ist eine Auszeit vom Alltag.

Nanja Holland
Wünsch dich ins Wunder-Weihnachtsland
Festliches Malbuch für Erwachsene: ISBN: 978-3-99051-287-6
Festliches Malbuch für Kinder ab 4: ISBN: 978-3-99051-288-3
Festliches Malbuch für Kinder ab 9: ISBN: 978-3-99051-293-7

Adventszeit im Wunder-Weihnachtsland

Das Adventskalenderbuch mit Geschichten, Gedichten, Rätseln und Ausmalbildern für Kinder

Tauche ein in die magische Welt des Advents! Dieses liebevoll gestaltete Adventskalenderbuch begleitet Kinder jeden Tag im Dezember mit einer neuen Überraschung: Spannende Geschichten, fröhliche Gedichte, knifflige Rätsel und zauberhafte Ausmalbilder sorgen für Freude und kreative Momente in der Vorweihnachtszeit.

Jeden Tag gibt es etwas Neues zu entdecken! Während die Geschichten von lustigen Weihnachtsabenteuern und kleinen Wundern erzählen, laden die Ausmalbilder dazu ein, in eine farbenfrohe Weihnachtswelt einzutauchen. Knifflige Rätsel und Quizfragen fordern Köpfchen und Fantasie und machen das Warten auf Weihnachten zu einem spannenden Erlebnis. Dieses Adventskalenderbuch ist perfekt für Kinder, die sich auf Weihnachten freuen und jeden Tag einen neuen, weihnachtlichen Schatz finden wollen.

Ein wunderbarer Begleiter durch die Adventszeit – zum Lesen, Rätseln, Ausmalen und Spaßhaben!

Nanja Holland
Adventszeit im Wunder-Weihnachtsland
Adventskalenderbuch

ISBN: 978-3-99051-290-6

Kreatives Schreiben für Kinder: Weihnachtszeit

Gerade in der Vorweihnachtszeit den Spaß am Schreiben unterstützen – ein Buch für Klein und Groß

Dieses Mal haben wir uns thematisch in der Buchreihe an der Advents- und Weihnachtszeit orientiert. Sicherlich sich selbst geschriebene Geschichten auch ein schönes Weihnachtsgeschenk ... Kreatives Schreiben spornt darüber hinaus die eigene Fantasie an, etwas, das in einer Zeit von Internet und Spielekonsole leider nur allzu oft verlorenen geht. Den ersten Schritt zu machen, das ist es, was wir mit diesem Buch bewirken möchten. Deshalb geben wir Kindern Bilder, Erzählanfänge, Sätze und Wörter an die Hand, an denen sie sich orientieren können bei ihren ersten eigenen Geschichten.

Das Buch ist für die Gruppenarbeit in Schulklassen oder für Schreibgruppen konzipiert, kann aber auch von jedem Kind ohne Gruppenzugehörigkeit zur Hand genommen werden, um schöne Märchen zu schreiben. Und das Buch kann natürlich auch von all jenen Erwachsenen als kleine „Starthilfe" zur Hand genommen werden, die gerade erst zu schreiben beginnen.

Nanja Holland
Kreatives Schreiben für Kinder: Weihnachtszeit

ISBN: 978-3-99051-291-3

Hat Ihnen das Buch gefallen? Dann würden wir uns über eine Rezension freuen: